説話と俳諧連歌の室町

歌と雑談の伝承世界

YUKIO KOBAYASHI
小林幸夫 著

三弥井書店

目次

第一部　口承説話の伝承相

第一章　餅の歌

――「和尚と小僧」譚の一流――

一　餅の秀句

秀句をはじめとする言葉遊びを育てたのは、和歌や連歌あるいは俳諧という詩歌の世界であった。さらには民間に伝えられた昔話もそこにつけ加えることができるだろう。昔話もまた言葉遊びの宝庫である。そして、その点において和歌・連歌あるいは俳諧は、昔話とも深く結びついている。そのことを論じてみたい。もちろん言葉遊びとは何かを定義する必要があろう。詳しくなるとうるさいので、いまは詩歌に即して、言葉巧みな言い掛けの秀句とのみいっておこう。じつはこれ、室町後期の咄、雑談の課題でもあるのだ。昔話を用いれば、遠く時代を隔てるとはいえ、室町期の雑談の場が浮かびあがってくるように思う。それを「和尚と小僧」譚を例にとって示してみたい。うるさくなるが、できるだけ具体例を示して論をすすめていきたい。近世初期の笑話集『醒睡笑』を中心として用いよう。この豊かな咄の集には、「児の噂」（巻之六）に分類されて、多くの「和尚と小僧」譚が集められている。昔話を比較の資料として用いながら、これらの愉快な利口話の成りたちを追いかけることからはじめよう。

『門司俗話集』に「三日月餅」の昔話が収められている。座頭話のひとつ、「餅」の分配が話題となって、秀句に遊ばれる。

座頭が三人で餅を一つもらった。何かいって三人で食おうじゃないかときめた。はじめのが「三日月なりにはつくりしよ」と、大口をあけてかんだ。三日月と出たので、つぎのが「月は山の端に入りにけり」と、残りを一口に平らげてしまった。あとの座頭は「おりや三十日の闇のやみか」といって、土手の上にあがって「月の入りから雨となるぞよ」と、先の二人の頭から小便をかけた。二人はびっくりして「傘を忘れた、びしょぬれ」といった。

これに類する話は、すでに『醒睡笑』（児の噂・巻之六）に見える。二つを較べてみれば、機知に興じる話であることがわかる。こちらは坊主と児が登場する「和尚と小僧」譚である。

坊主、餅を一つもちて出で、二つにわり、「児三人の中にて秀句をいうて食はれよ」とあれば、小児、「この餅は三日月で、片割れあるよ」といひ、やがて取りけり。次の児、「はや月は山の端に入るよ」といひ取りてけり。大児に向ひ、「そなたは、心なにとあるや」。「その事よ。月入りて後なれば、我が胸は闇のやうな」と。

これもまた三日月の秀句に遊ぶ「三日月餅」の話である。「三日月―片割れ―山の端―闇」、いずれの言葉も「月」にかかわる。座頭と児の違いはあるが、ふたつの話はともに秀句に興じる話である。

「和尚と小僧」譚には、小僧の頓知に遊ぶ話が多い。その才知でもって大人をやりこめる。つぎの「餅連歌」もそのひとつ（『近江の昔話』）。

和尚さんがなあし、隣へお経あげに行ってござる留守の間に、お隣のおぼや餅（ぼた餅）一つ小僧がもろたんどすねて。そいてまあ、さっそく仏さんにあげに行ってなあし、ほいて、ねっから和尚さんが帰ってきはれへんさかいに、ほの間《ま》に半分割って食べたんどすねて。ほいたら、和尚さんが帰って、「こんな餅は、半分と隣からくだはったのに、半分ということはなあものや」て、

『満月に片割れ月はないものや』て。
ほいたら、小僧がちょっと賢いのかしら、
『雲にかくれてここに半分』と出たんどすねて。

機知に遊ぶとはいえ、こちらは歌の応酬、連歌が話の味噌であり、頓作に小僧の知恵はあらわれている。これもまた『醒睡笑』（児の噂・巻之六）に類話がある。

貧々たる坊主の眠蔵《めんざう》より餅の半分あるをもちて児にさし出す。受取りさまに、
十五夜のかたわれ月はいまだ見ぬ
とありしに、師の坊、
雲にかくれてこればかりなり

前の昔話は、あきらかに小僧の機知が強調されていた。ところが『醒睡笑』のは、同じく歌の応酬にしても、付句は、「師の坊」の作となって、その言い訳がましさがおかしい。しかしいずれも「餅」の秀句、「月」の縁に遊んでいる。今は逐一の比較はこれぐらいにしておこう。それよりもむしろ、時代を遠く隔てた笑話が、「秀句」を介して十分比較の対象となることは、これだけでもわかるだろう。

二　田楽の秀句

柳田國男は、狂歌咄の多くは座頭の原作であろうと述べて、以下のように続ける（「米倉法師」）。

餅と座頭との交渉は、大分久しい前から笑話の有力なる題材の一つとなっていた。私はこれをもって餅の日が

座頭の来る日、餅を食うべき宵がまた彼等のおどけ話を、集まって聴こうとした機会であったことを、意味するものと解している。

これはいかにも柳田らしい想像で、餅を食うべき宵が、話を聴く機会であったという。餅の日、いわばあらたまった日が、話の場となったという。もちろんこの見解は、さらに検討を要するが、狂歌咄の多くが、座頭の作であるという推測は、それほど的を外してはいない。次の話からもおよそそれは検証できる。佐々木喜善の『聴耳草紙』が収める話、いわゆる「仕持は四つ」である。

ある寺の和尚様が、デンガク豆腐を二十串、ズラリと炉に並べて刺して焼いた。そしてその田楽を自分一人でセシめようと思って、二人の小僧を呼んで、ザイザイ歌を詠んでこの豆腐を食べッこすべえでないかと言った。そこでまず俺からかけると言って、

小僧二人はニクシ

と言って二串取って食べた。そして小僧どもをかえり見て、どうだいお前達にこのまねができるかいと言った。そこで兄弟子が歌を詠んだ。

お釈迦様の前のヤクシ

と言って八串取って食った。すると一番小さい弟子ッこが、

小僧良げれば和尚はトクシ

と言って残った十串をみんな取って、誰よりも得をした。

『醒睡笑』（児の噂・巻之六）や『戯言養気集』（上）にもこの類話はある。「歌を詠んで」と昔話にはあるが、近世の咄本はともに「秀句」を言ってとなっている。このことはこの話が、歌と関わりをもって生まれたことを思わせて興

味深い。そして『醒睡笑』もまた「和尚と小僧」の話である。

比叡山北谷持法坊に、児あまたあり。冬の夜、豆腐一二丁をもとめ、田楽にする。老僧いひ出されけるは、「おのおの秀句をいうて食ふべし」と。大児やがて、「われは仏のつぶりと申さん」。三串とりてのく。またひとりは、「八日の仏」とて八串とりたり。後に小児、屏風のかげより出づるを見れば、髪をばつとみだし、たすきを掛け、左右の手に目口をひろげ、「われは鬼なり。皆くはう」と、ありたけ取りたれば、せん方なさに坊主は古き手拭を頭にかぶり、手を差しさし出し、「乞食に参りた。一つあて、おもらかしあれ」と。老僧のはたらき三国一。

いずれも田楽の秀句である。田楽をタネにして言葉遊びに興じている。こういう秀句の遊びが、どのようにして生まれてきたのか。それがわかれば、このたぐいの話の性格も、おのずから知られるだろう。類話の比較によって、それはおよそ可能になる。『戯言養気集』（上）の一話を示してみよう。もちろんこれも田楽の秀句である。

またある時、田楽あり。今度は秀句にて、物せんとて、

清盛の夢想の長刀　　大ちご
なぞなぞ　　いつくしまでたまはつた
仏のあたま　　侍従
何ぞ何ぞ　　みくし
医者の本尊　　小児
なぞなぞ　　八くし

侍従殿少腹立して、とかく小ちごさまは物かずをすかせらるると申された。

小児の機知が何よりまさり、侍従殿を立腹させる。「厳島―五串」、「御髪―三串」、「薬師―八串」、いずれもよくできた秀句であり、言い掛け（掛詞）の遊びである。『きのふはけふの物語』にも類話があって、とてもよく知られた話なのだろう。昔話と較べてみても、そう大きな隔たりはない。民間の昔話は、昔からの言い掛け（掛詞）の秀句を、今に伝えているのである。それならばこのような咄はどのようにして生まれてくるのだろう。その答えは、「清盛の夢想の長刀」という謎のなかにある。それが「いつくしまでたまはつた」とどう結びつくのか。これが謎を解く鍵となる。

三　座頭と笑話

この答えは『平家物語』とつながり、座頭の利口話ともかかわる。彼ら座頭は、平家を語りながら、利口話も耳袋にたくわえていた。先の話もおそらくそのひとつかと思われる。「清盛の夢想の長刀」の謎、そのこころは「いつくしまでたまはつた」。もちろん「厳島」と「五串」の秀句である。「清盛の夢想の長刀」という謎を解くには、「厳島」がキーワードになり、『平家物語』の知識が必要なのである。

『平家物語』（巻第五・物怪）は、清盛が厳島大明神から賜った神拝の長刀について語り、清盛が厳島神の霊夢を蒙って、長刀を授かる次第をいう。

それに又何より不思議なりける事には、清盛未だ安芸守たりし時、神拝のついでに霊夢を蒙つて、厳島大明神より現に賜はられたりける銀の蛭巻したる小長刀、常の枕を放たず立てられたりしが、或夜俄に失せにけるこそ不思議なれ。

右の秀句咄は、この逸話を本説としているのだ。「平家」をネタにした利口話を好んで語るのは、おそらく座頭であろう。その検証のためには、もう少し「厳島」について知らねばならない。そのことは『臥雲日件録抜尤』（文安四年四月十七日条）が教えてくれる。それによれば座頭は、平家の守護神厳島大明神の縁起にも通じているのである。

予問城呂座頭、曾詣厳島否、答曰、七年前詣此神、畧知明神縁起、昔推古天皇御宇、一美婦人乗舟来、今所謂厳島神主之先祖某、問婦人、自何来、曰、我回観海上、莫如此島之厳、将垂跡此間、婦人遂化成大蛇、所謂百八十間回廊之形、盖象大蛇蟠屈也、

城呂座頭は厳島の縁起を語る。平家を語る座頭は、こういう知識を援用して、利口話を作ってみせる。「清盛の夢想の長刀」、「厳島（五串）でたまはつた」。それこそ彼らが得意とする興言利口、即興の言葉の技なのであろう。もちろんこのような秀句に興じるのは、つぎのような酒宴の座こそふさわしい。肴は田楽。それを用いての遊びが生まれる。宴の座に座頭がつらなっていることに注意しよう。

・叔一検校来。非時與之。入夜平家三句了。田楽與酒矣。（鹿苑日録・天文六年十一月十九日）

・又城俊へ罷向了、田楽、一盞有之、連哥一折有之。（言経卿記・天正十五年八月二十八日）

豆腐田楽を肴にしての酒宴の座、平家が語られ、ときには連歌に遊ぶ。田楽は酒の肴になるだけではない。連歌の席であれば、秀句がたくまれて話のタネとなる。その時、平家を本説とするのは、座頭得意の即興芸であろう。

『戯言養気集』はこの利口話を「うたの事」と分類している。それは昔話も同じで、「ザイザイ歌を詠んでこの豆腐を食べッこすべえ」（『聴耳草紙』）という。秀句であれ、歌であれ、俳諧にもひとしい言葉の遊びである。座頭はこういう利口話を得意とした。「いつくしまでたまはつた」という一節が、わずかな痕跡ではあるが、彼らの言葉の技を物語っている。謎解きの芸を世渡るわざとした座頭のいたことも参考になるだろう。

もちろんこれだけの例をもって、狂歌咄がすべて座頭の手になったというのではない。しかし彼らがこのような秀句咄を得意としたことはまぎれもないであろう。

四　餅連歌

田楽がそうであったように、餅もまた酒の肴となり、秀句のタネともなる。これも『醒睡笑』（児の噂・巻之六）をもって示そう。同じく「和尚と小僧」譚である。

児にかくして坊主餅を焼き、二つに分け、両の手に持ち食せんとするところへ、人の足音するを聞き、畳のへりを上げ、あわてて半分をかくすに、はや児見付けたり。坊主、赤面しながら、「今程の有様をおもしろく歌に詠みたらば、振舞はん」といふに、

山寺の畳のへりは雲なれやかたわれ月のいるをかくして

当意即妙の歌によって、餅の分け前にあずかる児の機転。このような狂歌咄の生まれるところ、おそらくは歌・連歌の座と思われる。田楽が宴の肴となったように、餅が咄のタネとなる。連歌の席は、咄の座ともなって秀句の遊びにも興じられる。つぎの『きのふはけふの物語』の一話など、その恰好の例となるだろう。『醒睡笑』の類話であり、こちらは連歌咄となっている。

新発意かたへ、師匠の御留守に、去方より餅到来したぞ。これをちごにかくすを見給ひて、

望月の木がくれしたる今夜かな

返し

たたみのへりを山の端にして

歌であれ、連歌であれ、「和尚と小僧」譚に託して機知に興じる咄の座が、かつてはたしかにあったのである。もちろん歌や連歌を、「和尚と小僧」譚に仮託することに、どのような意味があるのか。これがこの稿のもうひとつの課題である。それについては後に論じることとして、今はしばらく咄の座にこだわってみよう。右のような狂歌咄、連歌咄から想像されるのは、人々の寄りつどう場であろう。歌や連歌が、機知に遊ぶ座の雰囲気を伝えている。それはたとえば『言継卿記』（天文三年閏正月十四日条）の記録する、くつろいだ連歌の席であろう。

今日建仁寺光堂月次連歌会也、従当年人数に成候間、朝飯以後早々罷候了、人数予、常光院、経厚法印（青蓮院廳務也）、同子（號鳥小路）、経乗（大蔵卿）、高坊（祇園宗成）、竹坊（同）、光祐（六波羅普門坊）、宗芸（同少納言）、良盛（光明院宰相）、惟先、金厳（四條道場時宗）、宗賀（壬生倉坊）、弘清、高盛（祇園執行内山本）、園重（同時宗）執筆、等也、九時分蔓草に餅にて一盞有之、又晩飯有之、暮々各帰候了、

餅を酒肴とする宴の席を『言継卿記』は数多く記録する。これもその一条である。餅が肴となるのであれば、餅を話題として咄に花を咲かせることもあろう。その時、餅の連歌咄は酒宴の座をにぎやかにする話題となる。もちろん、冒頭の「三日月餅」や「餅連歌」の秀句も同じである。連歌の座は酒宴とともにあり、雑談の場ともなったのである。そのような一座の雰囲気を虎明本「連歌十徳」は存分に伝えている。

抑連歌の十徳には、（中略）よき座敷にて、同座をなし、湯風呂に入て其後は、うどんさうめん餅饅頭のあげくには、中酒は古酒心のままに飲むべきなり。よく聞けや人々よ、

いかにも明るい狂言にふさわしく、連歌の座敷での酒食を、連歌の徳として讃えている。学書では、連歌の座での雑談は慎むべきものとされるが、むしろこうした狂言にこそ、寄り合いの文芸としての連歌の楽しみが、よく伝えら

れているように思う。「餅連歌」の話は、このようなくつろいだ遊びの場から生まれた雑談であろう。餅饅頭を食べ、酒を飲みながら連歌に遊び、秀句を話題とする「餅連歌」の話に興じたのであろう。

五　餅酒賛歌と祝言

宴の座と餅の話題について論じるならば、「餅酒の論」を見逃すわけにはいかない。これは論とはいえ、餅と酒の徳を、それぞれに言挙げする遊びといっていい。遊びといって語弊があるならば、たとえば安楽庵策伝の「上戸」(『醍睡笑』)を思い浮かべるのもよかろう。これは『酒飯論』や『酒茶論』を模した戯文である。上戸と下戸の論争が、餅と酒にこと寄せて行われる。『酒飯論』や『酒茶論』を含めれば、この遊びには長い歴史がある。その酒餅論のひとつ、まずは室町の物語から『酒餅』を引いてみよう。

茶菓子のためとて、じう開き、人々餅食うを見て、酒田造酒之丞のみよし、大いに怒つて、いわれしは、(酒)「いかにいやしき茶屋の餅、物を語らばたしかに聞け。われ御座敷にまかり出で、人に賞翫せられしを、何ぞおのれが推参し、御酒宴をさます尾籠なり。(中略)いでいでさらばそれがしが、威徳を語りて聞かすべし。」(中略)(餅)「上を畏れぬ愚かさよ。おのが身の上自讃して、人の威徳はよも知らじ。それ餅といつぱ天地開闢のいにしへ、」

『精進魚類物語』などの擬合戦物語に同じく、合戦の体裁をとったところに遊び心はあらわれている。それにしても、ここに示したように、酒餅ともに、おのが威徳を言い立てて譲らない。言い争いとはいえ、両者の論争は、つまるところ餅酒の徳を讃えることに尽きる。いわばめでたい祝言の物語である。餅酒ともに争いをやめて和睦をむすび、

「めでたき仲となり給へば」という結末が、それを語っている。

これが狂言「餅酒」になると、その祝言の発想は、いっそう際だっている。ここには天正狂言本を示そう。加賀と越前の百姓が、上頭殿にそれぞれ菊酒と鏡餅を納め、年貢によそえて歌を詠み、めでたく舞いおさめる祝儀の一曲である。

加賀の国の者、酒をもちて出る。越前の国の者、餅をかつぎて出る。道にて行合て物語。さて都につく。納むる。遅きとてしかるる。奏者、歌を詠めとゆふ。大年の酒けののこるついたちは二年よひてぞ目出かるける。年の内に餅はつきけり一年を其年とやくわん今年とやくはん。大海を酒とおもひて飲むならばそこなる石もあらはれやせん。大空にはばかるほどの餅《もちい》かな生きたる一世かぶりくらわん。目出たきとゆふて酒飲ますする。又今の歌を舞する。松の酒宿梅つぼの、柳の酒にしくはなし。年々につきかさねたる餅なれば、返すたもとやねすらん　ふへ　あらめでたや〳〵。そもそも酒はろやくのちうとして、長命を延ぶる。其上酒に十徳、しゆくわうに慈悲あり、推参にたよりあり。かんきんに衣あり。さて又餅は万民にもちいられ、白銀《しろがね》、金、しゆりやうもち、〳〵。ただ代《しろ》もちこそ目出けれ。

正月の年貢納めであるから、めでたい歌であらたまの年をことほぎ、餅酒ともに、その威徳を讃えて舞いおさめる。物語と狂言、その形態は異なるが、威徳を讃えて祝言とする発想に変わりはない。

ここに引かれる餅の歌は、『醒睡笑』（児の噂・巻之六）にもある。

大児

大空にはばかる程の餅もがな生ける一期にかぶり喰はん

小児

大空にはばからずとも餅もがな月のせいにて星の数ほど

狂言と『醒睡笑』、どちらが先行するのか、にわかには判断しがたいが、大空いっぱいの餅を、一生のあいだにかぶりつきたいと歌うのは、いかにも雄大な大話で、めでたい気分にあふれている。そのめでたさは、狂言（三番三）の「餅の風流」に、いっそうはっきりとあらわれている。めでたい能に餅をついて捧げようと、天竺の仙人たちが臼を持ち出す。つくうちに臼の中から餅の精が出、鈴ノ段を見物し舞い納める。

四季おり〳〵の、祝ひの餅、〳〵、先初春のいたゞきには、御代もくもらぬ鏡の餅、夏は冷しき氷の餅、秋はくりのこうしのかき餅、冬はみぞれにしるこの餅も、大空にはゞかる所領もち、是までなりとて帰りけるを、みな〳〵袂に、すがり給へば、又立帰り、爰に取つき、かしこに取つきねばりつきて、此所にこそ治りけり

めでたい餅尽くし、その一条に「大空にはばかる所領もち」と歌っては舞う。言葉を尽くして、四季の餅を讃えて祝言にかえている。めでたい祝言が餅を詠むことで果たされている。

餅にしても酒にしても、その徳が讃えられて祝言のタネとなる。これも岡見正雄がいう室町の「おめでた思想」のあらわれであろう。めでたい餅や酒を詠みこんだ狂歌や秀句こそ、餅饅頭を肴に心のままに酒を飲む（「連歌十徳」）一座では、くつろいだ話題となったにちがいない。

六　前句付けの遊びと昔話

さまざまに咄の成りたちを追いかけて、「和尚と小僧」譚について論じる準備をしてきた。すでに気づかれたと思うが、今までに示してきた餅の話は、およそ「和尚と小僧」の話として語られる。酒宴の場の祝言の遊び、そこから

生まれた利口話が、この話型に託して語られるのはどうしたわけだろう。昔話を例にとって考えてみよう。『続甲斐昔話集』に収められる「切りたくもなし」も、歌による和尚と小僧の頓知問答である。

和尚様は梨がすきで、たくさん戸棚のなかにしまっておいて、ときどきそれを取り出いては一人で食っていた。小僧らはちゃんとそれを知っていたから、ある日和尚様が梨を食っているようなときをねらって、呼ばれもしないのにむしゅう（急）に和尚様の室に入っていった。すると和尚様はちょうど今うまそうな大きい梨を包丁で切って食っている最中であったが、急に三人の小僧らが入ってきたので、こりゃあといって驚いたけんど、もう梨も包丁もかくす暇がなかった。それから和尚様もしかたんなく、こりゃあわいらちょうどええとこい来とお、今この梨を俺も食ったり、わいらにもくれずかと思っていとおとこどお。けんどもただじゃあおもしろーないから、そこで「なし」という言葉のついた歌あ一つずつ詠んでみろ。うまく詠めとお者にこの梨を一つくれるといった。それから一番上の小僧はいろいろ首をひねって考えた末

「十五夜の月にかかりし松の枝、切りたくもあり切りたくもなし」

と詠んだ。すると和尚様は、うん、これあなかなかうまいといってほめて、約束どおり梨を一つくれた。つぎに中の小僧は

「寺入りの文庫にあまる筆の軸、切りたくもあり切りたくもなし」

と詠んだ。すると和尚様は、うん、これもなかなかうまいといってほめて、中の小僧にも梨を一つくれた。ところが末の小僧は何分歌を詠まぬから、和尚様がどうだ、わりゃあまだできぬかといって催促すると、末の小僧は、はいとっくにできていやすといって

「梨一つくれぬ坊主の細首を切りたくもあり切りたくもなし」

といって詠んだ。この歌にもちゃんと「なし」という言葉が詠み込んであるから、和尚様もしかたなく、うん、こりゃあなかなか感心どうといってほめてやはり末の小僧にも梨を一つくれた。

餅のおすそ分けにあずかるために、三人の小僧が、貰い物の「なし」を詠みこんだ歌をつくる。小僧たちの頓知は、その歌に表現されるが、ことに末の小僧の悪態にも似た頓作が笑いを誘う。このような昔話の生まれるいきさつを尋ねるのは、意外と簡単である。『犬筑波集』がその材料を与えてくれる。この昔話の本来の姿を尋ねれば、次のような前句付けにたどりつく。

切りたくもあり切りたくもなし
ぬす人をとらへてみればわが子なり
さやかなる月を隠せる花の枝
こころよき的矢のすこし長きをば

意味のとらえがたい前句の謎を、付句で解く。これを前句付けという。このような遊びは、たとえば『犬筑波集』ひとつ例にとっても、いくらも見つけ出せる。付け合いの練習として行われた座興の遊びであったようだ。たとえば次のもそのひとつ。「ふくもふかれずするもすられず」という一句に、意味を与えていく。

ふくもふかれずするもすられず
われ笛のさらば篩になりもせで
やまぶしの貝われずずの緒は切れて
硯水うみにほこりのたまりきて

おもしろいことに『新旧狂哥誹諧聞書』などでは、この頓作を、それぞれ宗長・牡丹花・宗祇の作としている。前句の謎を解くのはもちろん、高名な連歌師に仮託するのも、連歌に集う人々の遊びなのである。その遊びのうちから連歌咄は生まれてくる。『新撰狂歌集』の狂歌咄もその一例である。

有寺《あるてら》へ檀那より大なる有りの実一つ送りければ、「これに付て一句すべし。よく付けたる人に此の梨を参らせん」とて

切りたくもあり切りたくもなし

硯箱の掛子《かけご》にあまる筆の軸

月かくす花の梢を見るたびに

いづれも心をつくし給へば、新発意《しんぼち》罷り出で「それがしも一句付け申さん」とて

梨一つ惜しむ坊主の細首を

といひければ、坊主腹を立ててかの梨をうちつけければ、やがて取りて逃げける。

もちろん本来は前句付けの遊びである。それが「和尚と小僧」譚に作り改められて、小僧のさかしい利口は、狂歌や俳諧連歌、すなはち秀句に託して表現される。ここにあらたな頓作話が生まれる。狂歌咄や連歌咄という、秀句問答である。「和尚と小僧」譚のうえに、連歌咄（狂歌咄）というあらたな意匠が加えられて、新しい「和尚と小僧」譚が生まれる。そして笑いもまたあらたなものとなる。こうして小僧の頓知が強調され、民間の昔話にまでそれは語りつがれていく。秀句に興じたかつての雑談の場の笑いさざめきを、昔話は今に伝えているのである。

七　「和尚と小僧」譚と秀句問答

「和尚と小僧」の利口話をとくに好んだのは僧苑である。すでによく知られているが、無住法師の『沙石集』（第三ノ八「南都の児の利口のこと」・第八ノ十「小法師利口の事」）や『雑談集』（巻第二）に見えている。ことに『雑談集』の二話は、ともに昔話「鮎は剃刀」「卵は白茄子」として民間に語り伝えられている。無住が『沙石集』を著した十三世紀末、鎌倉時代からはるかに時を隔てて、京都・誓願寺策伝和尚もまた、これに類する咄を『醒睡笑』に記録している。いま逐一その例をあげることはしないが、僧苑に栄えたこれらの笑話は、さかしい児の機知に笑い、その利口に興じてきた長い歴史の一端を物語るものであろう。

もちろん「和尚と小僧」譚にして連歌咄という先例も、すでに『沙石集』（梵舜本）に求められる。

此禅師、武蔵野ノ野中ニテ、水ノホシカリケレバ、小家ミヘケルニ立ヨリテ、水ノホシキヨシ云ケルヲ、聞テ、マドノ中ヨリ、ハタワレタルヒキレニ水ヲ入、十二三許ナル小童ノ、指出シタルヲトルトテ、

　　モチナガラカタワレ月ニミユルカナ

ト云ケレバ、小童トリモアエズ、

　　マダ山ノハヲ出デモヤラネバ

ト云ケル。ワリナクコソ。

これも「餅連歌」の秀句である。ここに言う「禅師」とは、藤原家隆の息、藤原隆尊のこと。特定の個人の逸事として語られるとはいえ、しかしこの咄にしても、さかしい小童の知恵は、秀句問答によって表現される。おもしろい

ことにこの説話を載せるのは梵舜本のみである。吉田梵舜がこの本を書写したのは、慶長初年のこと。時はまさに俳諧の連歌流行の時代を迎えている。この説話の背景には秀句を好んだ俳諧連歌の流行があり、この秀句問答も時代の趣味を反映しているにちがいない。「切りたくもあり」の話もこうした連歌咄の一類なのである。

しかし、こうした秀句問答の遊びは、さらに時代をさかのぼれる。ここに二条良基の著した狂歌物語、『餅酒歌合』がある。応永二十六年（一四一九）の奥書のある写本が残されている。時衆道場で念仏修行にいそしむ小僧と老僧が、それぞれ掻餅（かいもちい）と酒を欲したのを契機に、狂歌合をして遊ぶ。判者は二条女房という設定になっている。「歌合」の体裁をとるが、これもまた「和尚と小僧」譚のひとつである。その一番のみ示しておこう。

一番　左　餅　勝

年の内に餅はつきけり一年をこぞとやくはんことしとやくはん

右　酒

飲みふせるゑいのまぎれに年ひとつうちこし酒のあぢきなの身や

「餅」の歌は、狂言「餅酒」に引用されていたし、『醒睡笑』（上戸・巻之五）にも類歌が載せられる。『古今集』巻頭の在原元方の作歌を本歌とする。これも狂歌流の「餅酒」論であり、小僧と老僧に託して、勝ち負けが競われる遊びである。そしてこの狂歌合を、「和尚と小僧」譚に脚色するのも、遊びのうちだったにちがいない。そうだとするならば、はやくもここに「切りたくもあり切りたくもなし」の狂歌咄の先例があることになる。それならばこの歌合も、狂歌咄のひとつと考えていいのかもしれない。連歌界の大御所良基も、このような狂歌咄に興じていたのである。

狂歌合が「和尚と小僧」譚の形式をかりて作られたように、ときに連歌咄が、「和尚と小僧」譚に形をかえて伝えられる。昔話の例として先に「餅連歌」や「切りたくもなし」の例を示したが、ここにもひとつ、『多聞院日記』（天文十年条）の記録する咄がある。

師匠児三人アリシニ、「ノボラバヤ」ト云五文字ヲ置テ、好ノママサル前句アルベシト有レバ、

小児ノ、登バヤ我手トツカヌ花ノ枝

中児ノ、ノボラバヤ都ハ花ノサカリニテ

大児セズリ声ニテ　ノボラバヤアヲノキフセル開《つび》ノ上

この話にしても本来は前句付けであろう。「ノボラバヤ」の五文字につづけて句を完成させる。雑俳でいう「冠付け」「笠付け」の遊びである。少し品くだる話を師匠と児の問答とするところに、僧苑の笑いの趣味はあらわれている。馬鹿ばかしいが、肩のこらない俳諧が、僧侶たちの慰みとなったのであろう。そして前句付けの遊びが、「和尚と小僧」譚として語られるところに、新しい時代の趣味、すなわち俳諧連歌の流行がある。時代の俳諧趣味は、あらたな「和尚と小僧」譚を生みだしたのである。つぎのもそのひとつ（『月庵酔醒記』）。

三井寺にあるちごの桜の木にのほりけるを、同宿のほうし走出て

さるちことみるにあはせす木にのほる　　ト云けれは

木すゑなるちこの

いぬのやうなるほうしきたれは

異伝がさまざまにある、それがこのような連歌咄の流行の一端を物語る。『きのふはけふの物語』も法師と児の問答とする。あるいは法師が宗長の場合もあれば（『醒睡笑』）、西行の場合（『誹諧連歌抄』）もある。しかし、いずれにしても、さかしい児の機知が、「和尚と小僧」譚に託して語られる。さらに時代をさかのぼれば、良基の『餅酒歌合』にたどりつくだろう。

狂歌にしても俳諧の連歌にしても、その頓作が、「和尚と小僧」譚という型にはめられて、あらたな笑話として興じられていく。すなわち「和尚と小僧」譚という古い器に、「俳諧の連歌」という流行の酒を盛ったのである。そこに咄のあたらしみが求められた。咄にはつねにあたらしみが求められる。俳諧連歌流行の時代には、こういう秀句問答がもてはやされたのである。「切りたくもなし」の連歌咄もそのひとつである。

「和尚と小僧」譚が、長い歴史をもつ利口話であるにしても、それは作り改められて秀句問答になる。小僧の利口は、彼らの歌や連歌に託されて、頓作話として姿を変える。このようにして「和尚と小僧」譚は、連歌（狂歌）咄というあらたな意匠を得て秀句問答となる。秀句はあたらしみが求められる。たとえば「和尚と小僧」譚が、西行や宗祇に仮託されるだけで、秀句はあらたなものになったのである。それも俳諧の遊びであった。それを称して「当座の俳諧」という。

かくして咄はつねに新しく生まれ変わる。咄の「生命」は即興のあたらしみにあると言ってもよかろう。そういう咄を語りついだのは、秀句や頓作を得意とする座頭や連歌師輩であった。彼らは宴や連歌の座にあって、しきりに頓作話を語りつぎ、あるいは語りあらためていったのであろう。そのあたらしみをよろこんだのが、宴や寄合の雑談の座であった。

第二章　幽霊の歌

――「灰」の発句――

一　題詠の遊び

近世初期の咄本を開けば、同じ趣向に遊ぶ咄がいくらも出てくる。題詠に遊ぶ狂歌咄もそのひとつである。かつての歌の遊びと、それが生まれる咄の場をいまに伝えているように思う。たとえば『きのふはけふの物語』(上)には、きわめて単純な咄がある。

二度もの思、といふだいにて

大ちご　春は花、秋はもみぢを、ちらさじと、としにふたたび、ものおもふなり

小ちご　朝めしと、又夕めしに、はづれじと、日に二たび、ものをこそおもへ

題詠に遊ぶ和歌の歴史は長いから、いちいちここに論ずることはしない。長い歴史があるからこそ、こんなささやかな咄にも、いろいろに類話がうまれる。比較してみれば、少しはその性格がわかるだろう。『戯言養気集』(上)に「うたの事」とあるもの。

ある山寺の児たちにあはんとて、武士衆登山有けるに、二たび物おもふといふだいにて歌あり、

春は花秋はもみぢを散さじととしに二たび物思ふなり　　　大ちご

朝めしと又夕食にはづれじと日々に二たび物をこそおもへ　　小ちご

かくて武士衆へも所望ありければ、取あへず、

国を望み国を取りては乱さじとさらに二たび物おもふかな

評して云、かなしひかな、二たび物を思はざりしゆへに、うき事をのみ万人につたふ。

これは前のふたりの児の歌に、武士の歌をくわえただけのもの。あまりに工夫がない。「二度物思ふ」を歌の題として、座を同じくする人々が、おそらく競詠しあってできあがったのだろう。それを三人の歌に託して遊ぶ。こうして咄は遊びからうまれるのであろう。

つぎのは『醒睡笑』（巻之五）に「人はそだち」として分類してある。

山の一院に児三人あり。一人は公家にておはせし。坊主、「年に二度物思ふ」といふ題を出せり。

春は花あきは紅葉の散るをみて年にふたたび物おもふかな

一人の小児は侍にてありし。「よるは二度物おもふ」といふ題なり。

宵は待ちあかつき人のかへるさに夜はふたたびもの思ふかな

いまひとりの児は中方の子なり。「月に二度物思ふ」といふ題にて、

大師講地蔵講にもよばれねば月にふたたびもの思ふかな

もちろん前のふたつの咄と同工異曲であるが、少し趣向をたてている。なるほど「人はそだち」で、歌にもそれがあらわれる。三者三様の歌いぶりである。同じように「二度物思ふ」を歌の題とするにしても、『醒睡笑』のこの違いはどこからくるのか。おそらくこの咄は説教の場をくぐりぬけているのだろう。いずれそのことに触れる機会はあるだろう。まずは指摘にとどめておいて先にすすもう。

歌の遊びから咄がうまれてくる。前に示した三つの例は、そのことを語っている。もちろんもっと具体的に見ていく必要はあるが、その前にさまざまな歌の遊びのあることを、いましばらく追いかけてみよう。『臥雲日件録抜尤』は「和尚と小僧」の咄を記録しているが、これも題詠の遊びである（寛正六年三月廿日条）。

三蔵主来、又話三井寺三児和歌、蓋三児之師、持金盆一枚、命三児令詠和歌、以櫻花為題、意在以盆可付能詠者也、小児歌日、「櫻花、第四静慮ニ、サカセハヤ、風災ナクテ、イツモナカメン」、―「櫻花、第四静慮ニ、サクトテモ、眼識ナクテ、イカヽナカメン」、―「櫻花、第四静慮ニ、サクナラハ、下地ノ眼識、カリテナカメン」、其師曰、三歌皆好、於是破盆作三付三児云々

師の坊が「桜の花」を題として上手に歌を詠んだなら、ごほうびに金のお盆をやろうという。そこで三人の児がそれぞれに詠んだ。いずれもたくみに詠んだので、師匠は金盆を三つに砕いて与えたという。横川景三が語った咄である。「第四静慮」とは、欲界の迷いを超えて色界に生ずるための瞑想のうち、苦楽を超えた瞑想の境地をいう。桜の花の美しさはそんな境地を超えたところにあるとでもいうのだろうか。もしそうだとすれば、歌の遊びとはいえ、いかにも禅僧の好みそうな理屈っぽい話である。

同じ歌の遊びでも、こちらは興福寺・多聞院の僧侶が記録したもの（『多聞院日記』天文十年条）。禅僧の話題とはちがって、ずいぶんくだけている。その例を二つ示しておこう。

（1）同上ニ「犬」トおき下ニ「まさる」と云テ一首アルヘシトアリシカハ、

小児　風いぬるとはかりきけはさく花の今一しほにいろまさるなり

中児　なく犬のこゑすこかりしおりふしはおかしらともに色まさるなり

大児　犬の時子の時までもかくせすり毛つひおもへはおへまさるなり

（2）師匠児三人アリシニ、「ノホラハヤ」ト云五文字ヲ置テ、好ノママサル前句アルヘシトアリシカハ、

小児　登ハヤ我手トツカヌ花ノ枝

中児　ノホラハヤ都ハ花ノサカリニテ

大児セスリ声ニテ　ノホラハヤアヲノキフセル開《ツビ》ノ上

児三人、なかでも大児の歌は、卑しすぎてばかばかしい。これも与えられた歌の題にしたがった題詠の遊びである。あとの話（2）などは近世の雑俳、いわゆる笠付け、冠付けにひとしい。上に「ノボラバヤ」という五文字を置いて、付け句を競いあっている。もちろん三人の児の歌に託して作られたたわいもない笑話であるが、こういう咄がうまれてくるいきさつを考えるうえで、とてもいい材料となる。咄のうまれてくる経緯をさらに追いかけてみよう。

二　前句付けの遊びと狂歌咄

連歌にしても俳諧にしても、付け合わせることが基本である。「ノボラバヤ」の上句につづけて五・七と付けるところに遊びはある。「合わせる」遊びにも長い歴史はあって、「歌合せ」のほかに「貝合わせ」、「絵合わせ」、「根合わせ」などさまざまであるが、付け合いの文芸も「合わせる」ことを旨とする言葉の遊びといってもよい。こういう遊びのうちから咄はうまれてくる。

同じ『多聞院日記』（天文八年八月二十一日条）を例にとってそのいきさつを示してみよう。多聞院に柳江という連歌師が訪れてしばしば連歌に遊ぶ。(1)

同人（山崎の柳江という連歌師）、こまにて

立つもたたれずいるもいられず

山のはの雲にいくたび夕あらし

此前句ニテ古クハ

はぬけ鳥つるなき弓におどろきて

前句は意味不明であるが、付け句でそれを解釈してみせる。謎のような前句を出して、付け句でそれを解いて遊ぶ。柳江は同座する人々に、古い付け合いを先例として示したのであろう。それを前句としてあらたに付け合いを楽しんでいる。その古句は、『犬筑波集』（雑部）のつぎのもの。

ゐるも居られず立つもたたれず

羽抜鳥弦なき弓におどろきて

俳諧の連歌がどのようなものであったかよくわかるだろう。前句の謎を付け句で解く、「付け合い」の遊びなのである。こういう例はいくらもある。同じ『犬筑波集』（雑部）から。

ふくもふかれずするもすられず

われ笛のさらば篩になりもせで

山伏の貝われずずの緒は切れて

硯水うみにほこりのたまりきて

「付ける」とは何か。あらためていうまでもないが、正体不明の謎の句に、意味を与えて解釈すること。さまざまな付け句が出されて、いろいろに解釈が示される。句を付け合わせる楽しみが、そのままなぞ解きの遊びになっている。単純ではあるが、座を同じくする人々が、共同で楽しめるところに、前句付けのおもしろさはあったのだろう。

共同で句を作りあげていく遊びから、咄がうまれてくる。作られるのは句ばかりではない。咄もまたこしらえあげられる。たとえば『伊勢誹諧聞書集』の前句付けがそれである。(2)

内宮西行谷連歌満座之後三人会合前句付

吹もふかれずするもすられず　といふ前句に

山伏の貝われ数珠のをがきれて　宗祇

いましめの硯の上に塵有て　宗長

われ笛のさらはささらに成もせで　守武

伊勢西行谷での俳諧ならば、やはり神宮ゆかりの守武をつれてくる。たとえ嘘にしても、彼を一座にくわえて、宗祇、宗長との付け合いとする。それだけであらたな連歌咄となるのである。もちろん高名な連歌師に付会されるには、別の理由がある。彼らの句とすることが、そのまま彼らの賛嘆につながったのであろう。文字で読むことに慣れたわれわれには想像しにくいが、これが話題となった咄の場では、おそらく宗祇たちの即吟とされたにちがいない。俳諧の連歌は即吟、すなわち付け合いの早さも競われたのである。それを彼らの手柄として話したのがこの咄である。彼らの機知がこうして讃えられたのである。もう一話その例をあげてみよう。

有時宗祇宗長牡丹花三人風呂へ入りける。にたちすぎければ

ふくもふかれずするもすられず

と宗祇いひければ、おもしろし、これに一句づつつかまつらんとて

われぶゑのさらばささらに成もせで　宗長

山ぶしのかいわれじゆずのをはきれて　牡丹花

いましめのすずりのうへのほこりにて　宗祇

さきほど前句に意味を与えること、それが付け合いの遊びであると述べた。『新旧狂哥誹諧聞書』のこれも前句付けであるが、「ふくもふかれずするもすられず」の一句が、あらたに解釈されて咄が作りだされる。「する」と「ふく」の縁から、宗祇、宗長、牡丹花の三人が風呂に入る設定となる。ところが、湯が熱すぎて、「拭く」にもふけない、「垢すり」もできやしない、というのである。この宗祇の句に興じて、三人は前句付けに遊ぶ。句の解釈としてはそれに尽きるだろうが、これも即吟であることが前提となっているのを、やはり忘れてはならない。それがこの咄のおもしろさを保証しており、三人の連歌師を讃えることになる、というふうに読む必要があろう。宗祇たちを讃えながら連歌（俳諧）の楽しさを満喫していた咄の場があったことを思いえがいてみればよい。一座して句を作る場は、歌・連歌の話題に遊ぶところでもあった。

そう考えるならば、つぎのような狂歌咄が作られてもふしぎはない。根岸鎮衛が『耳嚢』に書きとめた（巻の八・細川幽斎狂歌即答の事）もの。

予がもとへ来れる正逸といへる導引の賤僧あり。もとより文盲無骨にて、そのいうところ取るにたらざれど、ある時話しけるは、太閤秀吉の前に細川幽斎、金森法印いま一人侍座せるに、太閤いわく、「吹けどもふけずすれどもすれず」という題にて前を付け、歌詠め」とありしに、一人、

ほらわれて数珠うちきってちからなくするもすられず吹きも吹かれず

金森法印は、

笛竹のわれてささらになりもせず吹きもふかれずすれどすられず

と詠みければ、「幽斎いかに」とありしに、「いずれもおもしろし。我らは一向に埒なき趣向ゆえ申し出さんもお

こなれど、かくあるべきや」と、

すりこ木と火吹き竹とを取り違えふくも吹かれずするもすられず

と詠ぜし由。滑稽の所、幽斎その要を得たりと見ゆ。

幽斎に結びつけられているが、それが事実かどうかは問題ではない。滑稽の一首によって太閤を感心させた「即答」の頓才に笑えばいいのである。咄の世界では、ときに幽斎はこういう滑稽人物として登場してくる。それよりもむしろ、この話が歌徳説話の体裁をそなえていることに注意すべきだろう。「滑稽の所、幽斎その要を得たりと見ゆ」ということばからは、幽斎の頓作に感心した太閤の満足げな顔が見えてくるようだ。こうして幽斎の機知をたたえるのがこの話である。一句そのもののあたらしみはない。周知の「前句付け」の一句を狂歌咄に仕立てたにすぎない。おそらく俳諧師か狂歌師が作者であろうが、彼らはこういう話を作りあげては、「歌の手柄」を語りついできたのである。

三　前句付けの遊びと昔話

歌の徳を語るのは、俳諧や狂歌をたしなむ者だけではない。昔話の世界にもそれは伝えられていく。もちろん一句をたくみに付ける手柄がたたえられるのである。『角館昔話集』に収められた「和尚と小僧」の話はこんなふうに語られていく。(3)

むがしあったぞん。あるお寺に和尚と三人の小僧がいてあった。その和尚さんは大変吝嗇《けちんぼう》で、檀家から何貰っても小僧コ達には食わせないで、自分一人で食うのであった。

ある日「小僧さんに食べさして呉《け》れ」とて、梨を一つ貰ったが、さすがに自分一人で食べることが出来ないで、考えた末三人の中で、「切りたくもあり、切りたくもなし」という言葉を付けて、一番上手に歌を詠んだ者に梨をやるといって、先ず一番大きい小僧から、といったらその小僧は、

春先に障子にかかる梅が枝　切りたくもあり切りたくもなし

と詠んだので、和尚は、これに梨を取られるかと思ったら、次の小僧が、

硯箱の懸子《かけご》に余る筆の軸　切りたくもあり切りたくもなし

和尚はそれを感心してしまった。最後に一番小さい小僧に詠めないかも知れないが詠んで見ろというと、

梨一つ惜しむ坊主の空《か》ら頭　切りたくもあり切りたくもなし

と詠んだものだから、和尚は真っ赤になって怒って逃げる小僧の後を本堂をグルグルグル廻って、追ってとうとう捕まえた。そして「碌でない奴だ」と、頭をグワンとぶんなぐると「ブッ」と屁を垂れる。小僧は直ちに、

たちまちに国は二ケ国出でにけり　頭は播磨尻は備中

と詠んだ。それにはさすがの和尚も感心して、「梨はこの小僧に取られた」といってやったと。なあ。トンピンパラリ。

憎たらしいが、歌をいちばん上手に詠んだ小僧に梨は与えられる。こういう話を運んだのは誰か、いきさつは不明だが、全国にひろく分布することから、歌による「おどけ話」が好まれたことはわかる。憎まれっ子の小僧に託して「歌の手柄」を語って歩く連中がいたのである。

この話も時代をさかのぼって、遠く『犬筑波集』（雑部）にまでたどりつくことができる。

切りたくもあり切りたくもなし

ぬす人をとらへてみればわが子なり
さやかなる月を隠せる花の枝
こころよき的矢のすこし長きをば

単純な前句付けの遊びである。工夫してさまざまに付ける妙味が競われたのである。のちに松永貞徳が『あぶらかす』のなかで、「きりたくも有り切度もなし」の一句に、さまざまな付け合いを試みている。(4) それは初心者にむけての俳諧指導であるとともに、俳諧がもつ遊びの一面をアピールするものではなかったか。二句一章の付け合いの遊びから連歌の習練は始まる。そしてその遊びのなかから、あらたな咄がうまれてくる。つぎの『新撰狂歌集』の一話がそれである。

有寺へ檀那より大なるありのみ一つをくりければ、これに付て一句すべし。よく付けたる人に此なしを参らせんとて、坊主

きりたくも有きりたくもなし
硯箱のかけごにあまる筆の軸　　大ちご
月かくす花のこずゑを見るたびに　　小ちご

いづれも心をつくし給へば、しんぼち罷出、それがしも一句付申さんとて

なし一つおしむ坊主の細首を

といひければ、坊主腹を立ててかのなしを打ちつけければ、やがて取りて逃げける。

これも「和尚と小僧」の話である。付け合いは『犬筑波集』（雑部）のそれと大同小異であろう。しかし、「和尚と小僧」譚として語られるところに、付け合いを超えたおかしみはある。発心したばかりの新発意の、悪態のような一

句が笑いをさそう。前句付けに遊ぶ俳諧の座が、こういう咄をうみ出したのであろう。

もちろんこの話と昔話のあいだには、はるかな時代の隔たりがある。たとえば狂歌咄にある「あり」と「なし」のことば遊びが、昔話にはない。「なし」を「ありのみ」といって縁起をかついだ時代の思考が、昔話を語りついだ人々には、すでに理解できなくなったのである。そんな知識はないにしても、それでも「和尚と小僧」の話に託して、憎たらしい小僧っ子の機知に笑ったのは、昔も今もおそらく変わりはなかろう。

くり返すが、この咄（昔話）が歌を話題とするところに注意するべきだろう。いずれも「切りたくもあり、切りたくもなし」ということばに付けて、上手に詠んだ者に梨をやろうというのである。前句付けの遊びにしたがって、「歌の手柄」が語られる。前句付けに遊ぶ狂歌咄が、昔話の世界にも、「歌の功徳」を語る話として伝えられてきたのである。小僧っ子の機知に興じる歌の話題は、時代を遠くへだてながら、「俳諧」の笑いとして語りつがれてきたのである。

四　勧化本の狂歌咄

『三右衛門話』は石川県珠洲市の昔話を収めたものである。(5) そのなかに「リンの歌」がある。これもまた「歌の手柄」を語る。

寺子屋にお菓子がある時に、子供が食べたいでしょう。「和尚さん、お菓子ぃ」てて。「ああ、ほんなら、わしがひとつ上の句をつけるさかい、お前達は下の句をつけ」てて。「はいわかりました」てて。昔は風流なのんびりしたところありまして。「とにかくパリリンとかチリリンとかいう下の句を含んで歌をつくれ」と、こう言わ

れたんですね。ほしたところが、侍の子がしばらく考えとったが、

「りんりんとこぞりに反った小薙刀《なぎなた》、一振り振れば敵はちりりん」

と、こう言うたて。そこで、魚屋の子が、「私も一つ。

りんりんとこぞりに反った赤鯣一噛《ひとかみ》かめば骨はぼりりん」

と言うたちゅて。百姓の子は弱ったんですてや。そんな風な気もありませんし、もじもじしとって。「お前どうや」て。なかなか良《い》い歌が浮ばんがです。「早くやらなだめや」て。「ああ、ほんなら」と言うて、

「けさ麦飯《まま》たべて腹張りりん」

と、こう言うたて。「ああ、そうか、お前の歌はいつでも、わしの言うた気持ちにそうごしとる。ほんな褒美はこれや」と言うて、寺子屋の和尚さんからご褒美をもろうたと。

これも句を付ける遊びであるが、やはり、「早くやらなだめや」というふうに、早く作ることが要求されている。即吟に機転のはたらきがあると考えられていたのである。文字だけをたよりに読むわれわれには、理解がむずかしいだろうが、「早く」詠むところにも話のおもしろさはあったにちがいない。かくして歌とは無縁の無学な百姓の子が、和尚にほめられてごほうびにあずかる。

「歌の手柄」を語っているのだが、歌は、また、侍の子、魚屋の子、そして百姓の子、それぞれの人柄を映す。この話はそんなふうに語る。それも「歌の功徳」と考えられたのだろう。

説教僧はこの話を利用して、説教の材料とした。『勧化一声電』（宝暦十年刊・三冊）がそれである。この本には、上中下の各巻冒頭に「越中砺波　龍正述」とあって、浄土宗の説教僧龍正によって語られた咄であったようだ。(6)ここには中巻「函蓋相応」浄土論註之釈を引いてみよう。

弥陀ノ名号ホド、無上大利ハナケレドモ、不信ノ者ニ持《モタセ》テハ其甲斐アルコトナシ。売物ニハ花ヲ荘《カザ》リ、鬼ニ鉄杖《カナボウ》ヲ持スルハ相応ナリ。今モ勇者ニ利剣ヲ持セ、信者ニ六字ヲ授タルハ、是函蓋相応ナリ。或処ニ三人寄合タル時、沓冠ニリンヲ付テヨムベシトテ、先公家ノ子、

竜胆ノ、花ヲバ一枝手ヲリツヽ、参ル御寺ハ嵯峨ノ法輪

ト。次ノ武士ノ子、

リン〳〵ト反ニソツタル小長刀、一トフリフレバ敵ヤオチリン

ト。後ニ平人ノ子、

リン〳〵トソリニソツタル赤鰯、一トロクヘバ腹ハホテリン

ト。此三子ガ歌ノ位ヲ見ルニ、初メノ歌ハ流石風雅タリ。次ノ歌ハ明暮心ニカクル処、歌モ亦勇アリ。後ノ歌バカリハ一向薬タイモナク可笑ケレ。喩バ笛ヲ吹ニ竹ハ一ツ竹ナリ、息モ同ジ息ナレドモ、音ハ穴毎ニ替ル如ク、此三人モ同天地ニ住テ同人間ナリ、意モ同ジ意ナルベキニ、育ツ処ニ違アツテ、貴賤上下ト隔タリ。今モ爾リ。同ジ名号ナリ、称フル品モ替ラネド、虚仮トモナリ真実トモナリ、育ツ処ニ違フ故、自力トモナリ他力トモナル。

ここに使われている「函蓋相応」の例話は、昔話の「リンの歌」そのままである。「函蓋相応」とは、函と蓋とがよく合致するという意。仏が説いた教えと衆生のそれを理解する能力、教え導く師と学び従う弟子との関係などの相応がいわれる。(7) この咄ではそれぞれが詠む歌とその境遇が相応することをいう。いわゆる「人は育ち」である。こういう例話を示して、阿弥陀仏への帰依を勧めるのである。人の「育ち」は隠せない。歌にそれはあらわれる。説教僧はこうしてたくみに歌を活用する。昔話を利用しながら、「リンの歌」が持っていた「歌の手柄」のモチーフをずらしていく。「歌の手柄」によってほうびを手にするという趣向から、「育ち」は歌にあらわれるという「函蓋相応」の

例話にしてしまう。おそらくは説教僧の工夫であろう。それが説教の場を離れると、ひとり歩きして、つぎのような「落とし咄」となる。

去公家衆のちごと侍の子と、又ひとりは百姓の子と三人、都吉田山にゆいて、ちごのいひけるは「歌詠みてなぐさまん」とて、則りんとはねる題にてまづ児の詠めるは、

りんどうの花を一枝おりもちて参るところは嵯峨のほうりん

侍の子よめり、

りんりんと小ぞりにそつた小長刀一ふりふれば敵はおぢりん

又百姓の子詠めり、

りんりんと小ぞりにそつた赤いはし七疋くへば腹はぼちりん

とそれぞれの暮しに付て詠めるもおかし。

『諸国落首咄』（巻三・「兎角そだちははづかしきもの」）の一話である。ずいぶんこれはわかりやすい。「育ち」は歌にあらわれる。「リンの歌」の昔話は、説教の場をくぐりぬけて、「りんとはねる」ことを題にした「落とし咄」になる。(8)「育ち」はあらそえない。歌にもそれはあらわれる、といっておもしろおかしい歌が示される。冒頭にあげた『醒睡笑』（「人はそだち」・巻之五）も、機知に興じる歌の遊びが、説教の席に持ちこまれたものと思われる。かつて策伝もこういう咄を、説教の席で「ひとはそだち」の例として語っていたのではないか。

五　難題歌と幽霊済度譚

浄土宗の説教僧龍正は、『勧化一声電』に歌の話題をたくさん挿みこんでいる。その歌は多く昔話とかさなる。つぎのものその一例である。

サテ或処ニ三人寄居テ、「思フホドニハ云ハレザリケリ」ト云句ニ付タル。一人ノ云ク、「山賤ノ薪ニ花ヲ折ソヘテ」ト。是ハ薪ヲ定トシムレバ、花ノ損ズベキナレバ、思ホドニハユハレザリケリト。一人ノ云ク、「相見テノ舟デモノイフ別カナ」ト。是ハ語ラントスルニ早モ舟ノ行過ユヘ、思ホドニハイハレザリケリト。一人ノ云ク、「ボタ餅ヲ口ニ一ッパイハウバリテ」ト。折ワロクハウバリタル処へ来タ人ニハ、挨拶ダニモ思ホドニハ、云ハレザリケリト。（下巻「信心歓喜」）

これなども「思うようには言われまい」の一句を付け合って、ごほうびに餅をせしめる昔話がある（『安芸国昔話集』・「貰うた餅」[9]）。おそらくこれは、歌がかつては説教のタネとして用いられていたことを語るものであろう。龍正は説教僧として歌にかかわる話題を『勧化一声電』のなかにあつめているのである。思えば「一声」とは能楽用語で、シテが登場して最初にうたう短い謡の詞章のこと。七五調三句を基本形式とする。こういう歌の話題をタネとして、阿弥陀仏への帰依へと誘うのである。その方便が歌、ことに「難題」の歌である。龍正はいつも「難題」の歌を話の末尾に添える。

難題ニ今宵ノ月ハ在レ天ト云　○影ウツス、水ハ氷ニ閉ラレテ、今宵ノ月ハ天ニコソアレ、ト。是水ダニアレバ必ズ移ルベキ月ナレドモ、氷ト成テ宿サヌ故、今宵ノ月ハ、地ニハナクテ、天ニバカリアルゾト也。今モ弥陀ハ

天ノ月ノ如、衆生ノ信心ハ水ニ移月ノ如

（上巻「唯恨衆生疑不疑」般舟賛之文）

こんな具合に「難題」の一句が示されて解釈がつけられる。さらには歌に託して、称名念仏の一大事が語られる。しかもこの「難題」の一句「今宵の月は中空にあり」は、昔話「月の発句」にしきりに出てくる。[10] いま少しこの「難題」の歌について考えてみよう。

難題ニ囲炉裏ノ海ト云ヲ　○書ナラス、跡ハ汐路ノ浜ニ似テ、囲炉裏ハ海カ、オキノ見ユルハ、ト。此意ハ、イロリノ灰ニ文字ヲ書ナラスニ、其跡ヲ見レバ汐汲浜辺ニ似タリ、サアレバイロリヲ海トモ云ベシ、オキノ見ユルカラハト、沖ト熰ト通シテヨミタルナリ。

（中巻「不覚転入真如門」）

これもそのひとつ。「難題ニ」とあるのは、いずれの場合も、つづけて歌一首が紹介されることから、おそらく「難題歌」のことであろう。その歌とは、すでに『犬筑波集』（雑）に見えている。

灰ならす火ばしの跡は浜に似て
　いるりは舟かおきの見ゆるは

この解釈は、龍正の説明で尽きている。「灰ならす火ばしの跡は浜に似て」という前句を難題として、付け句でそれを解く体裁になっている。この前句付けが、『新旧狂哥誹諧聞書』では、太閤と幽斎（玄旨）との問答にかわる。

太閤秀吉公御たき火あそばすとて、いろりの灰、火ばしにてかきならし給ひ、
　かきならす灰は汐路の浜ならし

付句　　玄旨
　いろりは海かおきの見ゆるは

単純な連歌咄であるにしても、難題を解いた幽斎に、太閤も兜をぬいだにちがいない。これもおそらく即座の返答

であったにちがいない。それならばやはり歌徳説話である。説教僧龍正は、こういう「難題歌」を書き留めては、説教の席で活用したのであろう。それがふたたび昔話として伝流していく。『対馬の昔話』から「灰の発句」を示してみよう。(11)

むかしね、もう八十あまりだったお爺さんがね、なにもできず、毎日、いろり端で火をぬくんでおった。なにも仕事がないから、暇しゅうて、箸を持って灰を混ぜよった。ところで、どうもその、波、波に詠んだわけ。歌を一つ作った。

かきならす灰は　浜辺の波にさも似たり

どうしても先の句が出てこない。毎日考えていたが、浮かばないまま、とうとう死んでしまった。ところが、死んでその晩から、化けて出て来る。幽霊が出て来て、

かきならす灰は　浜辺の波にさも似たり

と言うと、ぽおっと消える。毎晩出て来る。

息子はその部落で歌を作る上手な人がおったもんじゃけえ、そこに行って、なにかいいことなかろうか、こうしてうちの親父が毎晩出て来ていけん、と言った。そこでその人が、「よし、おれが今夜やってやる」。その人が来て、夜が更けわたって、一時、二時のところで、幽霊がぼおっと出て来た。そしたら、頼まれた人が、

いろりが海か　沖(燠)が見えるぞ

と詠んだ。明け晩から出なかった。

これも歌徳説話である。一句に執着を残して死んだ幽霊が、付け句によって救われて往生する。歌徳説話の形をとりながら、幽霊済度譚ともなっている。歌の上手が付けた句によって、幽霊は一句の執着から解きはなたれる。この

付け合いは、いわば「難題」を解く歌である。この昔話も、おそらく説教の場をくぐりぬけているにちがいない。時代をさらにさかのぼれば、幽斎の歌徳説話に、さらには『犬筑波集』の付け合いにたどりつくのである。説教僧は、しかし、前句付けや歌徳説話を材料にしながら、「難題歌」を用いて、一句の執着から解きはなたれる幽霊済度譚をこしらえあげた。そこに説教僧の工夫はある。もちろんこのいきさつは、もう少し具体的に論じなければならない。

六　歌への執着

ここに「芭蕉諸国物語」ともいいうる写本、『行脚怪談袋』（安永六年以前写本）がある。[12] 体裁は『宗祇諸国物語』にも似て、芭蕉の廻国物語に託した怪異譚である。もちろん芭蕉翁には何の関係もない。さて、あるとき芭蕉は俳諧数寄者に歓待されて、一句を求められる。ところがそれは芭蕉をためすような難題の句であった。

其後皆々、芭蕉へ望み、

「下より上へつるしさげたり」

という題を出し「先生は此道にあまねくかしこければ、なんと此題へ一句を付けて見給へかし」といふ。芭蕉「是は難題かな」と暫くも思案なせしが、かたわらの筆をとり其題の次へ書付る

風鈴の思わずにみる手水鉢

と吟じければ、仲屋を初め一座の者おのおの感じ入しとかや。

これも「難題歌」の話である。もちろん難題をこともなく解いた芭蕉をたたえる歌徳説話ともなっている。ただし、この話にはもうひとつの趣向が隠されている。もちろんことは「難題」にかかわる。「下より上へつるしさげたり」

という前句がそれである。たしかに正体不明の一句であるが、これには隠された意味がある。この物語が「怪談」と題されていることを思えば、「下より上へつるしさげたり」というのは幽霊である。「さかさまの幽霊」、この世に執着を残して死んだ幽霊の姿である[13]。これは一句に執着を残して死んだ「幽霊の句」なのである。芭蕉はこの「難題」を、「風鈴の思わずにみる手水鉢」と解いた。手水鉢に映るさかさまの風鈴。もちろん隠された意味を承知のうえで、夏の涼しげな景に転じてみせたのであろう。こうして芭蕉は讃えられるにしても、眼目はやはり「難題」の歌にある。

「幽霊の歌」といえば昔話にもある。『奥備中の昔話』から「幽霊の上の句」をあげておこう[14]。

昔、あるところに、どうも幽霊が出ていけんのじゃ。何人《びと》が通うても、そこを通りゃあ幽霊が出る。せえで、ある人間が、肝《きも》のいい人間が、なんでもひとつその幽霊を調べて、話ゅうしてみちゃろうというので、その幽霊へ話したところが、

『下より上へさがるものなり、下より上にさがるものなり』

言うて、せえから、その人間が、こりゃあ歌にこがれて死んだんじゃ。上の句が分からんじゃったんじゃろう思うて、

『池の上の下がり藤、下より上へさがるものなり』

と。そうしたら、にこっと笑うて、それぎり出んようになった。

昔こっぷり。

これも「難題歌」の話である。歌にこがれて死んだ幽霊の上の句を付けて、往生させてやる。歌への執着を強調して、救済の機縁となった一句の功徳を語る。すなわちこれも「歌の功徳」を説く昔話である。かつてこういう「幽霊の歌」の話は、龍正のような説教僧が語っていたのではないか。「難題歌」の話として、説教の材料になったのであ

る。

そのことは『越中射水の昔話』に収められた「和尚はん助けた蓮如様」がはっきりと示してくれる。[15]

昔々、或時蓮如様が旅を歩かはったがやと。そしたら、どこでやら知らねど暗なってしもうて弱ってはったとい。どっかねいい宿ないかい言うて尋ねはったれど、なかなか目ね当らんだと。そしたら或在所の者《もん》来て、「たわいない昔からの空寺一軒あんがやれど、あこならどうや」言うて教えてくれたもんやけでそこへ尋ねていったがやとお。

蓮如様そこで泊まるがねして、ごはん食べてしもうてから休まはったとこがのお、夜になってから、何処やら知らねど、人が来たがや思うたがと一緒に、すうーっと枕元へ和尚はんが一人出て来て

「下から上へ下がるもん」

言うて、蓮如様の顔を上から覗いたとおい。そしたら蓮如様がすぐと、

「藤の花水にうつして見るときは下から上へ下《さ》がるこそすれ」言うたとお。そしたら和尚はん喜んでしもて、「おら問答に負けてから長いこと迷うておったれど、こっでこさ成仏でつける」言うたとお。そして、すうーっと姿消えてしもうたとお。空寺のこた何宗やったか知らねど、そっから真宗へかわって何処やらにあるいうこっちゃてえ。

越中は真宗に対する信仰が厚いから、土地柄にふさわしく蓮如さんの讃歎話にとってかわる。この昔話集に解説をつけられた伊藤曙覧によれば、この話は説教僧によって語られたという。[16]

又仏教との関連で気付くのは、化け物昔話において、越中の仏教的伝統による変形ということに気付く。ことに蓮如上人によって迷っている坊主が救われる話はその一例とみられる。（中略）つまり説教僧、民間仏教宣布

者などが加わっていたと考えてみなければならない。

もちろん真宗地帯の越中だから、蓮如さんに結びつけられるのは自然であるが、元来こういう「難題歌」の話は、龍正のような説教僧によって語られたのだろう。「難題歌」に託して、幽霊の執着を解きはなつ済度譚を、彼らはこしらえたのである。

前句付けの狂歌話や「歌の手柄」を語る歌徳説話（昔話）が、彼ら説教僧の手にわたることによって、歌への執着を語る幽霊済度譚として装いをかえて生まれたといってもよかろう。

昔話を利用して、説教僧は幽霊済度の話を作りあげる。一句に執着する幽霊の歌は、難題歌とはいえ、本来は前句付けの遊びである。たわいもない俳諧の遊びである。遊びとはいえ、しかし、「即答」の機知に興じる咄を、幽霊済度譚に仕立てあげて、一句への執着を語りえたのも、「歌の功徳」を語る長い歴史があってのことであろう。説教僧はもちろん、民間にあって昔話を語りついだ人々も、そのなかに身をおいていた。二句一章の前句付けに遊びながら、付け合いの「早さ」をも競う。そこからうまれた歌徳説話のうちに、幽霊済度譚もくわえられる。これも日本の口承文芸のひとこまである。

注

（1）鈴木棠三「連歌と笑話」（『中世の笑い』所収）平成三年。
（2）島津忠夫「連歌師と咄」（『連歌史の研究』所収）昭和四四年。
（3）武藤鉄城編『角館昔話集』（全国昔話資料集成12）。

（4）鈴木棠三「犬つくばの世界」（『中世の笑い』所収）平成三年。

（5）大島広志・常光徹編。

（6）西田耕三校訂『仏教説話集成　一』（解題　西田耕三）平成二年。

（7）『当麻曼陀羅疏』は浄土宗・聖聡上人の著作であるが、その巻十二に「函蓋相応」の用例が見える。
サテ顕シ玉ハン尊像ニハ可レ織ニ何法何経一ヲモ之処ニ織下顕セリ説ク此経ノ韋夫人ノ能請ノ得益一五百侍女ノ発心往生之経文上ヲ時機相応シ玉ヘル是即此曼陀羅ノ所表隨感函蓋相応セリ

（8）「リンの歌」の初出は、おそらく『多聞院日記』（天文十年条）の一条であろう。

リントウヤキ、ヤウノ花ヲヲリ持テマイル所ハサカヤ法輪
リン〳〵ト尾頭ハヌルナマイワシクウテノ後ハ腹ハホチリン

この歌が「はね字」の遊びであることは、かつて論じた（拙稿「はね字の遊び—聯句・連歌・俳諧—」（『咄・雑談の伝承世界』所収）平成八年。

（9）磯貝勇編『安芸国昔話集』（全国昔話資料集成5）昭和四九年。

（10）たとえば稲田浩二・福田晃編『大山北麓の昔話』（昔話研究資料叢書4）にも収められる。

（11）宮田正興・山中耕作編『日本の昔話24』昭和五三年。

（12）伊藤龍平「翻刻　会津図書館所蔵『怪談大雙紙』」（『國學院大學大学院　文学研究科論集』28号）。

（13）服部幸雄「さかさまの幽霊」（『さかさまの幽霊』所収）平成元年。信多純一「西鶴謎絵考」（『にせ物語絵』所収　平成七年）

（14）稲田浩二・立石憲利編（昔話研究資料叢書8）

（15）伊藤曙覧編『越中射水の昔話』（昔話研究資料叢書6）昭和四六年。

（16）前掲伊藤編著（15）解説

第三章　おどけ者の歌

――鳴滸の軽口話――

一　吉四六《きっちょむ》の歌

もうずいぶん昔のことになるが、「おどけ者」を論じて、歌が彼らの大切な要件であると述べたことがある。[1] 狂歌話を題材としたのだから、結論がそこへと落ち着くのは当然である。ここでふたたび「おどけ者」を取りあげるにあたっては、室町末から近世初期の説話を対象としたい。必要に応じて民間説話（昔話）と比較しながら、「おどけ者」説話の、［歌］とその発想について考えをめぐらしたい。まずは民間説話をひとつ例にとってみよう。「夏冬一緒」という民間説話である。

山の中の男が町へ炭売りにいった。冬のことで下に布子を着たが、綿入れを汚すと洗濯が厄介だと思ってその上に単衣物《ひとえもの》を着て、炭を一俵背負って出かけて行った。町の店で炭を買ってもらったが、店の番頭が、「炭屋さん、俺ん歌ぁ一つ詠んだから聞いてくりよう」といって、

夏冬が一度に来たか炭屋さん下に綿入れ上にかたびら

と詠んだ。炭売りはいまいましく思い、その番頭の顔を見るとめつきしで一方の眼がふさがっていた。炭売りも負けん気になって、「そりゃなかなか面白い歌だ。ところで番頭さん、俺もいま歌ぁ一つ詠んだから聞いてくりょ

う」といって、

夜昼が一度に来たか番頭さんあいた眼もありあかぬ眼もあり

と詠んだ。そこで番頭も何も駄目だった。（山梨県西八代郡上九一色村）

関敬吾が狡猾者譚に分類した笑話である。(2)歌によって番頭は言い負かされる。この「おどけ話」は、東北から九州地方まで広く分布して、特に九州地方では、吉四六話、彦八話、あるいは彦市話となり、中国地方では、佐治谷話の中にも含まれる。山出しの炭売りが、思いもよらぬ歌の才で、番頭をやりこめてしまう。これが九州大分では、吉四六さんに結びつけられる。今はその梗概のみを示しておこう。

吉四六さんが夏風邪をひいて綿入れの上に帷子衣を着て町に出る。呉服屋の片目の番頭が「夏冬が一緒に来たか吉よむさん、上にかたびら下に綿入れ」というと、「夜昼が一度に来たか番頭さん、あいた目もあり眠った目もあり」と返歌。

宮崎一枝編『国東半島の昔話』は、この吉四六話を「座頭話」に分類してのせる。座頭の語った話だとすれば、おのれの境涯によそえた悲しい「をこ話」といえる。歌という言葉の技が、相手をへこます「おどけ者」の頓才としてたたえられる。それならばおどけ者の歌は、頓作話のなかでどんな意味をもっていたのか。そこに歌の、そして本稿の課題はある。歌はなぜおどけ者の言葉の技に結びつけられるのか。ともかく今は、おどけ者の頓作が、歌に託して語られていたことに留意しておこう。

二　藤六の歌

おどけ者の頓作といえば、はるか時代をさかのぼって、藤六に指を折らねばならない。それについては、大島建彦氏に懇切な仕事がそなわるので、あらためてふれる必要はなかろう。(3)かれの頓作の才能は、『藤六集』の俳諧歌にわずかにうかがえる。しかし、その歌集の歌にさえ、さまざまに異伝がある。それに加えて藤六、すなわち藤原輔相の実伝さえよくわからない。ただ当意即妙の歌に長じたこの才人には、すでに「をこの者」の像がうかがえる。『古本説話集』(巻上・第二十五話)や『宇治拾遺物語』(第四十三話)が、その頓作の面目をよく伝えている。

また『袋草紙』が、輔相藤六の歌を記録して、「をこ」の姿をとどめている。これがなかなかおもしろい。昔は牢獄の前に菊を植えていたそうな。ある日、藤六が牢の前を通りかかったとき、囚人が走り出てきて、藤六を門内に引き入れてこういった。おまえはすぐれた歌人と聞く。ついてはこの菊を題にして一首詠んでみろ。そこで藤六は、即座につぎの歌を詠んだ。

人やうゐしおのれやおひしきくのはなしもとにうつるいろのいたさよ

囚人、この歌に感動して、藤六を許したという。歌によって危機を逃れる、厄難克服譚である。「人や」は「人屋」(牢獄)、「しもと」には、「笞」と「霜」、「うつる」には、「打つ」と「移る」、「いたさ」には、「痛さ」と「甚さ」が、それぞれに掛けられている。さらには「獄・笞・打つ」は縁語となる。題詠の歌に修辞をかさねて、藤六の頓才を誇っているのである。「菊」を題として、霜をいただく菊を、獄につながれた囚人になぞらえた「見立て」の歌である。

ひとり藤六に限らず、歌の才能は、「をこの者」にとって、欠かせぬ能力であった。その才能とは、大島氏のことばを借りれば、「当座の俳諧」ということになろう。頓作の俳諧歌で、人の頤《おとがい》を解くのが、彼らの即興の技であった。平安朝の「をこの者」、藤六の興言利口が、はるか時代を隔てて、民間説話の「おどけ者」話のうちに伝えられる。わけても彼らの利口の才は、歌によって示される場合は多い。この理由をどのように理解すればよいか。その問いに答えようとしたのが、柳田國男である。彼は『女性と民間伝承』のなかで、「狂歌咄の大多数は、座頭の原作であろう」と述べて、『醒睡笑』の例を引いている。

座頭の、出居にやどをかりて寐《い》ねたるを、うち忘れ、呼びも出さず、つきたる餅のあたたかなるを、家内の人ばかりくふ座敷へ、

餅つくと目にはさやかに見えねども杵の音にぞ驚かれぬる

気転の効いた餅の歌である。もちろん『古今和歌集』所収の藤原敏行の歌を詠み換えている。柳田はこういう餅話のなかに、彼らの利口の才を認めたのである。この説明は、座頭の持ち歩いた文芸を語って、とてもおもしろい。柳田の説明を前提にすれば、前述の吉四六話に同じく、ここでも狂歌話と座頭は結びつく。おそらく座頭みずからが、おどけ役を引き受けて、その利口の才を歌に託して、座をにぎやかにしたのだろう。もちろんこれは狂歌話に限ってのことであり、中古、藤六の「をこ話」の作者を、座頭だといいたいのではない。歌が「おどけ者」の才能として伝承されてきたことを、歴史をたどって、確かめてみたのである。

三　おどけ禅亨の歌

狂歌話の多くが座頭の作になる、というのは、なかなかおもしろい推論だとしても、まだまだ検討の余地はある。狂歌話とはいってもさまざまにある。たとえばさきほどの藤六説話はどうだろう。危難を俳諧歌によって逃れる頓作話ではあるが、歌徳説話の形式をとる。頓作（俳諧歌）とはいえ、歌の機知によって、窮地を逃れる。ありがたい歌の徳ではないか。

これも近世の「おどけ話」を例にとろう。[4]『吾妻むかし物語』が記録する「おどけ禅亨」の逸話である。諸国修行の桑門おどけ禅亨が、牛盗人の疑いをかけられる。牛の持ち主が、「うしとらぬ」という文字を入れて、歌を詠むならば許そう、というのである。難題が課されたのだ。そこで禅亨は、

午未申酉戌《うまひつじさるとりいぬ》はそちへ亥《い》子《ね》丑寅《うしとら》ぬさへ卯きな辰巳《たつみ》よ

と十二支を詠み入れて、窮地を逃れたという。これも立派な歌による厄難克服譚である。

これと同じ話が西行の逸話として、伊勢で書き留められた『かさぬ草紙』（寛永二十年筆写）にのる。あるいは江戸の俳諧師紀逸の『雑話抄』にも、西行のこととしてある。歌の巧みな旅の歌人に、嘘を承知で仮託されるのである。すぐれた歌とはいえないが、その才覚によって、窮地を逃れる。これに類する話はいくらもある。連歌師の例を示そう。こちらは『醒睡笑』が記録する宗長の逸話である（推はちがうた・巻之六）。

久我縄手を葦毛馬・鹿毛・河原毛の三匹に荷を負ほせて行くに、宗長後や先とあゆまれし。馬追ふ者のいひけるは、「お坊主、何か知り給ひたる」。「歌道に心がくる」由あれば、「その儀ならばこの馬三匹を、おもしろく歌

によまれよかし」。

雨ふれば道あしげなる久我縄手日影さらずは末はかはらけ

同じ歌が別の書物には西行に託されて伝えられている（『日待ばなしこまざらえ』）。さきほどの牛盗み話と同類で、こちらは葦毛馬・鹿毛・河原毛を詠み込んだ「物の名」の狂歌である。このようにして高名な歌人や連歌師に託して、歌の手柄がたたえられる。おそらくこのような「物の名」を詠み込んだ戯笑歌が、しきりに作られて、西行や宗長の歌として流通したのであろう。西行や宗長は、「おどけ者」ではない。歌の旅人である。その話が旅をして、都から地方にはこばれ、東北の「おどけ禅亭」の話となったのだろう。おそらくは田舎わたらいの連歌師や俳諧師のしわざであろう。彼らは、歌の才能を誇示して、自らが「おどけ者」を演じて、こんな話を語っていたのであろう。

つぎの一話は、右の事情を語るものであろう（『醒睡笑』落書き・巻之一）。

祇公、周防の山口へ下向ありつれば、

都よりあきなひ宗祇下りけり言の葉召せといはぬばかりに

宗祇に託して語られる狂歌話のひとつ。「言の葉」、すなわち歌の知識を携えて、諸国を歩いた連歌師輩がたくさんいたのであろう。彼らは、頓作話を語って、みずから「おどけ者」の役割を引き受けたにちがいない。「言の葉召せ」という表現には、へりくだった旅わたらいの姿が写し出されている。それならば右の禅亭も、「おどけ話」を運んで旅した咄の者の代名詞であったにちがいない。ここにいう「言の葉」のわざこそ、彼らの本領であったにちがいない。

四　曾呂利の歌

おどけ者の頓作を、歌の手柄を語る話と考えて、いくつかその跡を追いかけてみた。今度は咄の者、曾呂利の「言の葉」のわざをふりかえってみよう。彼こそ近世のおどけ者の代表である。その「詞のたくみに花やかなる事」といえば、「目に見えぬ鬼神」の、眼前に現れるがごとく、その弁舌の巧みなこと、「壺中に天地をこめ、瓢箪より駒を出せし術」にも過ぎるという（『曾呂利物語』）。天地・鬼神をも動かす詞の技、「軽口」という、詞に花を咲かせる頓才によって、別乾坤を建立する。それがおどけ者・曾呂利である。その実像になると、まったくつかみかねるが、逸話はいささか残されている。機知にとんだ歌の才が、軽口の所行として、語り伝えられる。

たとえばこういう話がある。秀吉公に相伴した夜のこと。夜食に蕎麦掻きが供された。これは秀吉の好物である。そこで曾呂利がものした一首（『狂歌咄』）。

薄墨につくれる眉のそば顔をよくよく見ればみかどなりけり

今夜もまた蕎麦掻きか、三日つづきだよ、とおどけてみせる。「そば顔」（横顔）に蕎麦を掛け、「みかど」は、三《み》陵《かど》（蕎麦の実は三角形）と三日を通わせる。さらにもう一つの意味がある。帝を茶化しているのだ。薄墨に化粧した横顔を見れば、帝だったよ。そんなふうに権威を茶化してみせる。おどけ者の本領は、ここにあり、歌によってあらわされる。帝の横顔を、「蕎麦」に見立てる滑稽な俳諧歌、これが曾呂利の「言の葉」のわざである。

よっぽど人気のあった話らしく、『戯言養気集』、『昨日は今日の物語』、『新旧狂哥誹諧聞書』、『古今夷曲集』は、いずれも細川幽斎作としている。もちろんそれもあやしい。多くの狂歌が、幽斎に託されて、彼をおどけ者にしている例はほかにもある。

このような例をあげてゆくと、「おどけ者の名には、話を吸引する力があるようだ」という指摘も、なるほどとうなづけよう。[5] 美濃部重克氏のいわれるように、「これは笑話における大きな問題の一つ」にはちがいない。『曾呂利物語』は、「眼に見えぬ鬼神」を眼前にさせるがごとき詞の技を、言葉を尽くしてたたえる。もちろんこの修辞は、「目に見えぬ鬼神をもあはれとおもはせ」（『古今集』仮名序）という一節を踏まえている。ここにもおどけ者の詞のわざと、歌をつなげようとする心持ちがかいまみえる。いや「言の葉」とは、歌のことをいうのである。それだけではない。「おどけ者」の嗚滸話には、歌の発想が生きている。『曾呂利物語』が古今集仮名序を踏まえて綴られるように。

五　曾呂利の糞尿譚

しばらく歌から離れてみよう。歌とは対照的な、俗中の俗、曾呂利の糞尿譚である（『昨日は今日の物語』）。

関白秀次公の、御咄の衆に、曾呂利と申す者、あまりよく話を仕り候ゆへ、ある時、話につまり候やうにと思し召して、朝のねおきにいまだ顔をも洗はず、目をするする、取り乱したるていにてありけるに、「何か話一つ」と仰せられければ、俄につまりて、夢物語をかたり出しけるは、「さてもこよひ、夢を見て御座候が、ある所へ行き候へば、道に黄金《こがね》がおびただしく落ちて御座候ほどに、「さてもうれしき事かな」と存じ、おもふ存分に拾ひ申し、帰る所へ、落としたる主来たりて、「取り返へさん」と追ひかけ候ほどに、汗水になりて、逃げ候へども、すでに追いつきさうに御座候時、あまり迷惑いたし、はこをたれて御座候が、目さめて、かの金《こがね》をさぐりて見れども、金はあとかたちもなくて、はこをしたたかたれてあつた」と申し上げた。

「はこ」（糞）を「黄金」と見立てた糞尿譚である。言葉巧みな曾呂利をひとつ困らせてやろう、という秀次公の悪だくみである。寝起きを襲って、何がな話を、とせがんでみた。急をつかれて、言葉につまる曾呂利。そこで語った夢物語が、この糞尿譚である。なるほどここには、頓作の歌はない。しかし、俄のこととて、即座に語った話にも、「軽口」の才覚がある。機転のはたらきがある。卑俗とはいえ、「はこ」から「黄金」を連想する。ここに話の作意はある。それこそ、「曾呂利といひけるおどけ者」の、「よろずの言葉に花を作意の軽口は、あまねく世にひろまり」（『鹿の巻筆』）とたたえられる言葉のわざである。

それでは民間説話の場合はどうか。同じく糞尿譚を例として較べてみよう。

貧乏な人が、なんとかしてお金がほしいと、そんなふうに思って、そして神さんさ願かけたのかなあ。百日の願ちゅうやつよく出てくんです。百日、丑の時参りしたちゅうなことね。そういうことに出てきて、そして後、働きに行って、たまたま野原でそれが、チャリンチャリンちゅう音がするので、もうまがってみたら、自分がありやってやったと。黄金《こがね》になってやったと。そしてね、そいつを集めてきたらね、途中で元に戻ってやったちゅうことだにゃあ。きたねえ話。

いわゆる「とりの話」で、下《しも》がかった話である。これは宮城県登米郡の永浦誠喜翁の語りとして記録された。稲田浩二氏の「とりの話」（『昔話の時代』所収）に収録される。前のと同じ糞尿譚であるにしても、こちらは語り手も認めるように、「きたねえ話」である。お金ほしさに願かけする「貧乏人」のおかしみはあるものの、曾呂利話のような「軽口」のおかしみはない。

この二つの話は、「はこ」を「黄金」とする発想を同じくしている。発想を同じくし、どちらも「きたねえ話」にはちがいないが、前者は、寝起きの不意を襲われた曾呂利の機転を強調する。それが「あまりよく話を仕り候ゆへ」と評されるゆえんである。その機転のはたらきを「軽口」という。つまり「はこ」を「黄金」に見立てる機転を、「軽口」とみなしている。そこに、この曾呂利話の作意はある。つまり「おどけ者」曾呂利に結びつけられて、たんなる「きたねえ話」ではなく、機転の効いた「軽口話」となったのである。「軽口」とは、俳諧のことばを用いれば、即興性を生命とする「当座の俳諧」である。(6) 曾呂利の話術と歌の才は、俳諧流行時代の「軽口」といっていい。見立てや縁語、掛詞に遊ぶ俳諧歌こそ、「軽口」のわざである。

六　藤六の糞尿譚

おどけ者の話は、愚かな「をこ話」（愚人譚）でもある。ここにもう一つ糞尿譚を示して、その例としよう。福岡県鞍手郡宮田町に伝わる昔話である（『筑豊のむかしばなし』）。

宮田に藤六どんちう、たいそう凝り性ん百姓がおったげな。ある日んこつ山に柴ば刈りに行って戻りがけ、屁が出そうになったやが、こらえち例の凝り性ば起こし—握り屁は体大そうくせえちう話じゃが、ほんなこつかのう・・・。よし、ものはためしがかんじん、いっちょ、やったれ—ちうて、さっそく尻のすに手ばあてち、こらえっちょった屁ば、思い切り「ブー」ちぶっ放し「それ今じゃ」とばかり握ったげな。

そして、鼻んすに手ば持って行っち、パッとこぶしば開いてにおうたげな。そして、「ウーム。こりゃ、嗅え、握り屁がくせえちうこたあ、ほんなこっちゃ」ち納得ばしたげなやが、行ってん、行ってん、くさかったげな。そりき「握り屁ちゃ、ききしにまさる嗅さばい」ち、こんだ感心しいしい家に戻ったげな。そしたらなし、女房が鼻ばくん、くん、させち、「藤六どん藤六どん、なんかくそうてたまらんが、あんやすかし屁ばこきなさっつろ」ちうたげな。

そりき藤六どんは、いよいよ感心して「なる程、なる程、握り屁ちうもんは、いよいよ聞きしに勝るくさかもんばい」ちうたげな。と、藤六どんの顔ばみちょった女房が、ひょこっと笑いこけだしち「あんた・・・鼻んすばあたってんない」ち、いうたげな。藤六どんが、鼻んすばあたってみたら、なんと、あんたくせえはずたい。実がついちょった。へへ。

ここに登場する藤六も、その名からしておどけ者である。あの平安朝の歌人藤六の末裔である。おそらくは「愚か聟」の糞尿譚が、藤六に結びつけられて伝えられたのであろう。もちろんこの愚人譚の伝承過程は、類話の比較によってすすめられるべきだ。しかし、今はその追跡が目的ではない。しばらくはお伽草子の時代にまでさかのぼって、この「をこ話」の性格を考えてみよう。

『福富草紙』（宝徳四年・一四五二以前成立）には、「乏少《ぼうしょう》の藤太」という貧乏人が登場する。この男、あろうことか、隣の福富の織部に、放屁の芸を習って、織部の教えのままに、二粒の薬を服し、高貴なるお方の御所に参上し、くだんの放屁芸を披露するが、みごとに失敗して、ほうほうの態で我が家に帰る。

このお伽草子には、二種類の伝本が存在する。一本は京都妙心寺春浦院に伝わる古絵巻二巻。こちらは絵の中に、簡単な詞書きが見られる。もう一つは『福富長者物語』と称する絵巻一軸。(7) こちらは絵中の詞だけでなく、地の文も存在する。室町時代のものと考えられる。前者の絵巻にしたがって、後者の絵物語が作られたと思われる。物語の成長ということを考えれば、この二つの物語の関係は、とても大切なのだが、今はそれを問わない。後者の草子だけを問題にする。「をこの者」の系譜を考えるうえで、「乏少《ぼうしょう》の藤太」という人物が、かっこうの材料になるからである。

さて今出川の中将の御所では、高貴な女房たちもうちそろって、酒・ご馳走を用意して、いまや遅しと、待ちかまえている。ところへ藤太が登場して、放屁の芸の披露となる。

藤太おなかは痛けれど、食物にこころを入れたる、おかしや、さもしや。あまり腰のひきつり、おなかの痛むにたえずして、立出でんとしけるが、取りはづしてさつと散らし侍るは、水はぢきの如し。白洲はさながら山吹の花の散り敷きたるやうにて、井出の屋形もかくやらんとおぼす、俄に風吹き出でて、御殿も御階も匂ひ満ちて、あさましといふもはかりなし。桃尻をすへて走り逃げんとしけるを、雑色《ざつしき》、随身《ずいじん》下り立ちて、笞《しもと》振り立て打ち伏せて、いと黒きゐどころ引き上げられてうめくを、烏帽子《えぼし》、髻《もとどり》引き立てて、やうやう御庭を追ひ出す。うちやられし頭より、御かはくだりに血をあへして、立田川の秋にことならず。

放屁の芸を見せようとして、あろうことか糞をひり出した藤太は、打ちすえられて血だらけになる。絵中の詞は「下手のおならこきめが、かかる狼藉、打てや打てや」、「あらくさやくさや」と書いて、藤太を嘲笑する。藤太の滑稽なすがたは、笑話の「愚か聟」、あるいは「欲ばり爺」そのままである。春浦院本から『福富長者物語』が生れたにしても、この絵物語は、口承文芸の色合いを濃くしている。このことについて岡見正雄氏は、絵巻から絵草紙へという変化、成長を、物語の口承文芸化への過程ととらえている。その過程で、藤太は、愚か聟（愚人譚）の性格を、強くもつようになったのである。その結果、この物語は、愉快な「をこ話」のおかしさを手に入れたといえる。

七　山吹糞尿譚

「愚か聟」（愚人譚）のモチーフを取り入れることによって、『福富長者物語』が、口承文芸化したとしても、それだけではこの物語の説明としては、十分ではない。笑話化したとはいえ、そこに作者のたくらみ、いわば趣向立てが、あきらかにはたらいている。文章の修辞のうちにある「見立て」の遊びがそれである。この遊びごころによって、藤太は、よりいっそう「をこの者」の性格を強くしている。たとえばつぎの一文がそれである。

・白洲はさながら山吹の花の散り敷きたるやうにて、井出の屋形もかくやらんとおぼす

・うちやられし頭より、御かはくだりに血をあへして、立田川の秋にことならず

打擲されて血まみれになった藤太を、紅葉の名所、歌枕「立田川」にたとえること、これを「見立て」という。雅俗の転換、雅を俗に、俗を雅になぞらえること。血まみれの藤太を、歌枕「立田川」のごとく見なすところに、俳諧の遊びはある。

もう一つ、具体例をあげてみよう。「山吹の花」とあれば、「井出の玉川」は、おのずと連想される。これらは、和歌や連歌を経て、俳諧にいたる歌語の伝統をもつ、由緒ただしい雅語、寄合語である。(8) さらに加えれば、「山吹の花」や「井出の玉川」は、恋の詞の伝統をもつ。かつて論じたので、ふたたびここで述べることはしないが、寄合語の例を示して、簡単に説明してみよう。一条兼良『連珠合璧集』に「山吹」の寄合語が集められている。「山吹トアラバ」とあって、つぎの語があがっている。

花色衣　いはぬ色　とへどこたへず　口なし

これらの語は、いずれも素性法師の歌「山吹の花色衣ぬしやたれとへどこたへずくちなしにして」（古今和歌集・巻第十九「俳諧歌」）を本歌とする。この歌にまつわる本説があるが、それは省略する。要するに、「山吹」から「口なし」（梔）が連想されて、「いはぬ色」、あるいは「問えど答えず」が導きだされる。このような歌語を用いて、恋の心が表白される。これらの寄合語（歌語）が、連歌はもちろん、物語草子に「恋の詞」として用いられ、あわれなる

恋の情を表現してきた。

ところが、『福富長者物語』の作者は、「山吹」のようだ、「井出の玉川」(山吹の名所)のようだ、といって、藤太の糞尿譚をかさねて修飾する。糞まみれの藤太、この俗なるすがたを、雅に取りなして「見立て」に遊ぶ。その結果、「をこ」なる藤太の振る舞いは、さらに滑稽に強調される。そこから大笑いが生れてくる。

くわえて物語はつぎのようにつづけられて、かさねて彼を物笑いのたねとする。

昼中の姿、あら恥づかしや。道すがら目なしどち、軒の雀、遊ぶ童の手さし、指さして笑ふ。

さらに絵中の詞書に、「おほちの町よりのぞきて笑ふ。あれを見てはこたれさせな、ねんね」と書き添えられる。こうなればもう立派な道化である。これを「をこの者」という。作者は誰とも知れぬが、「愚か聟」(愚人譚)をモチーフとして、修辞を尽くして、藤太の「をこ」なる姿を作りあげる。「はこ」から「黄金」、そこから「山吹」へと、詞の連想に遊んで、平安朝の「をこの者」、藤六の嫡子、「乏少《ぼうしよう》の藤太」の、滑稽なる像は作られてゆく。そこに生きているのは、俗を雅に取りなす「見立て」の遊び、俳諧歌の発想である。∧はこ―黄金―山吹―井出の玉川∨、こうした連想のうちに、藤太の糞尿譚は、滑稽なる「をこ話」に仕立てられてゆく。

八　西行の糞尿譚

おどけ者の糞尿譚を追いかけて、笑話の主人公、おどけ者の「をこ」なる振る舞いを確かめてきた。なるほど彼らは、愚かしい振る舞いで物笑いのタネとなる。しかし、機転の効いた「軽口」や歌の才で、窮地を逃れ、人を笑わせる。この二面性は、相反するとはいえ、同じ硬貨のウラオモテであって、決して矛盾はしていない。両性具有の道化といえる。

このような「をこ話」の視点から、旅する歌人にして、笑話の主人公でもある伝承の「西行」を眺めれば、彼はどのような像を結ぶか。ここに西行の糞尿譚、いわゆる「とりの話」を見てみよう。

昔或る時、西行法師言ふ人があったげな。発句が上手ぢやったげな。或る時、旅に修行にお歩きになって、或る峠《たお》にさしかからっしゃったところが、便がやり度うなったんで木の株に上ってひると、其の便が動き出したげな。そいで発句を読まれたげな。

西行はながの修業はするけれど、生糞ひったはこれがはじめて

ところが柴の葉を負うた亀が、

千年万年生きる亀が、駄賃とらずに重荷負うたはこれがはじめて

言うたげな。亀に負けた西行は或る橋を通りかかられたところが、或る女《おなご》がお尻《けつ》をからげて豆をとぎよった。其処へ法師が通りかかられたんで、あはてて着物を下ろさう思うたが間《ま》がないんで、笊《ひたみ》をお尻にかぶした。西行はあんまり可笑《おか》しかったんで、又発句をお作りなった。

西行はながの修業はするけれど、豆に笊《こしき》はこれがはじめて

すると女は、

尻にこしきは豆蒸《うむ》し、杵があるなら突けや西行

とやったんで、また西行は負けたげな。

広島県山県郡に伝わる話である（『安芸国昔話集』）。全国的な分布の見られるもの。歌の上手西行が、亀や女に歌い負ける。糞尿譚と艶笑譚で笑わせる。笑われるのは西行である。それにしてもこんなばかばかしい話が、なぜ西行に

託されるのか。その理由を説明するのは、そんなにたやすくない。というのはここに登場する西行を、「おどけ者」と決めつけるのは単純にすぎる。

稲田浩二氏によれば、東北の「とりの話」には、西行法師は登場しないという(9)。これに対して、西国では、西行がとくに、下《しも》の話の中で人気があったにすぎないという。しかし、彼と結びつけられて、「をこ」なる西行像は生れてきた。その経緯について考えることは、大切な咄の課題、口承説話における「をこ」の意味について考えることになりはしないか。

ここに語られる西行は、遁世者西行像とは対極にある。旅の修行者とはいえ、笑われる「をこの者」といっていい。そんな西行像が生れてきたのはどういうわけか。私はそれを、「軽口」の視点から考えようとしている。おどけ者の要件は、機転の効いた歌にあった。頓作の歌が彼の身上である。しかしこの話の場合、西行は、亀にも、女にも、肝心の歌争いに負けてしまう。そのうえこちらの西行話には、先ほどの「乏少《ぼうしょう》の藤太」の話のような、「見立て」の遊びはない。尾籠なだけの歌である。

尾籠なだけの話であるが、歌争いに「発句が上手」な西行が負ける。それがこの西行話の肝心かなめである。それならば、亀はともかく、この女はなにものだろう。「橋」のそばでの歌争いとすれば、この話は「西行橋」の体裁をとっている。するとこの「橋」のもとに現れる女は、話の類型にしたがえば、「神」とも考えられる。神との歌争いに負けて逃げ出す説話の例をつぎに示そう。

九　「うつせみ」の歌

この西行話の場合は、歌争いに敗れて逃げるところに、話のおもしろさはある。『かさぬ草紙』の例をもって示そう。

西行修行して山道を踏みまよひけり。年寄りたる人に行きあひたり。「此の道はいかで参るぞ」と問ひければ、山人有とも無とも答へざりければ、

うつせみのもぬけのからに物問へば山路をだにも教へざりけり

とありければ、山人「か」と答へたり。西行は不審に思ひて、案じてみたまひければ、鸚鵡返しなり。我をもぬけの殻にしたる心なり。

うつせみのもぬけのからが物問へば山路をだにも教へざりけり

西行あきれたまひけり。ちからなく行きければ、みめ形のよき女にあひけり。かかる深き山道に、美しき女のあること不思議さよと思ひけれども、あまり言葉のかけたさにや、「いづかたへ行くぞ」と問ひたまひければ、言をもいわざりけり。歌よむべきと思われけれども、胸とどろきよむことならざりければ、はじめの歌をくちずさみけり。

うつせみのもぬけのからに物問へば山路をだにも教へざりけり

とよみければ、女返し、

教ゆるとまことの道はよも行かじ我みてだにも迷ふ心を

とありければ、西行言葉なくして、逃げたまひけるとなり。初めの山人も後の女も、山の神にてありしとなり。

神との歌争いに敗れて逃げる、西行逃竄譚である。西行が山道を尋ねても、山人は「か」と答えるだけの鸚鵡返しの歌で返答する。「うつせみ」の身（山人）に、「もぬけの殻」（西行）が尋ねたところで、教えはしない、というのである。「うつせみ」とは、

むなしきものにたとふ。蝉のぬけたるかへりがらとも（「能因歌枕」）

とあるように、蝉のぬけがらのように、空虚なのだ。山人が「有り」とも「無し」とも答えなかったので、西行は「うつせみの」歌を詠んだ。山人の返答は、鸚鵡返しの歌である。

ついで女は、「私を見て迷うような浅い道心では、仏道の悟りなどとてもおぼつかない」と歌い返す。西行の「迷い」をみすかしたように、道心（まことの心）の頼りなさを責める。「山路」とは、仏道修行の道でもあるのだ。歌の上手、西行が逃げ出すのも当然、彼らはいずれも、山の神の化身である。

このような例をいくつもあげて、柳田國男は、つぎのように述べた（『女性と民間伝承』）。歌によって、尊貴の方は発見される。たとえそれがつたない歌ではあっても、五七五の歌、非会話形式でさえあれば、心を動かされた人々は、かつてたくさんいた。歌の形で物いう人を、尊貴の方と認めたのである。歌とは、そういう特別な物言いであると信じた人が、かつてはたくさんいた、と柳田は主張するのである。

柳田の意見を念頭に置いたうえで、ここでは歌の発想、表現に即して、この歌問答の意味を考えてみよう。山人にしても、女にしても、山の神の化身である。神の特別な物言いは、「うつせみ」の歌語や、「鸚鵡返し」の修辞によって表現された。これらの歌によって、神は姿を与えられたのである。そこに現前したのだ。本来ならば、影も形もない神が、「うつせみのもぬけのから」の歌によって、姿を与えられた。山人や女は、神の「現せ身《うつみ》」なのである。神

に修行の未熟を喝破されて、西行は逃げ出す。歌の聖、西行がかなわないのも無理はない。「うつせみ」の歌は、神の特別な物言いなのである。

十　歌の威徳

これに較べると、前の「とりの話」、西行の糞尿譚は、同じく歌問答の形をとるとはいえ、神との問答ではない。歌の勝者は、あろうことか糞を背負った亀であり、お尻を出した女である。卑俗なことこのうえない。尾籠な笑いこそがねらいなのだ。

稲田浩二氏によれば、「とりの話」は、炉辺の話ではないという。[10] 秩序ある炉辺でない、いわば無礼講の、おとなたち同士の気楽な話の場が、この話型の温床であったろう。たとえば、庚申講などの講、酒宴、祭礼のなおらい、木小屋などでの職人の休み時などなどの座談、世間話の中で人気を博したものだろう。それがたまたまに炉辺にかかわるのは、キジリにはべった人種——名子、子方、小作、下男、下女といった人々の提供する笑話にまじっていたものであろう。

「とりの話」の露悪的なのは、話の座の性格によると理解してもよかろう。無礼講の場なのだ。「とりの話」が、酒宴やなおらいの座の気楽な話であれば、歌問答もおのずから品くだって、尾籠な話題が喜ばれた。放埒な宴の座の笑いぐさであれば、「軽口」の機知など問題ではない。この点において、民間説話と近世説話は、画然と区別される。同じく「おどけ者」詰とはいえ、近世説話には、歌の知識や修辞が生きてはたらく。西行を歌い負かす山人や女が、神の化身であるとして、その特別な物言いは、「うつせみ」の歌や「鸚鵡返し」によって表現される。

道に迷う西行の前に、「うつせみのもぬけのから」、すなわち、姿、形のない神が、山人や女に姿を変えて、現前する。そして歌ことばによって託宣する。西行の修行の不徹底さを、歌によって喝破したのだ。それならば、この歌問答は、歌の威徳を語るものといえる。

柳田は、神は歌の形で物を云う、と述べた。それならば、神のことばに形を与えた歌（韻律・調べをもつことば）の作者こそ、この歌問答の作り手であったといえよう。「うつせみ」という歌ことばや、「鸚鵡返し」の歌の修辞に通じた者であろう。彼らは、こうした歌問答に託して、歌の威徳を語っていたのである。

それでは歌の威徳を語る話と、前に述べた軽口話はどうつながるか。おどけ者は、その機転と歌の才覚によって、窮地を逃れる。それこそ、歌の威徳を語る軽口話なのである。

前に述べたように、連歌師（俳諧師）は、みずから「おどけ者」を演じて、その軽口を歌に託して表現した。彼らによって、歌掛けの問答が説話化される。「おどけ者の歌」に託して、歌の威徳が語られたのである。彼らは、宴やなおらいの座にはべって、歌の功徳を述べ立てたのである。滑稽なる「軽口」の歌問答にこそ、彼らの本領とする言葉のわざが表現されている。

注

（1）拙稿「言葉の力――狂歌話とおどけ者――」（『枯野』）第六号）。
（2）関敬吾編『日本昔話集成』（第三部・笑話2）。
（3）大島建彦「藤六の和歌と説話」（『咄の伝承』所収）昭和四五年。
（4）同「おどけ禅亭の逸事」（同書所収）。

（5）美濃部重克「世間話と昔話――昔話「和尚と小僧」の成立――」（『中世伝承文学の諸相』所収）昭和六三年。
（6）尾形仂「軽口の俳諧」（『俳諧史論考』所収）昭和五二年。
（7）岡見正雄「御伽草子絵に就いて」（『新修　日本絵巻物全集』十八巻所収）。
（8）拙書『しげる言の葉――遊びごころの近世説話――』（序章「しげる言の葉」）平成十三年。
（9）（10）稲田浩二「とりの話」（『昔話の時代』所収）昭和六〇年。

第四章　宴の座の俳諧

――「火」の字嫌い――

一　木釜の咄

ここに『京三吟』の付合いがある。「木鑵子やそろりが作に飛蛍／おつと一枚五月雨のそら」がそれ。「木鑵子《くはんす》（木釜）」といえば「尻」、あるいは「焼ける（焦げる）」が連想される。前句は曾呂利新左衛門の「木釜の咄」を踏まえている。『曾呂利狂哥咄』（巻第一）に「木釜のはなしにて流石の秀吉公に手をとらせ奉りしなどの古き咄」とでてくる軽口咄である。かなり有名な逸話であったらしく、たとえば川柳にも、

・もとめ社《こそ》すれ〳〵　　太閤をおこわにかける木の茶釜　（「川柳評万句合」）

・そりやこそ尻と新左衛門拝領し　（「誹風柳多留」一四六篇）

・木の釜で曾呂利は君の非を示し　（「新編柳多留」二〇篇）

などと詠まれる。(1)「おこわにかける」とは、一杯くわせるということ。『京三吟』の「おつと一枚」とは、その罰金の科料のことをいっている。曾呂利お得意の頓知で、太閤をやりこめてしまう愉快な咄だ。為永春水の「閑窓瑣談」（二の十八「曾呂利が風諫」）に、それはくわしく語られる。

・…或る年伏見に新殿を建させられて、他の御殿よりかの新御殿に引き移らる丶前々《まえまえ》に、彼是と御下知ありける

が、引移らせらる、当日には、「何事を申すにも火と云ふ言葉を慎み候様に、きつと相触れて誤りにても火と云事あらば、其罪尤も重かるべし」と命《おほ》せければ、……種々の雑談を申上御機嫌殊にうるはしく在しける時、例の曾呂利は太閤に申上る様は「此程茶の湯の席に参りていと珍しき器を拝見致し候」とあれば、太閤はこれを聞し召て、「それは何所《いづく》の誰が家なりや。凡そ天下の奇物和漢の珍器我が所蔵せざる物なく、たとへば他家の所蔵する器にても我が見聞せざる物はあらじと思ふに、茶器は殊更多く所持《おさめ》多く見聞して知らざる器はなしと思ひ居たるに、汝はいかなる茶器を見たりしとぞ」と問せ玉へば、曾呂利は御前に近く進み、「古渡《ことと》か新渡《しんと》か弁《わきま》へなく候へども、ある家の茶席にて、木にて製《こしらへ》たる釜を見請け候」と申上れば、太閤もいぶかしき御顔色にて、「何といふぞ。木にて造《こしらへ》たる釜ならば、火には掛られまじ」と命《おほせ》の下に、曾呂利満面に笑ひをふくみ、いざ御法度の過料金百石三両の御定めならば、

伏見城新築の祝いのとき、めでたい日のことゆえ、「火」という言葉を慎むように、と太閤様から御諚がくだった。そこで曾呂利は謀りごとをめぐらして、茶の湯の席で、木で造った釜を見たという。太閤、思わず、木で造ったならば「火」には掛けられまいと口を滑らす。こうしてまんまと罰金をせしめるのである。

為永春水は講釈師でもあったから、この「木釜の咄」は、どうやら講釈や講談のネタであったようで、『真書太閤記』にも取りこまれている。ささやかな軽口咄とはいえ、俳諧・川柳から講釈・講談まで、ずいぶん人口に膾炙したようである。

ここで「木釜の咄」をくわしく紹介したのはほかでもない。このような軽口咄が、どのようにして生まれてくるか、それを考えるのが本稿の課題である。

二　おどけ者の軽口咄

曾呂利といえば、よく知られた「おどけ者」である。すでに『曾呂利狂哥咄』（巻第一）に

御そばさらずの御とぎに、曾呂利といふものあり。……おどけものにて軽口を申せし故

というように、軽口の上手として登場している。まず曾呂利の「木釜の咄」に即して、「軽口」の性格から検証してみよう。『義残後覚』（巻五「玄旨法印咄の事」）に類話がある。「よもすがら」の御咄の折り、「木釜の咄」が話題となる。秀吉と玄旨法印（細川幽斎）のやりとりである。

あるとき秀吉公、玄旨法印・桑山法印・清須法印・金森法印・因幡足定坊などめされて、よもすがら御咄ありけるが、太閤仰られけるは、「おもしろくおかしき雑談なりとも、けふよりしては腰より下の咄をすべからず、わすれても腰より下の事をはなす人は、過銭として判金壱枚づゝ当座にいだすべし」とぞ仰られにける。おの〳〵かしこまつて候」とて、いかにもしんにかまへておはしけるに、玄旨申させ給ひけるは、「きのふ東山清水寺へ参詣つかまつり候て、名誉の道具を見申て候」と申させ給ふ。秀吉公聞こし召して「名誉とはなにたる道具ぞ」と仰られければ、「さん候、祇園の松原にて折ふし咽喉《のど》かはき申によりて、茶屋にて茶をたべ申候ところに、つく〳〵と茶釜をみ申候へば、鉄のやうには見へ申さず候ほどに、あやしく存じて、あの釜はくろがねか唐金かととい申候得ば、茶屋申候は、あれはかねにては御座なく候。楠の釜にて御いり候と申ほどに、あな珍しと存じ側へより見申候ほどに、驚き入申候」と申させ給へば、太閤きこしめして、「木をたくならば、それは尻こげて用に立まじきか」との給へば、玄旨うけたまはりて「尻は腰よりしもにて候、はやく判金一枚いだし被成候得」

と申されければ、太閤、「すてぼうずにだまされた、まつぴら許せ」と仰られて、大わらひ給ひける。

「腰より下の咄」が、「木釜—尻—焦げる」というように、「釜」の縁にしたがって語られる。太閤に一杯食わせるのは、ここでは玄旨法印。「捨て坊主にだまされた」という一句に、幽斎の機知が伝えられている。咄の世界では、ときに幽斎は、こうした滑稽人物として活躍する。これもその一話である。

もうひとつ『醒睡笑』（頓作・巻之八）から例を引こう。この場合、お側去らずの機知ある者が、おどけ者の役割をする。

御意に入りて常に参りつけたる人の、関白殿へ出でんとする時、小姓衆、「今程聚楽の法度あり。知らずや。焼くると死ぬると、この二字申す事禁制なり」。汝たくみ、殿に二字をいはするやうにせよ」。「心得たり」とすなはち出づる。案のごとく「何事やある」と御尋ねあり。「その儀にて候。三条の辻に面白き物を棚に出して置き参らせた」。「何ぞや」。「楠にて仕りたる風炉と釜とを見てござある」と。「うつけをいふやつかな。木釜をたかば焼けて役にたつべきか」。「それはあ御法度がやれた」。

「焼くる」と「死ぬる」が禁制の語である。そこで「木釜」から「焼ける」を導きだす軽口が、このおどけ者の頓知を伝える。ほかに『百物語』巻上にも類話はあるが、そこでは、はっきりと「おどけたる者」の軽口として語られている。これらの話は、いずれも「火」の連想に遊ぶ、いわば「火」の字嫌いにひとしい。「焼くると死ぬると、この二字申す事禁制なり」というように、「シ」の字嫌いと発想をおなじくする。この種の話は、遠く時代をさかのぼれば、『沙石集』（巻の七「迎講の事」）にまでいたりつく。「シ」の字嫌いは、はやくから説経として講じられていたようだ。(2)

〈去程ニ死トイフコト、オソロシクイマハシキ故ニ、文字ノ音ノカヨヘルバカリニテ、四アル物ヲイミテ、酒ヲノムモ三度五度ノミ、ヨロヅノ物ノ数モ、四ヲイマハシク思ヒナレタリ。〉「シ」の字嫌いと同じ発想だとはいえ、しかし、「木釜の咄」は、「火」の連想に遊ぶものである。「木釜―尻―焼ける（焦げる）」の軽口が、おどけ者の頓才をあらわす。頓作咄なのである。この軽口は、「釜―尻」（『類船集』）という付合いにしたがえば、俳諧の発想にも通じる。これについては、後に述べる。

近世初期の咄本だけではない。この「木釜の咄」は、昔話として、ひろく日本の各地に語り伝えられ、在地の滑稽人物に仮託されていく。福岡県では吉四六、熊本県では彦八というおどけ者の滑稽話として語られている。それならば、この軽口咄の成り立ちを考えることは、昔話研究の課題、「おどけ話」の成り立ちを考えることにつながるのだ。

三　「火」の字の禁

『山城和束の昔話』に「「火」の字の禁」という昔話が収録されている。[3] それに照らせば、「木釜の咄」の輪郭が、いっそう明らかになる。

昔ある所に、殿さんが居はったんですねて。そしたら、立派な茶室建てはったんやてえ。へたら今日は竣工式ちゅう日《ひい》に、家来たちに、「こんな立派な茶室が出来《でけ》てんから、今日一日、火《ひい》ちゅう言葉を、使わないように。もし使《つこ》た者があれば、領地を取り上げるちゅう、罰をあたえるから」ちゅうことでしてんてえ。ほしたら一人の家来が、「ある所に、欅《けやき》の茶釜があって、その茶釜で、お湯を立てて、立てたお湯で、茶《ちゃあ》たてたら、大変おいしいそうやてえ」ちゅて、殿さんに言《ゆ》わはったんですねてえ。ほいたら殿さんが、「そうか。そんな茶釜やったら、火に掛けられまい」ちゅて、言《ゆ》わはったんですねて。そしたら、家来達は、「殿さんが火《ひい》ちゅう言葉を使《つこ》たんやから、領地みんなに分けてもらおう」ちゅうよになったんですねて。そんな話ですねがあ。

この昔話は「シ」の字嫌いに同じく、「火」の字を嫌う軽口の言葉遊びといってよかろう。「欅の茶釜」なら、とても「火」には掛けられまい。「尻」が焼けてしまう。思えば、こういう話、おそらくは、自在鈎に茶釜の掛かる囲炉裏端での話題ではなかったか。囲炉裏の「火」を囲んでの、遊び心が反映しているように思われてならない。時代ははるかに下るが、まずは昔話伝承の場から考えてみよう。

稲田浩二氏が編んだ京都府船井郡和知町の昔話調査報告によれば、この地方では、かつて「ユルリさん」(囲炉裏)を囲んで、「火渡し」の遊びが行われた。(4)「正月、祭、観音講、冬の夜」に、女たちが集まり、子どもたちもその輪に加わったという。

お堂などに集まってユルリさんを囲んで、紙《かん》よりや、時に榾《ほだ》に火を付けて持ち、「ヒ」の字が頭にくることばを言ったり(大簾、長瀬、広野)、尻取りをしたり(長瀬)して、言い終わったら「火に渡いた」と言って、次の者へ紙よりを渡す。運悪く紙よりを手にしたまま火が消えた者は、罰として昔話(大簾、細谷、長瀬)や歌(大簾、細谷、長瀬、中)なぞなぞ(中)などのうち一つを披露しなくてはならない。また時には鍋墨を顔に塗られることもあった(細谷、広野)。

「紙より」や「榾」の火が消えた者は、罰が科されて、歌や昔話、あるいはなぞなぞを披露しなければならなかった。冬の夜長、囲炉裏端は、大人はもちろん、子どもたちにとっても、遊びの場であった。このことは京都・丹波地方の昔話を調査した野村純一氏によっても報告されている。(5)炉端につどった子どもたちは、言葉遊びに興じながら、「火渡し」をしていった。消えたところから、歌をうたい、昔話を語ったのも、和知町の例と同じである。

和知町や丹波、京都の周辺に残された囲炉裏端の遊び、「火渡し」・「火廻し」は、実は長い歴史を持っていた。『嬉遊笑覧』（巻十・下）は「火まわし」の項目をもうけて、和歌の歴史に位置づけて、説明している。

「堀川院百首」、みどり子のあそぶすさみにまはす火のむなしき世をばありとたのまじ。又「火渡し」とも、「火もじぐさ」ともいえり。（中略）「ひもじぐさ」は紙燭《しそく》に火を付けて歌の五の句の下の文字にすがって、さきへわたして消ゆる所をまけということあれば、付けるなりといえり。

「火渡し」はまた「火もじぐさ」ともいって、「文字鎖」の一種であった。これも「紙燭」に火をつけて、消えたところを負けとする。歌の遊びといっていいだろう。伊地知鐵男氏によれば、この「文字鎖」の尻取り遊びは、「連歌とか俳諧とかいわれる連句文芸の形式的な基盤」であったという(6)。

こういう言葉遊びの歴史を思えば、和知町に伝えられた「「火」の字の禁」は、昔話とはいえ、かつての歌の遊び、「火渡し」・「火廻し」、そして「火文字鎖」の遊びの跡を、今にとどめているのではなかろうか。自在鈎に釜の掛かる、囲炉裏端の昔話、その伝承のすがたを伝えているように思われる。

四　移徙《わたまし》の俳諧

「木釜の咄」が、「火」の連想に遊ぶ軽口咄であることは、論じてきたとおりである。それは「火」の字を禁ずる咄であった。これが軽口に笑う頓作話であることは、『醒睡笑』（いひ損ひはなほらぬ・巻之七）の、つぎの三つの例をみても、すぐに了解できるだろう。いずれも「移徙《わたまし》」、いわゆる新築の祝儀のことが話題となる。

（1）　移徙《わたまし》の祝儀につかはす使をよび、主のおしへけるは、「かまへて常の所に行くとはちがふぞ。一言にても麁末《そまつ》なる事申すべからず」とあり。「畏つて候」とて行く。主人献々をくむ。されどもつひに瘖《おし》の寄合ひたる如くなれば、主すまぬことに思ひ、「貴所はいかなる仔細により無言の仕合せぞや。わめきざめくこそめでたけれ」といふ時、「さればとよ。さきから物がいひたうて、胸が焼くる程あつたれど」。

新築の祝いの日に、「火」にかかわることばは禁忌である。あらかじめ注意されていたのに、「胸が焼くる」といい放った粗忽者の話である。

(2) 新しく家を造り移徙《わたまし》して、祝なかばに座頭一人来りぬ。やうやう酒も数遍《すへん》めぐりければ、「一句きかん」とよび出し、「名をば何といふ」。「比一《ひいち》」と答ふ。「屋わたりにひいちは禁物さうな」といふを聞きて、「いやくるしうも御座あるまい。人づけで候ほどに」と。

こちらは比一という座頭の失敗話。名前からして移徙の祝いにはふさわしくない。こちらも「ひいち」は禁物だ、といわれて、「人づけ」ですと答える。これでは「火付け」の連想を誘ってしまう。嫌われてもやむを得まい。

これらの咄は、移徙の祝儀を題材にして、「火」の字の禁忌に遊んでいるのである。この軽口を理解するには、「移徙」をめぐる禁忌について知っておく必要がある。「火」のタブーを背景にして、咄が立ちあがってくる。能・狂言、そして連歌を例にとろう。

『鷺流狂言伝書宝暦名女川本万聞書』には、「移徙ニテハ、先火ト云事ヲいむなり」とある。(7) 移徙の祝狂言では、やはり「火」ということばは嫌われる。同じ鷺流の聞書には、移徙の能に関して、「移徙ニ火ヲ除ル替」の例が示してある。たとえば、

難波　高きやに登りて見れば煙立　　高きやに登りて見ればかすみたつ

田村　鉄火をふらしつゝ、　大雨をふらしつゝ、

八嶋　はたう野火に似り　　はたうきよぼうに似り

実盛　ともし火のかげ　　池水のかげ

というように、「火」にかかわることばは、言い換えられて演じられる。めでたい祝儀の演能ゆえ、やはり「火」は避けねばならなかった。

連歌についても同じような配慮がはたらく。梵灯庵の『長短抄』には、移徙の連歌の規則として、懐紙の決まりごとが記してある。

＜色紙之懐紙重様如常、春は青を面とし、夏は赤を面‥。移徙《わたまし》の祝の時の連歌は何時も青を面てにすべし。水色なるが故也＞

移徙の連歌のときには、懐紙は青を用いよという。もちろん「赤」、火の色を避けてのことである。能・狂言の芸能はもちろん、連歌の座でも、「火」は禁忌として避けられる。こういう決まりごとを背景にして、『醒睡笑』の咄は生まれてきた。「木釜の咄」に同じく、それは「火」の字の禁に遊ぶものといってよかろう。「移徙」の禁忌から、「火」の連想に遊んでいるのだ。つぎのも『醒睡笑』（いひ損ひはなほらぬ・巻之七）に見えるもの。

（3）移徙の連歌に

　春の日は軒端につきてまはるらん

といふ句を出せり。宗匠、「消せ、消せ」といはるる。執筆《しゅひつ》、「墨が黒うて消されぬ」といふ時、右の作者、「なにとやうにも消せ。またつけう程に」。

めでたかるべき「移徙の連歌」のとき詠んだ、「春の日は」の一句は、これも「火」を連想させる。さらに、「またつけう程に」という返答も、「付け火」の連想を誘って笑わせる。もちろんこの一話も連歌の決まりごとを踏まえている。『隔蓂記』（寛永十六年十月二十四日条）を引いて説明しよう。

能圓隠居新宅為祝儀、予行也。塗縁高〈蓋アリ〉・孔肩三十疋為祝儀、持行也。然則、有振舞。請予発句、則予卒吟、発句云、立ナラブ軒バヤ松ノ千世ノ春、雖冬日、致春之発句也。能圓曰、祝儀云、慰云、執筆出、一二付、可満百韻之由也。及初更、百韻満也。今日供者吉権・西左・吉田権三郎也。及深更、帰矣。

移徙の連歌であれば、たとえそれが冬の日の会であっても、発句は、春の景を詠まねばならない。めでたい祝儀の一座なのである。なるほど、『醒睡笑』の句も、春の句で、約束にかなっている。ところが、「日は軒端につきてまはる」では、「火付け」が連想されて具合が悪い。

このように見てくると、『醒睡笑』の三話は、「火」の字を嫌う軽口咄である。その発想は、いずれも「火」の連想に遊ぶ俳諧にひとしい。「火」の字を禁じているのも、「木釜の咄」や『山城和東の昔話』と同じである。

五　夜咄の遊び

『義残後覚』では、太閤秀吉を囲んで、玄旨法印らが寄りつどう場は、「よもすがら御咄ありける」と語られていた。それを思えば、「火」の字を禁ずるこの咄は、たとえば冬の夜の夜咄として興じられたのではないか。そう考えてみたくなる。「木釜の咄」は夜咄なのであろう。「火」を話題として遊ぶ咄は、秋・冬の夜長に、灯火を囲んで語られたのではないか。そういう夜咄の情景は、『一休関東咄』（中・第十「火廻しのこと」）の一話からも推察できる。時は日待ちの夜、「火廻し」の遊びに興じている。

一休のご近所に、日待ちをする者ありけり。宵のほどは、碁、双六《すごろく》、将棋などようの物をもてあそびけるが、のちには今様をうたひ、あるいは舞などして、踊りさはぎける。かたはらより申しけるは、「いざや火廻しといふ事をはじめん」と。「しかるべし」とてかたはしより、「ひぢりめん」の、「ひざや」の、「ひどんす」などといへば、かしこうもなく見ゆる人、「ひはぶたい」と。

「話は庚申の夜」ではないが、日待ちの夜も、さまざまな遊びに夜を徹した。そのとき灯火は、長い夜の慰めとなり、遊びのタネともなったにちがいない。野村純一氏は、昔話の本然の形は、「夜語りの系譜」に属するものであり、「火」とともにあったと指摘する。(8)「火のない処での昔話は考え難い」というのである。野村氏の指摘は、夜咄のすがたを考える場合にも、とても参考になる。

遊びは、ときに興をすごして夜に入る。『言国卿記』(文明六年八月十二日条)をうかがって、「文字鎖」の遊びをのぞいて見よう。

若衆供寄合、文字鎖ヲ五十句、連哥コトク興行了、是ニ點ヲ按察ニトルナリ、句スクリシヤウクワンナリ、……

夜ニ入シヨウフノ酒アリ

若衆たちが寄り合って、文字鎖に興じる。連歌のごとく興行したとあれば、まさしくそれは歌の遊びであろう。遊びに時をすごして、夜に入れば、菖蒲酒が振る舞われた。おそらくは灯火のもとにつどい寄ったのであろう。夜咄に火は欠かせないのだ。このことは『隔蓂記』が記録する「紙燭一寸之詩」について見れば、いっそうわかりやすい。

・夜話之次、探題、賦紙燭一寸之詩、予・闇公・璉也三吟也。(寛永十九年閏九月七日)

・及暮、南可被来。森都亦来也。與南可、終宵守庚申、詠歌、賦詩、及半鐘過、紙燭一寸之間、而詩亦、歌亦二首宛出来也。(寛永十九年閏九月二十三日)

「紙燭一寸之詩」とは、その名のとおり、紙燭一寸が燃え尽きる間に詩を賦す、歌の遊びであろう。(9)それは庚申の夜の慰みに、あるいは夜話のついでに行われた。冬の夜長に欠かせないのが「火」であり、それをタネとして、遊びははじまり、咄もまた、「火廻し」のように語りつがれたのであろう。ことばをかえていえば、「木釜の咄」は、「火」の連想に遊ぶ夜咄のすがたを、語り伝えているのである。

六 「灰の発句」と囲炉裏

夜咄が冬の夜長の慰みであったとして、それが語られた場は、どのように想定できるのか。もちろん灯火であれ、何であれ、「火」を囲む一座であったにちがいない。それを「灰の発句」を資料として考えてみよう。この昔話は全国的に流布伝承されている。幽霊の上の句に、下の句を付けてやると、執着は解き放たれて、その後、幽霊は出なくなった。歌による幽霊済度譚である。『大分県直入郡昔話集』（「歌と幽霊」）から示してみよう。[10]

昔なあ、隣ん家が空き家になった。けんど空き家いしちょいちゃいけんちいうので宿借りに貸しよった。そん宿借りは二晩と居らんじ、何時《いつ》てん人がかわっち幽霊が出ると言われちょった。ある晩大胆な人が来ち、「俺が幽霊を見ち来る。」と言うち、そん家に泊りに行ち（行って）、囲炉裏に火を焚いち番をしちょった。そしたらなあ、丑満《うしみつ》の頃に納戸ん方じいかたーんという音がした。何か出ち来るわいと思うちょったところが、ずーっと幽霊が出ち来ち囲炉裏ん側に座った。何か言うどうか（何か言うだろうか）と思うちょったら、そん幽霊は灰を掻きまぜながら、

「掻きまずる灰は浜辺の色に似て」

と言っては「わーん」ちい泣く。そんげえいうちい何べんも「わーん」ちい泣きよった。そん横に座っちょった大胆な人は、後ん句が出らんきい毎晩出るんじゃろうと思うちい、幽霊が、「掻きまずる灰は浜辺の色に似て」

と言うた時、直ぐ、

「ゆるりが海か沖の見ゆるに」

と言うた。そしたら幽霊は、そん人に、「私も後の句は考えたけんど出けんじゃった。今、後ん句を聞いち安心したきい、もう今から出らん。」ち言うちい消えた。それから空き家に幽霊が出らんごとなった。

「ゆるり」は囲炉裏のこと。付句は、「沖」に「燠」が掛けてある。「燠」は赤くおこった炭火。囲炉裏を「海」に見立てた俳諧の遊びが眼目であるが、執着を残した幽霊が、歌によって救済されるところに、話のおもしろさはある。幽霊は、囲炉裏の灰を掻き混ぜながら、歌を詠む。ここに囲炉裏端で語りつがれた昔話の実感が、伝えられているのだろう。おなじことは新潟県佐渡の昔話（「下の句」）についてもいえる。(11) ここでも「ゆるり（爐）の灰をかきながしながら」と語られている。こういう語り口のうちに、昔の囲炉裏端の夜話の記憶が、とどめられているのだろう。

囲炉裏端では、昔話にかぎらず、歌やなぞなぞに興じたことは前にも述べた。「火廻し」をしながら、遊び興じたのである。それならば、「灰の発句」の昔話は、囲炉裏の「火」をタネとした歌の話題であったにちがいない。それを示すのが、近世初期の『新旧狂哥誹諧聞書』である。

太閤秀吉公、焚き火あそばすとて、いろりの灰、火箸にて掻きならし給ひ、

掻きならす灰はしほぢの浜ならし

付句、　　玄旨

いろりはうみかおきの見ゆるは

秀吉と細川幽斎の問答。幽霊との付句問答となる前の、素朴な頓作問答のおもしろさがある。幽斎は即座に付け返したのである。即座の句とは書かれなくとも、彼の頓才は、付句のすばやさにあらわれているのだ。昔話と同じく、

二人の歌問答は、囲炉裏の灰を「掻きならし」ながらと語られる。そのことは、この頓作話が、「燠の火」をタネとした夜話であり、かつては囲炉裏端で語られていた名残なのではなかろうか。さらにいえば、この頓作話は、『俳諧連歌抄』の付合、「灰ならす火ばしの跡は浜に似て／いるりは舟かおきの見ゆるは」を話題とした、囲炉裏端の雑談が、秀吉と幽斎に仮託されたのであろう。こうして昔の「俳諧」が、あらたに生まれ変わったのである。囲炉裏は、咄の生まれる場所であった。

七　座敷と茶の湯

囲炉裏はかつて座敷に切られていた。冬の夜、そこで茶の湯や料理を振舞って、客をもてなしたのである。たとえば『詩学大成抄』（時令門　蜀）の一節を例に引いてみよう。

静カニ擁二地炉一無レコノ事　地炉トハ土ダンヲクボメテヒロ〳〵トナリノママニユルリニシタヲ云ゾ。座敷ノ中ニキツテシラカベヲヌリテ炉縁ナドスル。ツ□デハナイゾ。イヤシイシタテゾ。無コノ事トハコノユルリノテイヂヤホドニ客人ノトイクルコトモナクシン〳〵トシヅカニナンノコトモナイゾ。

訪れる人もない、冬の山家の座敷。そこに囲炉裏は切られる。しんしんとした冬の夜の情景であれば、囲炉裏の暖かな「火」が、目に浮かぶような一節である。「客人ノトイクルコトモナクシン〳〵トシヅカニナンノコトモナイゾ」という叙述は、逆説的に、囲炉裏のある座敷が、客をもてなす場所であったことを物語っていよう。冬の夜、暖かな火が、何にもまさるご馳走であったのは、昔も今も変わるまい。それはつぎに挙げる俳諧が饒舌に語っている。まずは『寛永十三年熱田万句』（第二十八）の二つの付合。

俄にも拵けりないろり縁
　冬の御客の賞しをする

た丶炭かまのけふりなふなる
小座敷のいるりに沈を焼すて丶
囲炉裏が、冬の夜、客をもてなす場となることは、存分に読みとれるだろう。つぎのは『寛永十四年熱田万句』のもの。

料理には油断もならぬいろりはた
　くるか〳〵と待つは客人

あけていろりのきりよけふりよ
冬はきて茶湯のはやるこ丶かしこ
もてなしは料理と茶の湯。ときにこの二つは一対となる。茶の湯を終えての後段は、料理が振舞われる[12]。逆の場合だってある。そのとき座敷はもてなしの場となる。客人へのご馳走は、料理や茶の湯ばかりではない。咄もまたもてなしのひとつとなる。

斎了、赴長束大蔵殿、逢増右、石治。其次到殿中、自宇治聞茶十一種、□□森・上林両人之茶、於御座敷有御茶。江戸内府・加賀亜相・金森法印・富左近、其外□伽之衆十二三人、一座敷也。

これは『鹿苑日録』、慶長二年の記事。三月二十五日、金森法印、富田左近をはじめとする御伽衆の顔をそろえる茶会である。これもまた伽と茶の湯の結びつきの深さを語るものであろう。むしろ茶の湯は、御伽衆の欠くべからざる芸ともいえる。茶会はまた、夜に入ると夜咄の会に移りがちであったという[13]。この春、三月の会のように、座敷にてお茶の振舞われるとき、咄は恰好のもてなしとなったにちがいない。

八　宴の座の遊び

座敷はまた、遊びと宴の場であった。『隔蓂記』の記録を用いて、その様子をしばらく追いかけてみよう。寛永十五年、十一月二十三日の茶の湯の会のこと。

茶湯済、黄門被號発句、予入韻也。和漢一折有之。然則、芝山大膳大夫殿亦被来。廻炭有之、誹諧一折有之。芳茗数種喫之。及鶏鳴前、帰寺。

茶湯はてて、和漢の俳諧に遊ばれる。お茶と俳諧に時をすごして、鶏鳴に及ぶ前に、寺へ帰る。なんと丑の時、午前二時頃に帰ったというのである。おそらくは俳諧に遊び、咄に花を咲かせてのことであろう。

つぎは慶安三年のこと。六月二十七日の茶会である。

於小座敷、而二組、而被點濃茗。…於杜鵑亭、而有詩、有歌、有狂歌・誹諧・発句・狂句也。點燭、而帰山也。

この日は小座敷にて「濃茗」、すなはち濃い茶が振舞われている。場所を杜鵑亭に移して、詩、歌、狂歌・俳諧・発句・狂句と、さまざまに遊んでいる。この日も夜に入っての帰寺となる。

最後に慶安二年、十一月十五日のこと。

振舞者書院、茶於構座敷也。…予撃節、狂歌詠之也。別本狂歌、書之也。

まず書院にて振舞があり、後段の茶会は構座敷でおこなわれる。「振舞」とは、料理が振舞われるのである。茶の湯と振舞は、ときに一対である。前段に茶会、後段に振舞、あるいは前段に振舞、後段に茶会という場合もある。茶の湯の料理は、現在の懐石料理にその伝統がうけ継がれているが、(14)『類船集』の記事からも両者のつながりはうかがい知れる。「炉」の一節である。

炉　老人　香　衣地　喉の腫物《しゅもつ》　病人　雁　茶の湯　料理　舟　台所

源氏物語にすみ火炉などたてまつらせ玉へりとぞ。金炉香尽テ漏声残ルとも作れり。宇治の茶師の家に数多《あまた》炉こしらへをく事有。初霜の朝釜をたぎらせるは数寄のわざならん。

「炉」から「茶の湯」と「料理」が連想される。釜をたぎらせた冬の茶会のあと、後段の振舞は、宴の座と変わることも珍しくない。その席では、歌・連歌、そして俳諧など、さまざまな遊びに興じられる。咄もまた、宴の座興のひとつとなった。ここからは類推するしかないのだが、「木釜の咄」は、茶の湯の果てた宴の座での、軽口咄と思われる。柳亭種彦は、考証随筆『柳亭記』に「昔の軽口話」を紹介している。これも「木釜の咄」である。

ある大名、伽衆に向ひ、「汝や、ともすれば尻しりといふ癖ありて聞苦し、以来いは、、料足十貫いだすべし」といふ。伽衆かしこまり「もし御前のおほせあらば、おれとてもそのとほりいは、過料をとらせん」とこたふ。さて四五日ありて彼伽衆御前へまかりいで、今木の鑵子《くはんす》を見ましたが、ことのほか見事なさいく、湯のたまりもよい」といふ。大名き、て「それは尻がこげはせぬかへ」。「ハイお約束の料足十貫」。

茶会のあとだけに、「鑵子」（釜）は恰好の話題となるにちがいない。さらに「釜」は「尻」の連想を誘う（『類船集』）。くつろいだ宴の席で、「釜」を話のタネにして、即興の「軽口咄」が仕組まれたのであろう。『譬喩盡』には、

お尻咄しが出れば、咄の仕舞じやげな

とある。話題もくだけて下世話になれば、「お尻」の咄になって、宴も果てる。咄もおしまいなのだ。「木釜の咄」は、いわば「トリの話」なのである。[15] そういう利口話を得意とした連中が、茶会の席につらなっていたのである。

九　滑稽の輩

ここにその滑稽なる口舌の徒のひとり、鹿野武左衛門のすがたを書きとめた挿絵がある（図参照）。『鹿野武左衛門口伝はなし』の一葉がそれ。絵に添えられた一文によれば、「御伽」の席にはべるところのようだ。[16]

爰に志賀武左衛門とて、はなしにすける者ありて、この比大かた世にもてはやるゆへ、こゝかしこと御伽に召る丶。あるは見し事聞し事、或ハ露跡形もなき事をも、おかしく仕かたしてはなし出る事、危《あやしく》たゝなり。しかあれどもとよりむまれは津の国の難波のよしあしもしらず、片言まじりなるを、筆にまかせてかいやり、雨夜の伽席《かせき》にもならんかしと、草紙につゝるのみ。

扇子をもって控える武左衛門のかたわらに、「しか武左衛門はなす所」と記してある。座敷の中央にある蝋燭に、火のとぼされているところをみると、夜咄の図のようだ。次の間には台子が置かれ、茶道具が飾られている。お小姓が茶を運んでいるところからすれば、茶話の席であろうか。まさに茶席は夜咄へと移っているのだろう。御伽は茶とともにあるといってよかろう。

「木釜の咄」は、宴はてての咄の座、あるいは右のような夜咄の席で、茶道具の釜をネタにした軽口から生まれたのではないか。「釜」は「尻」を連想させる。くつろいだ宴の席ともなれば、話題は「腰より下」のことに流れるであろう。その時、即興の俳諧にもひとしい利口話が生まれる。その席に、こういう咄を得意とする滑稽の徒輩がいた

鹿野武左衛門口伝はなし

のである。「関白秀次公の御咄の衆」、曽呂利も、その一人であろう。「木釜の咄」は、彼の行状を語る「おどけ話」として、長く伝えられたのである。

おもしろいことに、『時慶卿記』（天正十五年六月八日条）に、「ソロリ」なる狂言師のすがたが記録されている。

午刻陽明（※近衛信輔）へ御見迴ニ参候、孫七郎殿（※豊臣秀次）茶湯被遊候、入夜マテ祇候ス、禁中番ニ参候、……孫七郎殿機嫌能候テ予ニモ度々詞ヲ被懸候也、ソロリト云狂言仕参、物語候、唐人ノマネヲ仕也、

豊臣秀次に茶湯を振舞われた彼は、唐人の真似をし、物語したという。唐人の真似とは、狂言師であれば、おそらく滑稽な仕形をともなったであろう。物真似ばかりではあるまい。彼らは滑稽な話をこしらえあげて、自分の行実としてまことしやかに語ったのであろう。彼らのような滑稽の徒輩の口から、「木釜の咄」は語られたとしても、不思議ではない。おのが利口のように語って、おどけてみせたのである。それも伽のすがたであったにちがいない。

注

(1) 延広真治氏「落語の生成—かつぎや・しの字嫌い・猿後家—」(『落語の愉しみ』落語の世界I。平成十五年)のなかで、落語・講談・俳諧・川柳に見える「木釜の咄」を、数多く紹介している。類話は多くそれによった。
(2) 鈴木博氏は「四の字嫌い」(『国語学叢考』)で、「しの字嫌い」の類例を数多くあつめている。
(3) 稲田浩二『丹波和知の昔話』解説。昭和四六年。
(4) 『京都府船井郡和知町昔話調査報告書』(京都府立総合資料館)。
(5) 野村純一解説「丹波地方昔話集」(『伝承文芸』第十号)。昭和四八年)。
(6) 伊地知鐵男『連歌の世界』(昭和四二年)。
(7) 『能楽資料集成7』(法政大学能楽研究所編)所収。
(8) 野村純一『昔話伝承の研究』(第一篇第二章「最初に語る昔話」)昭和五九年。
(9) 綿谷雪『言語遊戯の系譜』(「尻取り文句の変遷」)昭和三九年。
(10) 『大分直入郡昔話集』(日本昔話記録10)昭和十八年。
(11) 鈴木棠三編『新潟県佐渡昔話集』(日本昔話記録11)昭和十四年。
(12) 拙稿「咄と振舞」(『咄・雑談の伝承世界』所収)平成八年。
(13) 桑田忠親『古田織部の茶道』平成元年。
(14) 熊倉功夫『日本料理文化史』平成十四年。
(15) 稲田浩二「とりの話」(『昔話の時代』所収)昭和六〇年。
(16) 宮尾與男『元禄舌耕文芸の研究』(第三章「鹿野武左衛門論」)平成四年。

第五章　「うるか問答」の歌

――鮎の狂歌話――

一　歌語としての鮎

柳田國男が取りあげて以来、昔話であれ、伝説であれ、西行と民間説話を論ずるとき、「うるか問答」の話は、今でも時として引き合いにだされることがある。(1)遊行女婦《うかれめ》的な巫女を、この話の運搬者とする柳田の説が出て以来、この考え方はおよそ踏襲されてきた。花部英雄氏は、柳田と網野善彦氏の桂女の論を承けて、(2)この話を桂女の伝承と考えておられる。(3)どちらの説をとるにしても、まずはこの話の性格を検討してみなければなるまい。そうしてはじめて伝承者の問題が、課題としてあらわれてくる。そこで、ここに二つの「うるか問答」をしめして、これから論ずる課題をあきらかにしてみよう。まずは『肥後国志』巻九の「西行帰岩」、いわゆる西行戻しの話である。

熊川耳ニ絶景ノ懸崖アルヲ云。里老ノ説ニ往昔西行法師諸国ヲ行脚シテ此ニ来リ球磨ニ往クトテ此処ヲ通ル。崖下河辺ニ一婦綿ヲ洗フ。西行、「此向キニ人家アリヤ」ト問。婦答テ「有」ト云。西行又「洗フモノハ何ソ」ト問。婦答テ「綿」ト云。西行又「売ルカ」と問ヘハ婦答テ
「白石の瀬にすむ鮎の腹にこそウルカと云へるワタはありけり」
ト云ケレハ西行甚タ感シ、「斯ル賤ノ女タニ斯ク艶シキ体ナレハ奥深シ。恥ルニ堪タリ」トテ、此所ヨリ球磨へ

行スシテ立帰リタルヨリ名ツクト云。一笑ニ堪タリト雖モ里俗ノ口碑ニ存スルヲ以テ載之。鮎ノ腸ヲ里俗ウルカト云ヘル故ナリ。

説明するまでもなく、売るか、売らぬかの問答に敗れて西行は退散する。鮎のはらわた「うるか」にひっかけた口合いのような歌である。西行にとっては不名誉な話が、全国各地に伝えられてきた。その一例が熊本のこれである。

一方では、宗祇の話として記録されてもいる。『宗祇戻』（宝暦三年版行）の例をあげてみる。

延徳の頃宗祇法師行脚の砌、白河の鎮守鹿島宮におゐて近域の大守達万句興行ありしに、宗祇野州の辺ニて聞つたへ面向けるとそ。鹿島の神、仮に賤女と現し給ひ、百会にほうれひと云へる綿を載き行過給ふを、「其わた売か」と宗祇問れしとなむ。女房、

阿武隈の瀬にすむ鮎の腹にこそうるかといへるわたはありけり

と詠みければ、宗祇黙々として是より引かへされしとなり。此所今に宗祇戻と云つたえて、風流の名なれは此書の魂とはなしぬ。

地名を入れかえるだけで、歌にめぼしい違いはない。さすがに宗祇の不名誉を気遣ったかして、女は鹿島の神の化現だとする。神様には宗祇もかなわない、というわけである。しかし、神様が詠むほど立派な歌でもあるまい。なぜこのことばが秀句のタネになるのか。先の西行の話からおよその見当をつければ、「うるか」は「里俗」の言葉、つまり俗語として珍重された時代がかつてあったのだろう。古くは『拾遺和歌集』（巻第七）には、「物名　うるかいり」として、源重之の歌が取られている。「うるか煎《い》り」とは、鮎のうるかを取らずに、そのまま煮たものをいう。

この家はうるかいりても見てしがな主ながらも買はんとそ思ふ

この家を売るか、売らぬか、試しに入って見分してみようというわけだが、俗語「うるか」を使ったところにこの

歌のねらいはある。いうまでもなく西行や宗祇の歌も、「うるか」の俳諧歌である。『鮎』と「うるか」が取り合わされて俳諧味をかもしだす。もちろん「鮎」は歌語である。『連珠合璧集』（文明八年以前）には、

鮎トアラバ、わか鮎　さび鮎　をち鮎　あゆ子　釣　めづらし　松浦　玉嶋河　あかもたれひき　西川　かつら河　鵜舟　瀬にふす

とあるし、『類船集』（延宝四年）もこれを承けて、

鮎　かつら川　松浦川　玉しま川　国栖　神功皇后

という付合語があがっている。こうして連歌と俳諧の付合語を拾ってみると、「鮎」は後述するように、『万葉集』以来の伝統を背負っている。「松浦」、「玉嶋河」、「神功皇后」などのことばをとってみても、どれもが古歌や故事を背負っている。ここに私の課題はある。「鮎」を歌語としてとらえると、西行や宗祇の「うるか問答」は、どんな話の形を現してくるか、しばらくはそれを追ってみたい。

二　松浦の鮎

「鮎」を歌語としてこの狂歌話を読むなどというと、民間説話を狭い和歌の世界に閉じこめてしまうのか、と危惧されるかもしれない。そうかもしれない。しかし、比喩的に説明すれば、この話の源は、和歌・連歌の世界から発して、民間説話の大海原へと流れてきた。私は今、そのように考えている。「鮎」という歌語を道案内として和歌や連歌の世界をたどれば、「うるか問答」の作られた消息が、いささかなりとも見えてくるのではないか。歌語をてがかりとして、「鮎」の狂歌話をうんだことば遊びの世界を、できるだけ具体的にスケッチしてみたいのである。

『詞林采葉抄』（巻第四）は、『万葉集』（第五巻）「遊二松浦河一序」に注して、新羅征伐にあたって神功皇后が、松浦の海にて戦勝を占って、「鮎占」の吉兆をえたという故事をのせている（「松浦河　付玉嶋河」）。

（神功皇后）火前国松浦ニヲハシマシテ針ヲカ、メテ鈎トシ裳ノ糸ヲ貫テ釣ノ緒トシテ水ニナケ入テ誓テ曰我西ノ宝ノ国ヲ得ヘキナラハ此針ヲノメトテ棹ヲ挙玉ヘハ鮎ト云魚ヲ得玉ヘリ珍物也トテ其所ヲメツラシト名付玉フ今ノ松浦也今世ニモ此河ノ鮎ヲハ男ノツルニハツラレヌト申。王魚トイヘル名是也。

新羅征伐に先立ち、神意はうかがわれて鮎を得る。鮎は「王魚」と名づけられる特別な魚であり、「めづらし」にちなんで、この地は松浦と名づけられた。和歌の世界は、ここにあるような地名起源説話として、松浦の地の歴史を「鮎」にちなんで説明してきた。あるいはまた神功皇后の故事にちなんで、鮎を釣る松浦の乙女を美しい歌にもしてきた。たとえば『詞林采葉抄』は、大伴旅人と仙媛の贈答歌を引いている。

マツラナル玉嶋河ニアユツルトタラセルコラカイエチシラスモ

答哥仙媛

玉シマノコノ河上ニ家ハアレト君ヲヤサシミアラハサスアリキ

松浦川、玉島川の「鮎」は、都人と松浦の乙女の相聞という故事を背負って、歌ことば・歌枕となった。連歌の席で、「鮎」に「赤裳垂れ引き」が付けられるとき（『連珠合璧集』）、万葉歌人と松浦の乙女の相聞が連想され、あらたな句が工夫されたのである。和歌や連歌の世界は、かくのごとく本歌や本説を心得て詠むことが、当然とされてきた。そのために歌語は欠かせぬ知識であった。歌人や連歌師は、そういう歌ことばや歌枕をあつめて、『藻塩草』（永正十年）をはじめとする歌語辞典を編集してきたのである。

江戸期に編まれた『産衣』（元禄十一年刊）は、なかでも詳細をきわめており、和歌や連歌の証歌も多く引かれている。こころみに「松浦」と「松浦川に鮎釣乙女」を示してみる。

松浦　　註ニ松浦の名ハめづらといふ事也。神功皇后つくしの川にして鮎を釣せ給て、初てめづらしと宣しより、其所をめづらと云しを、後ニ松浦といへると也。

松浦川に鮎釣乙女　　是ハ神功皇后にも、佐用姫にも非ず。是ハ万葉集五ニ山上の憶良が松浦の玉嶋川に遊て、あまた釣する美き乙女をミて、あやしミ何くの人ぞと問けるに、さだかにもこたへず、皆々笑てわれわれハ家もなく、里もなし。只釣をして山澤に遊ぶもの也とこたへける。憶良あやしミて歌を読みてやる。其中ニ

○憶良　あさりするあまの子共と人ハいへどミるにしらえぬこま人の子を

○乙女かへし　玉嶋の此川上に家ハあれど君をやさしミあらはさず有き

『万葉集』以来の伝統をうけて、「松浦川」は歌枕となり、「松浦の鮎」が、歌語と考えられていく消息が、この記述からもみえてくるようである。

三　歌語と俗語——鮎とうるか——

連歌寄合書をひらいてみれば、鮎をはじめとする鵜飼のことばがいろいろ出ている。江戸期の『随葉集』(巻第六・名所)は、

一桂川には　あゆ　大井の里　藻にすむ虫

久かたの中なる川のうかひ船いかにちきりて闇を待みん (新古今集・夏・定家)

のように、藤原定家の証歌を引いて、「桂川」の寄合語をあげている。「中なる川」とは桂川のこと。「月の桂」から

の連想である。「大井の里」とは桂のことである。定家の時代から桂川の鵜飼は、歌に詠まれてきたのである。

『拾花集』（第二）は「鵜舟には」として、「月くらき夜　みしか夜　川への蛍　大井川　桂川　宇治川」のことばをあげている。鵜飼は闇のなかでおこなうものだから、篝火をともした「月くらき夜」が付けられるのである。

あるいは『藻塩草』（巻十）は、「鵜河」として、

鵜河の在所は多けれどもよみならはしたるは大井桂宇治うさき河などなり

「大井川」、「桂川」、「宇治川」をかぞえあげている。「鵜舟」、「鵜河」といえば、やはり桂川、そして鮎が連想される。

古くは『頼政集』に「鵜河」を歌題とした歌林苑の歌会の一首をのせている。

桂女や新枕する夜な〳〵はとられし鮎の今宵とられぬ

桂女　『東北院職人歌合』

鵜河から鮎、そして闇夜を歌う発想は、きわめて常識的で平凡である。むしろこの歌の新しみは、鮎に「桂女」を配したところにある。それによって王朝のみやびな恋とは異なる情趣があらわされている。このことは『東北院職人歌合』をみればもっとはっきりする。「十一番・桂女」として、引かれる歌は、きわめて常套的である。

桂川ふる河のべの鵜飼ひ舟いく夜の月をいとひ来ぬらん

「鵜飼―桂川―月―闇夜」と、鵜飼の縁でつながるだけである。しかし、ことばは平凡でも、「桂女」に、歌語とは異なる新しみを感じとっていたのであろう。常套的な歌語を不易とすれば、鵜飼いする「桂女」は流行の新しみである。桂女は、鮎を商う女として注意を引いたようで、多くの職人歌合にそのすがたが取りあげられている。

『七十一番職人歌合』十五番「魚屋」

かつら鮎とりてうるかとやみまたば月の価はなく成ぬべし

『職人歌仙』「左桂女」（烏丸光広）

立ち寄りて

眺むる月のかつら鮎子はうるかとそいふへかりける

いずれの歌も、伝統的な歌語、「桂」「鮎」「月」、あるいは「闇」が組み合わされるだけで、何らあたらしみはない。ところが、これに「うるか」という俗語が取り合わされて、あたらしみが生まれる。それが俳諧である。鮎を売る桂女に「うるか」（鮎の腸）を引っかけただけの俳諧歌であるが、鮎を売る桂女のすがたが、「うるか」という俗語によってとらえられている。それが職人歌合の俳諧歌である。

四　伊勢のうるか問答

先に述べたように鮎は、神意を占った特別な魚（王魚）であった。そこで少し寄り道になるが、神の魚としての鮎についていささか述べておこう。『夫木和歌抄』（巻第二十七・鮎）には、

朝な朝な日次供ふるかつら鮎あゆみをはこぶ道もかしこし

という信実朝臣の一首がのる。鮎の季節（旧暦五月）ともなれば、桂川の鮎が、朝廷や石清水八幡宮、伏見御香宮などの大社に、神の贄（神饌）として献納される。上桂、下桂に住まいする桂女たちは、禁裏供御人として鮎を献上して、朝廷や大社から特段の庇護をうけたのである。(4)

都の桂女ではないが、伊勢でも外宮豊受宮の正月行事は、大神に鮎の神饌を供えることから始まる。元日の早朝、忍穂井から若水を汲んだあと、神前に鮎は供えられる。「年魚饗の神事」（『外宮子良館祭奠式』巻上）である。ここでも鮎は、「神の饗」として選ばれるのである。

あるいはまた五月三日の「菖蒲の御饌」にそなえて、宮川の河原に外宮神官らが出て、鮎をとる「御川神事」がおこなわれる。(5) この鮎は、内宮・外宮の両宮に供えられて、「神の贄」となる（『外宮子良館祭奠式』巻上）。喜早清在は『宮川夜話草』（巻之三）に「五月御河の神事には必片目の鮎を得て備へ置に翌年迄活り」と記している。片目が傷つけられるのは、神に選ばれたしるし、「神の饗」となるべき聖痕（スティグマ）なのである。(6)

道草をして伊勢神宮の鮎の神事について述べてきたのは、ここ伊勢・宇治の地にも、西行の「うるか問答」が伝わるからである。『宮川夜話草』（巻之一）が度会延貞神主の話として記録している。

度会延貞神主曰、或時西行打綿を背負、宇治の町を通られけるに、一之木館と云へる家より一人出て、「其綿はうるか」と問へば、

宇治川の瀬にふすあゆの腹にこそうるかといへるわたは有けれ

と狂歌有しとかや。此事宗祇にも有と云へり。

宇治川は御裳濯川のこと。「うるか問答」は、通例、西行が綿打ちの女にやり込められるのだが、こちらは西行が打綿を背負い、「うるか」の秀句を詠む。こうして西行の機知ある返答はたたえられる。伊勢ではこのように改変されて語られたと考えるべきだろう。なぜなら西行は伊勢にとってゆかりの深い歌人であり、西行谷に草庵をむすんで隠れすんだという伝承すらある。それを思えば、やり込められて退散するより、こうして即興の歌で返答するというのも、あながち不思議ではない。処は西行谷の近く、内宮の御裳濯川である。西行もくわわった御裳濯川歌合ゆかり

の地でもある。そして鮎は、伊勢大神に供えられる神の贄である。だからこそ通例の「うるか問答」とは異なって、西行の返答の妙がたたえられもする。

こんな利口をたくらんで遊ぶのはだれだろう。神宮神官の度会延貞が語ったとすれば、おそらく神官たちが楽しんだ利口話にちがいない。彼らは和歌や連歌の素養をもっていたし、連歌の会をさかんに催している。内宮神官の岩井田家でおこなわれる正月六日の若菜の連歌、二十五日の伊勢海連歌（これは天神連歌）、そして八月十五日の二見浦月見連歌はよく知られている。(7)彼らが敬慕する西行なればこそ、尻尾をまいて逃げない西行の話が作られたのであろう。「此事宗祇にも有と云へり」とあるように、連歌の席の話題として、西行や宗祇の逸話が語られたのである。そのとき「うるかの歌」は、彼らにとって西行讃歎の歌であり、彼らの得意とする俳諧の話題ともなった。この歌を西行に託して笑っていたのも、連歌や俳諧の席につらなった神宮神官たちである。(8)

五　鮎と藍の俳諧歌

西行の「うるか問答」は、室町の末期にまでさかのぼって、『庭訓往来』の注釈の世界に記録されている。(9)こうした注釈になぜ西行の狂歌話が引かれるのか、私は不明にして説明はできないが、ここにはとりあえず、『庭訓往来抄』の二本、静嘉堂文庫と蓬左文庫の二写本をならべて引用しておく。いずれも�《うるか》についての注であるが、蓬左文庫本は欄外注である。

「静嘉堂文庫本」

鮘ニツイテ物語在リ。或時、西行法師、藍染川ヲ渡玉フ時、女房ノアルガ、綿ヲ手ニ懸テ渡ル。西行ノ見テ、其

綿ヲ売カト問ヒ給ハ、女ノ云フ歌ニテ返事スル也。歌ニ曰、

此川ヲ鮎《あ》イ取ル川ト知ナガラ綿ヲウルカト云フハヲロカヤ

此時西行返歌ニツマル。

「蓬左文庫本」

付鮎物語有。或時西行法師藍染川ヲ渡シ時ニ、女人ノ有カ、綿ヲ手ニカケテ渡ル。西行見テ、其綿売カト問給ハ、女歌ニテ返歌スル也。歌ニ曰、

此河ヲアイソメ河ト知ナカラワタヲウルカト問ハヲロカヤ

五月条の消息文から「鮎」の注として、「鮎ニツイテ物語在リ」と述べられる。この二つの注釈文におおきな異同はない。静嘉堂文庫本が「鮎《あ》イ取ル川」とするところを、蓬左文庫本は「アイソメ河」とするのが目につくぐらいである。いずれの注釈も西行が「藍染川」を渡るときの歌とする。そのとき、一本は「鮎《あ》イ取ル川」と歌い、一本は「アイソメ河」と歌う。話の文脈からすれば、「藍染川」を渡るのだから、「鮎《あ》イ取ル川」はふさわしくはない。それをなぜ「鮎《あ》イ取ル川」と歌うか。そこにこの話の眼目がある。つまり、「鮎」か「藍」か、歌の解釈は訓《よ》みにかかわる。林羅山が「鮎、藍和訓同」(『梅村載筆』)というように、「鮎」と「藍」は、同じ訓みである。同訓という前提があって、はじめて「うるか」の歌の利口はいきてくる。俳諧師の安原貞室は、「ただごと」では「あい」と訓むとしている(『かたこと』)。

鮎(あい)を　　あゆ

金葉集には、「何にあゆるをあゆといふらん」とよみたれど、たゞごとにいふ時は、「あい」と唱ふべしとぞ。

つまり「鮎」は、和歌や連歌の世界では「あゆ」と訓み、「ただごと」では「あい」と訓む。すなわち俗語では、「鮎」と「藍」は同訓なのである。同訓であるならば、「アイソメ河」と詠む逢左文庫本の「藍」には、「鮎」が掛けられていると考えていい。もちろん「鮎イ取ル川」《あ》（静嘉堂文庫本）にも、「藍」の意味が掛けられている。そうすれば女の返歌が効いてくるだろう。「鮎」と「藍」が通ずれば、「綿」がいきてくるし、「綿」から「うるか」（腸）の連想もはたらく。「鮎」という歌語の訓《よ》みから、「鮎」と「うるか」（腸《わた》）、「藍」と「綿」、というように縁語がつながってくる。なるほど西行が逃げ出すのも無理はないかもしれぬ。

俳諧の世界でも、「鮎」と「藍」が同訓であることは周知であったようだ。『犬子集』（巻第三「鮎」）に、

水色に染てうるかや鮎のわた　良徳

という一句をのせるが、「水色に染て」という表現には、「鮎」から「藍」への連想が、明らかにはたらいている。そう考えてみると、『庭訓往来抄』に注をほどこしたのも、和歌や連歌の素養がある者と考えられる。

そこであらためて『庭訓往来抄』（静嘉堂文庫本）を読むと、同訓を利用した歌の遊びが、ほかにもあることが目につく。(10) つぎの「落題の体」の注釈がその一例である。「連歌は、無情寂忍の旧轍を学ぶと雖も、未だ輪廻、傍題、打越、落題の体を弁ず」・二月二十三日状）の一条、「落題の体」に注して、

題ヲ落シテ読ム歌也。和泉式部、桃四ツト云フ題ニ云、沢（サヲ）鹿ノ秋ノ野原ヲ走ルニハ股四ツダニモ隠サザリケリ。桃ヲ鹿ノ股（モゝ）ニ読ミス。是落題ノ義也。

△落題証歌。小野小町　山人ノ作リ荒セルエノコ草アハノナルトハオノガコトカナ

と、和泉式部の和歌が引かれてくる。「桃四ツ」の題を詠み落として、「股四ツ《もも》」にして歌う。題を落としたとはいえ、これは同訓を利用して、わざと卑俗に落として作っているのである。「証歌」を示しているところにも、こうした

「落題」に準じた同訓の遊びが、和歌や連歌の席でも興じられていたものと思われる。小野小町作という「証歌」も、「栗の鳴る音《と》」と「阿波の鳴門」を引っかけて、同じ訓みに遊んでいるのである。それならば、「うるか問答」の歌も、「鮎」と「藍」の同訓に興じた遊び、俳諧歌といってもよかろう。歌ことばや歌体に通じていた連歌師たちは、こんなことば遊びを得意としたのである。

六　鮎と鵜の俳諧歌

「落題の体」のたぐいの同訓・同音の遊びならば、いくらも見つけることはできる。時代をさかのぼると、『慈元抄』（室町期）の西行話も、「鮎」と「藍」の同訓・同音の遊びといってもいい。

又或時西行道を行くとて物染る藍と云ふ草、植ゑたる中をすぐ路にして通るとて、一本引切りてもてり。藍主見付けて、僻法師の振舞かな、藍を踏みそこなふのみならず、折取るべしやとて搦捕て、手に持ちたりける藍を押へて食せけり。食いながら詠める。

西行は鵜という鳥に似たるかな縄をかかりて鮎をくらへば

と詠めりければ、面白し。扨は西行にておはしけるよとて免しけるとなむ。是歌故に難を遁れたりける。

「藍」ゆえに搦め取られる災難にあったおのが境遇を、「鮎」を喰らう鵜に取りなした、西行の機転がたたえられている。しかし、この歌ゆえに難を逃れたというほど、立派なものではもちろんない。歌徳説話の体裁をとって、興じているとしたほうが適当だろう。もちろん「鮎」と「藍」を掛けたのも歌の手柄のひとつである。

さらに、西行を「鵜」に取りなす「見立て」の遊びがここにはある。明暦頃の連歌寄合書『竹馬集』には、「鵜舟」の項目につぎの付合語があがっている。

鵜舟　句作　うかひ舟　くだす鵜舟　鵜舟のかゞり　かひのぼる　鵜舟　つかふ鵜縄

「鵜舟」には「つかふ鵜縄」が付けられる。「鵜縄」とは、鵜匠が鵜をあやつる縄である。この伝でいくと、さしずめ縄を掛けられた西行は、まさしく鵜飼の「鵜」のようである。この見立ては、「鮎」と「藍」を同訓とする知識を有する歌人・連歌師の発想としてよかろう。

もうひとついえば、この俳諧歌は、謡曲『鵜飼』を本説としている。

荒鵜ども、この河波にぱつと放せば、面白の有様や、底にも見ゆる篝火に、驚く魚を追ひ廻し、かづき上げすくひ上げ、隙なく魚を食ふ時は、罪も報も後の世も、忘れはてて面白や

漁《すなど》りを日々のなりわいとして暮らす鵜飼の罪障懺悔がうたわれているのだが、「隙なく魚を食ふ時は、罪も報も後の世も、忘れはてて面白や」という詞章に照らせば、「鮎」を喰らう西行のおかしみが、いっそう際だってくる。遁世の修行者・西行が、「鮎を喰らう」という罪業を犯す、という体《てい》である。

つまりこの話に仕掛けられていたいくつもの笑いは、きわめて理知的で、和歌・連歌や謡曲の素養がなければ、理解できないものである。このような狂歌話の作り手を特定することは難しいが、さしずめ連歌師などがもっともふさわしかろう。彼らはこういう話をして、「是歌故に難を遁れたりける」と歌の手柄を語っていたのである。『八帖花伝書』によれば、謡は「歌道より出る」ものだという。だから謡をうたう人は、「よくよく歌道を心掛け候事、肝要也」とまでことばをかさねて、歌道の学びを強調している。裏をかえせば、連歌を学ぶものにとっても、謡は必須の教養であったといってもいい。謡曲を本説とした西行の狂歌話も、連歌師たちが話の嚢《ふくろ》にたくわえていた話題なのであろう。

いずれにしても「鮎」と「藍」、同訓・同音のことばに興ずる話は、「うるか問答」のほかにもあったことを、この西行話は教えてくれる。おそらくそれは和歌や連歌に遊ぶ座のなかから生まれてきたと考えられる。

七 「鮎と藍」の民間説話

「売るか」、「売らぬか」の利口に笑ったとしても、あるいは「あゆ」と「あい」の訓みに興じたとしても、たわいもない、といえばそれまでである。しかし、これらの狂歌話には、いくえにも機知の笑いが仕掛けられていた。しかし、現代のわれわれは、それを理解できなくなっている。その笑いをうんだ共同の場、連歌や俳諧の席を失ったこともあろう。歌語の知識をなくしたこともあろう。その意味では、笑いには、作り手や享受者の生きた時代が刻印されているといえる。しかし、現代にまで伝承されてきた昔話のなかにも、そんな遊びの痕跡はわずかにとどめられている。『因幡智頭の昔話』がのせる西行話を例にとってみよう。(11)

西行さんが四国の方を旅しよられたそうな。日が暮れて泊まる所もないし、一軒の家へ行って頼んだところが、それは藍《あい》を、染物に使う藍を作っとるうちで、

「まあ泊めて上げんことは無《に》ゃあけど、うちも今忙しゅうしとる。藍の取り入れ時じゃけん、朝、藍をこけば、藍の葉をこうすごくと、泊めて上げよう」

「よしよしほんなら泊めてくれ」と言ったところが、朝になって、ついうっかり、西行さんが、

「どうも昨夜《ゆうべ》はお世話さんになった」と言って出かけたところが、そのうちの親父が、西行さんの首をきゅうと締《し》めて、

「こりゃ坊主、昨夜《ゆうべ》の約束忘れたか」と言った。西行さんが、

「西行は鵜と言う鳥にさも似たり─墨の衣を着とるけえ─首を締《し》められ藍をこぐとは」と言ったところが、それがたいへんその主人に気に入って助けられた。歌の功徳じゃちゅうことです。


『慈元抄』のと同じ話が伝承されたとすれば、たいへん貴重な採集話である。『慈元抄』と同じように、この昔話も、西行が「鵜」に見立てられる。それは同じなのだが、ここでは「藍」と「鵜」に視点を移してみよう。「藍」はもちろん「鮎」に通じている。「藍」と「鮎」は「あい」の音に通じ、「鵜」はもちろん「う」となる。そうするとこの歌は、「あ・い・う・え・お」の五音のうち、「あ・い・う」の三音をそろえている。これは、『慈元抄』の歌が、「藍」（あい）と「鵜」（う）の三音をそろえるのと同じである。「鮎」が「藍」と同音で通じるゆえ、その縁で「鵜」が詠み出される。そうすればおのずと「あ・い・う」の三音がそろうことになる。おそらくは意識して巧まれた趣向、機知の遊びにちがいない。

それでは「うるか問答」はどうか。神奈川県厚木市には「西行もどり橋」の伝説がある[12]。


昔、西行法師が修行中にここに立ち寄りました。そばに地蔵堂があり、その地蔵堂に法師が目をやると、一人の老婆が熱心に真綿をかけていました。そこで法師は、

「おい、ばあさん、その綿をこの僧に売ってはくれまいか」

とたずねました。すると老婆は、小鮎川の鮎を歌題にして
「この川を鮎取る川としりながら綿（腸）を売るかと染井法師」

と短歌をよみました。この老婆の歌に法師かえす言葉もなく、すごすごとこの橋を渡ってもどったので、その後、西行のもどり橋と呼ぶようになり、近隣の花嫁はこの橋を渡らず民家の中を通って嫁いで行ったとの事です。

こちらは『庭訓往来抄』とちがって、「藍染川」ではなく「小鮎川」である。しかし、「鮎取る川」と歌うことからすれば、やはり「鮎」は「藍」に通じている。西行を「染井法師」と呼ぶことからしても、そう考えてよかろう。「鮎」は「藍」（あい）に通い、「うるか」が詠み出される。それならばやはりこの歌も「あ・い・う」の三音をそろえていることになる。

もうひとつだけ例をあげてみる。これは柳田國男が「うるか問答」を論じて、『女性と民間伝承』にあげたものである。[13] 出典は『松浦昔鑑』とある。梗概だけを示して歌問答だけを引用しておく。松浦郡玉島の近辺の紺屋の女房、名前は糸という。内の浦という部落の与八郎の女房が、縞木綿を織るため、紺屋にかせ糸を染めにやり、こんな歌を詠んだという。

からくうや玉しまにおる糸たのむ草の葉色に染めて得させよ

これが与八郎の女房・おかやの歌。それに対して紺屋の女房・糸の返歌は、

玉しまや川の鮎をも染めとるはうるかきるかやうらにおるかや

というものである。玉島川は『万葉集』以来、鮎の名所として聞こえているから、「鮎」を詠んで返したのである。紺屋・糸・縞木綿に引っかけて、縁語をそろえようとしたために、かえって意味の通じない歌になったが、「藍」と「鮎」、そして「綿」と「うるか」とが通うのも、「うるか問答」の常套である。柳田はこの話を、旅の綿売り女が運んできたといっている。[14]

この紺屋の贈答歌も、「鮎」は「藍」（あい）に通じ、「うるか」とつづけて、「あ・い・う」の三音をそろえる。そして「鮎をも染めとる」に「藍をも染めとる」を通じさせて、同音に遊んでいる。つまりここにあげた三つの狂歌話は、「鮎」と「藍」を歌に詠み込んで、いずれもが三音をそろえる狂歌となっているのである。これは「鮎」と「藍」

が同訓・同音であるところからうまれた遊びである。しかし、「鮎」と「藍」が同訓であることはもちろん、「あ・い・う」の三音をそろえた遊びであることも、現代のわれわれは気づきはしない。ことばの機知が理解できなくなって、ただ、「売るか」、「売らぬか」の利口にだけ笑ってきたのである。

八　五音相通の連歌話

いまかりに「藍」と「鮎」に材をとった話を「五音に遊ぶ狂歌話」と名づけて、このたぐいの話をさがせば、安楽庵策伝の『百椿集』（寛永七年・一六三〇）のなかに見つけることができる。[15] これは策伝の蒐集した百種の椿の命名の由来を記録したものである。「五音《い》ノ里」と名づけられた椿の記事に、こんな話がのっている。

大和国ニ五音《い》ノ里ト云フ処アリ。文字ノ心タヾナラズ。如何様子細有リサウナル名ニコソトテ宗長旅行ノ便リニ右ノ在所へ立寄ラレタレバ、紺掻ノ家有リ。折節、主人染メタル布々ヲ、手ヅカラ持出デ、モガリニカクル体ナリ。宗長、亭ニ向ヒテ、爰ハ五音ノ里カヤ。中々ト申ス。「ゴイ」トハ何ト書クゾ。「五音ノ里」ト書キ候。其儀ナラバトテ、一句、

　カケホスヤカウカキクケコ五音ノ里

亭主取リモ敢へズ、

　アイウエオキテ布ヲコソマケ

ト付ケタリ。奇妙ナル作意ニ有ラズヤ。

これも「紺掻」の話である。「紺掻」から「カウカキクケコ」、「藍植え」から「アイウエオキテ」とつづく。里の

名もそれにちなんで、「五音ノ里」とつけられる、「五音」の連歌話である。五音とは、五十音図の各行の、それぞれ五つの音、たとえば「ア・イ・ウ・エ・オ」をいう。「藍」と「紺掻」から、「五音」を連想して句を付ける遊びは、見ての通り同訓に興ずる話でもある、よほど気の利いた連歌師が、宗長に託して作った話にちがいない。おそらくは親交のある連歌師──たとえば里村紹巴あたり──から聞いたものを、策伝が書きとめたのではないか。

同じような話は『新撰狂歌集』（秋歌）にある。

但馬国入佐山の奥にかすかに庵室をむすびうき世をいとふ僧おはしけるに、ある人庭の紅柿を手折て参らせければ

あひ植ゑて梢になりし柿くけこ御音信こそ通じたりけれ

柿をいただいたお礼の歌である。「あ・い・う・え」（あい植え）てから、「か・き・く・け・こ」（柿食けこ）とつづく。さらには「音信」（手紙）の縁から、「柿」には「書き」を通わせている。もちろん「紅柿」には「紺掻」が掛けてある。たわいもない話だが、こうしたことば遊びこそ、連歌師の腕の見せどころであったのである。地下連歌師の手になるという『知連抄』上は、和歌・連歌の「五音相通」の技法を紹介している。

五音相通ト云ハ、五音ノ内イヅレエツヅケドモクルシカラズ。タトヘバ、

山トヲキ霞ニウカブ日ノサシテ。

山遠キノ「キ」ト霞ノ「カ」、トモニ「カキクケコ」ノ五音ノ内也。ウカブノ「フ」、日ノサシテノ「ヒ」、トモニ「ハヒフヘホ」ノ五音ノ内也、歌ニ云、

アサガスミ梅ノ木末モミエヌマデ立カクシケリ花ノ香ハシテ

わかりやすい例である。あげられている証歌でいえば、「アサガスミ」の「ミ」に、「梅」（ムメ）がついて、「み・

む・め」の三音がつづく。見てのとおり、五音相通もまた和歌・連歌の手法のひとつである。

こうして見比べてみると、「うるか問答」も、これに類した五音をそろえる話であることがわかる。「鮎」を「あい」と訓むことが、「あ・い・う」の三音をそろえることになる。こうした同音の遊びは、ほかにもあったにしても、その多くは忘れられたにちがいない。ただわずかに、先にあげた昔話のうちに、気づかれることもなく、その跡をとどめているにすぎない。

「鮎」と「藍」の同訓に遊び、「五音」をそろえる利口に興ずる。本来、「うるか問答」は、連歌師の得意としたこの手のことば遊びからうまれたのである。狂歌話、連歌話とはいえ、そこに仕組まれた笑いは、機知的で複雑であった。いわば仲間うちで共有する歌語の知識を前提として、仲間うちで了解できる機知に遊んでいるのである。その笑いは、座の文芸といわれる連歌や俳諧によく似て、互いに気心の知れた連衆のあつまる共同の場からうまれてきた。ここにあげた「同訓」や「五音」に遊ぶ話も、その源をたずねれば、連歌や俳諧に遊ぶ共同の場からうまれてきたものなのである。「うるか問答」も、和歌や連歌の場を母体として生まれた笑話といっていい。即興の笑いとはいえ、しかし、それは和歌や連歌の知識にささえられているのである。

おそらく連歌師たちは、歌ことばにかかわる話を書きとめていたにちがいない。たとえば「五音相通」の連歌話を、大和の国「五音の里」の来歴を語るかのようにして記録したのも彼らであろう。いかにも「子細有リサウナル名」の来歴として話したのである。それがたとえこじつけであっても、承知で笑っていたのである。ならば「うるか問答」も、

鮎ニツイテ物語在リ。或時、

というように、「うるか」の故事として語ったのであろう。『庭訓往来抄』の西行話は、それがたまたま講釈の場に持

ちだされて、記録されたのであろう。西行や宗祇をやり込める女を、あたかも「神の化現」のごとく語る話も、連歌師の知恵であろう。

彼ら連歌師は、歌語の証歌をあつめ、ことばの来歴を示す故事を記録していた。それが歌語を中心に編集されれば、『藻塩草』のような歌語辞典になる。話を中心にあつめれば、『醒睡笑』のような咄本にもなる。『醒睡笑』（巻之一）に「謂へば謂はるるものの由来」として、歌話や連歌話があつめてあるのも、そのたぐいのものであろう。[16] 連歌師だけではない。安楽庵策伝のような僧家も、都の貴顕や歌人・連歌師と交わるために、和歌・連歌にまつわる話題を必要としたのである。

かつて「うるか問答」のような狂歌話を都から鄙へと運んだのは、連歌師たちのしわざであった。「都よりあきない宗祇くだりけり言の葉召せといはぬばかりに」（『醒睡笑』巻之一）と歌われたように、彼らはことばを携えて諸国を歩いた。和歌や連歌の知識はもちろん、ことばを巧みにあやつる技術を誇示して歩いたのである。

注

(1) 柳田國男『女性と民間伝承』（定本『柳田國男集』第八巻所収）。
(2) 網野善彦「鵜飼と桂女」（『日本中世非農業民と天皇』所収）昭和五九年。
(3) 花部英雄「西行説話と女性」（『西行伝承の世界』所収）平成八年。
(4) 前掲（2）網野論文。柳田國男「桂女由来記」（定本『柳田國男集』第九巻所収）。『国史大辞典』（「桂女」の項）。
(5) 『宇治山田市史』（上巻「饗河原」の項）。
(6) 柳田國男「片目の魚」（定本『柳田國男集』第三十巻所収）。

（7）荒木田守良『神宮典略』（「神宮連歌」の項）増補大神宮叢書2所収。奥野純一『伊勢神宮神官連歌壇の研究』昭和五十年。

（8）拙稿「伊勢の西行説話―西行追慕のかたち―」（『伝承文学研究』第五十六号）平成十九年。

（9）小助川元太「庭訓往来注と雑談―『庭訓私記』の注釈説話を中心に―」（『枯野』第十二号）平成十四年。

（10）『庭訓往来　句双紙』（新日本古典文学大系）付録「庭訓往来抄」。

（11）福田晃・三原幸久編『因幡智頭の昔話』昭和五四年。

（12）西澤美仁「西行伝承資料・集成稿1」（『西行伝説の説話・伝承学的研究』平成十年度～平成十二年度科学研究費補助金基盤研究（C）（1）研究成果報告書。代表・木下資一。

（13）（14）前掲（1）柳田著書。

（15）鈴木棠三『安楽庵策伝ノート』昭和四八年。

（16）『醒睡笑』（謂へば謂はるるものの由来・巻之一）に「い・ろ・は」の音を利用した連歌話がある。これも「五音」の話に類した遊びである。

＜宗祇、宗長とつれ立ち、浦の夕に立出であそばれしに、漁人の網に藻を引き上げたり。「これはなにと名をいふぞ」と問はれたれば、「めとも申し、もとも申す」と答ふ。時に祇公、「やれ、これはよい前句や」とて、

「め」ともいふなり「も」ともいふなり

宗長に、「つけられよ」とありければ、

引連れて野飼の牛の帰るさに

牝牛は「うんめ」となき、牡牛は「うんも」となくなり。祇公感ぜられたり。宗長の「一句沙汰あれ」との所望にて、

よむいろは教ゆる指の下を見よ

「ゆ」の下は「め」なり、「ひ」の下は「も」なり。＞

いろは歌の「ゆ」の下の字は「め」、「ひ」の下の字は「も」である。いろは歌の字を、指さしながら教えているさまであるが、「め」と「も」の字音の遊びでもある。これは『俳諧連歌抄』にある「もともいひけりめともいひけり／いろはよむゆびの下なる字をとへば」の付合と同じである。

第二部　連歌説話の伝承相

第一章　難波津に芍薬の花

――俳諧の遊び――

一　王仁と芍薬の歌

奇妙な題を掲げたけれど、言葉遊びについて考えようと思ってのことである。なにやらあまりに茫漠としているが、話題は和歌から連歌へと続き、そして俳諧へと及ぶ。そのようにして詩歌がはぐくんだ遊びの世界を明らかにしてみたい。まずは『醒睡笑』から手頃な材料を選んでみよう。たとえば巻之四（そでない合点）にとても短い狂歌咄がある。

「なにとて芍薬をば、歌によみたる無きぞ」と、不審する者あれば、「それこそよみたる歌あれ。

難波津に芍薬のはな冬ごもり今をはるべと芍薬のはな」。

なんともたわいない咄である。この一話だけではそんな感想しか出てこない。しかし、類話を集めてみればどうだろう。たとえば『うかれはなし』（天和初年刊）や『私可多咄』（寛文十一年刊）にも、これに類する話を探すことはできる。今、かりにそれを芍薬の狂歌咄と呼んでおこう。さらに時代を遡れば、『多聞院日記』（天文三年条）にも、この咄を見つけることができる。

衆徒ノ豊後トテ貧老ノ仁語ラレ慥ナル法（説カ）ニテヨキ伝ニテ、梅ノ異名ヲシル口伝トテ、梅ヲハサクヤクノ花ト云也、本歌アリ

ナニハツニサクヤクノ花冬コモリ今ハ春ヘトサクヤクノ花
是ソノ本歌也、夏サクハシヤクヤクノ花、春サク梅ハサクヤクノ花ト云ト、真実〳〵思入テ語了、一咲々々、

同じく芍薬の狂歌咄とはいえ、前のとはいささか異なる。こちらは「梅の異名」に遊んでいるのに対して『醒睡笑』のは、「芍薬の歌」にこじつけた話である。異なるとはいえ、しかし、一首の歌に取材して、遊んでいることに変わりはない。

その一首の歌とは、もちろん、『古今集』仮名序に載せる「王仁」の歌である。彼の歌を本歌、あるいは本説とするのが、芍薬の狂歌咄である。

『古今集』仮名序は、王仁が先の歌を詠んだ次第を次のように紹介する。オオササギノ命とウジノイラツコが帝位を互いに譲りあったとき、王仁が、「難波津に咲くやこの花冬ごもり今を春べと咲くやこの花」の歌一首を奉ったによって、オオササギが即位。仁徳天皇である。『古今集』は、この一首を、和歌の六つの表現形式の一つ、「そへ歌」として紹介する。すなわち、仁徳天皇を梅の花によそえて詠み奉るめでたい歌である。ことの詳細は、たとえば藤原俊成の『古来風躰抄』にも述べられ、古今序注にも論ぜられるところである。ただし、ここに注釈についての論を展開するつもりはないので、室町期になる『釣舟』（明応六年成立・玄誉著）や『和歌無底抄』（応永頃成立・伝藤原基俊著）を引いて、王仁の歌の注釈としよう。

〈釣舟〉

王仁といへる者此歌を詠みて君を祝ひ奉る也。難波津に咲くや此花冬籠とは。くらゐにもつきたまはで。籠りゐ給ひし事也。今は春べと咲くやこの花とは。位につき給ふといへり。此花とは兄の花といふ事也。梅をば花の兄と云故に。梅の花をさして詠める歌なり。

〈和歌無底抄〉

百済国より漢書の博士にとてわたされたりける王仁と云ふ人、いぶかり思ひて、御門の御位をすゝめ奉りし歌也。されはこれも祝におこなはる歌なるべし。さて此歌によりて御門御位につき給ひぬ。

両書ともに「君を祝ひ奉る」歌、あるいは「祝におこなはる歌」と記して、いずれも仁徳天皇の即位をことほぐ祝言の歌であるとしている。よろずの花に先駆けて咲く「梅」にことよせて、仁徳天皇を讃える歌。それが王仁の「難波津」の歌である。これを話題として生まれたのが、芍薬の狂歌咄である。

二　歌徳と祝言

即位をことほぐ王仁の歌は、歌の徳としても讃えられる。なにしろ「此歌によりて御門御位につき給ひぬ」（無底抄）という具合であるから、歌のおかげである。このような解釈は、飛鳥井栄雅の『古今栄雅抄』にも見られるし、謡曲もまたそれを受け継ぐ。

三十一字の歌にすゝめ奉るによりて。御位につき給。めでたき歌の徳なり（栄雅抄）。

さらに『謡曲拾葉鈔』は、王仁の歌に注して、次のように記す。謡曲『難波』についてである。

王仁と云者今は御位をいなとの給ふへき事にあらずとて此歌をそへて御位につき給へとすゝめ奉るによりて御位につき給ふ也。めでたき歌の徳也。

このようにして歌の徳を言挙げする。それが、天皇の即位を喜ぶことにつながる。めでたい歌なのである。このめでたい王仁の歌を本歌・本説として、謡曲『難波』は作られており、その祝言性が、この一曲の核心と言っていい。

右の事情を伝えるのが、天正の頃になった『八帖花伝書』である。

正月は、『高砂』『難波』を本とせり。（中略）難波の御子、宇治の王子の、御位争ひありし時、百済国より、王仁と言へる相人、此国に渡り、難波の御子に御代を譲り給はゞ、我朝、いよ〳〵安全なるべき由、奏聞申に付て、則、難波の御子、御位に即き給ふ。其時、御即位あつて、かの難波の梅、冬籠して、咲かざりし花の、今を盛りと咲き乱れ候。かやうに、梅は心有名木也。歌道にも、花の兄と申て、梅は諸木の花の惣領なれば、かた〳〵以、初春に是を用ひ候。その上、謡は歌道より出でたるによつて、難波津の歌を用ひ、『難波の梅』を謡初に謡ふなり。

難波の「梅」の名木たる所以を説きながら、よろずの花に先駆けて咲く「梅」の威徳を讃える。もちろんそれは、かの仁徳天皇を讃えることに、そのままつながる。だから正月の謡初めとなるべきめでたい一曲である。

謡曲『難波』（世阿弥作）の梗概を示してみよう。当今の臣下に難波の浦で難波津の歌の本説を語った老人と若者は、歌の作者王仁と梅花の精と名乗り、やがて王仁と木華開耶姫《このはなさくやひめ》とに示現し、舞楽を奏して御代を寿ぐ。

ワキ　げにげに難波の梅のこと。名木やらんと尋ねしは。おろかなりける問ひ事かな。然れば歌にも難波津に。咲くやこの花冬籠り。（中略）シテ（老翁・王仁の霊）「難波津に。咲くやこの花冬ごもり。〳〵今は春べに匂ひ来て。吹けども梅の風。枝を鳴らさぬ御代とかや。実にや津の国の。なにはの事に至るまで。豊なる世の例こそ。実に道広き。治なれげに道広き治なれ」

難波の梅は、「心有名木也」と『八帖花伝書』は語っていた。名木たる所以を説くことは、そのまま仁徳天皇の御代を言祝《ことほ》ぐことになる。王仁の歌は、その祝言の歌として、古今集から謡曲まで、繰り返し引かれていく。大蔵流の間狂言『難波』（貞享松井本）にしても、その事情は変わらない。今を盛りと咲き誇る「難波の梅」に、治まる御代のめでたかるべき瑞相を見てとり、祝言としている。

それならばあの愉快な芍薬の狂歌咄は、謡曲『難波』をもうひとつの本歌・本説としているのだ。古今集や謡曲を本歌・本説として、その「こころ」によそえて遊ぶ、言葉遊びとして生まれてきたといえよう。もちろんその「こころ」とは、よろずの花に先駆けて咲く「梅」の威徳を讃えること。名木たる所以を語る、祝言のうちから生まれた遊びといえよう。

三　こじつけの秀句

芍薬の狂歌が、祝言の遊びであるとしても、それはどのようにして生まれるのか。狂言を手掛りとして考えてみよう。王仁の歌は、間狂言『難波』にも引かれるが、芍薬の狂歌を狂言のうちに用いるのが『土筆』（『歌争い』ともいう）である。大蔵流（虎明本）から引用しよう。野遊びに出かけた二人連れが、その道中に歌争いを演ずる。

（二人あそびにいで、道にてつく〴〵しをみて、是にて付合をせうと云て）〈何某一〉つくつくしの首ぐんなり（あどわらふ、腹を立てて、古歌が有と云て）〈何某一〉わが恋は、まつを時雨の染めかねて、まくずがはらに風さはぐんなり（さて又、道行、しやくやくの花が、人のうらに見事に咲ひてあるをみて、是ほど見事な花なれど、歌には詠まぬと云、歌にのつたとあど云て）〈何某一〉難波津にしやくやくの花冬ごもり、今を春べとしやくやくの花（それはさくやこの花じやと云、（以下略））

こうしてみると、狂言はそのまま『醒睡笑』にかさなる。「歌には詠まぬ」、「歌にのつた」との言い争いから、「芍薬」の歌が、古歌として示される。『狂言六義』では、「忝なくも、仁徳天皇の御製じや」と仰々しく説明される。策伝はこの狂歌咄を、狂言から取材したのだろうか。いや、むしろ順序は逆で、狂言作者が、芍薬の狂歌を援用して作劇したのであろう。狂歌の方が先行すると思われる。今、その穿鑿は措いて、この狂歌の成り立ちを追いかけよう。ここに挙げられる「十筆」の句が参考になる。

同じく『狂言六義』には、「土筆の首しほれてぐんなり」と出ている。もちろん、古歌として示される「我が恋は」の歌は、慈鎮和尚の作（『新古今集』恋・一）である。しかし、それは「真葛が原に風騒ぐなり」であって、「風さわぐんなり」ではない。言うまでもなく、こじつけの説明である。「つくつくしの首ぐんなり」という発句を笑われて、古歌を示してみるものの、それがまた物笑いのたねになる。その意味では、この「風さわぐんなり」の歌も、芍薬の歌と同じく、狂歌である。古歌にこじつけては遊ぶ狂歌である。

こじつけではあるが、古歌を示しての歌争い、ここに狂歌はもちろん、狂言の可笑しさはある。「歌には詠まぬ」、「歌にのつた」との争いは、古歌に先例があることを前提としている。古歌に先例を求める例は、『醒睡笑』（そでない合点・巻之四）にいくつもある。

宗長、杵の宮へ参詣の刻、

つくやうに守らせ給へ杵の宮

米をばもたず連歌なりとも

くなりくなりと秋風ぞふく

「証歌の候や」。『なかなか』とて、

わが恋は松を時雨のそめかねて真葛が原に風さわぐなり　（新古今集・慈円）

秋風は「くなりくなり」とは吹かない。証歌は、と問われて、慈鎮和尚の古歌を示す。「連歌」の縁から「句なり」と付けたのだが、牽強付会もはなはだしい。しかし、それを承知で笑う話であろう。「くなりくなり」も「風さわぐんなり」も、いずれも慈鎮和尚の古歌を踏まえた秀句である。こじつけは承知の上で、秀句の遊びに興じているのである。

それならば、芍薬の狂歌咄も、王仁の歌を古歌として、こじつけの秀句に遊ぶものといえよう。こういう言葉遊びは、連歌の世界の約束を背景にして生まれてきたのであろう。先例が求められたこと、古歌が重んじられることがそれである。先例となる古歌を「証歌」という。

四　証歌の遊び

連歌には証歌が求められる。それを語るのが、松永貞徳の次の逸話である。若き日の貞徳、その修業時代の懐古談である。

丸（貞徳）にせよとさゝやかれ給ひしかば、

あかつきの雲にこもれる空の月

と付侍しを、翌日礼に参りしかば、「昨日の月の句殊勝なり。されど月は露・涙・水などにこそやどれ、雲にはやどるべからず。そこの句は作はあれども、すみへゆかず。（中略）但証歌あるにや」と、難じ給ひければ、

夏の夜はまだ宵ながらあけぬるを雲のいづこに月やどるらむ

と深養父が歌を引しかば、

貞徳は宗匠にうながされて、付句を付けた。それが「あかつきの」の一句である。翌日、宗匠の所へ礼に赴いた貞

徳に、「昨日の月の句は殊勝だが、細かい心配りが足らぬ」と言ったうえで、続けて宗匠は、「いったい、月に雲はやどるものか。証歌があれば示せ」と言う。そこで彼は、清原深養父の歌を示したところ、ひとしきり感心されたと言うのだ。先例があってこそ、一句の価値は保証される。なんともうるさい限りだが、それが付合文芸としての連歌の楽しみであったのだろう。

やかましい規則があればこそ、証歌を題材にした話も作られてくる。次のも有名な一例である。『槐記』（享保十二年八月晦日）の記録する話から。

猪苗代兼竹ガ咄ヵニ、太閤秀吉ノ連歌ノ席ニテ、フト其付合ニテコソアルベケレ、

奥山に紅葉ふみわけなくほたる

トセラレシヲ、紹巴ガ、蛍ノ啼ト云証歌ハイザシラズト申上シニ、大ニ不興ニテアリシガ、何條ヲレガナカスニナカヌモノハ天ガ下ニアルマジト広言セラレシヲ、細川幽斎、其席ニ居テ、紹巴ニ向イテ、イサトヨ、蛍ノ啼トヨミ合セタル証歌アリ、

むさしの篠を束てふる雨にほたるならでは鳴虫もなし

ト申サレシカバ、紹巴ハ大ニ驚テ平伏シ、太閤ハ大機嫌ニテアリシ由。翌日、紹巴スナワチ幽斎エ行テ、サルニテモ昨日ハ不調法ニテ、家ノ面目ヲ失シ。何ノ集ノ歌ナリヤト窺フ。幽斎、アレホドノ人ニ何ノ証歌所ゾヤ、キノフノ歌ハ我等ガ自歌也ト申サレシ由也。此ニテハなくノ縁、尤ニキコユル、サモアルベキ事也ト仰ラル。

これは『狂歌咄』（巻一）ほかにも類話がある。蛍は鳴かないだろう、という紹巴の疑義に太閤は機嫌を損ねた。そこで幽斎が機転を利かせて、「いや鳴きます」と言って、証歌を示してとりなしたところ、太閤はすこぶる上機嫌になったという。有名な幽斎の利口話である。話の真偽が問題なのではない。先例こそ尊重された。それを承知の上

で、幽斎は自作の歌を証歌として示した。幽斎の機転に興ずる逸話である。

注目すべきは、この利口話が、猪苗代兼竹という、おそらくは連歌師によって語られている点である。連歌師輩はこうした利口話、連歌咄を耳袋に蓄えていたのである。それならば、次の『醒睡笑』（そでない合点・巻之四）のような咄が生まれるのも納得できる。

月次の連歌の会に、

かま鷺は山の途中に飛びおりて

といふ句を出せり。宗匠たる人、「つひにかま鷺のことばをきかず」とあれば、「本歌ありとも申すまじく候や。うつり行く雲に嵐の声すなり散るかまさきの葛城の山」。（新古今集・藤原雅経）

これも本歌を示して証歌とするもの。つぎのもこれに類する連歌咄である。

木鎌をもちて山へこそゆけ

といふ句を出せり。宗匠「きがまは如何」と申さるる。「古歌の候。行きやらで山路暮らしつほととぎすいま一声の聞かまほしさに」。（拾遺和歌集・源公忠）

いずれの咄も、ありもしない歌語を、本歌・古歌を示して証歌とする。どちらもひとり合点の勘違いである。「かま鷺」も「木鎌」なる語もあるはずがない。ないことを承知で、こじつけの秀句に遊ぶ咄である。それを今、証歌の遊びと称してみよう。典拠とすべき本歌・本説があってこそ、生きてはたらく言葉の遊びといえよう。(1)

これを思えば、「芍薬の歌」も、ありもしない歌を示してこじつける、証歌の遊びである。古今序や謡曲を本歌・本説とするとはいえ、しかし、王仁の歌の「こころ」が、生きているとは決して言えない。すなわち、よろずの花に先駆けて咲く「梅」の威徳を讃える、祝言の心である。もちろん、座興の言葉遊びにすぎないのだから、そこまで求める必要はないのかもしれない。たしかに『醒睡笑』が紹介する「芍薬の歌」には、祝言の意はまったくない。あるのはこじつけて遊ぶ秀句の可笑しさだけである。

五　この花の異名

たしかに『醒睡笑』の「芍薬の歌」には、祝言の意はない。それでは類を同じくする『多聞院日記』の場合はどうだろう。ふたたびここに示してみよう。

衆徒ノ豊後トテ貧老ノ仁語ラレ慥ナル法（説カ）ニテヨキ伝ニテ、梅ノ異名ヲシル口伝トテ、梅ヲハサクヤクノ花ト云也、本歌アリ

ナニハツニサクヤクノ花冬コモリ今ハ春ヘトサクヤクノ花

是ソノ本歌也、夏サクハシヤクヤクノ花、春サク梅ハサクヤクノ花ト云ト、真実〳〵思入テ語了、一咲々々、

こちらは「梅ノ異名ヲシル口伝」として、「芍薬の歌」が挙げられる。「春サク梅ハサクヤクノ花」だと言って、本歌が示される。もちろんこれも王仁の歌にこじつけた、いわば「もじり」である。たわいもない「もじり」とはいえ、強引にこじつけて「梅」の異名をこしらえているのである。「梅」の異名をこしらえて、「口伝」と言って笑っているのである。

そのように考えてみると、こちらの「芍薬の歌」の性格が、少しはわかってくる。この「芍薬の歌」が、証歌の遊びであると前に述べた。それは連歌師輩が蓄えていた話であった。いわば連歌咄に類するものである。歌や連歌の世界では、歌学的知識として、「異名」への関心が高まるのは、鈴木元氏の指摘に従えば、室町期のことである(2)。それ

を繰り返すことはしないが、私の関心に従って、簡略に資料をならべてみよう。まずは顕昭の『古今序注』から。

古注云（中略）コノハナハムメノハナヲイフナルベシ。（中略）又歌論義云、コノハナトハ大根ノ花歟

「この花」の異名についての注釈である。もちろん王仁の歌についての論議である。「梅」と「大根」の二説が紹介される。これは次の『古今栄雅抄』の場合も同じである。

この花を。孫姫式に。大根の花といふ異説あれば。梅花をいふなるべしと註せり。

これが清原宣賢の『詞源略注』になれば、随分とやかましくなるが、「梅」と「大根」の二説について、論評していることに変わりはない。

コノ花　六云、木花トヨム人アリ。僻事也。梅花也。大根ト云義僻也。古今秘注、木ノ花也。万木ノ花ヲ云。梅ニ限ルヘカラス。サレトモ難波津ノ歌、木ノ花ハ梅ト心得サセンタメニ古注ニシルセリ。当時木ノ花ヲ梅ノ一名ノヤウニ心得ハ誤ナルヘシ。

これらは歌学の世界の、異名への関心を語る資料群である。清原宣賢ほどうるさくないにしても、『雑和集』（寛永十八年版・巻之上・十一「このはなの事」）にもその説は引かれる。

難波津に咲くやこの花冬ごもり今は春べと咲くや此の花顕云、このはなとは両義あり。一には梅の花を云。真名序注云、木花は梅花也。衆木の前に先さく故号。云々。仮名序注にも、この花は梅の花をいふなるべし。今案云、きのはなと書て梅の花とよむは、万の木のさきにさけば、別して云也。（中略）又、歌論議と云物をば問答抄と名て、公任卿のつくられたりとぞ申伝たる。其文にはこのはなをば大根花ともいへり。

もちろんこれも顕昭や古今序注の説を祖述しているにすぎない。しかし『雑和集』のような歌話雑記にさえひかれるとすれば、やはり「異名」についての関心の広がりを思わねばなるまい。歌や連歌の座に列なる者であれば、「異

名」の知識は、必須のものとされたのであろう。このことは歌や連歌に限らない。後に述べるように、事情は俳諧についても同じである。

このようにして「この花」の異名を追いかけてみると、『多聞院日記』の「芍薬の歌」は、本歌にこじつけて、異名をこしらえて遊んでいるのである。こじつけの歌を、いかにももっともらしく「口伝」と称して笑いを誘う。そこにこの狂歌咄の本旨はある。そうすると祝言の意は、まったくないことになる。『醒睡笑』と同じである。ならば、こじつけて遊ぶにしても、なぜ「王仁の歌」でなければならないのか。なぜ「梅」でなければならないのか。

六　木の母の俳諧

「異名」についての関心は、俳諧の場合も同じである。やはり「梅」の例を示してみよう。『類船集』は「梅」の異名を紹介して、次の語を挙げている。

花の兄　春告草　匂ひ草　香散見草　この花　好文木

「花の兄」や「この花」は、もはや自明であろう。また「好文木」についても菅公ゆかりの命名である。残る「春告草　匂ひ草　香散見草」について言えば、これらはすべて『藻塩草』に、梅の「美名」としてすでに紹介されている。一例を示してみよう。「香散見草」について言えば、順徳院の御製として「山里の軒ばに咲けるかざみ草色をも香をも誰見はやさん」の一首を紹介して、『蔵玉和歌集』にあり、と記している。あるいはまた「香はえ草」という「異名」を示して、「深山には深雪ふるらし難波人浦風しほるかはへ草かな」という歌を挙げている。こちらは鈴木元氏が翻刻紹介された『万葉和歌雑儀集』にも、「梅」の異名として、この一首を載せている。(3)

異名といい、美名といい、それらは「梅」の歌語であり、連歌はもちろん、俳諧にも必要な知識であった。先例としての古歌にも通じていることが求められた、その一例なのであろう。俳諧師にしても、こうした歌語に通じていることが、肝要であった。

それでは「梅」は、俳諧ではどのように詠まれるのか。

難波津の梅や木の母歌の母　　良任〈夢見草〉

木の母をたが云初て花の兄　　慶友〈犬子集〉

この花とよむや木の母歌の父　　桂葉〈続山井〉

当然、後ろの二句も、難波の梅を詠むものと考えていい。王仁の歌や謡曲『難波』を踏まえた句作りなのである。本歌・本説を踏まえたうえで、「木の母」の俳諧に遊んでいるのである。「木の母」とは、もちろん「梅」を分解したもの。さらには「梅」の異名、「この花」を掛けている。そして「この花」、すなわち「梅」を、「歌の母」や「歌の父」と表現することによって、「難波の梅」を讃えるのである。「歌の母」とは、もちろん『古今集』仮名序の、

この二歌（難波津の歌と安積山の歌）は、歌の父母の様にてぞ、手習ふ人の、初めにもしける。

という詞章に拠る。歌の「父・母」と呼ぶことは、王仁の歌、ひいては「難波の梅」の称揚ともなるのである。

さらに「花の兄」について言えば、謡曲『難波』は、

それ大方の春の花。木々の盛りは多けれども。花の中にも始めなれば。梅花を花の兄ともいへり。

と謡う。『八帖花伝書』では、『難波』を論じて、梅については、

梅は心有名木也。歌道にも、花の兄と申て、梅は諸木の花の総領なれば

と評する。すなわち梅は、よろずの花に先駆けて咲くゆえに、「花の兄」と称されて、讃えられるのである。春の到

来を言祝《ことほ》ぐ花と見られたのであろう。

「この花」はもちろん、「歌の母」や「花の兄」もまた、「梅」を讃える言葉なのである。それならば、俳諧も、本歌・本説の祝言の発想を、確かに受け継いでいると言えよう。そしてそのうえで、「木の母」という、さらなる梅の「異名」を作って、遊んでいるのである。ならば、「木の母」の俳諧は、「異名」の遊びと言っていいだろう。

こうして「梅」の異名を追いかけてくると、芍薬の歌話は、①王仁の「難波津に咲くやこの花」の歌を本歌・本説とする、証歌の遊びであり、②「梅」の異名に興ずる俳諧の遊びであると考えられる。さらには、祝言の一曲『難波津』を本説とするならば、これらの言葉遊びは、③よろずの花に先駆けて咲く、梅の花の威徳を、もどいては讃える祝言の遊びであろう。本歌・本説（古歌・謡曲）の「こころ」をもどいて、「梅の花」をことほぐ祝言の遊びである。やはり祝言の意は、込められていると考えていい。

七　祝言の遊び

前にも述べたように、『八帖花伝書』によれば、梅はよろずの花に先駆けて咲く、めでたき花ゆえ、初春にはこれを用い、謡初めには、『難波』を謡うという。めでたき花といえば、『専応口伝』には、「五節句に専ら好むべき木」として、

正月　梅・水仙花・金銭花

を挙げている。五節句の花のうち、書院の座敷飾りとして、梅は、正月に飾るめでたい花である。ここに「梅」とともに「水仙花」が挙がっていることに注目しよう。梅は「花の兄」、水仙花は「花の弟」と称して、ともにめでたい

花である。謡曲『難波』を注した『謡抄』を引こう。「梅花ヲ花ノ兄トモイヘリ」に注した一節である。

山谷ガ水仙花ノ詩ニ、山礬是弟、梅是兄ト作テヨリ、水仙花ヲ弟トシ、梅花ヲアニトスル也。山礬トハ水仙ヲ指テ云也。梅ハ春風二十四番ノ第一ニハヤク開クル故、兄ト云也。

そのめでたい花が、書院の床に飾られるばかりではない。狂言『梅の風流』には、山礬花、梅、水仙花の三花の精が登場して、三番三を舞う。そのとき、「もろこしには詩をもてあそぶ」と言って、この山谷の詩をうたいながら舞う。

このようなめでたい「梅」を話題として、「芍薬の歌」の狂歌咄は作られたのであろう。おそらくは、書院に飾られた「梅」を眺めて、「春咲く梅はサクヤクノ花」と言って、本歌を示しては興じていたのだろう。

難波津にサクヤクノ花冬ごもり今は春べとサクヤクノ花

（『多聞院日記』）

を、「梅の異名を知る口伝」と言っては、笑い興じていたのだろう。それは梅の「異名」が話題となる、歌や連歌の席であったかもしれぬ。こじつけとはいえ、機転の利いた利口話、愉快な証歌の遊びであったに違いない。

あるいはまた座敷に梅の花が飾られた折りの、秀句かもしれない。座敷舞として、『梅の舞』が演じられる。

四季の花はあれ共、冬の梅の一花、雪の下へにさきそめ、いつけ、ひらくれはおのづから、天下の春とさき出る、此梅のまひぞめでたき

座敷に集う「寄合」の、興を催す舞を肴に、右のような「芍薬の歌」に遊んだのではないか。

立花に同じく、謡もまた室内の芸能であり、歌とのつながりが、殊に強調されもした。『八帖花伝書』に言う。

仰も、謡といつぱ、歌道より出るなり。先、難波津の浅香山の言の葉によそへて、長歌を続け、それに節を付けて、謡と号せり。然によつて、謡を謡んと思はん人は、歌道なくては適ふまじ。よくよく歌道を心掛け候事、肝

要也。

このようにして歌道の心掛けを説いて、謡の高尚なることを言挙げする。その謡の、殊にめでたき『難波』を肴として、「芍薬の歌」の遊びに興ずることこそ、初春のなによりのことほぎとなったのではないか。それは本歌・本説の「こころ」によそえて遊ぶめでたい言葉遊びとして生まれたのだろう。

なるほど言葉遊びは、座興の慰み草かもしれない。しかし、ときにそれは芍薬の狂歌咄のように、寄合の一座をにぎやかに囃したて、祝言の言葉に花を咲かせる、いわば「ことわざ」となる。そのような「言葉遊び」の世界を育てたのが、歌はもちろん、謡や狂言を話題として遊ぶ寄合の座であった。

注

（1）拙書『しげる言の葉―遊びごころの近世説話―』（「序章「しげる言の葉―連歌の遊び―」）平成十三年。

（2）（3）鈴木元「『玉集抄』瞥見」同「『匠材集』遡源」（いずれも『室町の歌学と連歌』所収）平成九年。

（4）小野恭靖「寄合の風流」（『ことば遊びの文学史』所収）平成十一年。

第二章　餅連歌の説話伝承
——座頭と笑話——

一　小僧の歌争い

一概に餅連歌とはいっても、さまざまなバリエーションがある。しかし要点は、賢しい小僧が、和尚をやり込めてしまう、というところにある。きわめて単純である。要するに「和尚と小僧」譚の一流である。[1] ただここでは「和尚と小僧」譚そのものを扱うつもりはない。それは昔話（民間説話）の大きな課題であり、それを論ずるためには、昔話についての伝承論や伝播論が用意されなければならない。そういう論議は今のわたしの力にはあまる。ここでは笑話の生まれてくる現場を押さえてみたいと思う。きわめて限られた範囲になるが、およそ近世から時代をさかのぼって、室町期ぐらいまでの話を取りあげて、考えをめぐらしてみたい。必要であればときに昔話を資料として使ってみることにする。

まずは昔話をひとつ例にあげてみよう。『近江の昔話』に収められる「餅連歌」である。[2]

和尚さんがなあし、隣りへお経あげに行ってござる留守の間に、お隣りのおぼや餅（ぼた餅）一つ小僧がもろたんどすねて。そいてまあ、さっそく仏さんにあげに行ってなあし、ほいて、ねっから和尚さんが帰ってきはれへんさかいに、ほの間《ま》に半分割って食べたんどすねて。ほいたら、和尚さんが帰って、「こんな餅は、半分と隣りからくだはったのに、半分ということはなあものや」て、

『満月に片割れ月はないものや』て。

ほいたら、小僧がちょっと賢いのかしら、

『雲にかくれてここに半分』と出たんどすねて。

「小僧がちょっと賢いのかしら」と語られるように、賢しい小僧の知恵が、一句のやりとりにあらわれている。歌で問いかけられたら、歌で返す。その機知に知恵を認めているといっていい。「月」に「雲」、そして「片割れ」に「半分」。こうしたことばの対応におかしみが込められている。もちろん「餅」の縁から、「満月」と対応する。つぎの類話がそれを示している。『美作の昔話』をあげてみる。(3)「十五夜の餅」という話である。

塩の辛い小僧がおって、和尚さんが法事があるいうて近所へ行て、小僧がひとり留守ぅしょうたら、隣から「餅ぅ和尚さんにあげてくれえ」いうて、持って来てくれたんじゃ。そがあしたら、どうもその餅がおいしそうげな餅やで、食べとうてこたえんようになって、せえから、和尚さんが出た間《ま》に、砂糖出あて、付けて食ようた。そがあして食ようるところへ、ガラガラいうて表がいうたで、こいつ和尚が戻った思うて、じきに食いさしの半分をふところへ入れて、半分だけ置いておったら、和尚さんがはあてきて、「小僧、いま戻った」「どうもご苦労さんでした」いうて、「隣から『和尚さんにあげてくれえ』いうて、お餅ぅもろうたんですけえ」いうて半分出あた。そがあしたら、和尚さん、見ょうたら、

「十五夜の月はまんまるなるものを」

いうて、和尚さん言うたん。

「雲に隠れてここに半分」

いうて、ふところから自分の食いさしの餅ぅ和尚さんに出あたもんじゃけえ、「頓智のええ歌を言うたけえ、お前に褒美に、その餅ぁみなやるで食ええ」。その坊さん、あきらめのええ坊さんで、小僧にみなやって食わしてしもうた。そがあな話ぅしょうた。

「塩の辛い」というのは、抜け目のないということ。機転の効いた歌で、まんまと餅をせしめる。その餅は、十五夜の月のようにまん丸である。「十五夜」に「雲」、「まんまる」に「半分」。こうした対句が生きるのも、「十五夜の餅」、まん丸の餅だからこそといえる。近江の昔話と大した違いはないが、褒美が与えられて、小僧の頓智と歌の手柄はきわだつ。単純な昔話とはいえ、機知を効かした歌のやりとりが、この話の生命線だ。このやりとりは、歌争いということもできる。まん丸い十五夜の餅が、片割れ（半分）ということはないだろうとがめられて、もう半分はここにあります、といって差し出す。それを「雲にかくれて」というのが、機転なのである。昔話とはいえ、機転の効いた歌の応酬に、俳諧があるといってもいい。昔話のなかに俳諧の笑いが生きているとすれば、さらに時代をさかのぼって、近世の俳諧のなかから、「餅連歌」の説話をさがしてみよう。

二　望月と餅好きの話

ここにあげた餅連歌説話は、すでに近世の咄本にも多く記録されている。つぎのは『醒睡笑』（児の噂・巻の六）が載せるもの。

貧々たる坊主の眠蔵《めんざう》より餅の半分あるをもちて児にさし出す。受取りさまに、

十五夜のかたわれ月はいまだ見ぬ

とありしに、師の坊、

雲にかくれてこればかりなり

こちらは小僧の知恵をはやすのではなく、「こればかり」という和尚の言い訳がましい一句がおかしい。「和尚と小僧」譚の体裁をとっているだけで、話の主眼は連歌にある。十五夜の月、望月の縁に遊ぶ俳諧の連歌である。十五夜の望月から餅を連想して、児の話に仕立てたのである。児の餅好きは、「かいもちひ」の説話（宇治拾遺物語）でも周知のことであるが、こちらは、連歌にその眼目がある。餅半分をもらった児が「十五夜のかたわれ月はいまだ見ぬ」と不服がましくいっている体である。児の餅好きを俳諧の連歌で表現したのが、いかにも近世流の説話である。

右のような餅連歌の類話はいくらもある。つぎの『きのふはけふの物語』のもそのひとつ。

新発意かたへ、師匠の御留守に、去方より餅到来したぞ。これをちごにかくすを見給ひて、

望月の木がくれしたる今夜かな

返し

たたみのへりを山の端にして

新発意（若い修行僧）と児の餅連歌である。「望月」と「山の端」が対となり、餅を隠す畳の縁《へり》を山の端に見立てる、ことば遊びのような俳諧である。そして「望月」に「餅好き」が掛けてあると考えればいい。そうすれば餅の好きな新発意と児のすがたが浮かびあがってくる。

さらにもうひとつ餅の話を紹介しておこう。これも『醒睡笑』（児の噂・巻の六）に載せるものである。

児にかくして坊土餅を焼き、二つに分け、両の手に持ち食せんとするところへ、人の足音するを聞き、畳のへり

を上げ、あわてて半分をかくすに、はや児見付けたり。坊主、赤面しながら、「今程の有様をおもしろく歌に詠みたらば、振舞はん」といふに、

山寺の畳のへりは雲なれやかたわれ月のいるをかくして

こちらはさきほどの前句と付句をひとつにした狂歌話である。おもしろく歌を詠んだなら餅をやろうという和尚の注文にこたえる。坊主にしても児にしても、餅好きということでは同類である。その二人の駆け引きの末、児が餅をせしめることになる。それが歌の手柄である。

いずれにしてもここにあげた餅連歌の話は、児の餅好きが話題になっている。「十五夜の月」、「望月」に「餅好き」を隠して、機知に遊ぶ俳諧である。その意味では前に述べたように中世説話（宇治拾遺物語）を承けている。それを「餅連歌」に託して語ったのが、近世流の俳諧であるといっていい。

三　歌掛けの歌話

右のような歌掛けの歌話は、さまざまな形で伝えられている。たとえば『明恵上人歌集』の一首がそれである。(4)

或る人月を見て、「白雲かかる山の端の月」と申しはべりけるに

豆の粉の中なるもちひと見ゆるかな

餅は俳諧の連歌の材料になるだけでなく、和歌の話題にもなる。しかし餅は和歌にふさわしい歌語ではない。餅を詠めば、それは俳諧歌となる。「豆の粉」だから、きなこ餅であろう。雲のかかった月を、きなこ餅とみた見立ての歌である。おそらくは月見の折の戯笑歌を二人で詠みあった歌掛けの遊びであろう。前書をつけると、歌掛けの遊び

も一篇の話のようになる。

つぎの『沙石集』（梵舜本）の話も餅連歌であり、見立ての遊びとなっている。

此禅師、武蔵野ノ野中ニテ、水ノホシカリケレバ、小家ミヘケルニ立ヨリテ、水ノホシキヨシ云ケルヲ、聞テ、マドノ中ヨリ、ハタワレタルヒキレニ水ヲ入、十二三許ナル小童ノ、指出シタルヲトルトテ、

モチナガラカタワレ月ニミユルカナ

ト云ケレバ、小童トリモアヘズ、

マダ山ノハヲ出デモヤラネバ

ト云ケル禅師。ワリナクコソ。

野中で水を乞うた禅師と小童の歌問答である。縁《ふち》の欠けたお椀をめぐっての禅師と小童の餅連歌の掛け合いとなっている。欠けたお皿を片割れ月に見立てた禅師に、小童は山の端を出やらぬ月とみなした。掛け合いのうちに、「皿」と「月」の連想と見立てに遊んでいるのだ。もちろん「望月《もち》ながら（持ちながら）」には「餅ながら」が掛けられている。連歌は和歌の席の座興であり、その遊びが、連歌話に仕立てられたのだろう。ここにあげたふたつの話は、掛け合いの歌遊びを、「和尚と小僧」譚に仕立てたものと思われる。

題を与えられて、たがいに歌を競うことも遊びになる。そんな題詠の遊びはいくらも伝えられている。『臥雲日件録跋尤』（寛正六年三月条）もそのひとつ。

二十日　三蔵主来、又三井寺三児ノ和歌ノコトヲ話ス。三児ノ師、金ノ盆一枚ヲ持チ、三児ニ命ジテ和歌ヲ詠マシム。桜花ヲ以テ題トス。意アルナラバ、盆ヲ以テ能ク詠ム者ニ付スル也。小児ノ歌ニ曰ク、

桜花、第四静慮一、サカセハヤ、風災ナクテ、イツモナカメン、

桜花、第四静慮ニ、サクトテモ、眼識ナクテ、イカガナカメン、
桜花、第四静慮ニ、サクナラハ、下地ノ眼識、カリテナカメン、
其師曰ク、三歌皆好シ、是ニヲイテ盆ヲ破リ三ニシテ三児ニ付ス云々
（漢文訓み下し）

三蔵主とは、相国寺の僧横川景三のこと。かれが端渓周鳳に語った和歌の遊びが記録されている。師僧が三人の児に、「桜花」を題として和歌を詠ませた。するといずれの児も「桜花」と「第四静慮」を巧みに組み合わせて詠んだので、金の盆を三つに割って、三人の児に分け与えた。第四静慮とは、もっとも清浄な無色界に近い世界。風・火・水の災害はもちろん、眼・鼻・耳・舌・触覚による認識もないという。十七天のひとつにかぞえられる。(5)これは第四静慮を桜の花に託して説明する歌といっていい。それを児の歌の手柄とした。歌によって褒美をえる歌徳説話となっている。三首あわせると、なにやら三段論法のような仕組みになっているのもおもしろい。

端渓周鳳が「桜花」の歌を記録したように、誓願寺の住僧安楽庵策伝もまた題詠の歌話を書き留めている。『醒睡笑』（人はそだち・巻之五）の一話をあげてみる。

山に児三人あり。師の坊、難題を出し、歌をよませける。小児には、「擂粉木」

宇治川のはしの柱のしげければすりこぎとほる槙の島ぶね

中児には、「菜みそうくらふ」

鳰の海なみそふ月のかげ見れば今宵ぞ秋の最中なりける

大児には、「藤花」

あら怖や藤の花くふどう亀があこが尻をもくじりたがるは

難題を出された三人の児の歌は、それぞれに俳諧歌である。小児の「擂粉木」、中児の「菜みそうくらふ」は、俗

な日常の題材であるのに、大児の「藤花」は、伝統的な歌語である。三首ともに「物の名」を詠み込む物名歌である。とはいえ近世流に俳諧のひねりがはたらいている。大児はその藤花を用いて、先輩の男色趣味を痛烈にあてこすってみせる。「人はそだち」という分類からすると、小児、中児、大児と、時を経て成長するにつれて、先輩僧のなぐさみとなるせつなさとおかしさが見えてくる。この歌がいわゆる「落ち」となっているのだ。師匠の難題に歌で応える児、これは前にあげた「和尚と小僧」譚の構図にかさなる。賢しい小僧の知恵が、歌によってしめされている。このような話、つまり餅連歌や歌掛けの話が、寺家の手によって記録されているのは、おそらく偶然ではあるまい。『明恵上人歌集』、『沙石集』、『臥雲日件録跋尤』、そして『醒睡笑』、いずれもが僧家の手で記録されてきた。

歌掛け、掛け合いとは何か。このことの意味を早くに指摘したのが折口信夫である。折口は、「連歌はもと、僧侶の掛け合ひだつたのだらうと思ふ」といい、その掛け合いは「歌論議であつて、歌論議が日本の連歌を育てた」と繰りかえし述べている。(6) もちろん推論にとどまっていて、「歌論議」が明らかにされているわけではない。しかし、こういう「歌掛け」の歌話が、寺方では歌の遊びとして興じられていたと考えることはできよう。

四　前句付けの連歌話

連歌話が掛け合いの遊びからうまれるとして、「餅連歌」説話はどうか。どういう場からどんなふうにしてそれはうまれてくるのか。およそ推定するしかないのだが、それをもう少し具体的に追いかけてみたい。まずは『新撰狂歌集』にのる一話をあげてみよう。

有寺へ檀那より人なる有りの実（梨）一つ送りければ、「これに付て一句すべし。よく付けたる人に此の梨を参

らせん」とて、

切りたくもあり切りたくもなし

硯箱の掛子《かけご》にあまる筆の軸

月かくす花の梢を見るたびに

いずれも心をつくし給へば、新発意罷り出で「それがしも一句付け申さん」とて、

梨一つ惜しむ坊主の細首を

といひければ、坊主腹を立ててかの梨をうちつけければ、やがて取りて逃げける。

餅ではなく、「梨」の前句付けである。「切りたくもあり切りたくもなし」という一見矛盾する前句に句を付け合わせる。「梨」は「無し」に通じるので、それを忌んで「ありの実」と言い換える。忌みことばである。上出来の付句には、「梨を参らせん」という。いわばこれも難題である。こういう連歌話が、どんなふうに作られるのか。追いかけることは、少しはできる。『犬筑波集』（俳諧連歌抄）にこんな付合が記されている。付句が二句、いわば前句の解釈が付句で示される。連歌の座に会した連衆が、前句に付けて遊ぶ俳諧の連歌である。そこから話はうまれてくる。

切りたくもあり切りたくもなし

ぬす人をとらへてみればわが子なり

さやかなる月を隠せる花の枝

前句付けとは、謎のような前句を、付句で解いてみせる。いわば謎かけの遊びである。もちろんこの前句付けからすぐに『新撰狂歌集』のような話ができあがるわけではあるまい。『犬筑波集』の句は、連歌の座興、即興の遊びである。それが「坊主」と「新発意」の掛け合い、いわば「和尚と小僧」譚に仕立て上げられる。前句付けの遊びから

連歌話へ、こういう展開が見通せるだろう。(7) さらにいえば、「よく付けたる人に此の梨を参らせん」というふうに褒美が用意されて、歌徳説話の体裁をとる。前句付けの遊びが、こうして歌の手柄を語る説話に生まれ変わる。単純とはいえ、明らかに作意の手が加わって、連歌話は作られる。このように歌の手柄を語る歌徳説話は、付合の遊びからうまれてくるのである。

これがいくたびかの伝承・伝播をかさねて、さらに展開すれば、つぎのような昔話になる。『続甲斐昔話集』に収められる「切りたくもなし」の話である。(8)

和尚様は梨がすきで、たくさん戸棚のなかにしまっておいて、ときどきそれを取り出いては一人で食っていた。小僧らはちゃんとそれを知っていたから、ある日和尚様が梨を食っているようなときをねらって、呼ばれもしないのにむしゅう（急）に和尚様の室に入っていった。すると和尚様はちょうど今うまそうな大きい梨を包丁で切って食っている最中であったが、急に三人の小僧らが入ってきたので、こりゃあといって驚いたけんど、もう梨も包丁もかくす暇がなかった。それから和尚様しかたんなく、「こりゃあわいらちょうどええとこい来とお、今この梨を俺も食ったり、わいらにもくれずかと思っていとおとこどお。けんどもただじゃあおもしろーないから、そこで「なし」という言葉のついた歌あ一つずつ詠んでみろ。うまく詠めとお者にこの梨を一つくれる」といった。それから一番上の小僧はいろいろ首をひねって考えた末、

「十五夜の月にかかりし松の枝、切りたくもあり切りたくもなし」

と詠んだ。すると和尚様は、「うん、これあなかなかうまい」といってほめて、約束どおり梨を一つくれた。つぎに中の小僧は、

「寺入りの文庫にあまる筆の軸、切りたくもあり切りたくもなし」

と詠んだ。すると和尚様は、「うん、これもなかなかうまい」といってほめて、中の小僧にも梨を一つくれた。ところが末の小僧は何分歌を詠まぬから、和尚様が「どうだ、わりゃあまだできぬか」といって催促すると、末の小僧は、「はいとっくにできていやす」といって、

「梨一つくれぬ坊主の細首を、切りたくもあり切りたくもなし」

といって詠んだ。この歌にもちゃんと「なし」という言葉が詠み込んであるから、和尚様もしかたなく、「うん、こりゃあなかなか感心どう」といってほめて、やはり末の小僧にも梨を一つくれた。

前句付けの連歌話が、「和尚と小僧」譚になっている。さらに題詠の歌話でもある。「なし」ということばを詠み込んで作れというのである。そして歌徳説話にもなっている。「うまく詠めとお者にこの梨を一つくれる」というふうにご褒美がつく。話はこんなふうにして成長してゆくのだ。そこにどんな伝承過程が想定できるのか。それは今の課題ではない。前句付けから連歌話へ、そして歌徳説話へと成長する。その過程は、『犬筑波集』から『新撰狂歌集』への展開のなかでも、たどることはできる。

五　宴の座の俳諧

十五夜の餅の連歌が連歌話になる。前に示したこんな付合をもとにして。

十五夜のかたわれ月はいまだ見ぬ
　雲にかくれてこればかりなり

あるいは梨の連歌が連歌話や歌徳説話になる。次のような前句付けから。

切りたくもあり切りたくもなし
　月かくす花の梢を見るたびに

これらの付合は、名月が歌の材となっている。月を隠す雲や花の梢。しかし、それを無粋な邪魔者とは見ない。兼好法師が、「花はさかりに、月はくまなきをのみ見るものかは」（『徒然草』第百三十七段）というように、むしろ中世以来の和歌は、隠れて見えぬところに美を見つけ出してきた。ここにあげた餅や梨の連歌は、それをまたひっくり返して、月を隠す「雲」や「花の梢」を障害物とみなす。題詠の遊びとして、そう詠む。餅や梨ほしさに。これが俗を本意とする俳諧の連歌である。滑稽な俳諧をもって歌の手柄とする。

こういう歌の遊びに興じるのは、八月十五夜、名月の夜がふさわしかろう。[9]『日次紀事』（八月十五日条）を示してみる。

今夜地下ノ良賤モ亦名月ヲ賞ス。各々芋ヲ煮テ之ヲ食フ。故ニ俗ニ芋名月ト称ス。他邦ニ於テ生荚豆湯ニテ煮、之ヲ食フ。九月十三夜ハ芋ヲ食フ、是皆ナ節物也。然ルニ京師ニ於テハ互ニ之ヲ誤ルモノカ。終夜月ヲ見、意ニ随テ興ヲ催ス。大井川或ハ淀川或ハ近江ノ湖水各々遊観ス。東坡ガ曰、嘗テ聞ク此宵ノ月万里陰晴ヲ同スト云。

この日は、貴賤ともに煮芋を食して、川に遊び、終夜、月を愛でる。月に芋を供えて、和歌や連歌に遊ぶことも多い。

十五日、丙申、雨降（中略）今日禁中和漢御会、【十日分】発句披談合之、（中略）入夜名月祝着如形、御牧進芋、珍重、十首和歌各詠之、雨晴月明、賦一絶、有興。（『実隆公記』・大永七年八月十五日条）

名月の夜に会して、和漢聯句や和歌に遊ぶ。あるいはまた座頭がきて、平家や早物語を語って、時を過ごす。名月の宴は、公卿や僧衆が座を同じくする雑談の場ともなった。

晴、及夜更月清明、甘露寺中納言入来、午後向勧修寺焼香、中納言等相謁、雑談、於彼方傾一盞、於打道場数刻念誦、僧衆等雑談、小座頭一人存之、語平家二句。（『実隆公記』・明応五年八月十五日条）

一、座頭福仁来了、（中略）即西御方ヘツレテ罷向、内々承ニ依テ也、種々芸也、上ルリ、平家、小歌・シヤヒセン、早物語、其他逸興共有之、

一、下冷泉被来了、夕湌相伴了、次名月之間、当座十五首有之、（『言経卿記』・永禄元年八月十五日条）

名月の前に供えられる芋は、「節物」、つまり秋の節句の収穫物でもある。それを供えて収穫に謝するまつりでもあるはずだ。そこで参会者は、平家、早物語などの「種々の芸」に遊ぶ。月を愛でて、和歌や連歌に興ずるならば、俳諧にも遊んだはずだ。そのとき、名月を題として俳諧の連歌に興じたのである。座を同じくする連衆は、和歌や連歌に遊びながら、その歌の徳を称える話をこしらえあげる。そんな話に興じながら、歌の手柄を語りあって、名月の宴の雑談としたのであろう。歌の話題に興ずることが、詩歌を賞賛するたのしみとなったにちがいない。前にも引いた話だが、つぎのような連歌話こそ、宴の座の俳諧として、一座の興を催したと思われる。(10)前出の、

十五夜のかたわれ月はいまだ見ぬ

の前句に、

雲にかくれてこればかりなり

と付けた『醒睡笑』（児の噂・巻の六）のように、八月十五夜、名月の夜に取材して、餅連歌の話を語る。このように「望月―餅好き」ということばをめぐる雑談は、名月の夜の俳諧の連歌としてうまれてくる。

六　座頭の祝言芸

「餅連歌」のような笑話を、好んで話したのは座頭だったと思われる。ことば遊びのような話が、かれらの得意芸だったのである。[11] たとえば『醒睡笑』（鞁・巻之二）の話がそうである。

座頭の出居にやどをかりて寐ねたるを、うち忘れ、呼びも出さず、つきたる餅のあたたかなるを家内の人ばかりくふ座敷へ、

餅つくと目にはさやかに見えねども杵の音にぞ驚かれぬる

この歌はもちろん「秋来ぬと目にはさやかに見えねども風の音にぞ驚かれぬる」（古今集秋上・藤原敏行）を本歌としている。秋風ではないが、杵の音に驚いている風情である。「出居」（客間）にいる座頭は、月見の宴にでも招かれたのであろう。座敷では餅を食する気配がある。そこで呼ばれもせぬのに推参して一首、という次第であろう。「餅好き」の座頭のすがたが、よく言い取られている。だからこの餅の歌からは、秋の名月の頃、月見の宴が連想される。そう読んでこそ、本歌がいきてくる。ささやかな笑話とはいえ、この一話は、座頭と笑話、そしてかれらの得意芸を思わせてくれる。かれらが月見の宴に招かれて、平家や早物語を披露したことは、前に見てきたとおりである。笑話もまた、かれら座頭の得意芸であった。[12] なお「笑話と座頭」については、別に論じたことがあるので、詳細はそれにゆずる。[13]

かれらのような座頭は、禅林にも出入りしていた。南江宗沅の「鴎巣賸藁」につぎの詩が収められている。[14] かれは京都大徳寺の僧。

瞽者名は通明、演史の業を棄てて、連歌を詠じ、仏名を唱うという。

演史の遺音倭句を詠ず
琵琶三味般舟に入る
通明畢竟明々の地
眼見えて盲自由を得る如し（漢文訓み下し）

通明なる座頭は、連歌を詠ずることを得意として、平家を語るわざを捨てたという。しかし、いってみればかれは、平家を語り、連歌をものするわざを得意として、宴の席に加わっていたのであろう。連歌を得意とする盲目の徒が、禅林に出入りしていたのである。(15)

連歌の席にはべる座頭は、もちろん和歌の知識にも通じている。ここに『臥雲日件録跋尤』（文安四年二月条）の一条をあげてみる。

城呂（座頭ナリ）頗る和歌を能くす。之に問うに、歌人の例に富士の烟の語あり、来由如何と。富士山下市に、常に老人有りて来たりて竹を売る。人之を怪しみて、一日行きて其の帰る処を尋ぬ。家に処女有りて、太だ艶美なり。翁曰く、女初め鶯の巣の中に一つの小卵を得たり。卵化して此の女となる。撫養して日久しく、我毎々竹を売り、以て家資となす。故に世我を名づけて竹採の翁となす云々。（中略）後帝天葉衣を披て飛び去る。富士山頂に到り、ここに不死の薬と鏡とを焼く。其の烟天に徹ず。凡そ歌人の用いるところ、本ここにおいて也。富士はまた不死といい、蓋し此に由る也。（漢文訓み下し）

これは歌語「富士の烟」についての説明である。竹取の鶯姫の説話をもって、歌語「富士の烟」の来歴が語られる。座頭は、こういう歌語の故事来歴にも通じていた。『古今和歌集序聞書三流抄』に、「富士の烟」を恋の歌語とする同様の記事が見えることからすれば、連歌の席に加わる座頭にとって、歌語の知識は欠かせぬものであったにちがいない。こうして蓄えられた知識をもって、かれらは連歌の座に列なった。そこで「餅」の狂歌話、連歌話をこしらえあげたのだろう。「十五夜の月」を話題にした戯笑歌は、「望月」から「餅好き」の話へ仕立てられてゆく。

さらに時代は江戸に降るが、『北越雪譜』（初編・巻之上「雪に座頭を降す」）によって、座頭のことばの芸をたどっておこう。雪に降り込められて、春を迎える年越しの夜、ある人の家で、鬼の話題をはじめとして、さまざまな雑談に時を過ごしていると、明かり窓から、がらがらと崩れ落ちてきた雪とともに、小座頭の福一が降ってきた。すわ、鬼か、と驚いた一座の人は、めでたき年越しの夜に人騒がせな、早く立ち去れ、と福一を責める。そこで福一は歌一首を詠んで、一座の機嫌をとる。

福一かしらをたれ、ものを按ずるさまなりしが、やがて兎角にむかひ、「歌一首詠み候。書きてたまはれ」といふ。此の福一は、としわかけれど、俳諧も戯れ歌をも詠むものなれば、あるじ、「こはおもしろし」とて、兎角が書きたるをよませて聞けば、

吉方から福一といふこめくらが入りてしり餅つくはめでたし

この歌にて人々めでたし〳〵と興じ、手を打ちていさみよろこび、ふたたび盃をめぐらしけり。

雪に閉じこめられた越後の長い冬を慰めるのが座頭の芸である。年越しの夜の闖入者として、崩れた雪とともに、座頭が突然、なだれ込んできた。一座の非難を一身に受けて、得意の歌を詠んで座をとりもつ。幇間のごとき座頭の芸である。餅の歌一首によって、座衆の機嫌をとりもつ。しかしたんなるご機嫌取りの歌ではない。大晦日の夜にふさわしい祝言の歌である。「米—小盲—餅」というゆかりのことばでもって、正月の祝言に変える。即興の機転を得意とする座頭のことばのわざである。(16)

餅、とりわけ新年の「鏡餅」は、祝言のことばである。『藻塩草』（巻十九「餅」）でも、

鏡の餅ともよめり　千代までも影をならへて相みむといはふ鏡のもちいたらめや

というふうに出ている。「類船集」にも「餅」の寄合に「祝言」があがっている。福一がこんな歌ことばの知識をたくわえていたかどうか不明であるが、かれらは正月の餅を歌の材として、祝言を果たしたのである。それならば、名月の宴の座にはべって、望月と餅好きの笑話を語ることも、かれらの持ち前の祝福芸であったと思われる。その即興の俳諧の連歌から、餅連歌の笑話をこしらえるのも、むずかしいことではあるまい(17)。

注

(1) 拙稿「「和尚と小僧」譚の一流」（「昔話　研究と資料」三十一号）平成十五年。
(2) 笠井典子『近江の昔話』（日本放送協会）昭和四八年。
(3) 立石憲利・前田東雄『美作の昔話』（日本放送協会）昭和四九年。
(4) 『明恵上人集』（岩波文庫所収）昭和五六年。
(5) 田中貴子「「第四静慮」の和歌と説話―『入道右大臣集』、『袋草紙』、そして『渓嵐拾葉集』―」（『渓嵐拾葉集の世界』所収）平成十五年。「第四静慮」の和歌について、詳細な論述がある。詳しくはこれにつかれたい。
(6) 折口信夫『日本文学啓蒙』（『折口信夫全集』第十二巻・中公文庫所収）昭和五一年。
(7) 前掲論文（1）。
(8) 土橋里木『続甲斐昔話集』（郷土研究社）昭和十一年。
(9) 拙稿「十五夜の歌―餅と芋の昔話―」（「口承文芸研究」第二十七号）平成十六年。
(10) 拙稿「宴の座の俳諧―火の昔話―」（「東海学園　言語・文学・文化」第三号）平成十五年。

(11) 前掲論文（1）。
(12) 岡見正雄「座頭と笑話―義経記に至る中世口承文芸史抄―」（「国語国文」第七巻八号）昭和十二年。
(13) 拙稿「笑話と座頭―言葉遊びの伝承―」（『咄・雑談の伝承世界―近世説話の成立―』所収）平成八年。
(14) 『南江宗沅作品拾遺』（『五山文学新集』第六巻）応永年間成立。
(15) 拙稿「詩話と公案」（『咄・雑談の伝承世界―近世説話の成立―』所収）。
(16) 前掲論文（9）。柳田國男「米倉法師」（『桃太郎の誕生』ちくま文庫・柳田國男全集10）平成二年。
(17) 『宗長日記』（享禄四年・八月十五日条）の記事は、芋名月・豆名月の夜の遊びを伝えている。

＜八月十五日夜・九月十三日は、都鄙いずくも月にめであそび、いもまめを手向《たむけ》とて、しづのおしづのめも月見るといふ。爰に八旬有余老拙、夕まどひしてめざめおきて、こよひを名月にやとおもひ出て、南の縁のはしらに、とばかりせなかをやすめ、ついゐ侍る。おりしも範甫老人まめに徳裏をそへもたせ送らる。

こよひ月まめに見よとやことたらぬいもこひしらの一盃としれ

旅宿たすかる一両輩をつかはし、小座頭あるに、浄瑠璃をうたはせ、興じて一盃にをよぶ。或所より誘引とてをの〳〵たちあか（別）るゝに、あまりに無下におぼえて、菊につけてこと伝やる

たづねこそよしやせざらめ哀などこよひの月の友よびてとる

その名残さびしさ思ひやるべし。やがて老をなぐさむ心かきくらして、

くまもなき空もみる〳〵かきくらしをば捨山のてる月にして

九月十三日＞

宗長は宴の座に座頭を招いて、歌の遊びに興じている。

第三章　祈禱連歌説話の誕生
――呪歌と連歌文台の説話――

私は鈴木棠三さんの教えを受けたわけではないし、國學院の出身でもない。だから鈴木さんと親しげに呼べる間柄でもないのだが、亡くなられた今となっても、身近な存在なのである。鈴木さんは明治四十四年（一九一一）のお生まれだという。まったく面識もなく、親子以上に年の離れた鈴木さんを、著作を通して、いつも身近に感じてきた。敬愛しつづけてきたといってよい。

さまざまなことをそのお仕事から学ばせていただいた。たとえば注釈の大切さ。角川文庫『醒睡笑』（二冊）、同『犬つくば集』は、この原稿を書いている今も、私の机上にある。この三冊は学生時代に購入したのだが、今はもう綴じ目もほつれている。その注釈を読み返し、調べなおすたびに、新しい課題の発見がある。私の『咄・雑談の伝承世界―近世説話の成立―』（三弥井書店）に収めた論文の多くは、ここから生まれたのである。『月庵酔醒記』や『藤岡屋日記』など文献の翻刻紹介もされた。それらのお仕事には、巷説、世間話、俗信など、民俗文化や口承伝承への幅広い目配りがある。それが鈴木さんのお仕事の懐の深さであり、魅力だと思う。

最後にもうひとつだけ書いておきたい。和歌や連歌、そして俳諧のおもしろさを鈴木さんから学んだこと。伝統的な韻文の世界にも、「ことば遊び」のこころが生きている。そこに溢れる機知が、咄を生み出すのである。こういう世界が、学問研究の対象になることを教えてくださったのが、鈴木さんである。

そこでこの祈禱連歌説話の論を書いてみた。鈴木さんほどにわかりやすい文章でないのが難点だが、その関心のありどころは、右に述べたことで理解していただけると思う。

一　松永貞徳旧蔵「長柄橋柱文台」

連歌のような約束事の多い文芸は、初学の者にはなかなか近づきがたいところがある。しかし金子金治郎『連歌総論』は、そんな敷居の高さを感じさせないほど周到、かつ懇切な著作で教えられるところがたいへん多い。それを読みながら考えてみたのがこの論考である。資料の少ないままに放置しておいたのだが、調べたことを散佚させるのも惜しいので、覚書のつもりで残しておこうと思いたったのである。

金子氏は『連歌総論』のなかで「連歌の会席と運営」の章を設け、連歌文台の資料を蒐集して、歴史的に分類整理しておられる。作品そのものの鑑賞ではないが、連歌を文化史的に考えるためには、たいへん興味深い一章であった(1)。そのなかに永青文庫蔵「長柄橋柱文台」が紹介されている。かつては松永貞徳に所蔵されていたものが、今に伝えられてきたのである。

金子氏による文台の解説をたどっていくと、連歌の盛行を支えた北野信仰の根強さを実感させられる。たとえばここに北野天満宮関係の連歌文台だけを抄出してみよう。(1)霊元上皇為二連歌出精一所賜御硯文台　(2)橘硯文台　(3)埋木文台　(4)宗祇忌日会所用文台　(5)密陀絵文台　(6)橘松竹鶴亀蒔絵文台　(7)御賜梅花蒔絵硯・文台、これに加えて太宰府天満宮関係の連歌文台を挙げると、(8)梅月蒔絵文台、同じく(9)梅月蒔絵文台、である。(8)は太宰府大満宮権宮司小鳥居寛二郎氏蔵、(9)は同社大鳥居家旧蔵のものである。

煩をいとわず北野・太宰府関係の連歌文台を並べたのはほかでもない。つぎに挙げる松永貞徳旧蔵の文台も、北野天満宮所蔵のものではないが、北野と太宰府に係わるからである。もちろん連歌文台である以上、両天満宮が関係しても少しも不思議はない。そこで連歌文台にまつわる説話を検証しながら、その伝承の意味するところについて考えてみたい。

永青文庫蔵「長柄橋柱文台」には、貞徳の号「延陀丸」の署名があり、「信あれば人は飛むめのめぐみかな」の発句が記してある。貞徳が延陀丸と号したのは寛永十一年（一六三四）六十四歳以後のことであり、没年は承応二年（一六五三）であるから、文台の製作はその間のことになる。文台には「添書」があって、「天和二壬戌年二月日、陳賢印」と記されている。「陳賢」なる人物については不明であるが、この「添書」は彼によって記された文台の由緒書といっていい。長くなるが全文を示してみる。「文台之所持」と題して、その伝来が記されている。

後土御門院連歌師宗祇を召され、ご祈禱の連歌を仰付られ千句興行〈露落てまつのはかろきあしたかな　雲のこりをはらふあきかせ　有明の日ませになれはかけもなし〉此時長柄の橋柱の板を下され、宗祇ありかたく秘蔵いたされし。其後文亀二年七月晦日宗祇末期に及ひし時、下冷泉政為卿の息為孝卿へ送られぬ。夫より為豊卿松永氏永種へ譲りたまふ。此永種は下冷泉家に由緒あり。また永種の息貞徳は、父永種の連歌の道を継しより、又貞徳へゆつれり。夫より貞徳和歌を専とし、九条玖山公細川玄旨法印より和歌奥儀を伝授し、誹諧は勢州荒木田守武文台蔵といふ書の秘事、山崎住志那弥三郎法名宗鑑に能伝受し、御傘袖日記の秘事、此書を作り、誹諧中興の祖なり。しかるに貞徳願望ありて筑紫の天神へ橋柱を文台となし、其木に虫喰有けるすなはち散梅に似たるとて、梅の発句を書て奉納（慶長三戌二月二十五日）〈信あれは人は飛むめのめくみかな〉其巳後貞徳夢想に〈慶長六丑二月二十五日〉

梅か香やつくしも爰もおなし事

是によりて筑紫の天神を灌頂し奉り、彼文台を申おろし、独吟之千句奉納、其発句

むめか香は悪魔をはらふはしめかな

貞徳は元亀二年未年未日未刻出生、承応二年癸巳十一月十五日未日未刻に八十三歳にして卒す。花開の宿より未の方にあたりて、鳥羽実相寺へ葬る。則文台も宝物におくり給ふ。其後松永貞順子細ありて所持なり。

長柄橋の板柱の伝承が前半で語られている。御土御門院―宗祇―下冷泉為孝―同為豊―松永永種―貞徳へと橋板は伝えられた。それを貞徳が文台に作り、筑紫の天満宮に奉納したあと、この地（京都か）に申し下し、彼の死後菩提寺鳥羽実相寺に収められ、やがて松永貞順の所有に帰したという。この松永貞順が、いかなる人物か、詳細は不明である。ここに名前の挙がっている「政為―為孝―為豊」の三代は、藤原定家を祖とする下冷泉家の歌人であり、政為には家集『碧玉集』があり、為孝は『為孝百首』を編んでいる。その息・為豊の室妙忍は、松永永種の父・政重の妻となり、その孫に貞徳が生まれる。彼にとっては祖母にあたる。(2) 長柄橋の板柱は、下冷泉家につながる縁によって貞徳の所有となったのである。

文台に刻まれる「信あれば人は飛むめのめくみかな」は、『類題発句集』に貞徳の句「信あればこれも飛び梅のきとくかな」として収められている。句形はいささか異なるものの貞徳の作にまちがいない。しかし、金子氏も指摘されるように慶長三年（一五九八）作というのは疑問である。(3) 慶長三年（貞徳二十八歳）発句を書いて奉納、同六年京都に戻したと「添書」にはあるが、文台に刻まれた「信あれば」の句は、「延陀丸」の号で書かれており、そうなると寛永十一年、貞徳六十四歳以後のことになる。(4) さらに夢想の句「梅か香やつくしも爰もおなし事」や「むめか香は悪魔をはらふはしめかな」という発句は貞徳の句には見あたらない。そもそも「独吟之千句奉納」のことがあったのか

どうか、その実否さえ確かめることはできない。したがってこの「添書」の信憑性そのものが、「天和二壬戌年二月日」という年紀を含めて疑われるのである。そして残念ながら「陳賢」なる人物の消息を確かめることができないのである。

信憑性は疑われるにしても、太宰府天満宮との縁を強調するのが、この「添書」の特長である。文台は筑紫の天神に奉納されたし、夢想の句を得て筑紫の天神を京都に勧請し、独吟千句を奉納したという。その発句、

むめか香は悪魔をはらふはしめかな

などは祈禱の句のようにさえ感じられる。この一句は、菅原道真に仮託された『天神御詠歌』（小鳥居家蔵・延徳二年）の一首、

梅あらんいやしき賤かふせやにも我立よらん悪魔しりそけ

と同じ発想であり、これを本歌としているようにさえ思われる。(5) 小鳥居家は、太宰府天満宮の留守職であるが、ここにも「添書」と筑紫天神とのつながりが窺える。「添書」が筑紫天神との縁をことさら云う、その理由については不明だが、連歌文台の由緒を語って、和歌・連歌の神としての天神の徳を喧伝するかのようである。

二　長柄の橋柱文台の伝承

永青文庫蔵「長柄橋柱文台」の「添書」について検証する前に、「長柄橋柱文台」のことを論じておきたい。貞徳の「長柄橋柱文台」（永青文庫蔵）とほぼ時代を同じくして、大阪市立博物館蔵「長柄橋柱文台」が制作されている。これは西山宗因によって奉納されたという。長柄橋の古材を用いたと伝えられ、文台裏には延宝九年（一六八一）の

年紀をもつ宗因の句が書かれている。金子氏の著書には、

当風の好士是をいたしてこれになどてもありし　時は延宝九年やよひばかりなりける

ちりうせぬ筆のためしや松の春

誹諧

にほひの句あるじのこのむ木なりけり　七十七□　野梅子　宗因

とある。(6) 宗因は寛文十年六十七歳まで大坂天満宮連歌所宗匠の職にあったので、この文台の製作については、大坂天満宮との関連が示唆されている。宗因の没したのは天和二年（一六八二）であるから、この発句の作られた延宝九年（一六八一）はその前年にあたる。連歌の発句「松」と俳諧の「好文木」（あるじの好む木）は、いずれも菅公自愛の「松」と「梅」を詠み込んだものである。

それにしても貞門と談林俳諧の総師が、二人ともに長柄の橋板文台を持ち伝えているのは、偶然の一致かも知れぬが、非常に興味深い。ことに貞徳文台の「添書」は、宗祇伝来の長柄橋の橋板を、貞徳が文台にしつらえた由緒を詳しく語る。しかし前にも述べたように、これもたんなる伝承に過ぎない。

金子氏も指摘されるように、長柄橋柱の文台については、遠く後鳥羽院の御代に和歌文台として使われた記録がある（明月記、元久元年七月十六日条）。その伝来については諸説あり、俊恵法師から伝わるといい（古今著聞集五、和歌）、または雅経所持ともいう（源家長日記）。あるいは後京極摂政の献上（八雲御抄二、作法）ともいわれるように、重代の名物として歌人のあいだに珍重されてきたのである。その珍重ぶりは、長柄の橋板の鉋屑を後生大事に持ち伝えてきたという説話に伝えられている（愚秘抄・袋草紙上）。この文台の権威は、たとえばつぎのように伝承される（古今著聞集、巻第五・和歌六）。

長柄橋の橋柱にてつくりたる文台は、俊恵法師がもとよりつたはりて、後鳥羽院御時も、御会などにとりいだされけり。一院御会に、彼影の前にて、其文台にて和歌披講せらるなる、いと興ある事也。

「彼影の前にて、其文台にて和歌披講せらる」というように、「柿本人麿影供」の折、人麿の影像を掲げて、その前で和歌が披講される。その時、この長柄橋の橋柱文台が使用されたというのである。人麿影供と長柄橋の橋柱文台、この二つによって和歌の権威が飾り立てられる。宗因と貞徳の連歌文台は、こういう和歌の伝統を背負って造られたのである。

前述したように貞徳文台の「添書」は、「長柄の橋柱文台」の由緒をことさらに述べる。かくして連歌文台の説話化が行われる。たとえば虫喰いの奇瑞を云って、その重宝たる所以を述べる。説話化と云っても、根も葉もない話が作られるわけではない。厳として存在する貞徳文台にこじつけて、後土御門から宗祇、そして貞徳へと至る橋板の伝来が語られる。この連歌文台の説話は、

(1)後土御門院から宗祇に橋板が下賜される
(2)それが下冷泉家に伝えられて貞徳にわたる
(3)文台に梅形の虫喰いの跡ができる

といったモチーフによってその権威が荘厳される。こうして作られた「添書」の連歌文台説話は、おそらく連歌師（俳諧師）の手になるものと考えられる。貞徳の連歌文台が製作されたのは、七十八歳で宗因が没した年、天和二年である。偶然の一致かも知れぬが、「添書」はその年紀を有するのである。たとえ偶然にしても、二人の連歌（俳諧）宗匠が、ともに「長柄の橋柱文台」を所持していたとすれば、彼らはこの文台によって、連歌の権威を誇示せんとしたのであろう。

三　歌語「長柄の橋」

長柄橋柱文台が歌人・連歌師に重宝されてきたことは、「長柄の橋」が歌・連歌に詠まれた歌語であることと切り離しては考えられない。たとえば『新撰菟玖波集』には、つぎの付合がある。

　　人はむかしのことのはもうし　　　宗祇

　水ならでこゑはながらの橋ばしら　　　よみ人しらず

『愚句老葉』はこれに注釈を加えて、

（自）人柱の古をおもひいてゝ心よせたり。（長）物いへハ父ハなからの橋柱、なと云心にや。

と解説している。「人柱の古」といい、「物いへハ父ハなからの橋柱、なと云心」というのも、つまり本説があるということである。それについては後述するとして、「長柄の橋」は、歌語として和歌・連歌に詠まれてきた歴史がある。紀貫之が古今序に「長柄の橋をもつくるなり」と書いて以来、「長柄の橋」は「古いもの」「壊れたもの」のたとえにのみ用いられるようになった。

『藻塩草』は「長柄の橋」について、つぎのように解説している。

つの国こひわたる　なからへてふりぬる　又ふるゝ身共よめり　惣てふりぬる事に云り　○君か代はなからのはしを千度まて作りかへても程やふりなん　なからなる橋本寺○こよひしも八十うち河にすむ月をなからのはしの上にみるかな　橋柱あし間思ひ　なからつくる　昔なから　霜月くつる　五月雨降こめて　此橋の事　古今序造也盡にあらず

末尾に「此橋の事　古今序造也盡にあらず」と評されるように、『古今和歌集』仮名序の「長柄の橋」の歌については、古来から喧しい議論があった。古今序の「長柄の橋もつくるなり」に関する歌学上の論議については、片桐洋一氏『歌枕歌ことば辞典』（「長柄の橋」）が、その要点を要領よくまとめられておられるので、それを借りて説明にかえよう。

中世になると、『古今集』仮名序の「長柄の橋もつくるなり」を「尽くるなり」と解する二条家流と「作るなり」と解する冷泉・京極両家が歌学の主導権を争うようになって、「長柄の橋」の重みはますます加わってゆくのである。

『藻塩草』が「古今序造也盡にあらず」と述べるのは、冷泉・京極家の側に立った解説といえよう。このような和歌の世界の知識は、本説として連歌にも詠まれることになる。それが『新撰菟玖波集』の付合であろう。『愚句老葉』が云うところの「物いへハ父ハなからの橋柱、なと云心」とは、これも古今注の世界とつながる。堀口康生氏が謡曲『長柄』の本説について論じて、『古今集注』（宮内庁書陵部本）の説話を引いておられる。(7) 母親を人柱にされた娘の歌「物いへば長柄の橋の橋柱鳴かずば雉の射られましやは」がそこに載せられている。詳しくは堀口氏の論に譲るが、この古今注とはいささか歌句を異にする説話を『月刈藻集』（慶長から寛永）は伝えている。

> 人語云。逍遥院物語セラレタリケルハ。長柄橋ハ推古天皇御時。スイタト渡辺ノ間ヲワタサレタルナリ。然ルニ彼橋成就シ侍ラス。上下ノ人ヲ留メテ橋渡スヘキ様ヲ尋サセ給ニ。アル河内ノ国ノ夫婦年六十ニ及フカト覚タル。トヲリ侍ルニ尋サセタマヘハ。彼者申ケルハ。カヤウノコトハ龍王ノ納受ナケレハ。タヤスクカヽル事ナシ。人柱ヲ立テ御覧候得ト申。サモ侍ラントテヤカテ今ノ夫婦ノ者ヲ取テ。人柱ニタテ給ヒ則彼橋カヽリテ煩ナシ。カノ者カタチヨキ娘ヲ一人モチ侍リ。或侍ノトリテ妻トサタメ給ヘリ。サレトモカノ女物モ云コトナシ。人申ケル

ハカ様ノ人ハ三病ノ内トテ人ノ数ニモ侍ラスト申セハ。サラハトテ。コシニノセイツクトモナク送ラル、。ヤカテ男モ馬ニ乗。人多クトモナヒ行道ノカタワラニ。雉子ト云鳥ノ鳴侍リケレハ。人々アノ鳥ノイタマヘト申セハ。男弓ヲ取テイケルトキ。コシノ内ニ声アリ。不思議ニ思テキクニ。

物イヘハ父ハ長柄ノ橋柱ナカスハ雉子モイラレサラマシ

トナンキコヘケレハ男キ、テ泪ヲナカシ。モトノ宿所ヘカヘリ侍リテ。夫婦ノ契アサカラストイヘリ。

こちらは両親を長柄の橋の人柱に立てられた娘が、「物イヘハ父ハ長柄ノ橋柱」の歌を詠む。異同を挙げるとすれば、古今注の説話では、娘の母が人柱になる。この説話を本説として、和歌や連歌の世界では、「長柄の橋」が詠まれるにいたる。おもしろいのは『月刈藻集』はこの説話を「逍遥院」、すなわち三條西実隆が語ったとしていることである。実隆といえば、その日記が記録するように、宗祇をはじめとする連歌師との親交があった。彼がこの話を語ったかどうか、その真偽は不明であるが、実隆の「物語」とわざわざ付け加えるところに、むしろ、連歌師の関与が窺われる。この説話が連歌師のあいだに伝えられていたことが思われるのである。

歌語「長柄の橋」は本説を背景にもっている。この本説の知識を寄合語として共有していたのが連歌師であった。それならば貞徳文台の「添書」が、宗祇に下賜された「長柄の橋の橋板」から始められるのもわからぬではない。連歌の知識を援用して説話を作ったのである。それは「歌語」という伝統によって文台を権威化する作業でもあった。

四　宗祇の祈禱連歌説話

後土御門院は宗祇を召され、祈禱のための千句興行を行ったと「添書」は云う。「露落てまつのはかろきあしたかな／雲のおこりをはらふあきかせ／有明の日ませになれはかけもなし」と、発句・脇・第三句までを挙げているが、これも実際の興行であったかどうか、にわかには信じがたい。金子氏も、

橋柱の板の伝承であるが、宗祇が禁裏御祈禱のため千句興行をしたこと、後土御門院から橋柱の板を下賜されたことなど、これまでのところその事実はない。またここにあげているような句は、宗祇の句集に見えない。かたがたここには不審があって、にわかに信じることはできない

と云っておられる。(8) 要するに「添書」そのものが信ずるに足りないのである。したがって貞徳旧蔵橋柱文台は、厳として存在するとしても、その由緒書は作られた伝承にすぎないのである。しかし、信ずるに足りない由緒書であるにしても、説話が伝えようとする「こと」まで、でたらめと断ずることはできない。「陳賢」がこの「添書」を著して伝えようとした「こと」は何か。もちろんそこで語られるのは文台の伝来であるが、その説話が語る「こと」の意味が問われねばなるまい。

作られた伝承とはいえ、でたらめであることを意味しない。そのために資料の検証が求められる。冒頭の宗祇の祈禱連歌については、神宮文庫蔵『かさぬ草紙』（寛永二十一年書写）につぎのような類話がある。

御門おこりを御ふるひ被成いかなる事にてもをちかねたる御祈禱に連歌をなされけり

露落て松の葉かろきあした哉　　宗祇
雲のをこりをはらふ秋風　　宗長
有明も日ませになれはかけもなし　　宗順

連歌百音有けり則おこりをちて目出度とて御いはひありけり

後土御門院と特定はしないが、御門の瘧平癒の祈禱連歌が行われた。発句の「松」は長寿・不変の象徴で、御門の

ことである。瘧病の軽からんことを念じて、句は続けられる。これはいわゆる三ツ物で、発句が宗祇、脇が宗長、第三句が宗順。百韻の興行があって、この三句が神前に奉納されたのである。もちろんこれも作り話で、この三人に仮託されたにすぎない。この話の場合、北野社といっていないが、宗祇は北野連歌会所の宗匠であれば、北野社に三ツ物が奉納されたと考えてよかろう。

これが作り話であることは、別の伝承がそれを示している。『幽斎君御事蹟並御和歌等抜抄』（永青文庫蔵）には、細川幽斎のこととして記録されているのである。

或人瘧疾の奇願を幽斎君に乞はれし時、御連歌、丹後観音堂にて

露落て松の葉かろき朝かな

おこりの雲を払ふ秋風

有明は日ませに消てかけもなし

こちらは丹後切戸の観音堂での祈禱連歌になる。それだけの変化であるが、連歌話の場合、固有名詞は入れ替え自在である。そのうえ宗祇や幽斎は、連歌話（狂歌話）に頻繁に登場する人物であるから、事柄の実否を穿鑿してもあまり意味がない。むしろ祈禱連歌説話が先に流布していて、それが宗祇や幽斎に結びつけられたのであろう。いわば歌人・連歌師の逸話として、この説話は享受されたのである。

連歌の徳を語る説話は、連歌論書に限らず『かさぬ草紙』のような咄本にも多く見つけることができる。つぎの『醒睡笑』（聞こえた批判・巻之四）の話も安楽庵策伝が親交のあった連歌師あたりから聞いたものであろう。

北野の神前にて祈禱連歌あり。

かくなるものかさすらへの果

この神のかへり北野に跡垂れて

この付句、執筆書きとむると同じく、社頭震動し暫くやまざりつるは、神も大いに納受したまふにやと、人皆感じ申したるよし。

流罪の辛酸を嘗めたからこそ、北野の神は、衆生の苦しみを身に代えて引き受けてくださる。そういう北野への崇敬の念はもちろんのこと、連歌の神としての北野への共感を、この一話はよく物語っている。こうした咄が宗祇に仮託されれば宗祇の連歌説話になる。そんな例は『醒睡笑』にいくらでもある。

したがって貞徳文台の「添書」の場合も、連歌師のあいだに流布していた宗祇の話を、そのまま流用したのであろう。なぜなら宗祇であることに意味はあったのだ。北野の連歌宗匠の宗祇であればこそ、この「添書」の信憑性はもちろん、連歌文台の権威も保証される。すなわちそれは、歌・連歌の神としての北野の権威を荘厳することを意味する。連歌の神・天神の威徳は、冒頭の祈禱連歌説話によって語られる。それを体現するのは、宗祇こそがふさわしかった。

五　太宰府の祈禱和歌説話

貞徳文台が、「添書」の云うように、太宰府天満宮に奉納されたというのも、事実かどうか疑わしい。おそらくは文台に記された「信あれは人は飛むめのめくみかな」という貞徳の句から仕組まれた潤色であろう。飛梅伝説から太宰府が連想されたのである。また文台にできた虫喰いが、梅に似ていたから、自作の梅の一句を刻んで筑紫天神に奉納したというのも、出来過ぎた話である。北野天神の虫喰いの神詠にあやかって拵えられたのであろう。こんな知恵を働かすのも、おそらく連歌師、俳諧師であろうし、この「添書」の製作者（陳賢）もその一人であろう。飛梅伝説は、『北野天満宮縁起』以来、さまざまに語りつがれてきたが、つぎの『醒睡笑』（清僧・巻之三）もその一つである。

百三十年あまりのあとかとよ。筑前国宰府の天神の飛梅、天火に焼けてふたたび花さかず。「こはそも浅ましきことや」と人皆涙をながし、知るも知らぬも集りて、思ひ思ひの短冊をつけ参らする中に、権校坊とて、勇猛精進なる老僧のよめる歌こそ殊勝なれ。

天をさへかけりし梅の根につかば土よりもなど花のひらけぬ

短冊を木の枝にむすびて、足をひかれければ、すなはち緑の色めきわたり、花さく春にかへりしことよ。人々感に堪へて、かの沙門を、神とも仏とも手を合せし。

焼亡した太宰府天神の飛梅が、「権校坊」なる者の歌によって、再び緑の葉をつけ花開いた。和歌の神たる天神の威徳が、歌徳説話のかたちで語られる。本文は静嘉堂文庫写本から引用したが、「権校坊」は「ごうけうばう」と振り仮名してある。寛永版本は「こんきやう」、内閣文庫蔵写本・東大図書館蔵写本「こんぎやう」という振り仮名が当てられる。しかし、本来ならばここは「倹校坊」とあるべきところであろう。太宰府天満宮の宮司家・満盛院の文書が、類話を伝えている。

夫天地開ケ始テ程遠カリシ延喜十五年ニ尊神ノ詠歌ヲ感シ飛来ルヲ千里秘歌トテ漢下本朝ニ隠ナカリシヲ僅カナル火難ニ春ヲ忘レ侍リケンハ主シナキニモ成ヌヘシ、早ク枝葉根茎繁昌シテ廟庭ヲ荘ルヘシ、南無紅梅殿々々、味酒安行末子権人僧都法印安口、

天をたにかけりし梅の根につかは地よりなとか花のひらけぬ

十年余り家を離れし神も又作り移してあふく御代かな

「味酒安壽紅梅殿祈禱和歌写」という中世末期ころの文書である（「満盛院文書」）[9]。味酒氏は京より道真に随行してきた安行以来、天満宮の宮司職を継いできた家である。その行跡については、「太宰府満盛院所蔵古翰跋」（満盛院文書）に詳細が述べられているが、ここには川添昭二氏の要約をもって示そう[10]。

味酒安行は菅原道真の門弟で、京都から太宰府に随行し、最後まで道真の世話をし、その没後は出家して追善をおこなったといわれている。その末子として記されている安壽については現在の事績を明らかにし得ない。近世に三宮司（師）職を称された満盛院・倹校坊・勾当坊の三家はいずれも味酒安行の子孫である。

この三家のうち倹校坊は、延暦寺の法流を伝える社僧の職にあった。太宰府天満宮蔵「大鳥居文書」（「元禄十四年八月　覚」）は、次のように記録している[11]。

一、倹校坊、満盛院、勾当坊と申す者、天満宮之宮司職ニ而、神殿之勤番仕候、右三家者、味酒安行子孫ニ而御座候、此内倹校坊者聖体ニて御座候故、山門之法流ヲ伝へ、官位昇進仕候、尤大鳥居支配仕候社僧之内ニて御座候

したがって「権大僧都法印安籌」も、倹校坊の社僧であり、おそらく社前で祈禱の業にも携わっていたのであろう。ならば『醒睡笑』がいうところの「権校坊」は、本来ならば倹校坊とするのが正解であろう。彼ら宮司は神前で祈禱のことを行って、和歌や連歌を奉納していたのである。後の記録であるが、太宰府天満宮『天保四巳歳年中行事』には、祈禱連歌のことが記録されている[12]。

正月六日

一、御連歌

一、於　神前大般若〈朱筆　祓〉修行有レ之以上、御札持参候、御初穂白米二升遣ス、

神前で大般若転読があって、連歌が興行されたのである。これは祈禱和歌の場合も同じで、もちろんその場には満盛院・倹校坊・勾当坊の三家も列なって、和歌や連歌を詠んでいる。社前に奉納された和歌・連歌は、祈禱和歌・祈禱連歌として興行されたものと思われる。それならば、「味酒安壽紅梅殿祈禱和歌写」や『醒睡笑』（清僧・巻之三）が伝える「天をたにかけりし梅の根につかは地よりなとか花のひらけぬ」の一首は、社前に奉納されて、菅神の威徳を頌える歌となった。

六　呪歌と祈禱連歌説話

貞徳の連歌文台には、「信あれば人は飛むめのめくみかな」という句が刻まれている。この句は前述したように貞徳の自作にまちがいない。しかし、筑紫の天神を勧請した折に奉納したという「むめか香は悪魔をはらふはしめかな」の発句は、菅原道真の伝承和歌「梅あらんいやしき賤かふせやにも我立よらん悪魔しりそけ」に倣って、邪悪を祓う祈禱の句として作られたようである。もちろん貞徳作などというのはあやしい。

そこであらためて冒頭に示した永青文庫蔵「長柄橋柱文台」の問題に戻りたい。この連歌文台の「添書」は、宗祇の祈禱連歌のことから始められていた。『かさぬ草紙』はそれを、発句は宗祇、脇は宗長、第三は宗順の作としていた。しかし、これも宗祇に仮託されたものであって、本来はつぎに示す『新撰狂歌集』のように、作者不明の付合であろう。

瘧をわづらふ人の祈禱に

露ちりて松の葉かろき朝哉
雲のおこりをはらふ秋風
有明は日交になりてかげもなし

両書にほとんで異同はないものの、『かさぬ草紙』が、「御門おこりを御ふるひ被成いかなる事にてもをちかねたる御祈禱に連歌をなされけり」と述べるだけに、祈禱連歌の効力がいっそう強調されている。しかし、これもさらにさかのぼれば、次のような呪歌にたどりつく。『多聞院日記』（永禄八年八月八日条）が記録するものである。

瘧病ヲトス哥、弘法大師般若寺三角ノ石塔ニ五筆ニテ書付ケテ在之、
ツユ落テ松ノハカロクナリヌレハ雲ノヲコリヲハラフ秋風
此哥ヲ南向テ病者ニ三返唱サセヨ、速ニヲツル也、現勝利アリト彼寺ノ妙光院口伝也、

この歌を南向きに三返唱えれば、瘧の病もたちどころに治るという。弘法大師が奈良般若寺の石塔に書き付けた呪歌である。般若寺は、現在真言律宗。「和州寺社記」によれば、東大寺別院として行基が開基した聖武天皇本願の寺と伝える。聖武天皇は紺紙金泥の宸筆大般若経を十三重石塔基部に納めて建立したという。また平安時代には、空海がここで般若心経一千巻を書写したとも伝える。(13)

空海ゆかりの般若寺ともなれば、弘法大師の伝説が残されていても不思議ではない。諸病平癒の祈願の折、大般若経が転読されて、祈禱和歌の奉納も行われたのかもしれぬ。それが弘法大師に付会され、呪歌として伝えられたと思われる。

その呪歌が連歌に改められれば、『新撰狂歌集』や『かさぬ草紙』の説話となる。宗祇をはじめとする著名の連歌師に仮託されて、伝承されたのであろう。その背景には連歌の盛行があったにちがいない。松永貞徳は『戴恩記』に

里村紹巴の言を記録している。

われらが連歌にも奇特は有と覚ゆるなり。そのしるしあればこそ、人のおしむ金銀をたまはりて、祈禱連歌をあつらへたまふ方おほし。

連歌師にとって、祈禱連歌は生活のたつきであった。彼らは一篇の祈禱連歌説話を宗祇に仮託して、連歌の「奇特」を語ったのである。

元禄六年に作られた安楽寺蔵『天満宮縁起』は、つぎのような「木の葉連歌」の説話を挿んで、天神と連歌の徳を唱導している。

宰府天満宮にては、大般若経を転読し、また連哥を興行し奉る時、童とも白沙にあつまり、連哥とて木葉をあつめあそひけるに、虚空に聲有て、

大般若是も道理はありなから木葉連哥にひくこゝろかな

と御託宜あり。連哥の席、初めは日本武尊の御影を懸奉りけるか、これより菅神の尊像をかけ奉るとなり。

天神は大般若転読による祈禱連歌よりも、真似ごとのような子どもの連歌遊びを好まれて、託宜を下されたと語って、菅神の威徳を言挙げする。このような説話は、他の天神縁起諸本にはない安楽寺蔵『天満宮縁起』だけのものである。この縁起は、元禄六年、（筑前藩主黒田）綱政の命によって、安楽寺宮司倹校坊快鎮と江戸の亀戸天神別当大鳥居信祐の二人が上洛し、連歌師里村昌陸などの協力を得て製作されたものである。[14] ここで興味が惹かれるのは、連歌師里村昌陸が加わっていることである。連歌師は天神縁起の製作にも携わって、菅神の威徳を頌える。こうして祈禱連歌説話を作って連歌の徳を唱導したのである。

それならば連歌師が、宗祇の祈禱連歌説話を利用して、連歌文台の説話をこしらえるのも、難しいことではあるま

い。もちろん彼らは連歌の徳を語り、菅神の威徳を頌えることも忘れはしない。それは北野の神の託宣として語られ、ときに夢想の句として伝えられる。そうして誕生したのが、永青文庫蔵「長柄橋柱文台」の説話である。

注

(1) 金子金治郎「連歌考叢V」昭和六二年。
(2) 小高敏郎『新訂　松永貞徳の研究』昭和三八年。
(3)(4) 注(1)前掲書。
(5) 小峯和明編『宝鏡寺蔵妙法天神経解釈』(平成二三年。なおこの歌は『醒睡笑』(清僧・巻之五)にものせられている。
(6) 注(1)前掲書。
(7) 堀口康生「ものいへば長柄の橋の人柱　―人柱伝説と謡曲『長柄』の間―」(「芸能史研究」三十二号)昭和四一年。
(8) 注(1)前掲書。
(9) 「太宰府天満宮・安楽寺古代中世文芸資料」(『太宰府天満宮連歌史　資料と研究Ⅰ』)財団法人太宰府顕彰会。昭和五五年。
(10) 川添昭二「中世九州文芸の展開における太宰府天満宮」(『太宰府天満宮連歌史　資料と研究Ⅱ』)財団法人太宰府顕彰会。昭和五六年。
(11) 「太宰府神社関係文書」(『福岡県史資料』第七巻所収)昭和四七年。
(12) 『神道大系・太宰府』神道大系編纂会。平成三年。
(13) 『奈良県の地名』(「日本歴史地名大系」三十)昭和五六年。
(14) 注(9)前掲書。

第四章　下京夕顔の宿

――俳諧の連歌と咄の世界――

一　夕顔とふくべ

『醒睡笑』（人はそだち・巻之五）は『源氏物語』（夕顔の巻）に取材した話をのせている。

客を得たり。「とりあへず振舞に、源氏のお汁をせよ」とこそ言ひ付けけれ。めづらしき汁をくふべきさまに、待ちゐたれば、ゆふがほの汁なり。「こは何のゆゑに源氏の御汁とはいふぞや」。「源氏には夕顔の巻あればなり」

これこそ安きもてなしと案じ、宿に帰りて後、ふと客を見かけ、「めしを申せ。お汁には源氏をせよ」とあり。汁の出でくるまで待ちえず、「何ものを源氏のお汁とはいふぞ」と問はれ、「ふくべの汁のことよ」。

夕顔の棚の下なるゆふすずみ男はててら妻はふたのして

ててらは、膝だけある着るものなり。ふたのとは、湯具の短かきをいふかや。

客を招いた振舞の席でのこと。いかにも「人はそだち」で、物知らぬ男は、「源氏の汁」を「ふくべの汁」といって、笑いをさそう。「夕顔」と「ふくべ」、雅と俗の対照がきわだつ。「ふくべ」とは「瓢箪」のこと。

この話、ただ物知らぬ男が笑われているだけではない。俳諧化がたくまれている。「夕顔」は歌語であり、「ふくべ」は俗語。この雅俗の対照の背後には、『源氏物語』（夕顔の巻）の世界がひかえている。「夕顔」といえば、「五条わたり」のあばらやを連想させる。北村季吟の『山之井』（夏・夕顔）を見てみよう。

夕顔　ひやうたん

五位以上の家には這ひ寄らせぬと言ひ慣《なら》はして、ただ葛屋《くずや》の軒の端《はな》に栄え、五条わたりのあばら屋などに、笑《ゑ》みの眉開きかかれるやうに罵《ののし》立つ。また月影、露など結びて、夕顔を見る鏡とも、額の汗とも見なす。

夕顔やよろこぶ露の玉かづら
たそがれに咲く夕顔やのぞき鼻
あさふりと見し夕顔はそらめ哉　　詠人知らず

夕顔といえば、ひょうたん。「ふくべ」といってもいい。それは五条あたりのあばら家、その軒端に咲く。庶民の生活とはいえ、「夕顔」に『源氏物語』の世界が連想されている。ここからつぎのような俳諧も作られる。『新撰犬筑波集』（雑部）から。

夏の日や五条の上に照らすらん
干瓢になる夕顔の宿

真夏の日に干されて、夕顔も干瓢になってしまう。下京五条あたりの暮らしをうつす。夕顔とふくべ、あるいは瓢箪は、五条あたりの庶民の暮らしをうつしだす。ただし、夕顔は、『源氏物語』以来の伝統的な歌語でもあるのだ。

二　源氏寄合と源氏小鏡

『源氏物語』は、連歌の座につらなる者にとって必須の教科書だった。たとえば二条良基は『連理秘抄』に、三代集・源氏の物語・伊勢物語・名所の歌枕、かやうの類を披見して、興有るさまにとりなすべし。

といっているし、以来、『筑波問答』（二条良基）、『ささめごと』（心敬）、『吾妻問答』（宗祇）にも、同じことがくりかえし指摘されている。一条兼良にしても、『花鳥余情』に『源氏物語』の詞が、「句々和歌之骨髄ヲ貫ク」と述べている。源氏は和歌の生命線なのだ。それは連歌の場合も変わらない。兼良は『連珠合璧集』を編んで、

夕顔トアラバ　宿　はじとみ　ゐみのまゆひらけたる　遠方人　ざれたる戸口　こがしたる扇　しづが家居

心あてに其かとぞ見るしら露の光そへたる夕がほの花　（源氏、夕顔）

寄りてこそそれかともみめたそがれにほのぼの見つる花の夕がほ　（源氏、夕顔）

というように、源氏寄合をしめしている。ここにあげられた詞は、いずれも「夕顔の巻」によるものであり、和歌もまたそれにしたがっている。「心あてに」と「寄りてこそ」の歌は、夕顔と源氏の贈答歌である。源氏の詞によることが、連歌制作の骨法でもあったのだ。

連歌の席につらなる貴顕はもちろん連歌師たちも、こうした知識は心得ていて、手の内にあったにちがいない。しかし、より簡便な方法は、源氏のダイジェスト版によることであろう。いわゆる『源氏小鏡』である。この書物は、ダイジェストとはいえ、源氏寄合を教えるためのテキストといっていい。源氏寄合とは、『源氏物語』による詞付けのこと。連歌を源氏の詞を用いて付けていくのだ。武田孝氏は、『源氏小鏡』（高井本）に解説して、連歌師や俳諧師にとって、『源氏小鏡』は、『源氏物語』を素材として作句する場合、とても有効な実用書、参考書だったと述べている。作者は源氏学者であり、『耕雲口伝』などの歌論書も著わしている花山院長親といわれる。室町時代頃の作と考えられる。

いまここにその一節を写してみよう。

ある夕暮れに、例の五条わたりの忍びありきに、御車立てて、夕顔の花の白く咲き乱れたるを、何ぞの花ぞとさせ給ふに、うちより、不審なくかの中将ぞと思ひて、これに置きて参らせさせ給へとて、花を折りて白き扇のいたく芳ばしきを奉る。

○白き扇【こがしたる芳ばしきなり】　○たそかれ時

○そら目【中将かと見誤る】　○檜垣　○小家

○切懸《きりかけ》だつもの【夕顔にてをとらせたるもののくひなり】

○遣戸口《やりどぐち》【遣戸口にてのぞく事なり】

○うちまねく【これは夕顔に付くべし】　○透影《すきかげ》

さて、源氏の歌に、

寄りてこそそれかとも見めたそかれのほのぼの見ゆる花の夕顔

さても、夕顔の巻とは、つけられたり。

『源氏物語』（夕顔の巻）の簡略な概説となっている。とともに「これは夕顔に付くべし」というように、付合いの詞をもあげている。このように連歌付合いの指南書の役割も果たす。概略して示すならば、「夕顔」という詞には、「たそがれ」や「露」が付く。あるいは、「五条わたり」や「小家」が付けられる。こういう詞の連想、いわゆる「源氏寄合」は、『源氏物語』の享受のなかから生み出され、連歌や俳諧へと受けつがれた表現なのである。

三　夕顔の連歌と源氏寄合

それでは連歌は、『源氏物語』（夕顔の巻）の世界をどのように歌っているか。これは例をあげればきりはないが、『菟玖波集』から三組の二句一連を示しておこう。

・『菟玖波集』（巻第二・春下）

夕がほの垣ほの露にやすらひて

花にことゝふたそがれのそら　　後鳥羽院御製

・『菟玖波集』（巻第五・秋下）

遠かた人の夕がほの花

月を待つは山の秋の黄昏に　　従二位家隆

・『菟玖波集』（巻第十一・恋）

結ぶ契りの前の世も憂し

夕顔の花なき宿の露の間に　　前中納言定家

「夕顔」に「たそがれ」や「露」が付くのは、『源氏物語』の詞付け、「源氏寄合」による。それによって源氏の

「詞」から「心」をも表現する。「夕顔の君」は、「五条わたり」に住まいする露の命のはかない女である。かように連歌の表現世界では、「夕顔―たそがれ―露」は、「はかなきもの」の表徴としてあるといっていい。定家の句などは、「結ぶ」に「露」の縁で応じて、はかなき恋の情調が、「夕顔の露」に象徴的に表現されている。こうした連歌世界の表現が、「源氏寄合」として『源氏小鏡』に取り込まれて、編集されたのであろう。

『源氏物語』の詞は、寄合語として連歌辞書にあげられていく。室町期の『連歌寄合』（恵俊・宗祇の弟子）の例をあげてみる。

夕顔に、たそがれ・ほの〳〵見ゆる付事、

よりてこそそれかとも見めたそがれにほの〳〵見えし花の夕顔　（源氏、夕顔）

「夕顔」には、「たそがれ」や「ほの〳〵見ゆる」の詞が付く。これは光源氏の和歌を本歌とする。詞付けとはいえ、詞に託して「心」が付けられる。それは光源氏と夕顔の君の和歌の贈答を前提としている。

そのことは近世期（慶長八年）の寄合辞書『随葉集』（巻第二・夏部）を見れば、もっとはっきりする。

一夕かほには　小家　車を立る　あふき　美豆野の里　白露

心あてにそれかとそみる白露のひかりそへたる夕がほの花

是は源氏六条のみやす所へかよひ給ひし折ふし、源氏のめのと煩ていまはの時、源氏行てとふらひたまふ。しはし門に車を立たまふに、西の方の小家に、ゆうかほの咲かゝりたるを、一枝おり給ふ内より、これにをきてまいらせよとて、つまいとふこかしたる扇をいたして、ゆふかほの花をすへてまいらせ給ふ。其扇にかきける歌なり。

よりてこそそれか共みめたそかれにほの〳〵みゆる夕顔の花

ここに記される要略は、まるで『源氏小鏡』のようである。光源氏と夕顔の君の贈答が端的につかまれて説明される。「心あてに」が夕顔、「よりてこそ」が光源氏の歌。「たそがれ」どきに見るそのお顔は、もしや光源氏さまでは、と当て推量で夕顔はいう。それが「心あてに」である。それに対して、光源氏は「よりてこそ」と答えて歌う。もっと近くに寄ってこそ、確かめられるのでは。誰とも見分けがたい夕暮れに、ほのかに見える「夕顔の花」(このわたし)を、と光源氏は答える。二人の印象的な出会いが、たそがれどきの夕顔の花に託して歌われる。夕顔の君の歌は、「扇」に書かれている。扇に添えられるのは、夕顔の花である。こうして名乗りあわぬ男女の恋が描かれてゆく。二人の心情が、こうして「夕顔」と「たそがれ」、そして「露」などの詞に託して語られる。その詞が、「寄合語」という歌語である。「夕顔の花」が、「たそがれ草」という異名をもつことになるのも源氏寄合のゆえである(『藻塩草』巻八「夕皃」)。

四　謡曲『夕顔』と歌ことば

二条良基は「源氏寄合ハ第一事也」(『九州問答』)といって、和歌はもちろん連歌にとっても『源氏物語』の詞(歌語)が、必須の知識であることをかさねて説く。少し飛躍するが、ひろく歌道を学ぶことが、「肝要」のことと強調するのは、謡曲の世界もまた同じである。室町末期の能楽伝書『八帖花伝書』はつぎのように述べる。

抑も、謡といつぱ、歌道より出るなり。先、難波津浅香山の言の葉によそへて長歌を続け、それに節を付けて、謡と号せり。然によつて、謡を謡はんと思はん人は、歌道なくては適ふまじ。よくよく歌道を心掛け候事、肝要也。歌道なき人の謡は、皆、側面なることを言ひ、・・

謡のことばは、歌道から成り立っている。謡を習うものは、歌道をこそ心得よ、とかさねて強調する。「歌道の心なくは、謡に面白きと言う事を知りがたしと見えたり」とまで断言している。こうした表現のあいだから、謡曲と和歌のつながりの深さが見えてくる。そのあたりの事情を謡曲『夕顔』を例にとって考えてみよう。いうまでもなくこの一曲は、『源氏物語』（夕顔の巻）を本説（典拠）とする。

＜旅の僧が京都の五条あたりを通ると、ある家から和歌を吟ずる声がする。僧が言葉をかけると、それは若い女性で、ここは『源氏物語』に書かれた某の院の旧跡であると教える。女はさらに、夕顔と光源氏とが結ばれたときのことから、某の院に泊まった夜に、怨霊のたたりで夕顔が突然死去したことを物語り、姿を消す。その夜僧が読経をして弔うと、夕顔の霊が生前の姿で現れて、昔を追懐して舞を舞う＞

いまここに一曲の梗概を示してみた。アイ（所の男）は、「心あてに」（夕顔の君）と「寄りてこそ」（光源氏）の歌の贈答が、二人の男女の「仲立ち」であると語る。つぎの一節は、所の男が僧侶に語る夕顔の君の身の上語りである。

夕顔の上と申すは頭の中将殿の思ひ人にてござ候が　浅からぬ契りにてござ候　なにとやらん絶えだえの御仲と御なりなされ候　さるほどに光源氏の御傅（めのと）惟光と申す人を御連れなされ　六条御息所へ御通ひなされ候折節　この五条あたりを御通りなされ候へば　不思議なる家に夕顔の花咲き乱れて候　これを一本御所望なされうずるとあつて　御車を留め　惟光を召され　この花を御所望なされ候へば　内よりも美しき上﨟の端いたう焦がいたる白き扇に花を一房載せ　御歌をあそばし参らせられ候　その時の御歌に

心あてにそれかとぞ知る白露の光添へたる夕顔の花

とあそばされ候へば　さては夕顔の上にてござあると思しめし　源氏御返歌に

寄りてこそそれかとぞ見めたそかれにほのぼの見ゆる花の夕顔

と　かやうにあそばし候へば　この御歌御仲立ちとなり　御契りをこめさせられ候ふが　また五条あまりに見苦しきと思しめし　なにがしの院に移し御申しなされ候へば　八月十五夜にてござ候ふが　ただ一夜を御契りなされ　明くる十六日に　夕顔の上は空しく御なりなされ候

「五条の宿」から「なにがしの院」に移った一夜の契りをへて、夕顔の君はむなしくなる。ふたりの男女のはかなき恋のいきさつが、「白き扇」にのせた「夕顔の花」に託して語られる。「夕顔」に「露」、「夕顔」に「たそがれ」、この歌ことばは、「源氏寄合」としてひきつがれてゆく。

謡曲『夕顔』は、

地　小家がちなる軒の端《つま》に　咲きかかりたる花の名も　えならず見えし夕顔のをり過ごさじと徒人《あだびと》の　心の色はしらつゆの　情置きける言の葉の　末をあはれと尋ね見し

とつづけて語る。この詞章もまた『源氏物語』を承けている。もちろん「情置きける言の葉」とは、「心あてに」と「寄りてこそ」の歌の贈答をいう。謡曲は、小家がちな五条わたりの、軒端に咲きかかる夕顔の露を歌うことによって、源氏の君と夕顔との「はかなき恋」を語る。きわめて印象的な一節である。

謡曲『夕顔』の核心にあるのは、「夕顔の花」をめぐる二人の歌の贈答である。それは「心の色はしらつゆの　情置きける言の葉」、すなわち「歌ことば」に託された「あはれ」なる恋のゆくたてを語るものといっていい。

五　夕顔の俳諧連歌

江戸初期の俳諧師にとって、謡曲は「俳諧の源氏」であった。連歌にとって『源氏物語』が必読の教科書だったように、謡曲は俳諧をものするに欠かせない必読書であった。謡の詞を取る「謡俳諧」の流行もここから生まれた。これから述べるような「夕顔」の俳諧連歌も、『源氏物語』を本歌・本説とした和歌や連歌、あるいは謡曲の世界の享受のなかから生まれてきたものである。

・『宗長日記』（薪酬恩庵の年越しの俳諧連歌・大永三年）

五条あたりにたてるあまごぜ
誰がごけのうかれきみとはなりぬらん

・『新撰犬筑波集』（夏部）

五条わたりにたてる尼ごぜ
夕顔の花の帽子を打ちかづき

いずれの付合いも同じ一句を前句とする。おそらくは「五条わたりに立てる尼ごぜ」を前句とする前句付けの遊びを記録したのだろう。「五条わたり」に「夕顔」が付く「源氏寄合」である。もちろん『源氏物語』や謡曲を典拠とする表現といっていい。

「立てる尼ごぜ」とは、「立君」のこと。清水詣での参詣道「五条」（松原）に立って客を引く遊び女のすがたがうつし取られる。「五条あたり」ということばから、場末のわびしい暮らしが立ち上がってくる。『宗長日記』の場合、五条あたりで立君をする尼御前は、どなたの後家のなれの果てか、という具合であろう。あとの『新撰犬筑波集』の立君は、「夕顔の花の帽子」をかぶっている。「五条わたり」の所がらに似つかわしい。この浮かれ女は、帽子をかぶって、衰えた容貌と年齢を隠しているらしい。けっして若くはない女性の侘び暮らしのさまである。

「立君」については、『七十一番職人歌合』（三十番・「立君」）が参考になる。

宵のまはえりあまさるる立君の五条わたりの月ひとりみる

あぢきなや名は立君のいたづらに独り寝あかすよはも有けり

（中略）

たち君。「すは御らんぜよ。けしからずや。」「よく見申さむ。清水までいらせ給へ。」

客のつかない立君のわびしさが、「五条わたりの月」や「独り寝」ということばによって言い尽くされている。「清水までいらせ給へ」ということばからすれば、この立君は、やはり清水寺の参詣者を相手にしているとみえる。

都は五条、場末のかどに立つ遊び女のわび暮らし。こうした卑俗な表現をめざすのが俳諧、雅びをこころがける連歌とは異なる。俳諧付合語辞典『類船集』は、「夕顔」の項目に、

夕顔　賤か垣ほ　美豆野　軒の下露　小家ならび　車を立る　源氏　あはらや　五条わたり　謡

などをあげている。「小家ならび」のわびしい暮らし、「五条わたり」には、場末の暮らしの語感がある。もちろんこれらも『源氏物語』ゆかりのことばである。

もう一つ『守武千句』（巻四）から例を引いておこう。

くりごとや五条あたりの物ならん

夕がほふくべふくべ夕がほ

「五条あたり」に「夕顔」を付ける。さらに「夕顔」の縁で、「ふくべ」を引き出す。雅と俗の対比でもって俳諧とする。五条あたりの小家から、なにやら「繰りごと」（愚痴）が聞こえてくる。「福部の神」（瓢の神）に、夕顔の花を手向けて、福徳を祈っているのか、「ふくべ夕顔」「夕顔ふくべ」と聞こえてくる。こんなところだろうか。

連歌辞書『藻塩草』（巻八「夕皃」）にしたがえば、

ゆふかほの花　夕皃さける　たそかれ草（異名蔵玉にもあり）　たそかれに光そへたる　たそかれにまかひてさける花の名（これもゆふかほの事也）

というふうに、「夕顔」は「たそがれ草」を異名とする。たそがれにまがいて咲ける花である。ひそやかな哀れをもよおす花といっていい。この「たそがれ草」は、俳諧では、わびしく貧しい「たそがれ」の暮らしの表徴となる。ここにも雅と俗、両義の対照のおかしさがある。

ことのついでにこのような俳諧の連歌にあそんだ場を想定してみよう。これも『宗長日記』から二条を引いておく。

・こゝかしこより若衆誘引。所につけたる酒肴笛つゞみなどもてきたりて、興に入しかば、（「大永二年」阿野津の会）

・宮の若衆・僧俗色々さかなもとめて、たびくうたひまひ、つゞみ・笛、興に入し。（「大永六年」熱田の会）

僧俗の会する連歌の席。酒宴の場の肴舞（宴席での舞）として、舞、謡、鼓、笛などの芸能にあそばれる。俳諧の連歌もそのひとつである。こういう席の座興として、『夕顔』の謡を話題とした俳諧の連歌にあそんだにちがいない。「夕顔」ゆかりの歌語を話題にして、「たそがれ」や「ふくべ」のことばを付けてあそぶ戯れの俳諧連歌である。

六　下京夕顔の塚

「夕顔」の俳諧連歌は、宴の座に生まれた俳諧といっていい。謡曲『夕顔』を話題とした座興と考えれば、冒頭にあげた「源氏の汁」と「ふくべの汁」の狂歌話もそのたぐいのあそびから生まれたと考えられる。「夕顔」という歌語を取り上げて、「源氏の汁」、「ふくべの汁」という縁語、「寄合語」の狂歌話に笑っていたのだろう、酒宴の座の謡から、歌語を酒の肴としてあそび興じた俳諧の連歌である。「源氏の汁」と「ふくべの汁」は、振舞の座の酒肴としてもふさわしかろう。

さらには、

夕顔の棚の下なるゆふすずみ男はててら妻はふたのして

という狂歌にしても、鈴木棠三氏のように「農村の夕涼みの光景」（『狂歌鑑賞辞典』）とする必要はあるまい。それよりも下京・五条あたりの夕顔棚の風景としてはどうだろう。このあたりは今でも、細い道が下町の雰囲気を残している。くつろいだ「夕顔町」の夕涼みの光景なのだろう。この一首も「夕顔」に「ててら」と「ふたの」を配した俳諧歌なのであろう。

ここに「夕顔」の俗伝をひとつあげてみよう。夕顔の塚にまつわる伝承である。『雍州府志』（天和二年・一六八二）が「夕顔の社」としてあげる。

高倉通り五条の北に在り。源氏物語を按ずるに、夕顔の女は中将某の女なり。美にして艶なり。然るに、薄命にして頭の中将の妾となる。幾ばく無くして又、離別す。爾《そ》の後、光君、潜かに焉《これ》に通ず。一夕、之れを誘いて六条の院に入る。邪鬼の為に魘《おそ》われて卒死す。則ち東山愛宕寺に瘞《うず》む。爾の後、好事の者、小祠を建て其の名を寓す。今、瘧を癒すの盟《ちかい》有りと称す。按ずるに、其の身、鬼祟を被りて死す。故に邪気を治すと謂うものか。源氏物語、多くは寓言たりと雖ども、今、斯の社有るに依りて茲《ここ》に存す。

六条「なにがしの院」で、物の怪にたたられて死んだ夕顔の霊をなぐさめるために、社を建てたという。この社に祈れば、瘧を癒すというのである。俗信にすぎないのだが、これもおそらく「夕顔」の詞に由来するとおもう。「夕顔」と「露」は「源氏寄合」の詞である。光源氏と夕顔の君の恋は、夕顔に置く露のように「はかなき恋」であった。そんな『源氏物語』を連想して、朝顔に置く露のように瘧も落ちることを祈る。邪悪なるものを祓う力を、この夕顔の塚に祈ったと思われる。「朝顔」と「露」から「落ちる」や「消える」を連想した。「瘧」を落とす俗伝は、いわば「ことばの力」を信じるこころに支えられているのではないか。「源氏寄合」は、こんな民間信仰の世界にも生きているように思う。

邪悪なるものを祓う力、瘧も落ちるという信仰は、連歌の世界にも生きている。祈禱連歌の一例を『かさぬ草紙』から示そう。

御門おこりを御ふるひ被成いかなる事にてもをちかねたる御祈禱に連歌をなされけり。

露落て松の葉かろきあした哉　宗祇
雲のをこりをはらふ秋風　宗長
有明も日ませになれはかけもなし　宗順

連歌百音有けり。則おこりをちて目出度とて御いはひありけり。

祈禱連歌の功徳によって、「おこり」はたちまち落ちる。「露」に「落ちる」、「はらう」、そして「かろきあした」。

こうして「露」の縁から、瘧の病の軽からんことを祈る。それが祈禱連歌の「ことばの力」に期待されている。それがこの祈禱連歌、すなわち呪歌である。「夕顔の塚」の場合も同様であろう。物の怪に祟られて死んだ夕顔の墓の前に、邪悪なる瘧の祓われんことを祈ったのである。

たとえば『藻塩草』（巻一・「露」）には、

夕をきてつとめてきゆると云り（八雲御説也）

とあるように、「露」のごとく一夜にして消えることを願ったのであろう。連歌が、民間の信仰の世界と「ことば」を介してつながっている一例であろう。ここに「歌ことば」のひろがりを感じとってもよかろう。祈禱連歌については、かつて「祈禱連歌説話の誕生—呪歌と連歌文台の説話—」で論じたので、ここでは省略する。

ちなみに今、京都市下京区堺町通り高辻下ルの個人宅の前に「夕顔之墳」と刻んだ石碑がある。庭には宝篋印塔が建つ。ここは五条通もほど近い。

第三部　北野天神と連歌説話

第一章　伊勢御師の連歌話
――伊勢と北野――

一　守武と宗祇

『蟄居紀談』（寛延二年成立）は、従来あまり注目されていないが、伊勢神宮の神官・御師のあいだに伝えられたと思われる話を載せており、連歌や俳諧について考えるうえでも貴重な資料となりうる。著者の川崎（度会）延貞は外宮権禰宜のかたわら、江戸に出て医術を学び、帰郷して医業をいとなんだ。ほかに『神境紀談』など多くの著作を残して、宝永十年に卒した。その「蟄居紀談」（巻上）に「宗祇連歌」という話を収めるが、ここからでも、論ずべき説話の課題は見つけられる。

荒木田守武、岩井田尚重∧内宮物忌父∨が家にして連歌の会を仕たまひし時、修行者立寄て聞居たり。

おきんとすれば引ぞとゞむる

といふ句に人々付なづみて、「それなる修行者心あるさまなり、此句に付られかし」と云けるに、いなみけるを猶うちやまず云ければ、

ふしたかき松が根まくらかみかけて

と付たり。執筆前の句をくりかへし、輪廻たるよし云ければ

さゆる夜の賤がみどり子袖に寝て

と付ければ人々驚きぬ。時に守武、「そなたは宗祇法師にてはあらぬか」と云ければ、法師「さの給ふは守武神主ならずや」といふ。人々口を閉てぞ笑ひける。それより言かわしてゆきかふ事度々になりけるとかや。

内宮物忌父・岩井田尚重邸で行われた連歌の会。岩井田尚重は守武と同時代の連歌師で、伊勢神宮の「菜の花連歌」を管掌する神宮神官である。(1) この連歌会は、毎年正月六日、内宮長官らを迎えて、岩井田家で興行された。前句に付け悩んだ連衆をしりめに、見物の修行者が付けてみせる。いわゆる笠着の連歌である。その句に感心した守武は、これを機会に旅の修行者・宗祇と交わりを結んだという。もちろん実話としては信ずるにたりないが、守武と宗祇に仮託された連歌話と考えればいい。『犬筑波集』には「起きんとすれば引きぞとゞむる／みどり子の朝しも袖のうへに寝て」という付合がすでに見えている。だからこの話は連歌界の大立て者宗祇と守武の親交を語る逸話として、伊勢の連歌壇に伝えられたものと考えられる。

守武と宗祇に結びつけられて、連歌話が作りあげられる。もちろん伊勢神宮の連歌師にとっては、守武であってこそ、この話は興趣あるものとなる。なんといっても伊勢の俳諧守武流の祖である。宗祇に相交わるのは守武こそふさわしいのである。守武の連歌話は、こうして伊勢連歌界で語りつがれてきたのである。一応はそのように考えられる。しかし、それも伊勢連歌壇という環境のなかにこの話を置いてこそ、納得できるものとなろう。連歌壇の詳細については、奥野純一氏の『伊勢神宮神官連歌の研究』にゆずって、伊勢と連歌の結びつきを説話論の課題として追いかけてみよう。

二　前句付の連歌話

潁原退蔵氏が紹介した『伊勢誹諧聞書集』にも守武の付合が記録されている。

内宮西行谷連歌満座之後三人会合前句付

山伏の貝われ数珠のをかきれて　宗祇
いましめの硯の上に塵有て　宗長
われ笛のさらはさゝらに成もせて　守武

宗祇と宗長を交えた前句付の会、処は内宮近くの西行谷での連歌である。(2)西行谷は世を逃れた西行が、草庵を結んで隠棲した処と伝えられる。のちに述べるが、室町時代からここで、都の連歌師も参会して、興行が盛んに行われた。そこでの連歌果てての俳諧が、この前句付である。この付合はさまざまなかたちで伝承されていて、『新旧狂哥誹諧聞書』（寛永末年成立）には、宗祇・宗長そして牡丹花の連歌話となっている。三人ともに風呂に入って付け合うという趣向である。

有時宗祇宗長牡丹花三人風呂へいりける。にたちすぎければ

ふくもふかれずするもすられず

と宗祇いひければ、「おもしろし、これに一句づゝつかまつらん」とて

われぶゑのさらばさゝらに成もせで　宗長
山伏の貝われ数珠のをはきれて　牡丹花

いましめの硯のうへのほこりにて　　宗祇

この話を収める『新旧狂哥誹諧聞書』は、「俳諧寄合ひの雑談の席にて聞くところを筆記したものか」と考えられている。[3] 座興の遊び――前句付を都の連歌師に仮託するのもそのひとつ――が、伊勢にまで運ばれていく。『伊勢誹諧聞書集』の話に守武が加えられるのは、そこが西行谷だからである。伊勢での連歌であればこそ、守武を連れてこなければならなかった。類似の付合が『竹馬狂吟集』（明応八年序）に見えているが、

吹くも吹かれずするもすられず

割れ笛のさらばささらに成りもせで

と作者は特定されていない。本来は意味不明の前句に、句を続けて手柄を競う、それが前句付である。前句をうけて、それは割れ笛だよ、吹いても鳴らないし、かといってささらにもならない、そう解釈して付けたのである。したがって『伊勢誹諧聞書集』の場合も、宗祇・宗長・守武の付合は、「吹くも吹かれずするもすられず」を前句とする遊びである。遊びとはいえ、西行谷の連歌であれば、伊勢の守武こそふさわしい。こういう趣向をかまえたのは、もちろん伊勢の連歌師たちである。その作意が俳諧としてよろこばれ、守武の機転が讃えられたのである。

信ずるにたりない連歌話でも、伊勢ゆかりの人物守武に結びつけて語り伝えられる。それは証拠（記念物）の残されている伝説とは異なって、嘘と知りつつ笑い興じる「ハナシ」である。そしてこれもまたひとつの「俳諧の連歌」である。その俳諧表現のかたちを解きほぐしながら、連歌話の伝承の跡を探ってみよう。

三　西行の「うるか問答」

やはり『蟄居紀談』（巻上）に「西行負綿」の話を載せている。こちらは狂歌話であるが、連歌話の課題はここからも見えてくる。

西行上人いかなる用やありけん、打綿といふ物を背負て宇治ノ郷櫟木館といふ者の前を通られけるを、館が内より見て「それはうるか」といひければ、よぎりながらに

宇治川の瀬にふすあゆのはらにこそうるかといへるわたはありけれ

とよめるとなん

宇治川は五十鈴川（御裳濯川）のこと。鮎については注釈が必要である。鮎は伊勢神宮の「饗《にえ》」となる、尊い神の魚である。毎年五月三日、宮川に外宮の神官物忌父が出て、鮎をとる神事が行われる（御川神事）(4)。鮎の腸（はらわた）を「うるか」というが、それに綿を「売るか」をかさねた秀句問答である。この言葉争いに勝って、西行の機転の才は讃えられる。神の魚と尊ばれる鮎を用いた西行の秀句は、伊勢の地にふさわしい俳諧として笑いを誘ったかもしれない。

この話は室町時代までさかのぼることができる(5)。早く天文十六年頃に写された『庭訓私記』（天理図書館本）の欄外注に、西行の「うるか問答」が引かれている。

或河ニテ或女房綿ヲノハス。西行見テ、其綿売カト問ヘハ、女房カ狂歌ニ、
此河ヲ鮎取川ト知ナカラワタヲウルカト問ハヲロカヤ

ト読ナリ。

このほかに蓬左文庫本『庭訓往来抄』、東洋文庫本『庭訓之抄』欄外注にも同じ西行の「うるか問答」を載せる。見て明らかなように、西行が「その綿うるか」と問いかけると、綿売りの女房が言い返す。室町時代の『庭訓往来』の注釈書にすでに見えているとすれば、この話がどういう場で語られたのか、ぜひ知りたいところである。天理図書館本の場合は「蟹味噌」、東洋文庫本と蓬左文庫本の場合は「鮇《うるか》」の注として引かれている。それを思えば、おそらく『庭訓往来』の講釈の場で語られた説話であろうか。ならばどういう人物がその講釈にあたったのか、それもわからない。ともかく「蟹味噌」や「鮇」の注釈としてのこの説話は、歌をともなって引かれている。西行が歌問答に負ける説話は、注釈の場でどのような意味をもって語られていたのか。別の機会に考えなければならない課題である。

注釈の場だけでなく、民間説話としても西行の「うるか問答」は伝えられてきた。そのひとつは、神奈川県厚木市の「西行もどり橋」の伝説である。(6)

昔、西行法師が修行中にここに立ち寄りました。そばに地蔵堂があり、その地蔵堂に法師が目をやると、一人の老婆が熱心に真綿をかけていました。そこで法師は、

「おい、ばあさん、その綿をこの僧に売ってはくれまいか」

とたずねました。すると老婆は、小鮎川の鮎を歌題にして

「この川を鮎取る川としりながら綿（腸《わた》）を売るかと染井法師」

と短歌をよみました。この老婆の歌に法師かえす言葉もなく、すごすごとこの橋を渡ってもどったので、その後、西行のもどり橋と呼ぶようになり、近隣の花嫁はこの橋を渡らず民家の中を通って嫁いで行ったとの事です。

「庫裡橋のそば」というだけで、その場所は不明であるが、地蔵堂のそばに架かる橋とあるからには、かつてそこ

は村の境であったと思われる。そこにこの「西行もどり橋」の伝説は伝えられてきた。老婆との言葉争いに負けて、西行が逃げ出すのだから「西行戻し」の話であり、この類の話は、全国に広く分布する。その源は、少なくとも室町期の『庭訓往来』の注釈にまでさかのぼれるのである。『庭訓往来』注には語られていないが、歌問答に敗れたのであれば、やはり西行は逃げ帰ったのであろう。その意味では『庭訓往来』注の例も、「西行戻し」の説話と考えてよかろう。おそらくは口語りの口承説話が、講釈の場で、「引き歌」として引用されたものと考えられる。

四　宗祇戻し

こういう民間説話の運搬者について、初めて論じたのは柳田國男である。柳田翁は、「うるか問答」が綿売り女の話であるところに着目して、旅わたらいの女綿打ちが持って歩いたと推定した。[7] 口承文芸研究の領域に、民俗学的方法をもって切り開くべき沃野のあることを示唆した提言であった。この提言を受けとめて、口承文芸研究をさらに進展させること、それは困難ではあるが、その試みは今後も続けられるべきであろう。今の課題に即していえば、連歌（俳諧）話の生成と伝播、その視点からすれば、伊勢の「うるか問答」は、どのように伝承されてきたのだろう。これは説話の性格を考えるうえで、やはり見逃せない問題である。

「うるか問答」ひとつとっても、その採話の数は少なくない。大島建彦氏が岐阜県美濃市で調査、採録された猿丸太夫の話をここにあげてみる。[8]

猿丸は、生まれつき、はなはだ賢く、その才は今に伝えられています。少年のころ、アユを釣っての帰り道で、そのアユを売ってくれと言われ、

アユのハラこそウルカなれ、わたしゃおやじの子でござる

と、即座に言い返したといいます。おやじにやるのだから売れないと言った程度の意味でしょうが、おもしろいことには、アユのウルカということばは、この時から使われるようになったと、土地の人々は言います。

さかしい猿丸少年が大人をやり込める。言い返して相手をやり込める点では、伊勢の西行説話と同じである。京都府亀岡市小泉村の清泉寺には別の「うるか問答」が残されている。[9] こちらは小式部が主人公である。清泉寺は現在臨済宗妙心寺派に属し、本尊は観世音菩薩。本堂の左に高さ四尺ばかりの小式部内侍石塔が立つ。かつて私が訪れたときも、広くはない境内の片隅に、ひっそりと残されていた。寺には小式部の内侍の縁起が伝わるが、今は『新編　桑下漫録』から抄録して引用する。

(小式部が都へのぼる) 途中、峠地蔵堂で、小式部の頭に綿帽子をきせてあったのを、丹波の魚商人が頭をなでて、「このわたうるか」と言ったので、小式部は、

早川の瀬にすむ鮎の腹にこそうるかといいしわたはありけり

と詠んだ。商人は大いに腹をたて、「ここな子めが」と言うと、すぐに

あの山の萩やすすきの本にこそこめかといいし鹿はありけり

と詠んだので、商人も、ただ人ではないと恐れて行過ぎてしまった。

七才の小式部に大人がてもなくやり込められる。これも猿丸と同じであり、小式部のさかしい知恵を讃えるものである。このふたつの「うるか問答」は、厚木市の「西行もどり橋」とは異なり、いかにも歌人の伝承らしく、歌の才能を言挙げしている。幼いことを強調するのは、柳田翁がいうように、神童のごとき才能を、神の化現と感じたのである。

ところが「西行戻し」の場合は、西行が言葉争いに敗れて逃げ出すことになる。これは「宗祇戻し」についても同じである。宝暦三年に版行された俳書『宗祇戻』にも「うるか問答」を記録している。

> 延徳の頃宗祇法師行脚の砌、白河の鎮守鹿島宮におゐて近域の大守達万句興行ありしに、宗祇野州の辺ニて聞つたへ面《おも》向けるとそ。鹿島の神、仮に賤女と現し給ひ、百会にほうれひと云へる綿《マヽ》を載き行過給ふを、「其わた売か」と宗祇問れしとなむ。女房、
>
> 　阿武隈の瀬にすむ鮎の腹にこそうるかといへるわたはありけり
>
> と詠みければ、宗祇黙々として是より引かへされしとなり。此所今に宗祇戻と云つたえて、風流の名なれは此書の魂とはなしぬ。

奥州白河での連歌興行のとき、賤女に姿をかえて顕れたのは鎮守鹿島明神、その神との応酬に敗れて宗祇は逃げ帰る。それよりこの地を「宗祇戻し」と言い伝える。「西行戻し」と同じ伝承である。これに類する宗祇の伝承は、『白川関物語』などにも記録されているという[10]。

同じく「うるか問答」にしてもふたつの型があるようだ。猿丸や小式部のように、神童のごとき歌の才能を讃えるもの。それに対して「西行戻し」や「宗祇戻し」のように、言葉争いに敗れてでもなく逃げ出すもの。とすれば伊勢の「うるか問答」も決して特殊な伝承ではないのである。二つの型はともに同じ歌人伝承とはいえ、伊勢では西行を勝利者として、歌の才能を讃えてきた。俳諧の盛んな伊勢では、こんな狂歌話でも、嘘と知りつつ笑ってきたのである。この話もまた伊勢が育てた俳諧である。つまり伊勢の「うるか問答」は、連歌（俳諧）師の手を経て伝えられたのである。

五　御師と俳諧の連歌

松永貞徳が書きとめたとも考えられている『寒川入道筆記』(慶長十八年筆録)[11]に、連歌師元理と三好長慶の連歌話が収められている。

三好修理大夫殿にて御会の過に、誹諧の発句御所望、折節御前ニ有合人々ハ皆々入道なり。御俗体ハ大夫殿ばかり。比は十月なれは、そのまゝ、

お座敷を見れは大略神無月　　元理

ひとりしくれのふるゐほしきて　　大夫殿長慶朝臣

長慶邸での連歌会、座につどった連歌師はすべて法体、つまり剃髪している。ひとり長慶のみ有髪で烏帽子を着している。時は神無月の時雨する頃。連歌の座の情景を詠んだ即興の一句、何ということもない秀句である。

この類話が『蟄居紀談』(巻上)に「宗祇狂句」として載っている。

神無月の頃益三郎大夫宗祇を招き請て連歌の会をぞ仕りける。連衆皆法体にして亭主一人束髪なりければ、

御座敷を見ればいづれもかみなづき

と宗祇いはれける。三郎大夫聞もあへず、

ひとり時雨のふるゐぼしきて

こちらは宗祇と外宮の御師、益三郎大夫の付合となっている。御師の正装は烏帽子着用、ひとり三郎大夫のみ有髪である。「神無月」に連衆の法体姿、「髪なし」をかさねて遊ぶ。その趣向は『寒川入道筆記』にひとしいが、益三郎

大夫との付合となれば、宗祇にも劣らぬ付合の腕を誇る話に変わる。益三郎大夫はもちろん、『蟄居紀談』を編んだ川崎延貞も神宮の御師であれば、この連歌話は、彼ら御師のあいだに語り伝えられた話と考えてよかろう。西行の狂歌話であれ、守武の連歌話であれ、自分たちの誇るべき先輩として、彼らの俳諧の手腕と手柄を語り伝えたのである。益三郎大夫の話も、そんな気味が感じられる。

神宮の御師たちは、諸国の檀那場をまわりながら、連歌や俳諧の座につらなって、こういう話を語っていた。そう考えても、あながち空想とはいえまい。そのことは『誹諧草庵集』（元禄十三年刊）の西山宗因の俳諧が示している。[12]

西行谷連歌両宮神主中に西山宗因連座みちてかへるさに申かけし

みなえぼし中に独や神無月　慶彦　権禰宜正位渡会

即答ふところより取出て、

さらば頭巾をかぶろ夕ぐれ　宗因

外宮神官度会慶彦との俳諧である。伊勢に赴いた宗因を迎えて、西行谷での連歌興行の果てたあと、俳諧に遊んだのである。これは「古烏帽子」の俳諧連歌と同じ発想である。おそらくふたりともに、古い類句のあることを承知のうえで、こういう付合を楽しんだのであろう。この手の連歌話は、彼ら連歌師の耳嚢のなかに、いくつも蓄えられていたのである。彼らはそれを携えて、諸国をわたり歩いたのである。西行の「うるか問答」も、その手の話のひとつである。伊勢神宮の御師は、伊勢信仰を宣伝するとともに、連歌話も持ち歩いていたのである。連歌（俳諧）の席につらなるとき、それらの話は雑談のタネであろう。それならば『蟄居紀談』に、連歌や俳諧に関する文雅の話が多いのもけっして不思議ではない。

六　京と伊勢

京と伊勢との間を連歌師は往還した。荒木田守平の編んだ『二根集』（文禄四年成立）の聞書からも、それは窺い知れる。そこには神宮の連歌師が、都の貴顕・連歌師から聞き伝えた知識が記録されている。彼らの旅とともに、連歌の知識や情報が運ばれるなら、連歌話も往還する。

安楽庵策伝の『醒睡笑』（茶の湯・巻之八）に、西行の狂歌話がある。

西行法師、伊勢の宇治に住みける時の歌、

ここもまた都のたつみしかぞすむ山こそかはれ名はうぢの里

これにも異伝があって、鴨長明の歌とも伝えられる（『三国地誌』[13]）。もちろんどちらも信ずるにたりない。喜撰法師の歌（『古今集』巻十八）を本歌として、戯れに遊ぶところに、この話の本旨はある。戯れなのだから、作者の名は自在に取り替えられる。したがって『新撰狂歌集』（巻上）には、この歌を「祈念法師」の作とする別伝が紹介されている。宇治の茶を話題にして言葉遊びに興じた雑談の座があったことを、かつて私は、この話を取りあげて論じたことがある[14]。連歌や茶の湯の席での、本歌を話題とする雑談が記録されていると考えたのである。

この西行の歌が、早くに伊勢でも記録されている。神宮の神官度会元長が編んだ『詠太神宮二所神祇百首和歌』がそれで、応仁二年（一四六八）成ったとされている。

春二十首　　立春

神ノ代ノ春ヤタツミノ宇治ノ山都ノ空モ今朝カスムラン

天照皇太神ハ地神五代ノ尊ニ坐ス、然者五代ノ春ヤ立ラント也、御鎮坐ノ山都ノ巽ニ是アタレリ。西行此宇治ニテ読ル歌

爰モ又都ノ巽シカソ住山コソカワレ名ハ宇治ノ里

伊勢神宮に奉納する法楽和歌なのであろう。宇治山の春を詠んだ歌にちなんで、西行が草庵を結んだ西行谷での歌が紹介される。ここに室町時代から神宮の神官はもちろん、都の連歌師たちが訪れて、しきりに連歌興行が催された。江戸時代に入ってもそれは変わらず、岩井田家の月次連歌の会には、西山宗因もつらなっている[15]。

慶安元年（一六四八）、里村昌隠を招いて興行された『勢州宇治西行谷神照寺手向之千句写』（名古屋大学図書館皇學館文庫蔵）は、西行ゆかりの地で催された追善興行の記録である[16]。

此千句は神照寺の手向におもひ立侍り。西行法師の旧跡と世をへていひ伝へたり。さればいにしへの人々も和歌もて遊び給ふは、爰に尋来て心々の手向ありし也。又連歌の好士たちもあまねく此所におはして発句しをきたまへり。予も一見せし時、此所をいかでか西行法師の庵室の跡とは云ならんと問ひ侍れば、ここもまた都のたつみしかぞ住山こそかはれ名は宇治の里と、かの西行のつらねおかれしうへは、是に閑居をしめられしこともかくれなしと云へり。

西行法師の旧跡で、その追善のために連歌は手向けられる。その時、「ここもまた都のたつみしかぞ住山こそかはれ名は宇治の里」の歌は、妻子を捨ててこの地に草庵を結んだ西行のことを思い起こす「たより」とされたのであろう。まさに西行谷は、西行追憶の場であった。そこで催される連歌もまた、西行をしのぶ「よすが」となったのであろう。それがこの『手向之千句』である。

『醒睡笑』（茶の湯・巻之八）に収められる西行の狂歌話も、連歌の席の話題なのである。『勢陽五鈴遺響』（度会郡）

によれば、西行谷神照寺には、「ここもまた都のたつみしかぞ住山こそかはれ名は宇治の里」の歌を刻んだ扁額が掛けられていたという。ここに集った連歌や俳諧の連衆は、この歌を「たより」にして、西行のむかしを偲んだのであろう。あるいはこの狂歌を西行の形見と信じて、連歌の座で語りついできたのであろう。

七　連歌師の往還

京と伊勢をむすぶ連歌師の往還、交流の実態は、『二根集』などを資料として、奥野純一氏によって明らかにされた。詳細はその仕事にゆずって[17]、ここでは『かさぬ草紙』と安楽庵策伝周辺の資料によって、彼らの往還の跡を伊勢の側からたどってみよう。

北野の玄陳正月元日の発句に

春やけふつぼみにこめし梅の花

とありければ、春やけふの五文字あしきよし京わらんべ申あへりければ、案のごとく一条より下りに焼にけり。京わらんべ詠みはんべり。

春やけふとうらなひあてし玄陳は連歌をやめて算置きになれ

とありければ、玄陳面目うしなひけるとなり。

ここにいう「一条より下り」とは、おそらく新在家から一条小川辺りであろう。連歌師や茶湯者の住まいがあり、宗祇や紹巴もかつてここに住んだ[18]。また「玄陳」とは北野の連歌師里村玄陳のことである。里村紹巴の嗣子・玄仍の長男、天正十九年に生まれ、寛文五年に七十五才で没した。この話は彼に対する京わらんべの悪口である。めでたい祝言の連歌で、「春やけふ」（春焼《や》けふ）のように「焼く」に通ずる語を用いるのは不吉である。連歌師をやめて算置きにでもなれという。一条辺りの火事は、玄陳の「春やけふ」の五文字が「悪しき」ゆえだという。禁句を用いた縁起の悪い句だから焼けたのだという。お前の句のせいで新在家辺りが火事になった、おかげで焼け出された、というのは、根も葉もないでたらめであろうが、棘のある悪意が含まれている。

こんな話が伊勢にまで流布したのは、おそらく里村家の確執がその背景にあろう。里村家は昌休の死後、昌叱の家系（里村南家）と紹巴の家系（里村北家）に別れる。前者は昌琢、昌程と続き、後者は玄仍、玄陳と続く。前出の昌隠は南家である。南北両里村家は、互いに婚姻関係や養子縁組を結んで、連歌界での地位を確固たるものにしていった[19]。寛永五年、南家の昌琢が幕府連歌宗匠の地位に着いて以来、その勢力は南家に傾くようになる。伊勢神宮の連歌壇は、これを期に幕府の連歌宗匠たる南家との結びつきを深めていく。奥野純一氏によれば、寛永期の昌琢にはじまり、貞享期の昌程・昌陸・昌純・昌億にいたるまで、南家の連歌師は伊勢を訪れて連歌興行を行っている[20]。昌隠の西行谷追善千句興行も、その流れのなかで興行されたのである。

以上のような南家と神宮連歌壇の結びつきを思えば、先の玄陳の話も、南家と北家のあいだにある確執、あるいはわだかまりの一端を語るものではないか。北家の宗匠玄陳の悪口が、京わらんべの口ずさみというかたちで伊勢に伝えられたのであろう。南家の連歌師の運んできた話が記録されたと思われる。

さて里村両家の連歌師とも安楽庵策伝は、親交を結んでいた。『策伝和尚送答控』には、南家の昌琢・昌俔、北家の玄陳・玄的との贈答歌が記録されている。玄陳との贈答歌をここに引いておく。

おもひやる心の色のふかきをもうす紅葉とや人の見るらん　　策伝

返し

心ありてたをれる枝の紅葉々はほかにさきだつ色とこそみれ　玄陳

この一例だけをもって断定はできないが、ほかにも『かさぬ草紙』と『醒睡笑』とに共通する話（たとえば一休話もそのひとつ）を考えあわせれば[21]、里村家の連歌師を介して策伝は伊勢と結びついている。策伝のもとへ、彼らを通じて伊勢の情報がもたらされたと思われる。前述の西行谷の狂歌話が、『醒睡笑』に収められたのも、その情報源は、里村家の連歌師であろう。彼らは京と伊勢を往還して、玄陳の連歌話をも運んできたのである。

八　連歌と寄合語

『かさぬ草紙』の説話は、神宮連歌壇と結びつき、その連歌話は、神官を含めた御師のあいだに語り伝えられたものである。したがってその話には連歌の刻印が押されている。寄合語の知識が、連歌話のなかにはめ込まれているのである。それを『かさぬ草紙』を例にとってたしかめてみよう。

有時、伊勢山田火事ゆきければ、そうたんも家を焼きけり。そうたん山田三方の肝煎にてありけれども、誰とむらふべき人もなし。余につれなく思ひて詠めり。

山田もるそうたんが身こそかなしけれ焼けはてぬれどとふ人もなし

と詠みければ、そろ〳〵焼けとむらいよりけるとなり

『かさぬ草紙』に収められる七つの「そうたん」話のひとつ。この人物の詳細については不明である。「そうたん」と「そうかん」の類似から、山崎の宗鑑に結びつけられもするが、結びつけるだけの資料があるわけではない[22]。ただ「そうたん」が、「山田三方の肝煎」であるという記事は、この話を読むうえで役に立つ。つまり彼は伊勢の師職なの

である。

伊勢の師職家は、①宮司家　②神宮家　③（イ）会合年寄家（内宮）（ロ）三方年寄家（山田）④町年寄家（山田）、そしてその下に⑤平師職　⑥殿原　⑦仲間などの厳格な階層組織からなる。[23] 山田三方家は、外宮の御師として経済的・政治的実力を有するものであった。[24] もちろん彼らは、連歌の席にもつらなる教養人でもあった。しかし、この「そうたん」なる人物は戯画化されている。山田の火事で焼け出されたとき、誰も見舞いに来る者がなかったので、「そうたん」が右の歌を詠むと、火事見舞いの人が集まったというのである。一見戯画化されているように見えるが、これを「そうたん」への誹謗と、単純に読むべきではない。歌を詠んだ結果、見舞客が来たというのだから、歌徳説話のかたちをとっている。滑稽味をまじえて、「そうたん」の歌の手腕を讃えるかたちなのである。

ところでこの「そうたん」の歌には本歌がある。『続古今集』（十七・雑上）「備中国湯川といふ寺にて、僧都玄賓」と前書きする

山田もるそふづの身こそ悲しけれ焼けはてぬれば訪ふ人もなし

がそれである。玄賓僧都の歌で、『古事談』や『発心集』の説話が、その本説である。『奥義抄』や『顕注密勘抄』、そして謡曲『三輪』にも、故事が引かれていることを思えば、歌の世界でも著名な説話であったようだ。玄賓は、南都第一の高僧。名利を嫌い、三輪山の麓に遁れ、大僧都に任じられたとき、備中の国湯川の山寺に隠れたという。

『兼載雑談』には、この歌を引いて次のように述べる。

山田もるそうづの身こそ悲しけれ秋より外はとふ人もなし

玄賓僧都の歌也。田のかゞしをそうづといふ事是より始るなり。玄賓は称徳天皇の時の人なり。此の歌子細あり。「山田のかがし」の由来をこの歌にもとめているのである。玄賓僧都の説話は、連歌師のあいだでも周知のことで

あったようで、寄合集『流木集』にも載せられている。

一、ひた　秋の田のおどろかし也。板をかけて木を引きあて、鹿を驚かすを云ふ也。ひた引く共、ひたのかけ縄とも読めり。又山田の僧都と云へるも同じ物也。歌に僧都とよまれたれ共連歌には如何。未不及聞。玄賓僧都のしそめたる故に僧都と云ふ。

なお参考までに引けば、『連珠合璧集』には、「そうづトアラバ　山田　秋はつる　横川」、『類船集』には、「僧都　山田　三輪の山陰　横川」という寄合語（付合語）がならんでいる。連歌の世界では、玄賓僧都の故事と歌は、寄合語の知識として周知のことであった。

それならば「そうたん」は、世を逃れて三輪山の麓に隠れ住んだ玄賓僧都に、我が身を比しているのである。玄賓僧都の故事を本説とした戯れの歌、このおかしみが「そうたん」の話には仕組まれているのである。歌や連歌の知識を前提としたこの連歌話（狂歌話）を理解できたのは、連歌師であり、神官、御師たちである。

彼らがつらなった連歌の席は、話が生まれ育てられる処である。『かさぬ草紙』は、伊勢の御師が語り伝え、各地の檀那場へ持ち運んだ話の筆記であろう。伊勢神宮神官、御師の連歌（俳諧）活動の跡を伝える記録といっていい。都と伊勢の連歌師の交流を伝える資料としてはもちろん、口承文芸研究のための貴重な記録として、今後活かされるべきであろう。

注

（1）『荒木田守武集　増補改訂』所収「荒木田守武翁伝」（神宮司庁、平成十一年）。薗田守良『神宮典略』（「神宮連歌」）大神宮叢書所収（神宮司庁、昭和五一年）。

(2) 潁原退蔵「犬筑波集鑑賞」(『潁原退蔵著作集』第二巻所収) 昭和五四年。
(3) 『初期狂歌集』(近世文芸叢刊7) 野間光辰解題。
(4) 『宇治山田市史』(上巻) 昭和四年。
(5) 小助川元太「庭訓往来注と雑談―『庭訓私記』の注釈説話を中心に―」(日本文学研究誌『枯野』第十二号)。
(6) 『西行伝説の説話・伝承学的研究』(平成十年度〜平成十二年度科学研究費補助金　基盤研究(C)(1) 研究成果報告書・研究代表者・木下資一) 平成十三年。
(7) 柳田國男『女性と民間伝承』。
(8) 大島建彦「狂歌咄の伝承」(『ことばの民俗』所収) 昭和六一年。
(9) 永井尚編『新編　桑下漫録』昭和五九年。
(10) 奥田勲『宗祇』平成十年。
(11) 鈴木棠三『醒睡笑』(角川文庫) 解説。
(12) 尾形仂「宗因と伊勢―守武風・談林派の接点―」(『俳諧史論考』所収) 昭和五二年。
(13) 目崎徳衛『西行の思想史的研究』昭和五四年。
(14) 小林幸夫「狂歌咄西行論―茶数寄と歌数寄―」(『咄・雑談の伝承世界―近世説話の成立―』所収) 平成八年。
(15) 尾形仂前掲(12) 論文。野間光辰「連歌師宗因」(『談林叢談』所収) 昭和六二年。
(16) 奥野純一『伊勢神宮神官連歌の研究』昭和五〇年。
(17) 奥野純一編『二根集』解説。
(18) (19) 奥田勲『連歌師』昭和五一年。里村両家の確執については乾裕幸「俳壇確執史の源流」(『周縁の歌学史』所収。平成元年) に触れられている。
(20) 奥野純一『伊勢神宮神官連歌の研究』。
(21) 『醒睡笑』(推はちがうた・巻之六) に一休の「きたりとよこころの内の墨染めを世渡り衣うへにこそきね」の歌を載せる。一方、『かさぬ草紙』には、「あるそとよこころのうちは墨染めの世渡り衣うへにきすとも」という歌がある。いずれも伊勢・宇治山田での話である。

(22) 越智美登子「『かさぬ草紙』—近世初期狂歌咄の一資料—」(『論集　日本文学・日本語』4近世・近代)所収。

(23) 奥野純一編『二根集』解説。越智美登子「初期伊勢俳壇の問題」(「国語国文」四二八号所収)。

(24) 越智美登子前掲(22)論文。

第二章　神宮連歌壇の北野天神説話

一　歌詰橋の狂歌話

伊勢で書き留められた神宮文庫蔵『かさぬ草紙』（寛永二十年書写）につぎの西行説話が収められている。

西行法師執行にいてける時に有酒屋の壺のうちに梅の花の咲たるを見て歌よみて酒をひとつ飲まはやとおもひ西行うちへ入りてよむ

　壺のうち匂ふと見ゆる梅の花ますひとつさけ春のしるしに

うちよりとりあへす

　壺のうち匂ひし花はちりはててかすみそ残る春のしるしに

　とてかすをひとつかみまひらせけり

伊勢の西行説話については、別稿を用意しているので、ここでの論述は省略するが、こういう話を読むと、なぜこれが『かさぬ草紙』に記録されたのだろう、といつも思う。というのも、この話は『山州名跡志』（巻之九）にも、西行の「歌詰橋」として紹介されている。『山州名跡志』には、別伝としてこの橋の由来が伝えられている。

橋ノ名義。伝ヘ云フ昔シ西行法師此所ヲ過ルニ。童子出テ。向テ詠歌ス。西行即チ返歌ス。童子又詠ズ。贈答数返ノ後。西行遂ニ負タリ。仍号レ之ト。

西行が童子との歌争いに敗れたので、こう名づけられたという。歌に詰まったからというのである。ならば西行を言い負かしたこの童子は、神の化身とでもいいたいのであろう。『新撰狂歌集』（巻上）にも類話が記録されているが、こちらは西行の話ではない。

北野辺の酒屋へ立よりてよめる　　前大上戸朝臣

壺のうちに匂ふと見えし梅花まづさけ一つ春のしるしに

酒屋の女房返し

壺のうちに匂ひし梅も散はてて霞ぞのこる春のしるしに

これなら「梅」と「酒」の詠まれる理由はわかる。北野は梅の名所であり、麹座があったので、「酒」の秀句が作られても不思議はない。酒の縁で「霞」（酒かす）が詠み込まれる。いかにも北野の春らしい歌である。「前大上戸朝臣」と洒落のめしているが、貴人との歌問答の相手が、「酒屋の女房」というのも、たんに尊貴の人と俗人という対比にとどまるものではない。この場合、酒屋の女房は、西行をやり込めた童子のごとく、即座の機転で返歌する。歌掛けに勝利する女房のわざを頌えて、初春の祝言とするのであろう。『新撰狂歌集』が、この贈答歌を「春」の巻頭においているのは、おそらくそのためでもあろう。

また別の「歌詰橋」の説話が、『かさぬ草紙』に収められている。

こちらは和泉式部の話である。

むかし帝に「ひなさき」といふ題を和泉式部にくだされけるに、二三日も案じたまひけれとも、「ひなさき」といふ題にてしかるへき歌なしとて、北野の天神へ願かけてまいらせけるに、一条と北野のあひの橋の詰めにて、年のほと八十斗なる人、和泉式部にあひて申けるは、「風ふかは、といふ五文字あり」といひてゆく。和泉式部これを聞て「歌詠むへき便をもとめたり」とてさとりて其橋より帰りて詠みたまひけり。

風ふかはそのひなさきそ梅の花にほひのよそへ散るのをしきに

と詠みて、帝へあけたて奉り、それよりして今の世のいたるまて、其橋を戻り橋といふ事、此時の子細なり。かの年寄りたる人は北野の天神さまなるへし。

『かさぬ草紙』には三つの北野天神説話があるが、これもその一つ。帝より与えられた歌題に詰まった和泉式部が、北野天神の助力によって歌を完成させる。そして末尾の句のごとく、連歌の神、北野天神の威徳が頌えられる。さらに「戻り橋」の由来が語られることにも注目すべきだろう。歌に詰まった式部が、「一条と北野のあひの橋の詰め」で、天神から歌のヒントをもらう。歌ができあがってそこから立ち戻ったゆえ、「戻り橋」と名づけられた。ここからすればこの「歌詰橋」は、「戻り橋」の由来を語る話でもある。

同じ「歌詰橋」の説話にしても、『かさぬ草紙』の場合は、北野天神の援助を言挙げして歌徳説話の体裁をとる。『かさぬ草紙』には、歌徳説話と思われる話は他にも多い。つぎの北野天神説話もその一つである。

二　歌・連歌の神

歌に執心して渡世に窮した男が、愛想を尽かした女房に無理やり木綿売りに追い立てられるが、和歌に心を奪われているゆえ売れるはずもない。今日も今日とて、五条の橋の辺りで上の句を案じていると、七十ばかりの老人に出会うて、下の句を得る。歌に窮して北野の神を念じたところに顕れ給うたのである。歌の見事さに感じた内裏様から褒美をいただいて、男は末繁昌したという。

ここに不略したる人あり。渡世のいとなみはさておきて、朝夕歌道に心をかよはしけり。女房かくのていを見て、「今日より歌詠むこと無益、身上なりてこそ歌をも詠み遊山なとはよけれ、御身は今日食せん物もなきに、その道斗に心をかよはし、我をは何になれとおもふてかやうにはしたまふそ」とくときけれとも、男さらぬ躰にて門へそ出けり。女房あまりかなしくて、「はや今年も暮方になるに何をもちて年をとらふとはおもふ男そ」とて、則木綿一反をり出し男に与へていふやうは、「是を御売候て此金にて年をとらふとおもふためなり。いま(マヽ)へてぬかりなく御売候へ」とこま〳〵と申含めけり。男是をうけとり五条の橋あたりに、此木綿をもちなから、

あけいたをたゝくや駒のあした哉

といふ上句をくり返し吟しけり。是をいかにと申に、大裏より「あけいたをたゝくや駒のあした哉」といふ句に付けたらんものには、何にても望たるべきとの札なりければ、扨さい〳〵吟しけり。此男付かねければ、心中に思ふやう「あわれ北野の天神へ立願かけつべき」とおもふ心出来けり。爰に年のほと七十斗なる老人かくいふを聞て、

水と草とのさかひしられす

といひければ、男、老人の袖をひかへとかうの返事なくして、木綿を老翁に与へ、「かまひて〳〵此句披露すへからす」とて、男我家に帰りけり。女、「木綿よく売しや」といひければ、男、「くれたる」と申。女房ことのほか腹をたて、有とあらゆるくときこと申けるこそ道理なれ。男余りに聞かねてすくに大裏へまいり、「御札のおもてにつきて参りたり」と奏問申、今の歌を紙にうつし上奉る。公卿百官奇異の思ひをなし、「扨々寄特なることかな。いか様汝は人間にてはあるまひ」なとゝ疑われけるこそ理りなり。「先々札のことくに」とて、望たるもの其外宝物数々被下けり。それより我家に帰り、女房にかくと語りければ、よろこふこと限りなし。末繁昌と

さかへけり。是ひとへに歌道を心かけし故なり。今の老人は北野の天神にてありしとなり。兎にもかくにも歌詠むへきことともなり。

歌詠む身には天神の加護あることを説いて、結句のように語りおさめられる。男が下の句に窮して北野天神を念じたのが、五条の橋辺りとするのは、やはり意味があるにちがいない。「さい〳〵吟しけり。此男付かねけれは」とあるように、先の「戻り橋」と同じく、五条の橋は、歌に窮した「歌詰橋」である。五条といえば、五条天神に隣して道祖神の祀られる境の地である。[1]そこに救いの神は顕れて、援助の手を差し伸べてくれる。こうして歌徳説話の体裁がととのえられて、北野天神への帰依が勧められる。

一首の上と下、その本末を付けるのが、この説話の眼目である。しかし、それにしても解釈がなかなか通じない。ただ『醒睡笑』(推はちがうた・巻之六)に類句があるので、それを参照すれば、少しは意味が飲み込めてくるだろう。

水と草とのさかひ知られず

板たたく馬屋の長の目は覚めて

「水と草との境目がわからぬ」という前句は、一句だけでは意味はなかなか通じない。まるで謎のようである。付句はそれを早朝の情景に解して、馬屋の長の日常とした。馬が板戸をたたく音に起こされたのであろう。まだ夜明け前のほの暗い頃、足元はおぼつかなく、水と草との境目さえつかない、というのである。

ふたたび『かさぬ草紙』の歌にかえれば、これも同じ暁方の厩の景とすればよかろう。五条辺りには馬市が立ち、朝早くからひらかれたという。[2]まさにその五条橋辺で、歌に詰まった男は、北野天神から下の句を貰いうける。境の地に顕れた神から「水と草とのさかひ知られず」の下の句を授かる。おもしろい「境」の秀句だが、歌道執心ゆえの功徳とでもいいたいようである。その結果、この貧乏な男は宝にめぐまれる。

歌・連歌の徳を言挙げする北野天神説話が、『かさぬ草紙』に記録されるのも、思えば不思議なことではない。中世から近世に至るまで、伊勢神宮神官によって連歌壇が形成され、江戸期に入っても伊勢連歌壇は、京洛の連歌師との頻繁な交渉があったことはよく知られている。[3] 極論すれば、守武俳諧はもちろん、伊勢俳壇も京洛の連歌壇との交渉なくして、その発展はのぞまれなかっただろう。伊勢の連歌壇は、北野天神説話に託して、和歌・連歌の徳を語りついできたのである。

三　宗祇の祈禱連歌説話

江戸期には、伊勢神宮で、連歌は年三回、年中行事のようにして行われた。[4] 内宮長官が主催する正月二十五日の伊勢海連歌、八月十五日の月見連歌、それに加えて内宮神官岩井田邸で催される、正月六日の若菜連歌である（荒木田守良『神宮典略』）。ことに伊勢海連歌は、「宿梅」を発句として興行された。これらの連歌が、神宮の神事とどのように係わっていたか、詳しい事情は不明なところもあるようだが、神宮神官のあいだでの連歌の盛行を背景にして、年中行事化されたと考えても、およそ過つまい。

『かさぬ草紙』のつぎのような祈禱連歌説話もある。

御門をこりを御ふるひ被成いかなる事にてもをちかねたるとき御祈禱に連歌をなされけり

露落て松の葉かろきあした哉　　宗祇

雲のをこりをはらふ秋風　　宗長

有明も日ませになれはかけもなし　　宗順

連歌百音有けり則おこりをちて目出度とて御いはひありけり

病平癒を祈願して発句、脇、第三句、いわゆる三つ物が、祈禱連歌として奉納されたのである。もちろん実際に興行されたと考える必要は少しもない。宗祇・宗長に仮託された連歌話にすぎない。『宗祇句集』にもこんな句は見つからない。なによりもこれらの付合を、細川幽斎の作とする別伝が、この祈禱連歌の、作り話であることを雄弁に物語っている。(5) 架空の話なのだから、この連歌がどこに奉納されたかを論ずるのは、無用の穿鑿である。どこであってもいい。しかし、宗祇の話とすれば、北野天神と考えるのがふさわしい。彼は北野の連歌宗匠であった。彼に付会されれば、いかにも宗祇の祈禱連歌ならば、功徳もあろうと納得したにちがいない。

『かさぬ草紙』と時代を同じくする『醒睡笑』（聞えた批判・巻之四）にも祈禱連歌説話がある。こちらはまさしく北野である。

　北野の神前にて、祈禱連歌あり。

　　かくなるものかさすらへの果

　　この神のかへり北野に跡垂れて

　この付句、執筆書きとむると同じく、社頭震動し暫くやまざりつるは、神も大いに納受したまふにやと、人皆感じ申したるよし。

北野に跡を垂れて連歌の神と祀られた道真への尊崇の念は、かくして語られる。おそらくは連歌師のあいだに伝えられた話を、策伝和尚が記録したのであろう。祈禱連歌は、連歌師にとって生活の糧でもあった。祈禱料がこれで稼げると、里村紹巴は語っていたという（松永貞徳『戴恩記』）。

それならば『かさぬ草紙』の祈禱連歌説話や北野天神説話は、神宮神官のあいだにも伝えられていたと思われる。

後に内宮長官中川経雅が、伊勢海連歌について、「詩連歌等之事ハ、菅家道真公を祖の如くする事、中世の流例也」（『経雅雑記』）と解説するように、伊勢神宮の連歌壇の場合も、「連歌に志あるもの」は、連歌奉納を年中行事としてきた。(6) 道真を連歌の神と仰ぐ心は厚かったのである。

室町応永期の連歌論書とされる『連通抄』下は、ひたすら和歌・連歌に専心すれば、北野の神の託宣がえられるとまでいう。

一　和哥の道は是我等が身躰也、天竺の陀羅尼、漢土の詩、吾朝の哥、三国に伝来所也、三国大に和来也、去間大和こと葉とは大にやはらぐと書也、天地開白せしより以来、八雲立出雲八重がきの哥より、卅一字の詠発て明王明衣哥仏達者の代々に給す、今又北野の御代となり、此道殊外四方の民までも数寄の心有、極たる真言にて祈禱をいたさんよりも、北野の御託宣あり連哥を百韵興行すべし、去は連哥は無尽経と中経也と、天人顕て詫宣あり、一心を静に取成時は無心の所有、今の世の人何事のやくか有や、念仏せんとすれ共さはりのみ也、又座禅の床も悪念耳起来る也、諸道の勤皆障の耳也、万事を抛たゞ無心に取向哥道に莅べし、一心のこやく有也

なによりも「連哥は無尽経」ゆえに、「極たる真言にて祈禱」するよりも、「連哥を百韵興行」すべきである。それでこそ神意に叶い、北野の「託宣」が得られるという。それならば連歌の功徳は、祈禱連歌に及ぶものはない。このような連歌壇の趨勢、連歌の神として北野を信奉する流れは、江戸初期にまで及び、『醒睡笑』や『かさぬ草紙』の北野天神説話を生むことになるのだろう。歌に窮した人の前に示現して、その窮地を救うばかりか、病を癒し、福分さえ与えてくれる。「福を持ち連歌をもまたすべきなり／祈れや祈れ弁才天神」（『俳諧連歌抄』）と詠われるように、連歌の徳が宣伝された時代であった。

四　北野・桜葉の宮

謡曲『右近』は世阿弥の作である。鹿島神宮の神官が京見物のついで、桜の名所として名高い右近の馬場に来たところ、北野の末社桜葉の宮の女神が顕れて、御代を寿ぐ夜神楽の一曲を舞う。

あら恥づかしや神ぞとは　あさまには何といはしろの　まつことありや有明の　待つことありや有明の　月も曇らぬ久方の　天照る神にては　桜の宮と現はれ　ここにきたのの桜葉の　神といふべの空晴れて　月の夜神楽を待ち給へと　花に隠れ失せにけりや

内宮にては「桜の宮」と顕れ、北野には「桜葉の宮」と祀られると名告って、女神（後ジテ）は舞う。伊勢「桜の宮」は、連歌師のあいだにも知られていたらしく、「桜の宮は伊勢内宮御事也、伊勢と云句に、さくらの宮付也」（『梵灯庵袖下集』・松平文庫本）といったように、「伊勢」との付合語となっている。さらに『梵灯庵袖下集』（松平文庫本）は、

北野にては桜の宮を桜葉の宮と申也、是は天神と成給も伊勢の御恩也、其恩に北野に伊勢をいはひ給へり、是を桜葉の宮と申也、たゞ桜葉共すべし、神の御名なり、能々心えべし

と続けて、伊勢の「桜の宮」が、北野に「桜葉の宮」と顕れ給うたと述べる。しかし、「天神と成給も伊勢の御恩也」などというのは、ずいぶんと両社の縁を強調する言い分である。なるほど「桜葉の宮」は、「桜の宮」と同体であると主張されることはある。つぎの『北野文叢』（巻七十三）もその一つである。

内宮ノ末社花開姫命ト申、朝熊ノ社ニ坐ス、此御神ヲ花開姫命ト申トゾ、於二神宮一秘御神ニ座ストゾ、桜太刀神、同在所ニ座トイヘドモ、別ノ御神ノ由侍、並桜宮、是ハ大宮ノ辺ニ坐ス、御殿マシマサズ、此御神、北野ノ桜葉

ノ宮同体ノ由奉レ申人有レ之桜ノ宮　西行ノ歌御裳濯河集ニ有レ之

「桜の宮」は内宮の末社。その祭神「桜太刀神」とは、『御鎮座本縁』にしたがえば「桜大刀神」（サクラオホトシノカミ）のこと。天上より天降って、その神霊は桜木に宿ると伝える。しかし、神宮側は『御鎮座本縁』に限らず、北野「桜の宮」との同体説をいうことはない。北野が伊勢とのつながりを強調して、「桜葉の宮」と「桜の宮」の同体説をいうのである。北野の連歌師もその説にしたがっているのである。

北野天満宮蔵『神記』によれば(7)、「桜葉の宮」は、桓武天皇の子伊予親王とその母藤玄夫人を祭神とする。

中務卿伊予親王ト申テ桓武天皇ノ御子也、平城天皇ノ御代大同二年十一月ニ御門ヲ傾ケ奉ントシ給故ニ御母ノ藤玄夫人相共ニ瓦寺ノ北ナル所ニ押籠奉リ給ヘリ、仍自毒ヲ食テ萌（マヽ）御、此故ニ一殿ニ伊予親王ト御母ノ藤玄夫人御坐アル也、

『神記』はさらにつづけて、藤玄夫人は「早良親王ノ夫人」、「伊予親王ハ早良親王ノ御子」という一説を紹介している。母子ともに謀って平城帝を押し籠めんとして果たさず、自ら毒を服して果てたというのである。それならば「桜葉の宮」は、御霊を祀るといっていい。早良親王も神泉苑に御霊として祀られたのは、よく知られている。

『神記』はつづけて、

伊予親王ハ管絃ニ長シ給ヘリ、失給テ後チ世ノ中悪シキ心地起テ大嘗会等ヲモ止給キ、効験無双ノ神也、天下ノ飢饉病患并非時横難、管絃等ノ能芸ヲ此神ニ祈申也、

と記す。疫病をもたらす御霊は鎮められねばならぬ。そう信じられて花鎮め、鎮花祭が執り行われ、この神の前に芸能が奉納される。桜の下で行われる花の下連歌もそういう芸能である(8)。ならば御霊を祀る「桜葉の宮」が、連歌世界の関心を集め、北野と付合になったのも当然であろう。『看聞日記』には伏見宮家の法楽連歌が記録されていて（応

永三十年五月二十七日)、そこに桜葉の宮も詠まれている。[9]

梅はくち木も香こそかはらね　(御製)

此野とてかすみも(はる丶カ)朝日寺　長、

[　]雲□(カ)きさくら葉の宮　行

前句の北野朝日寺に付いて「桜葉の宮」が連想されているのである。霞も晴れて桜に映えているのであろうか。それはまさに御霊神たる北野を慰める景色であろう。「桜葉の宮」が花の下連歌と結びつくのであれば、こうした情景が詠まれるのも自然であろう。北野社が、桜の神霊を祀る伊勢「桜の宮」と同体説を主張するのも、やはり連歌がらみの事情なのであろう。桜の霊を鎮める花の下連歌にとっては、「桜の宮」は、いわば血縁の神とみなされたのではないか。

五　北野天神の伝承歌

北野「桜葉の宮」と伊勢「桜の宮」は、こうして連歌を介すると、その地理的な距離以上に親近性をもつ。『かさぬ草紙』に北野天神説話が収められるのも、それらの説話が、神宮神官の連歌壇において交わされた話題であったからであろう。北野天神の徳を頌える話は、連歌の席の歌話として、恰好の話題となったにちがいない。そこで内宮権禰宜荒木田(井面)守平の編んだ『二根集』(文禄四年)から、北野天神の歌を取りあげてみよう。[10] 神宮連歌壇の連歌好士の関心のありどころが、見えてくるかもしれぬ。

五巻からなる『二根集』は、京洛の歌人・連歌師はもちろん、内・外宮神官の連歌愛好者からの聞書を集めたもの。

第一巻は三條西実澄・水無瀬兼成・細川藤孝・紹巴・孝精、第二巻は守兼・守武・守彦・尚重・尚織・尚興、第三巻は守武・常信、第四巻は宗牧・守養・紹巴、第五巻は紹巴の名が挙がっている。

まずは第一巻に挙げられているもの。

冬は梅あざむく玉のひかりかな　　宗牧

天神御歌。新古今に、

花と散玉と見えつゝあざむけば雪ふる里ぞ夢に見えける

あざむくハ、あひする心。

この歌は『新古今和歌集』（巻第十八・雑歌下）に収められる。流謫の地で降る雪を眺めて、夢に京を見たという。

つぎのも第一巻の聞書。「つくしにも」の歌は、「新古今」と傍書があるように、これも（巻第十八・雑歌下）道真作のもの。「紫のゆかり」ではないが、ここ筑紫の国には無実の罪で流された私を、悲しんでくれるゆかりさえいない、と歌う。

天神、筑紫にての御詠

宵のまや都の空にすミぬらん心づくしのあり明の月

新古今
つくしにも紫生る野べハあれどなき名悲しむ人ぞ聞えぬ

むらさき生る野べハあれど、我ゆかりハなき、といふ心也。

「天神、筑紫にての御詠」とはあるものの、「宵のまや」の歌は、『新古今和歌集』にも見られない。おそらくは彼の真詠ではなくて、数多くあるという伝承歌であろう。『菅家瑞応録』（菅家文庫蔵）には道真の臨終の歌として、この歌が詠まれているのだが、あやしいものである。この歌については後にあらためて取りあげる。『二根集』は、もう一首、「天神御哥」を書き留めている。これは第二巻にあって、「尚重・尚織・尚興」からの聞書である。岩井田氏は内宮神官の家で、尚重は大物忌父の職にあった。正月六日の若菜連歌は、内宮長官を迎えて岩井田家で行われたことを『神宮典略』は伝えている。また『荒木田守武集』には、尚重邸で詠んだ守武の一句も収められている。その尚重らからの聞書が、つぎの「天神御哥」である。宗長の「唐衣」の付句から、話題は天神の歌に移ったものと思われる。

かたつぶりさへつの丶おそろし
蝶の羽やかさねまほしきから衣　　長（宗長）

天神御哥
三輪川の汀にあらふ唐衣とるとおもふなくると思ハじ
此哥也。しうじやくおそろしきと云々。

この一節はわからぬところが多い。いったい「執着おそろしき」とはどういう意味だろう。しかも「三輪川の」の一首は、三輪明神の神詠としてよく知られており、道真の歌ではない。謡曲『三輪』は、三輪の女神が、玄賓僧都に衆生済度のための懺悔物語として、三輪の神婚譚を語る。そこにこの歌が見える。

不思議やなこれなる杉の二本を見れば、ありつる女人に与へつる衣の掛かりたるぞや「寄りて見れば衣の棲に金色の文字据われり　読みて見れば歌なり
三つの輪は清く浄きぞ唐衣くると思ふな取ると思はじ

三輪明神から玄賓へ与えられた受衣は、罪業救済を念ずる神からの布施として歌われる。(11) 神授の衣については金春

禅竹『明宿集』にも見えており、神詠について解説される。

玄賓僧都ノイニシエ、三輪ノ明神、受法受衣シマシマシテ、御神詠ニ、

三輪川ノ清クモ浄キ唐衣呉ル、ト思フナ取ルト思ワジ

無所得ノ心ヲ表ワシ、三輪清浄ノ慈悲深重ノ御心ニテ、施スルモ施セラル、モ、ミナ自他ノ相ナク、無所得ナレバ、

一方、同じ受衣説話を載せる『江談抄』は、山陰の庵を訪れた女人に、玄賓僧都が布を与えるのだが、僧都の歌は、

三輪川の渚の清き唐衣くると思ふな得つと思はじ

というように、どちらかといえば『二根集』に近い。しかし、この場合、女は三輪の神ではない。

いずれにしても謡曲の世界では、「三輪川の」の歌は、玄賓ではなく三輪明神の歌として伝えられている。その神詠は罪業救済を乞うものである。この歌を『二根集』は、「天神御哥」として書き留めている。謡曲『三輪』には、「伊勢と三輪の神　一体分身のおんこと」と語られるように、三輪の神と伊勢の神は、一体分身であるとされていた。この神道説について荒木田守平らの神官が、不案内であったとは思われない。ではなぜ三輪の神詠が、北野天神の歌として語られたのか。その事情については、残念ながら十分な説明はできない。[12]「一体分身」という神祇観が反映して「天神御哥」と記したのだろうか。

天神の神詠や伝承歌が、神宮の連歌好士のうちで話題となったのはなぜか。三輪明神の神歌が、「天神御哥」として語られたことをどのように理解すればいいか。不明なことは多々あるが、『かさぬ草紙』や『二根集』が記録する話題は、伊勢の天神説話の究明のために、さまざまな課題を提供してくれる。ここではひとつだけ、道真の遺詠から「白太夫」説話について考えてみたい。

六　道真の遺詠

『かさぬ草紙』の北野天神説話が、連歌の徳を称揚し、天神を讃歎する話題であったことはすでに述べた。神宮の連歌好士のあいだに伝えられた敬神の念は、あらたな天神説話を生みだしていく。三輪明神の歌が、天神の神詠に改められるのもそのひとつだろう。そのことは神宮連歌壇とどうかかわるか、『二根集』の天神伝承歌から道真の遺詠について取りあげてみよう。

天神、筑紫にての御詠

宵のまや都の空にすミぬらん心づくしのあり明の月

前述した天神伝承歌であるが、前後の記事から推定すれば、おそらく細川藤孝（幽斎）からの聞書であろう。荒木田守平が有馬の湯に赴いたときのことである。『二根集』は文禄四年に編集されたのだが、荒木田守平の記録したこの天神歌が、遙か時代を隔てて、江戸後期の書写になる『菅家瑞応録』（菅家文庫蔵）に、臨終を迎えた道真末期の歌として登場する。

夜巳ニ更テ果、月輝キ、夜ハ明レトモ、尚月ハ天ニ掛リケルヲ眺メ玉フ、

宵ノ間ヤ都ノ空ニ住ヌラン心ツクシノ有明ノ月

ト詠シ玉フ、是菅公和哥ノ終ニシテ、菅公忠臣ノ道ヲ誦セラレケル、扨公ノ御不食次第ニ重ク成リマサラセ玉ヒテ、二月廿三日春彦ニ示シテ曰、吾疾病ナリ、速ニ尊容ヲ迎ヘヨ、春彦即大悲合体ノ像ヲ机ノ上ニ安ス、公ノ曰、吾死シテ後、此尊容ヲ捧持シテ諸国ヲ遊行スヘシ、必一処ニ止ルコト無レ、

臨終の床を訪れた度会春彦に、道真は右の歌とともに、おのが姿を映した十一面観音像をわたして遺言とする。我死してのち、この尊像を携えて諸国を巡れというのである。ところが「宵のまや」の歌は、道真の真詠でもないし、臨終の歌でももちろんない。『二根集』も遺詠とは記していない。しかし『菅家瑞応録』はこれを遺詠として、死に臨んだ道真の望郷の想いが託される。室町末期に神宮神官によって記録された歌が、ここにあらたな形を与えられて蘇る。だれの手になる作為なのか、今となっては明らかにしがたいが、「此尊容ヲ捧持シテ諸国ヲ遊行スヘシ」と春彦に遺言して冥界へと旅立つ道真は、あたかも十一面観音の化身であるかのようである。

春彦に託された形見の品、十一面観音は、北野天神の本地仏である。室町時代、応永期の連歌論書『連通抄』下には、つぎのように論説される。

今は天神の御代なり、其謂いかにといへば、むかしは霊山会浄にして法を説、今は西方極楽世界の教主にて、極悪最下の罪人をも捨じとの方便也、濁世には観世音と顕て善悪人共に物給ふ願有、就中十一面観音と顕て下品の衆生をもらさで導引給ふ也、今の世の北野天神にて御座、ありがたき御事をや、近比より連哥の道をたてゝ、愚なるをも此道に入んとの方便也

北野の本地仏十一面観音は、下品下生の衆生、極悪最下の罪人をも救済する慈悲深重の仏である。北野天神が連歌の道をたてたのも、愚かな衆生を救うための方便であるという。この論説にしたがえば、道真は深重の罪人を救済する十一面観音の変化身といってもいい。

北野天満宮蔵『神記』（応永十三年奥書）は、「本地十一面観音」について言及しながら、伊勢神宮も十一面観音の垂迹だとする。

十一面　当社ヲハ伊勢天照太神最後ノ化身ト習也、伊勢当社共ニ十一面ノ垂迹也

北野も伊勢もともに十一面観音の垂迹であることを強調して、北野の神は、天照大神の「最後ノ化身」とまでいう。これは北野側の主張であり、伊勢の神威をこのようにして利用する。現実的に考えれば、本地十一面観音は、北野にとってたいへんありがたくて便利な仏さまである。道真は観音の化身ともいえるし、観音は天照大神の化身とも宣伝できる。

これはあくまでも想像だが、伊勢もまた、こうして北野の信仰を利用したのであろう。「白太夫」度会春彦は、十一面観音を携えて諸国を遊行する（『菅家瑞応録』）。この春彦の姿からは、伊勢信仰を持って檀那場を廻った御師の活動を連想させられる。事実、『菅家瑞応録』の白太夫伝説について、伊勢御師の関与が指摘されている(13)。伊勢の御師は、「伊勢天照太神の化身、十一面観音」の尊像を携えて巡歴する「白太夫」に託して、伊勢の信仰を宣伝して歩いたのではないか。もちろん「白太夫」は実在の度会氏春彦とは、何の関係もない。あくまでも北野・伊勢両社の信仰が作りだした伝承上の人物といっていい。

道真の遺詠「宵の間や」の歌は、神宮連歌壇で、北野天神の歌として伝承されていた。この天神伝承を巧みに利用したのは神宮神官たちである。詳しく述べる余裕はないが、外宮長官を務めた松木氏も、「白太夫」度会春彦の末裔と称する伝えを残している（『勢陽五鈴遺響』度会郡）。それは事実ではない訛伝であるにしても、彼らは巧みに信仰宣伝に利用したのである。「宵の間や」の歌が、道真の遺詠として『菅家瑞応録』に記録されたのも、和歌や連歌を信仰宣伝の方便とした神宮神官や御師の活動をぬきにしては、おそらく理解できないであろう。彼らにとって「北野天神説話」は、お伊勢さんのご利益をひろめる大切な財産であった。

注

(1) 福田晃『京の伝承を歩く』(「旧五条の道祖神」平成四年。

(2) 岡見正雄「面白の花の都や」(『室町文学の世界』所収)平成八年。

(3)(4) 奥野純一『伊勢神宮神官連歌の研究』日本学術振興会。昭和五〇年。

(5) 『幽斎君御事蹟並御和歌等抜書』(永青文庫蔵)。また『多門院日記』(永禄八年八月八日条)に瘧をおとす歌として、「ツユ落テ松ノハカルクナリヌレハ雲ノヲコリヲハラフ秋風」(弘法大師作)がのせられている。

(6) 注(3)前掲書。

(7) 『北野天満宮史料　古記録』北野天満宮史料刊行会。昭和五五年。

(8) 松岡心平『中世芸能を読む』岩波書店(平成十四年)、岡見正雄「もの—出物・物着・花の本連歌」注(2)前掲書。

(9) 鈴木元「室町初期の北野信仰と伏見宮」森正人『伏見宮文化圏の研究—学芸の享受と創造の場として—』(平成十年～十一年度科学研究費補助金研究成果報告書)平成十二年。

(10) 奥野純一『二根集』古典文庫(昭和四九年)。

(11) 伊藤正義『謡曲雑記』(平成元年)、同『謡曲集下』(昭和六三年)、西村聡「『三輪』考」(「皇学館論叢」十二巻六号)一九七九年、小田幸子「作品研究　三輪」(「観世」)昭和五六年。

(12) この歌に「唐衣」が詠われていることから、いささか推定すれば、北野の渡唐天神説話が交響しているのではないか。無準禅師の夢の中に参禅した道真は、

唐衣織りて北野の神ぞとは袖に持ちたる梅にてぞ知れ

と答えて、無準から梅花紋の衣を授けられる。これもまた神詠にまつわる受衣説話である。渡唐天神説話が禅林はもちろんのこと、連歌師のあいだにもよく知られていたことを思えば、三輪神の受衣説話を北野天神の歌としたのも、あるいは連歌師の関与があったのかも知れない。拙稿「渡唐天神の秀句—禅林の夢想天神説話—」(『咄・雑談の伝承世界—近世説話の成立—』)平成八年。

(13) 中村幸彦「白太夫考」(『中村幸彦著述集』第十巻)昭和六〇年。

第三章　「一夜白髪」のこころ

――白髪天神説話と北野の神詠――

一　北野天神と祈禱連歌説話

つぎにあげる『醒睡笑』（聞えた批判・巻之四）の二つの北野天神は、つねづね興味をもって読んできた。まずはこんな話から。

北野の神前にて、祈禱連歌あり。

かくなるものかさすらへの果
この神のかへり北野に跡垂れて

この付句、執筆かきとむると同じく、社頭震動し暫くやまざりつるは、神も大いに納受したまふにやと、人皆感じ申したるよし。

前句は、さすらいの旅の果ての、なにやら落魄のさまを思わせる。付句は一転、前句を北野の神のことと取りなしてみせた。苦難のすえに、北野の神と祀られたというのである。「跡垂れて」とは、垂迹の訓読語で、仏が仮りに神の姿となって現れること。苦難をなめた果てに、神と顕れて人々を救いたまう。こんな連歌を北野の神はよろこばれたというのである。祈禱連歌とは、祈願の成就をねがう連歌であるが、それはまた神をよろこばし、慰める法楽連歌でもある。

もう一つは、巻の三「不文字」に収められるもの。これも祈禱連歌である。

この四十年ばかり以前、江州永原に祈禱連歌ありし。その日、京より永原へ行く、侍一人道の辺に石に腰かけやすむみぎり、杖つきたる白髪の老人、静かにあゆみよりて、いろいろのこと語り、「われはけさとくより先程まで、連歌のありつるを聞きてゐたり。面白き句のありしよ。

おぼろおぼろに鐘ひびくなり

老いぬれば耳さへもとの我ならで

これに心なぐさみぬ」と、立ち行き給ふそのけしき常ならねば、侍も心ありげに、跡をしのび送りけるが、つひに見失ひぬ。まがふべくもなき北野の神ならんと、沙汰しあへりき。

永原天神は、近江の豪族永原氏の尊崇を仰ぎ、宗祇・猪苗代兼載が出座した『永原千句』が巻かれたところである。「おぼろ」とは、はっきりしないさま。おぼろに響く鐘の音、付句はそれを、老いのゆえ、耳遠くなったさまにとりなした。衰老の天神のすがたとしたのである。そんな連歌に、「心なぐさみぬ」というのは、北野の神を慰める法楽ゆえである。さらに思いをいたすべきは、法楽連歌の席には、北野天神の絵像が掛けられることである。(1)絵像を前に祈禱連歌がおこなわれる。出座する連衆は、天神の感応を期待したのである。

ここにあげたふたつの北野天神説話には、苦しむ神のすがたがあらわれている。苦難のすえに北野の神とあらわれる。「白髪」にその苦難は象徴されている。そんな北野の神を慰めるのが連歌である。神を楽しませてこそ、その願いは納受されると信じられた。冒頭にあげた北野の祈禱連歌は、神前で催されている。それならば、この連歌説話は、発句を天神の神詠（神句）として、それに脇句を付けるという形に仕立てられているのではないか。(2)辛酸をなめた天神が、北野に神と顕われなさるといって、たたえているのである。ここにあげた話を含めて、「白髪天神説話」とわたくしに称する連歌説話が、どのようにして生まれてくるのか、説話生成の場所に立ち会いながら、説話の性格について考えてみたい。

二　一夜白髪のこころ――白髪天神説話

神はときに老翁にすがたを変えてあらわれる。それが、説話の常套である。先の話でも天神は、「杖つきたる白髪の老人」として登場してくる。しかし、北野天神の場合、「白髪」には、特別の意味が与えられていたようである。たとえば『かさぬ草紙』の説話も、その一例である。

泉式部修行にとて下りけるに、美濃国鏡あたりにて白髪たる人出でて泉式部に向けるは、「若狭への道はどなたへ参候ぞ」と申ければ、泉式部とりあへず、

白雪をいただきながらわかさとは死出の山路をとはばとへかし

とよみければ、老人返し

白雪をいただけばこそとふぞかしわかさへ帰る道をしらねば

とよみて、かき消す様に失にけり。泉式部きもをつぶしけると也。老人は天神なりと聞ゆ。

和泉式部と北野天神の歌問答である。和泉式部が肝をつぶすほどの歌でもないが、「若狭」と「若さ」の両義を用いながら、「白髪」に託して、衰老の嘆きを歌う。そうして老人は、天神であることが明かされる。「白髪」は天神のしるしとなっているのだ。

しかしなぜ「白髪」と北野天神が結びつくのか。この説話では、その消息は明らかにはならない。北野天神の「白髪」の由来をたずねてみると、たとえば『およう の尼』（奈良絵本）に、

北野の天神も、一夜に、白髪と、ならせ給ひ候。

というように、「白髪」は「一夜」と対のように用いられている。といっても天神が、なぜ一夜にして白髪となるのか。この一例だけではわからない。その疑問を明かしてくれるのは、やはり天神の縁起、『天神絵巻』（天理図書館蔵・室町末期）である。つぎの場面は、飛梅伝説にからめて、都を慕う天神のこころが語られるところ。

程なく、二月二日に、なりしかは、のきはにうへし、紅梅も、今は匂ふらんと、おほしめし、都のかたへ、むかはせ給ひて、

こちふかは、匂ひをこせよ、梅の花、あるしなしとて、春をわするな

と、うちなかめさせ給ひけれは、吹くる風、なにとなく、梅匂ふかと、おほゆる程に有りしに、いと、都を、恋しくおほしめす所に、紅梅の、色うつくしく、さきそめたるか、根なから、御まへにありしを、御らんすれは、宮古にうへ給ひし、梅なりけり、安楽寺へ、とひけるによりて、飛梅とは申候へ、あまりの御おもひにや、一夜白髪と、なり給ひしも、此時の御事とかや。

あまりに深い都への思慕ゆえに、天神の髪は、一夜にして白髪となる。無念の思いが「一夜白髪」に託されている。流罪の憂き目にあった天神の苦悩は、「一夜白髪」の一語に託して表現される。

さらに禅僧の詩にも「一夜白髪」は詠われる。相国寺の景徐周麟『翰林葫蘆集』（第十・「真賛」）に「一夜白髪天神」と題してのる。

万里鎮西君未帰　梅花遠逐海雲飛　三千丈髪一宵雪　肯信宮中脱御衣

大宰府にいて都を思う懐旧の情から、髪は一夜にして白髪となる。その思いの深さは、「白髪三千丈」のことばをかさねて強調される。巻頭に「真賛」とあることからすれば、この詩は天神図に付された詩画賛なのである。おそらく謫居する天神の絵像に添えられた詩なのであろう。

ひとつの歌語に、詩や歌のこころが託される。歌語は韻文の世界では欠くことのできない肝要のことばである。連歌の寄合語もまた例外ではない。恵俊の『連歌寄合』（明応三年・一四九四）に「一夜白髪」のことばが見られる。

しろ髪に、一夜と付くは、天神流されておはする道にて、都の事、我行末など思ひつゝけられて、一夜に御ぐし白妙成給ふを、一夜白髪と申也。

「寄合」とは、前句と付句とを関連づける特別な詞のこと。古歌のうちから選びぬかれた肝要の詞であり、歌語である。「白髪」とあれば、「一夜」と付ける。流罪の途上、都のこと、我が行く末を思い、憂慮のうちに一夜にして白髪となる。それを「一夜白髪」という。宗祇は『老のすさみ』（文明十一年・一四七九）にその付合の一例をあげている。

むまやのおさぞ髪しろくなる

春秋はほどなき夢の一夜にて　　専順

是は、駅長匆驚時変改　一栄一落是春秋、といへる詩をとれり。かみしろくなるといへるに、夢の一夜と付侍る也。この詩は、聖廟の御作なれば、一夜白髪の心も、なにとなく其便侍るにや。

道真の漢詩を引きながら、落魄の情が「一夜白髪の心」として説明される。「一夜」に「白髪」を付ける寄合は、『藻塩草』（巻十六・人事部「髪」）に、「一夜にしろくなる髪　是北野の神の御事也」と引かれ、『類舩集』にも「白髪天神」というふうに見えている。連歌の世界では、「一夜白髪」、あるいは「白髪」ということばで、流罪の身の憂愁や落魄の情があらわされたのである。

三　『二根集』の北野天神歌

さきに示した北野天神説話が、どのような場で語られてきたのか、それをできるかぎり想定してみたい。そこで『二根集』を資料として用いてみる。本書は伊勢神宮の神官荒木田守平の編になる連歌論書。[3]文禄四年（一五九五）に聞き書としてまとめられた。都の文化人や連歌師との交流、そのあいだに交わされた和歌や連歌の話題を書き留めている。第一巻は、三条西実澄（のちの実枝）、水無瀬兼成、細川藤孝（幽斎）、紹巴、孝精からの聞き書からなる。つぎに示すのは、天正五年（一五七七）、摂津有馬にて、細川幽斎からの聞き書である。菅原道真の和歌が話題となっていたようで、「天神御歌」として三首、記してある。

一、冬は梅あざむく玉のひかりかな　　宗牧

天神御歌。新古今に、

はなと散玉とみえつつあざむけば雪ふる里ぞ夢に見えける

あざむくは、あひする心。

一、天神、筑紫にての御詠

宵のまや都の空にすみぬらん心づくしのあり明の月

新古今

つくしにも紫生る野べはあれどなき名悲しむ人ぞ聞えぬ

　　むらさき生る野べはあれど、我ゆかりはなき、といふ心也。

ここに「新古今」とあるのは、『新古今和歌集』（巻第十八・雑歌下）に「菅贈太政大臣」として載る十二首のうちの二首。いずれも配所の地で帰洛の心を詠んだもの。「はなと散玉とみえつつ」の歌には「雪」、「つくしにも紫生る」の歌には「野」の題がつけられている。『二根集』の聞き書は、有馬（湯山）湯治に赴いたおりの話題を書きとめたと考えられる。「天神、筑紫にての御詠」とあるように、流謫の地にあって、故郷に思いを寄せる道真。その無念の思いを詠む和歌が、話題となっていたのだろう。「冬は梅あざむく玉のひかりかな」という一句をめぐって、その本歌となる道真の和歌について話されたと思われる。

神宮神官荒木田守平と細川幽斎のあいだで、北野天神が話題となっていたように、伊勢神宮と北野の結びつきは思いの外深い。神宮連歌という行事がある。毎年、三度催される。荒木田守良『神宮典略』（巻十五「神宮連歌」）が、そのところを説明してくれる。

　今の世神宮連歌とて、三度催されて絶る事なく、正権神主の執行ふ式あり。正月六日を若菜連歌と云、岩井田氏にて執行ふ。同二十五日を伊勢海と云、宿梅の発句あり。八月十五日を月見連歌と云。

年三回、正月六日を若菜連歌、同じく二十五日を伊勢海連歌、八月十五日を月見連歌として催される。いずれも神宮の神官が出席する神事の連歌である。(4) 正月二十五日は天神の縁日ゆえ、「梅」を発句としてはじまる。その詳細を中川経雅『経雅雑記』（神宮文庫蔵）に聞いてみよう。神宮長官の邸宅で行われるのが、伊勢海連歌である。

　毎年正月二十五日、長官家里亭ニ而連歌興行。禰宜中已下、志有之候面々出座也。饗応之事有。式例件会を伊勢海の連歌と申伝へり。是、疑らくはあやまり唱るもの也。考に、詩連歌等之事ハ、菅原道真公を祖の如くする事、中世の流例也。仍、年始故、右の神へ奉納の心にて、連歌に志あるもの催したるか。二十五日は道真公の祭日忌日なり。又、此神霊、梅花を愛し給ふ事、古今申伝へたり。仍、梅の花の発句定例にて、年始の二十五日に興行と見えたり。

いつの頃から伊勢海連歌がおこなわれたのか、これだけでは詳らかではないが、菅原道真、北野の神の霊を慰めるために、神事として伝えられてきた。発句に梅を詠むことを定例とした法楽の行事である。こちらは外宮の例ではあるが、たとえば荒木田守武の『守武千句』にしても、

飛梅やかろ〳〵しくも神の春

われも〳〵のからすうぐひす

というふうに、梅を発句として神宮の春をことほいでいる。飛梅の故事を踏まえながら、烏や鶯までも神の後を慕って、飛んでゆくと詠う。こうして北野天神は称えられる。守武が千句の草案に着手したのは、天文五年（一五三六）正月二十五日、天神の縁日である。このように連歌は、伊勢神宮の神を清《すず》しめる神事であった。連歌の神と仰がれた北野天神と伊勢神宮とのゆかりは、かように深い。

内宮神官荒木田守平と細川藤孝は、有馬の湯で、天神の和歌について語る（『二根集』）。少し想像をたくましくするならば、先ほどの「一夜白髪」の北野天神説話は、このような道真の歌を話題とする場からうまれてきたのではないか。たとえばここに『新古今和歌集』（巻第十八・雑歌下）の十二首のなかの一首を引いてみよう。流罪の地にいて、白髪の嘆きを詠む。

老いぬとて松は緑ぞまさりけるわが黒髪の雪の寒さに　（「松」）

老松の緑とわが黒髪の白さをくらべながら、降る雪の寒さを歌う。そうして流謫の地にいながら、都に思いをはせているのだ。北野天神の衰老の歎きは、すでにこういう和歌のうちに詠まれている。「一夜白髪」説話を育てたのは、

先の『連歌寄合』の例で見たように、連歌の世界と考えられる。衰老の歎きをうたう和歌が詠まれるように、連歌の座では、「一夜白髪」の付合いに託して、落魄のこころが詠まれたものと思われる。

四　三輪明神の神詠――三輪清浄の寄合

天神の和歌を例にとっても、和歌と連歌の世界の結びつきはことのほか深い。和歌のことばから、連歌の寄合語はうまれてくる。それならば、北野天神の落魄・衰老をあらわす「白髪」説話が、連歌の座からどのようにして生まれるのか、天神の神詠を取りあげながら論じてみたい。

『二根集』巻二は、守兼・守武・守彦・尚重・尚織・尚興ら神宮神官の聞き書からなる。つぎに示すのは、岩井田尚重・尚織・尚興のあいだに交わされた歌話であろう。岩井田尚重は、内宮神官にして、若菜連歌を執りおこなう連歌の家・岩井田氏の出である。[5] 荒木田守武とも連歌の座を同じくしている。

一、かたつぶりさへつののおそろし

蝶の羽や重ねまほしき唐衣　　長

天神御哥
三輪川の汀にあらふ唐衣とると思ふなくると思はじ

此哥也。しうじやくおそろしきと云々。

角をふり立てるかたつむりを、付句は、執心の鬼と見立てたのだろう。あたかも謡曲『鉄輪』のようだ。この前句に、蝶が美しく羽を飾るように、もっと美しく着飾りたいとのぞむ女性のすがたが付けられた。美しく鮮かな蝶の羽に執心のかたちを見たのだろう。この付合いをめぐって、岩井田尚重らのあいだに、北野天神の神詠のことが話題にのぼったようだ。しかしこの「三輪川の汀にあらふ」の和歌は、天神ではなく、三輪明神の神詠である。岩井田尚重らの思い違いなのだろうか、その理由は、どうもよくわからない。ともかく『江談抄』に玄賓僧都の説話が見えていて、そこにこの和歌が出てくる。

また云はく、「洛陽を去りて他国に赴く間、道に来会はせたる女人、衣を脱ぎて奉り侍りしに、歌に云はく、

三輪川の渚の清き唐衣くると思ふな得つと思はじ」

と。

他国へ赴く折、道に来合わせた女人が、玄賓に衣を奉った。そのときの玄賓の歌である。これとは別に謡曲『三輪』にも類想の歌が見えている。

不思議やなこれなる杉の二本を見れば、ありつる女人に与へつる衣の掛かりたるぞや「寄りて見れば衣の褄に金色の文字据われり　読みて見れば歌なり

三つの輪は　清く浄きぞ唐衣　くると思ふな　取ると思はじ」

ところがこちらは三輪明神の神詠となっている。玄賓が里の女に与えた衣が、杉の木に掛かっており、その褄に歌が金色の文字で書かれていた。類想の歌といったが、やはり少し異なっている。「三輪川の渚の清き唐衣」と「三つの輪は　清く浄きぞ唐衣」の二首を較べてみると、右から左へと写したものとはとても思えない。『三輪』が、『江談抄』にそのまま拠っているわけではあるまい。

「三つの輪」とは、三輪明神の神木、松・杉・榊のこと。三輪山の霊神が、松・杉・榊の三種の霊木を結んで輪にしたものを、御神体としたことをいう(6)。とすれば謡曲の神詠は、三輪流神道の教説によっていると思われる。三輪流の教説がもっともつよく反映しているのは禅竹の『明宿集』であろう。

玄賓僧都ノイニシエ、三輪ノ明神受法受衣シマシマシテ、御神詠ニ

　三輪川ノ清クモ浄キ唐衣呉ルルト思フナ取ルト思ワジ

無所得ノ心ヲ表ワシ、三輪清浄ノ慈悲深重ノ御心ニテ、施スルモ施セラルルモ、皆自他ノ相ナク、無所得ナレバ、

こちらも三輪明神が、玄賓に受法受衣して詠んだ神詠である。玄賓の受衣を、罪業救済のため、神から玄賓への布施としたのである。禅竹は、この和歌を「三輪清浄《さんりんしょうじょう》」の法理を説くものと理解している。禅竹の理解が、三輪流神道の教理を受けていることは、『三輪流神道深秘鈔』の一節を読んでも、およそ了解できるだろう。(7)

三輪流神道灌頂ナドノ微妙不可思議可レ思レ之、通シテハ当社大明神ノ御歌ニ

　三ツノ輪ハ清クキヨキソ唐衣、クルト思フナトルト思ハジ

ト、神慮ノ明慮ヲ知ラン事イカン、答、コノウタ擅波羅密ノ義ヲヨマセ玉フ御歌也、施ス人ノ心モ清ク、受クル人ノ心モキヨケレハ、施物モ清クナル、是ヲ三ツノ輪ハキヨク清キソト、ツラネ玉フ、カラ衣トハ施物、クルト思フナトハ施主ノ方、トルト思ハジハ受ル人ノカタ也、法全記ナドニテ見ルベシ、是即菩薩ノ六度ノ中、布施ノ行ニテ、三輪清浄ノ御歌也、

本書は、三輪流神道に関する伝書で、三輪流が「他家ノ神道ニ異ナル義多シ」として、「無二無双ノ御神」たる所以を説く。(8)三輪の神の「受法受衣」から「三輪清浄」の法理を説くにいたる。「三の輪」、つまり三輪の霊神の清浄なるこころ、その「慈悲深重」なることを説いてやまない。

いまここに、三輪明神の神詠をとりあげたのは、ほかでもない。三輪の神詠について考えるため、テキストの性格が異なることを承知で、和歌をならべて示してみたのである。三輪明神の神詠として伝えられた和歌を、岩井田尚重ら神宮の神官が、なぜ北野天神の神歌としたのか。守平の誤記とも思えない。だがそのいきさつはいまのところ不明

である。しかし、神詠を本歌として、寄合語がうまれ、連歌が付けられる。今、そのことを確かめておきたい。つぎのは『連歌寄合』から引いた『老葉』(雑下)の付合いである。

きよきに、三輪を付。三輪清浄の心也。三輪とは、身・口・意也。

きよき人にぞ神はやどれる

蔭高き杉こそ社三輪の山　　　　祇　　(老葉、雑下)

三輪河清き流とおほくよめり

「清き」に「三輪」を付ける。この連歌寄合が、三輪明神の神詠を本歌としているのは明らかだろう。「三輪とは、身・口・意也」という。いま『日吉山王新記』(『神道肝要集』)を借りて、その意味を確かめてみると、

山家云、天地開ケシ初メ三輪ノ神現ズ。三輪トハ身口意ノ三業也。心正ヲ則ンバ(※心正シケレバ則チ)、三業自ラ正シ。所謂三輪清浄也矣

ということになる。「心正ヲ則ンバ」(意味が通じないので、いまかりに「心正シケレバ則チ」と読んでおく)、「身口意ノ三業」、身も心も、そしてことばも、おのずから正しい。それが「三輪清浄」のこころだという。(9) 三輪の神木、杉・松・榊の「三つの輪」は、そのシンボルといってもいい。その「三輪清浄のこころ」をもって、連歌寄合がつくられ、句は付けられる。つまり、三輪の神詠から、連歌の「寄合」が生まれてくる。

『ご一根集』の聞き書にたち戻れば、岩井田尚重ら神宮神官は、「かたつぶりさへつののおそろし」の連歌を話題としながら、三輪明神の神詠について語りあっていたのだろう。それがなぜ北野天神の神詠とされたのか、その事情はわからない。しかし、神と顕われた北野の神は、「三輪清浄」、心・口・意ともに、清らかなることが、尚重らのあいだで話題となっていたのではないか。ともかく「三輪清浄」の連歌は、神詠と深くつながっていることはわかった。寄

合語を介して、神詠の話題へとひろがってゆく。それが連歌の一座であった。

五　「宵の間や」の神詠

もう一首、『二根集』巻一に北野天神の和歌がある。やはり摂津有馬の湯での、細川幽斎からの聞き書である。これも「天神、筑紫にての御詠」という詞書がある。

宵のまや都の空にすみぬらん心づくしのあり明の月

筑紫の謫居にいて、都に思いを馳せる歌である。しかし、これは菅原道真の実作ではない。伝承歌である。天神の神詠百首をあつめた『菅家百首』（文久三年・東北大学狩野文庫蔵）に、この一首は収められている。『菅家百首』は、別に「瑠璃壺百首御和歌」とも名づけられている。「瑠璃壺」という不思議な名には来歴がある。『瑠璃壺之御詠歌百首』（『天神御独吟』内・東北大学狩野文庫）にその名の由来が述べられている。本書の奥書に「寛治二年（一〇八八）二月廿五日」とあるが、室町初期の成立と考えられる。(10)

瑠璃壺之御詠歌百首ハ菅公政事ノ余暇興詠吟嘯シテ自ラ的物ノ草稿ヲ取テ瑠璃器ニ納ム。昌泰年中左遷ノ時又一器ヲ携エテ筑石ニ下ル。見ルニ随ヒ興巳ニ聴触ルルヲ作シテ自生ノ和歌百首ヲ感ジテ改テ以テ壺中ニ入ル。聖化上天ノ後度会神主飛鳥春彦故有テ瑠璃壺ヲ給フ

春彦ハ飛鳥冬綿同胞ノ弟、度会大神主高主ノ子、白大夫是也。

つまりこの一首は、天神の神詠だというのである。天神と顕われてのち、この瑠璃壺に入れた百首の和歌を、白大夫・度会晴彦に与えたというのである。なかなかおもしろいが、しかし、これもまた神詠をめぐる天神伝説であり、

白大夫伝説のひとつである。つまり北野天神の神詠をめぐってうまれた説話伝承と考えていい。

「宵のまや」の神詠をめぐる説話は、つぎにあげる『菅家瑞応録』(菅家文庫蔵)にも引きつがれている。大阪天満天神社蔵『菅家瑞応録』は、年代の知れる最初の写本(真名本・大本一冊・宝暦十年写)である。中村幸彦氏によれば、「元来天台宗の色彩をおびていた「天神縁起」に、観音信仰が加味されて、神仏の講釈説法に利用されつつ増加して発達したのが『瑞応録』であったと思われる」という。[11] この神道講釈に「宵の間や」の和歌がはさみこまれている。

夜已ニ更テ果、月輝キ、夜ハ明レトモ、尚月ハ天ニ掛リケルヲ眺メ玉フ、

宵ノ間ヤ都ノ空ニ住ヌラン心ツクシノ有明ノ月

ト詠シ玉フ、是菅公和歌ノ終ニシテ、菅公忠臣ノ道ヲ誦セラレケル、扨公ノ御不食次第ニ重ク成リマサラセ玉ヒテ、二月廿三日春彦ニ示シテ曰、吾疾病ナリ、速ニ尊容ヲ迎ヘヨ、春彦即大悲合体ノ像ヲ机ノ上ニ安ス、公ノ曰、吾死シテ後、此尊容ヲ捧持シテ諸国ヲ遊行スヘシ、必一処ニ止ルコト無レ

これは道真の「忠臣の道」を詠んだ歌だという。流謫の地で病に臥した道真は、都の空に掛かる月を眺めた頃を思い浮かべていた。帝のそばで、心を尽くして仕えた頃のこと。遠く都を思う歌である。死の床にいて、十一面観音の尊像を手ずから刻んだ道真は、「この大悲合体の尊像を捧持して諸国を遊行せよ」と白大夫に言い残す。その歌は月を眺めて、故郷、都を思いやった絶唱である。白大夫に形見が託されるという点で、『瑠璃壺之御詠歌百首』と『菅家瑞応録』は、いみじくも一致する。瑠璃壺と十一面観音像、これが形見として白大夫に託される。伝説ではあるが、白大夫は、道真と辛苦をともにして、筑紫まで下ってきた主従である。形見を託されるにふさわしい人物である。

ここでもう少し白大夫について考えてみたい。天神から形見の和歌を授けられるだけではない。かれは、北野の神前に奉納された連歌や俳諧を「金の衣裓」に拾い集めて神殿に納めたという。文明十四年(一四八二)成立とされる

『塵荊鈔』（巻五「連歌之事　同天満天神事」）に、その伝承は記録されている。

連歌ニ又十体ト云、六義ノ蘊興（奥）ト云、筆墨ニ尽シ難シ。縦又式目ヲ守、発句ヲ定メ、賦物ヲ取事無臬ドモ、何モノ地連歌、又ハ一句二句ノ云棄ヲモスベキ也。凡一折ノ連歌マデモ其懐紙、北野ノ御宝殿ニ現出スル也。或当座逸興ノ云棄、亦狂言綺語ノ誹諧マデ、庭中白大夫殿ノ役トシテ、銀ノ著（箸）ヲ以金ノ衣裓ニ拾集、神殿ニ収玉ナル、此旨慥ニ御託宣ニ出タリ。況百韵千句一万句等ノ潤色ヲヤ。

たとえ言い捨ての連歌や俳諧であれ、白大夫は、それを「金ノ衣裓」に拾い集めて、神殿に奉納したという。この行為にどういう意味があるのか。おそらく、連歌や俳諧が北野の神を慰める法楽のわざとなるということだろう。たとえ言い捨ての俳諧といえども、天神はそれを喜んで納受されるのだ。

白大夫といえば、伊勢や北野の御師である。かれらは、歌人や連歌師でもあった。和歌や連歌で神を慰めた。かれらの奉納する和歌や連歌は、神を悦ばせる神供でもあった。伊勢の御師でもあった岩井田尚重は、おそらく天神の神詠について、細川幽斎らと語っていたのだろう。『二根集』が「天神御歌」、「天神、筑紫にての御詠」と記すのも、道真の歌というよりも、天神の神詠とみなしていたのだろう、そこには神に仕える御師のこころがはたらいていたにちがいない。連歌の神、北野天神を尊崇する敬神のこころである。

六　「隠らくの泊瀬」の神詠

荒木田守平が『二根集』に書き留めた天神歌は、神詠である。「宵の間や」の伝承歌がそうであったように、「三輪清浄」の三輪明神の神詠も、天神の神詠として記録された。そうだとすれば、伊勢と北野をつなぐものは何か。もちろん一つは連歌である。そしてもう一つは、十一面観音信仰である。伊勢神宮と北野天神は、ともに十一面観音の垂迹である。『北野神記』は「当社御本地事」として、

当社ヲバ伊勢天照太神最後ノ化身ト習也、伊勢当社共ニ十一面ノ垂迹也、

と記している。もちろんこれは北野の側の主張である。前に述べた『菅家瑞応録』に戻れば、白大夫は、道真の形見、「大悲合体の尊像」をもって諸国を遊行する。そしてこの十一面観音像は、のちに朝日寺（北野東向観音）に納まることとなる。この朝日寺は、北野の神宮寺であり、十一面観音を本尊とする。朝日寺の来歴については、『菅神初瀬影向記』（室町期）に詳しい。

村上天皇朝。僧最珍有り。神人霊夢を得て。筑紫より来たりて長谷寺に詣づ。観音堂有り。持念すること七日七夜。親しく生身の大悲菩薩を拝み膽んと欲して。七日期満つる時。宝殿の中より声有り。倭歌を詠じて曰く。

かくらくの初瀬の寺の仏こそ北野の神とあらはれにけり

菅神の本地十一面観音たり。已に京師右近の馬場に至りて。七条文子と力を勠はせて。北野の神祠を造り。側に草堂を卓てて居す。扁して朝日寺と号す。（原漢文）

北野の本地仏は、右近の馬場・朝日寺に祀られた。僧最珍の夢に現れて託宣したのは、初瀬の十一面観音である。「かくらくの初瀬の寺の」の和歌は、本地垂迹の関係を語る神詠でもある。『瑠璃壺之御詠歌百首』（『天神御独吟』内・東北大学狩野文庫）の識語に、

かくらくのはつせの寺のほとけこそ北野の神とあらわれにけり

の和歌が記されている。[12]もちろん北野の神詠であり、初瀬の仏が、北野の神とあらわれたことをいう。さらに『醒睡笑』（謂へば謂はるる物の由来・巻之一）にも、

ある人、北野に籠りて本地を祈りければ、

隠らくの泊瀬の寺の仏こそ北野の神とあらはれにけれ

とある。こちらは、北野の神が託宣して、みずからの本地を歌にして告げたのである。ほんの少しのことばを変えた歌を、『竹林集聞書』（室町後期）が伝えている。

初瀬にますはよきの神垣

迷てや我世をあしく祈らん　（竹林抄）

初瀬によきの宮まします也、よき云名のあるに我よあしく祈と也、よきの宮天神也

もろこしの初瀬の山の仏こそ北野の神とあらはれにけり

『竹林抄』の注釈に、天神の神詠が引かれてくる。「よき」は、与喜天神社のこと。もちろん北野の神を祀る。長谷寺の十一面観音は、北野の神と顕れなさった。この注釈も、本地垂迹のことを語っている。北野の本地を語るとき、この神詠が引かれてくる。連歌では、「もろこし」と「泊瀬」は寄合である（『連歌寄合』）。連歌の座におれば、北野の神詠のことが、話題となる折もあっただろう。なにしろ室町期は、連歌の時代、天神の御代である。連歌は本地垂迹思想と結びついて、天神の法楽が強調されてゆく。『連通抄』（応永二十年・一四一三年以前に成る）は、そんな連歌の時代を、つぎのように述べている。

今は天神の御代なり、其謂いかにといへば、むかしは霊山会浄にして法を説、今は又西方極楽世界の教主にて、極悪最下の罪人をも捨じとの方便也、濁世には観世音と顕て善悪人共に物給ふ願有、就中十一面観音と顕て、下品の衆生をもらさで導引給ふ也、今の世の北野天神にて御座、ありがたき御事をや、近比より連歌の道をたて、愚なるをも此道に入んとの方便也

十一面観世音菩薩は、濁世塵土に示現して、北野天神と顕われ、連歌の道をたてて人々をみちびき給う。そんなふうに連歌の功徳が讃歎され、天神が讃えられる。「もろこしの初瀬の山の仏こそ」という神詠も、十一面観音の垂迹たる北野の神をたたえる歌なのである。そんな天神の神詠が、連歌の座の話題となったことはいうまでもなかろう。

荒木田守平が天神の神詠を記録したことを思えばいい。

『経覚私要抄』は、興福寺別当経覚が、『連歌新式』を五月十八日に書き終えたことを記す。折しも五月十八日、観音の縁日である。

長谷ノ新式。今日書シ終ハンヌ。老体ナレバ。以テノ外ノ大儀也。然シテ法楽ノ事。神ヲ敬フノ身ナレバ。一山論議申スノ間。老屈ヲ顧ミズ沙汰シ遣リ了ハンヌ。奥書ニ云ク。此新式ノ事。満山所望タルノ由。執行弘舜ニ伝ヘ申シ給フノ間。不堪ト云ヒ老眼ト云ヒ。仔細有ベシト雖モ。且ツハ鎮守聖廟ノ冥瞻ヲ恐レ。且ツハ大聖渇仰ノ老心ヲ励シ書キ了ハンヌ。

まさに泣かんばかりの体である。長谷寺では、この『連歌新式』を掛けて、聖廟法楽の連歌会を執りおこなったのである。まさにこういう法楽連歌の会では、天神の絵像や名号が掛けられて、天神の徳、連歌の徳を称えたものと考えられる。そこで天神の神詠が話題となれば、「白髪天神」説話のことも話にのぼったであろう。それならば落魄・衰老の果てに神と顕われる白髪天神説話は、天神をなぐさめる恰好の法楽の話題となっただろう。

本地十一面観音が、北野天神と跡を垂れ、連歌の道を立て給う。こうして天神を讃え、連歌の道を言挙げすることが、法楽であった。その天神の苦難を表現するのが、「一夜白髪」という言葉であった。天神の苦難を、連歌の世界は、「一夜白髪」ということばで表現してきた。その連歌の世界から生まれたのが、一夜白髪天神説話である。

注

(1) 宗牧『当風連歌秘事』には「夢想・法楽には絵像の神を掛くべし」とある。
(2) 岡見正雄「室町ごころ」(『室町ごころ―面白の花の都や』)平成八年。
(3) 『俳文学大辞典』(「二根集」)の奥野純一氏の解説。
(4) 奥野純一『伊勢神宮神官連歌の研究』昭和五〇年。
(5) 拙稿「伊勢の西行説話―西行思慕のかたち―」(「伝承文学研究」五十六号)平成九年。奥野氏注(4)論考参照。
(6) 宮家準『神道と修験道―民俗宗教思想の展開―』(第二節「三輪山の信仰と三輪流神道」)平成九年。
(7) 小田幸子「作品研究　三輪」(「観世」)昭和五六年。
(8) 神道大系神社編・十二「大神・石上」解題(平成元年)。
(9) 『仏教大辞彙』(龍谷大学編・大正五年)は「三輪清浄偈」について次のように解説する。「施者・受者・施物は共に染著を離れて清浄なるべきことを示せる偈頌。即ち「能施所施及施物、於二三界中一不可得、我等安二住最勝心一、供二養十方諸如来一」の四句偈是れなり。布施を受くる時に之を誦す。」
(10) 『瑠璃壺之御詠歌百首』の奥書には、「寛治二年(一〇八八)二月廿五日　大蔵卿為長」とある。宝鏡寺蔵『妙法天神経解釈　全注釈と研究』(小峯和明編・平成十三年)は、「これは偽託の書。為長は、道真の直系の子孫。『瑠璃壺之御詠歌百首』は、室町初期の成立か」と解説している(総説編第3章「『妙法天神経』の和歌」安原真琴・渡辺麻里子)。
(11) 中村幸彦「白太夫考―天神縁起外伝」(『中村幸彦著述集』第十巻)昭和六〇年。
(12) 山本五月「天神と童子―中世天神信仰の物語と図像―」(「中世文学」第五十号)平成十七年。

第四章　神事と連歌説話
——北野天神の歌詰橋説話——

一　歌詰橋の狂歌話

北野天神のこと、とりわけ連歌説話については、過去にも伊勢神宮との関わりで取り扱ったことがある。あらためてまた論じるのは、『かさぬ草紙』の説話のことが、念頭にあるためである。本書は、伊勢神宮の神官の手になった狂歌話の書き留めのようである。そこにある説話から見えてくるのは、伊勢神宮と北野天満宮との、連歌を介したつながりである。両社のつながりを述べて、いきつくところ、神事と連歌説話とのかかわりについて考えてみたい。『かさぬ草紙』の連歌説話を取りあげて、それを論じようとする試みである。

たとえば近世初期の狂歌話の撰集『新撰狂歌集』（巻上）に、つぎのような話がある。

北野辺の酒屋へ立よりてよめる　　前大上戸大臣

壺のうちに匂ふと見えし梅花まづさけ一つ春のしるしに

酒屋の女房返し

壺のうちに匂ひし梅も散はてて霞ぞのこる春のしるしに

北野あたりの酒屋を歌の題材としたもの。北野といえば、「梅」。そして「壺」と「霞」が、「酒」のゆかりでつながる。壺は、酒壺と坪庭（つぼにわ）の両義がかかる。坪庭に咲く梅と、酒壺に残るわずかな「霞」。「霞」とは酒のこと。さらに「霞」には「春」。縁語と掛詞をかさねた戯笑歌である。もちろん、北野社の神人が、麹の御供調進の役として祭りに奉仕したことがこの話の背景にはある。(1)梅の花に、「咲けひとつ」、「酒ひとつ」と呼びかけているのである。なんということもない。「北野辺」だから、この狂歌話のことばは、生きてはたらく。それにしても、なかなかよくできた話である。

一方、『かさぬ草紙』にも似たような話がある。

西行法師執行にいてける時に有酒屋の壺のうちに梅の花の咲たるを見て歌よみて酒をひとつ飲まはやとおもひ西行うちへ入りよむ

壺のうち匂ふと見ゆる梅の花ますひとつさけ春のしるしに

うちよりとりあへす

壺のうち匂ひし花はちりはててかすみそ残る春のしるしに

とてかすをひとつかみまひらせけり

とりたてて西行法師である必要はない。こちらには「北野辺」のことばもないから、狂歌もいきてこない。戯笑歌の魅力は、前の話に較べても減じている。つまり、この話には、北野の色合いが消されているということである。都ののどかな春の色合いが消えて、西行の歌修行譚となっている。

同じように西行法師の歌として、少し性格を異にする記事が、『山州名跡志』（巻之九）にのる。「歌詰橋」と題されている。

天龍寺門前ノ寅卯東ニ至ル巷、東西ニ渡ル橋是レナリ。此巷東ハ京師三條ニ通ズ。橋ノ名義。伝ヘ云フ昔シ、西行法師此所ヲ過ルニ。童子出テ。向テ詠歌ス。西行即チ返歌ス。童子又詠ズ。贈答数返ノ後。西行遂ニ負タリ。仍テ之ヲ号クト。

一説歌女橋也。其ノ故ハ昔橋辺ニ酒家アリ。西行法師ヤスラフニ。内ヨリ女ノ出ニ向テ。和歌ヲ詠ズ。

ツボノ内匂来ニケリ梅ノ花マヅサケヒトツ春ノシルシニ

女走リ入テ主ニ告グ。其ノ妻立出テ返歌ニ

壺ノ内ニホヒシ花ハウツロヒテ霞ゾノコル春ノシルシニ。

「天龍寺門前ノ寅卯東ニ至ル巷、東西ニ渡ル橋」を「歌詰橋」として、場所を特定している。嵯峨天龍寺の芹川にかかる小さな橋、今の龍門橋がそれである。嵯峨街道の終着点、そこからは天龍寺の寺域になる。その境にかかる橋といっていい。この橋を「歌詰橋」とする由来を前半に記す。要するに、西行が子どもと歌問答をして負けた。歌に詰まったからというのである。

後半は、一説に「歌女橋」とよばれる来歴をかたる。こちらに例の狂歌話が出てくる。西行と女性の問答だから、「歌女橋」といいたいのだ。書かれてはいないが、西行が女への返歌に詰まったので、だから歌に巧みな「歌女橋」なのである。

これらの西行話はすべて、歌掛けに負けたのだ。負けて逃げたとはいわぬが、西行逃竄譚の一類型なのである。

講釈がだいぶ長くなってしまったが、この狂歌問答が、「橋」でおこなわれていることに注目したのは、柳田國男だ。かれは、境の地にあって、歌によって神意を問うた「歌占」「橋占」の習俗のあったことを指摘した(2)。ことばをかえれば、この「西行橋」の説話から、橋にまつわる信仰史の一こまを述べているのだ。しかし、今は民俗のレベルでこの話を論じることが趣意ではない。「歌に詰まる」ところ、そこが「橋」であるにしても、境の橋で歌問答がかわされる。それはどんな意味をもつのか。歌詰橋説話の課題として、以下、少し論じてみたい。

二　『かさぬ草紙』の歌詰橋説話

歌詰橋の説話は、『かさぬ草紙』にもいくつかある。ここにあげるのは、いずれも北野天神の和歌説話、連歌説話である。まずは一つめから。和泉式部が、「一条」と「北野」の間の橋の詰めで、思案投げ首の体である。帝からくだされた「ひなさき」という歌の題に困り果て、北野天神に願掛けして、一条あたりまで来た。そこへ出てくるのが八十ばかりの老人である。

むかしみかどに「ひなさき」といふ題を泉式部にくだされけるに、二三日も案じたまひけれども、「ひなさき」といふ題にてしかるべき歌なしとて、北野の天神へ願かけてまいらせけるに、一条と北野のあひの橋の詰めにて、年のほど八十ばかりなる人、泉式部にあひて申けるは、「風ふかば」といふ五文字ありといひてゆく。泉式部これを聞て歌よむべき便をもとめたりとてさとりて、其橋より帰りてよみたまひけり。

風ふかばそのひなさきそ梅の花にほひのよそへ散るのをしきに

とよみて、みかどへあげたて奉り、それよりして今の世のいたるまで其橋を戻り橋といふ事、此時の子細なり。かの年寄りたる人は北野の天神さまなるべし。

この老人は、親切にも、「風ふかば」ということばをヒントにくれる。そこで式部に一首の歌がうまれた。もちろん、老人は、北野天神である、というオチがつく。「東風吹かば」の歌を残した、いかにも北野天神らしいヒントである。何ということもない歌ではあるが、橋詰めで式部は歌に詰まっている。その境の地に、北野天神は顕れて、救いの手をさしのべてくれる。「戻り橋」の由来を語る天神説話でもある。

もう一つは少し長いので、要約してみる。歌の道には熱心だが、商売にはとんと熱の入らぬ貧乏な男の話。これでは年を越せないといって、木綿一反を持って、売ってこいとばかり、女房にたたき出される。それでも懲りない男は、商売も上の空で、下の句を付け案じている。というのは、帝から、「あげいたをたたくや駒のあした哉」という句の下句を付けたなら、何がな褒美を与える、という勅命が出ていたのである。歌に詰まった男は、北野天神に願をかくべし、と考える。ところは「五条の橋」あたり。そこへ年のほど七十ばかりの老人が出てきていう。

此男付かねければ、心中に思ふやう、「あわれ北野の天神へ立願かけつべき」と思ふ心出来けり。爰に年のほど七十ばかりの老人、かくいふを聞て、

水と草とのさかひしられず

といひければ、男、老人の袖をひかへ、とかうの返事なくして木綿を老翁に与へ、「かまひてかまひて此句披露すべからず」とて、男、我家に帰りけり。女、「木綿よく売れしや」といひければ、男、「呉れたる」と申。女房ことのほか腹を立て、有とあらゆるくどきごと申けるこそ理りなり。男、あまりに聞かねて、すぐに大裏へまいり、「御札のおもてにつきて参りたり」と奏問申、今の歌を紙にうつし上奏る。公卿百官奇異の思ひをなし、「扨々寄特なることかな、いか様汝は人間にてはあるまひ」などと疑われけるこそ理りなり。「先々、札のごとくに」とて、望たるもの其外、宝物数々被下けり。それより我家に帰り、女房にかくと語りければ、よろこぶこと限りなし。末繁盛とさかへけり。是ひとへに歌道を心がけし故なり。今の老人は北野の天神にてありしとなり。

とにもかくにも歌よむべきことどもなり。

天神から下の句を得た男は、家へ飛んで帰る。木綿は人に呉れてやったと、女房に言い残して、男は内裏へ直行す

る。付句を賞翫されて、あまたの褒美を得たという。もちろん、老人は、北野の天神であった。どうして天神は、こんな甲斐性なしの男に助力したのか。もちろんそれは「歌道執心」のゆえである。この天神説話は、そう主張するのである。男は、「歌道を心がけし故」に、家は栄え、福徳を得た。これをたんに天神の霊験譚といってしまっては、肝心なところがこぼれ落ちてしまう。歌に詰まって、女房に追い出されてもあきらめない。天神に願掛けてでも、下の句を得ようと執心する、歌道へのこだわりが、天神のこころを動かしたのである。歌の徳をたたえる歌徳説話といっていいが、歌への執心が、神の心を動かした、ということを忘れてはならない。

「あげいたをたたくや駒のあした哉」という上の句に、天神の助力を得て、男が付けたのは「水と草とのさかひしられず」という下の句。あまり意味の通らない句である。しかし、句の巧拙など問題ではない。下の句を付けて、上の句に意味を与えた。それが男の手柄なのである。おそらくは、馬屋の上げ板を駒がたたく、その音に目覚めた馬屋番の、おぼつかない足取り。寝ぼけまなこの体である。どこが水なのか、草地との境はどこか、判然としない。そのように付けたのであろう。前句の「駒」に、秣の「水と草」が付く。

「いか様汝は人間にてはあるまひ」と感心するほどの出来でもないが、男の歌への執心がたたえられていると考えてよかろう。かれが歌に詰まって、案じていたのは、「五条の橋」あたりである。もちろんここからは、五条天神が連想される。橋詰めにこそ、神は立ち顕れて、歌によって託宣されたのである。

前の和泉式部の歌にしても、歌に詰まったかの女が、北野天神に願掛けする。その橋詰めに顕われて、託宣するのが天神である。橋詰め、いわば境の地にいて、立願したかれらに、歌に託して神意はしめされる。歌詰橋の北野天神説話が語るのは、およそこういうことであろう。歌は、神にはたらきかけ、神をも動かす力をもつ。とするならば、神明への祈誓と連歌のかかわりについて、もう少し考えをめぐらしてみよう。

三　贄海神事と濱出神事

室町時代から江戸時代を通じて、伊勢神宮神官の連歌は、相当の盛行をみたという。盛んにおこなわれていた連歌が、のちに月次連歌として、定例化して神宮恒例の連歌となった。荒木田守良『神宮典略』（巻十五）には、「神宮連歌」が取りあげられていて、その概略がしめされている。

内宮側の若菜連歌や、伊勢海連歌、月見連歌。さらに贄海神事の船中連歌。そして外宮側の初連歌や浜出連歌。荒木田守良は、これら神宮連歌の「古儀」は、詳らかではないとしている。しかし、伊勢神宮の神官連歌を精査した奥野純一氏によって、神宮の連歌は、神事とともにあったことが明らかにされた(3)。

今はここに、内宮の贄海神事と外宮の濱出神事を取りあげて、そこで行われた神事の連歌について述べてみよう。六月と九月、新嘗祭のとき、どちらも天照大神に御贄を献ずるために、神宮神官が濱に出て、潮浴みをし、身を浄める神事である。

荒木田守良『神宮典略』（巻十六「濱出」）は、両宮の濱出神事について記している。

今の世神宮に濱出神事といふあり。こは濱に出て潮を浴みて身を清むるわざなれば、古の御禊といふ遺制なるべし。内宮儀式帳に、［六月例、］禰宜、内人等以㆓祭之月十五日㆒、退㆓入志摩国神堺海㆒、雑貝物満生御雑贄漁、［満は乾の誤にもあらんか。］

九月・十二月例も同じ状に見えて、当国と志摩国の堺なる濱辺に往て、禰宜内人等御贄を採奉るわざなるを、［御贄を採には、身を清めて採奉れば潮を浴る事有けん。］古年中行事、六月十五日、正員禰宜一同（中略）為㆑

奉レ仕ニ荒蠣御贄等一、参ニ阿原木神崎一云々、先東ノ屋ニ著、塩干ヲ相待、禰宜等於ニ字神崎一、種々ノ御饌物ヲ取云々、とあり。是を贄海神事といへり。「九月・十二月も此神態あり。」古へより正しく御潮を浴み、祓除あり。内宮の贄海神事は、神宮禰宜が、阿原木神崎の濱に出て、潮浴みをして身を浄め、鮑や牡蠣を採る。それを神饌として供えるのである。その神事のとき、船中で連歌は執りおこなわれる。

贄海神事の時、船中連歌の見えし始は、氏経卿神事記に、「文安五年六月十五日、贄海神事、予［氏経］、八［氏久］、十［守秀］、永昌［二代］、経元［六代］、守博［一代］、経貞［四代］、氏郷［五代］、仲氏［九代］云々、舟中百韻興行、依レ鬮発句十神主、」とあり。此連歌も代々に絶えず行はれ、氏冨卿の時も興行ありける事古記に見えたり。

六月十五日、河崎から船に乗り込み、勢田川を下る船中で連歌は張行される。残念ながら詳しい記録は残されていないのだが、『神宮典略』（巻十五）にしたがえば、

舟中百韻興行、依レ鬮発句

とあって、百韻の発句が、籤を引いて定められた。おそらく籤によって発句の詠み手が決められ、それを神句として百韻が巻かれたのだろう。籤によって、神意は測られた、豊漁が祈られたのだろう。

外宮では、九月十三日、濱出神事の折におこなわれる。(4) このとき船中で連歌興行がある。外宮の禰宜らが、御贄を採って神前に供える神事のなか、船中でそれはおこなわれた。今は外宮の濱出神事の次第を、『豊受皇太神宮年中行事今式』（巻第三・九月例）によって、もう少し詳しく見ておこう。

十三日。浜出。前日回状ヲ禰宜家ノ族ノ権官ニ遣シ、濱出ニ参著センコトヲ告グ。又使ヲ岩淵ニ遣シ、其ノ道路ヲ灑掃センコトヲ告グ。川守ニ課スルニ漁者ヲ弁センコトヲ以テス。朝食已ニ畢テ禰宜［一二禰宜狩衣、他禰宜

直垂］家ノ族ノ権官政所家司、［各青襖］扈従ス。書番［白張］、八脚ノ机持チ、［十座ノ祓ヲ案上ニ樹テ、銭切箱ヲ案上ニ置ク］荷用［白張］、先行ス。小内人［白張］、一ノ禰宜ノ轅ヲ舁グ。［一禰宜ハ地下権禰宜ニ直垂ヲ著シ、太刀ヲ持タシム］次ニ、禰宜権官皆歩行ス、［行程ハ、斎館ヲ起チ九衢ニ出テ、岩淵ヲ経テ箕曲社ノ前ヨリ、松原畑路ヲ行キ、一本木ニ入リ川崎ニ到ル］川崎ニ到リテ船ニ乗リ［川守預、船艤ス］、船中ニ連歌ス。川守、漁者ヲシテ網ヲ投ジテ魚ヲ捕ヘシム。［古ヨリ行キテ漁船ニ遇ヘバ、則チ、御贄ヲ此ノ船ニ上セシム、又舳艫ヲ涯岸ニ横シテ、則チ避退シテ此ノ船ヲ安ンゼシム、並ンデ古例ナリ、今一色ヨリ小田川ニ至ル、是勢田川ト号ス、一禰宜ノ領スル所ノ故ナリ］二見ノ御高城浜ニ至リ、鋪設ヲ天神山ノ北ノ海浜ニ展ベテ、禰宜権官著座ス。北面東上ス。二見郷人、預メ竹二本ヲ祭場ニ殖エ、注連ヲ引懸ケ、八脚机ヲソノ向ニ居ク。時ニ三ノ禰宜、座ヲ興テ、注連ノ下ヲ経テ、八脚机ニ向テ蹲踞シテ北面シテ禊ヲ修ス。［禊具、一禰宜コレヲ弁ズ］政所三ノ禰宜ノ左ノ側蹲踞ス。修禊已ニ畢リテ、ソノ幣串ヲ執テ、禰宜権官ヲ禊ヒ清メ、幣串ヲ海浜ニ挿テ、スナハチ本列ニ復ル。禰宜権官、座ヲ興テ装束ヲ解キ潮ヲ浴シ、畢リテ本列ニ復ル。（以下略）

九月十三日、正員禰宜以下が、二見高城浜に出ておこなわれる禊ぎの神事、いわゆる濱出神事に、河崎から勢田川を下る船中で、連歌は披露された。「伊勢神宮外宮の代表的な神事連歌」であるという。(5) 外宮の長官神主中、権権中が、河崎から乗船して、高城の浜で行事があり、饗膳が三献ある。それから船中で、長官の発句で、神主中が連歌をおこなう。執筆は家司太夫があたり、のち川守から饗宴の酒飯が供される。

連歌が果てて、川守が勢田川に網を投じて、漁はおこなわれる。途中、漁船に遇えば、その獲物を、御贄として船に載せるという。そして高城濱に祭場がしつらえられ、奉幣がおこなわれる。高城濱は、二見の郷、今一色のより北の浜をいう。そこで潮を潜り、禊ぎして汚れを清める浜である。船中連歌ののち、川漁がおこなわれ、伊勢の神への神饌として、贄が供えられるのである。船中での連歌は、外宮の場合でも、神に豊かな海の幸に恵まれんことを祈るものである。

かくして両宮の濱出連歌は、天照大神に御贄を奉納する神事のうちにいとなまれてきたのである。それは神意を問い、ことの成就を祈る神事であった。いずれも、禊ぎして神を迎え、連歌（芸能）を奉じて、漁の平らかなるを祈る神事であった。

四　内宮の伊勢海連歌

伊勢海の連歌は、毎年正月二十五日、道真公の忌日におこなわれた法楽連歌である。「梅」の題の発句を恒例として、連歌は興行された。それが内宮の「古儀」であったという。奥野純一氏は、内宮神官の月次連歌の呼称であったものが、「伊勢海連歌」として定例化したものと推定している。(6)

中川経雅は、『経雅雑記』（「筆記九」・神宮文庫蔵）のなかで、内宮長官の邸宅でおこなわれた「伊勢海連歌」について記している。

○長官里亭ノ連歌 ［月見連歌　伊勢海ノ連歌ト伝］

毎年正月二十五日、長官家里亭ニ而連歌興行。禰宜中已下、志有之候面々出座也。饗応之事有。式例件会を伊勢海の連歌と申伝へり。是、疑らくはあやまり唱るもの也。考に、詩連歌等之事ハ、菅原道真公を祖の如くする事、中世の流例也。仍、年始故、右の神へ奉納の心にて、連歌に志あるもの催したるか。二十五日は道真公の祭日忌日なり。又、此神霊、梅花を愛し給ふ事、古今申伝へたり。仍、梅の花の発句定例にて、年始の二十五日に興行と見えたり。又、中世、八月十五日月見連歌興行ありけり。今も長官にて、八月十五日月見連歌、毎々興行なり。伊勢海連歌といふは、此月見連歌の称なりしを、いつの比よりあやまりて、正月廿五日の連歌の事と覚たるは、必其仔細をも不弁、不図あやまりしものと見ゆ。予考たる旨、あら〳〵記し置ぬ。後の人、此心を得て考見及ぶべし。

中世、八月十五日、月見におこなわれた連歌興行を、正月二十五日、北野天神の縁日におこなうようになったとする。その詳しい経緯は明らかではないが、月次の連歌が、天神法楽として、「梅の花」を発句として、定例として興行されるようになったと考えられる。

しかし、伊勢海連歌が、神事であったというだけでは、十分ではない。たとえば濱出連歌のように、伊勢神宮では、神事として連歌が執り行われてきたからこそ、北野天神の忌日に、定例として行われたのであろう。連歌の会場は荘厳され、天神名号か、天神画像が掛けられたにちがいない。梅花を愛した道真を清《すず》しめるために、「梅の花」が、発句と定められる。北野天神の法楽連歌である。

もう少し具体的に天神法楽の古儀をたずねてみよう。荒木田守武の『誹諧之連歌』（飛梅千句）にしても、天正五年正月二十五日、大神宮法楽の連歌として立願されたもの。

飛梅やかろ〳〵しくも神の春
　われも〳〵のからすうぐいす

眼前にちる梅の花を「飛梅」になぞらえる。「神」には、伊勢神宮と、連歌の神、北野社がかさねられている。烏や鶯さえも飛梅（天神）の後を慕って飛んでゆく。天神の威徳を慕う「飛梅」の付合いである。このようにして天神と連歌の徳はたたえられる。伊勢神宮の神官は、神事とともにあった連歌の徳をたたえて、北野天神を慰める法楽としたのである。「神の春」とは、伊勢の春をことほぐとともに、伊勢と天神をたたえることばである。

神事とともにあった連歌を、伊勢海連歌として定例化して、連歌の神・北野天神を顕彰したのであろう。

五　伊勢・桜の宮

「神の春」には、伊勢神宮と北野社を、ともにたたえる気味がある。両社のつながりは俳諧の修辞のうえだけではない。『北野神記』は、

当社ヲバ伊勢天照太神最後ノ化身ト習也、伊勢当社共ニ十一面ノ垂迹也　（「当社御本地事」）

という。伊勢も北野も、ともに十一面観世音菩薩の垂迹である。さらには北野は、天照大神の化身だという。こうして北野側は、伊勢神宮とのつながりをことあげする。

伊勢の内宮摂社・桜の宮を、北野に勧請して桜葉の宮と称して祀る。なぜ北野に桜の宮が勧請されたのか。それは不明であるとしても、しばらくは桜の宮の神格を、謡曲『右近』からたどってみよう。

世阿弥作『右近』は、北野・桜葉の宮讃歎の曲といってもいい。

［鹿島の神職（ワキ）が北野の右近の馬場の桜をめでるところに、車に乗った女（前シテ）が侍女（ツレ）を連れて桜狩にやってくる。女と神職は『伊勢物語』の業平の歌をめぐって言葉を交わし、女は辺りの名所を教えて姿を消す（中入）。やがて北野の末社である桜葉の女神（後シテ）が現れて舞を舞う。］

北野右近の馬場に北野の末社、桜葉の宮の女神が現れて、御代をことほぐ祝言能である。

曇りなき　天照る神の恵みを受けては　桜の宮居現はれ給ひ　ここにきたのの　神の宮居に　花さくらばの　神

と現はれ　曇らぬ威光　あらはし衣の　袖もかざしの　花ざかり

（中略）

月も照り添ふ　花の袖　雪を廻らす　神神楽の　手の舞ひ足踏み　拍子を揃へ　声澄みわたる　雲の梯　花に戯れ　枝に結ぼほれ　插頭（かざし）も花の　糸桜

天照大神の恵みを受けて、伊勢・桜の宮は、ここ北野に桜葉の宮と現れたまう。桜葉の女神が、右近の馬場にて、神楽の舞をまう。花に舞う女神のすがたは、あたかも桜の化身のごとくである。

この神は、桜の花の霊として、天より天下りたもうた。

桜大刀神《さくらおおとし》二座　霊花木座也。大八洲桜樹始従天上降居也。因果以為花開姫命也。一座大山祇双坐也。

（『伊勢二所皇御大神御鎮座伝記』）

桜の木の霊は、「桜大刀神《さくらわおとし》」として内宮に祀られる。その名のごとく、この神は、「年穀の神」（『神宮典略』・六月十六日夜桜御前祝詞）である。「大刀神《おおとし》」は「大歳神」であり、豊かな穀物の稔りを期する神だ。内宮末社とはいえ、御殿もなく、磐座があるのみである。さらにいえば、

此御神（※桜の宮）、北野ノ桜葉ノ宮同体ノ由奉ㇾ申人有ㇾ之

（『北野文叢』・第七十三）

と伝えられてもいる。桜の宮の神と桜葉の宮は同体だという。とすれば、桜葉の神も、年穀の神として、北野へ迎えられたのである。

六　北野・桜葉の宮

しかし、五穀豊穣の神を、なぜ北野は桜葉の神として勧請したのだろう。もちろん北野は、本来、農耕の神である天神だから、五穀の神を迎えまつることに不思議はない。しかし、それでも桜の宮を「桜葉の神」として祀る説明としてはじゅうぶんではない。そこで『北野神記』を見れば、「十二所」のひとつ「桜葉」としてつぎのような記述がある。

中務卿伊予親王ト申テ桓武天皇ノ御子也、平城天皇ノ御代大同二年十一月ニ御門ヲ傾ケ奉ントシ給故ニ御母ノ藤玄夫人相共ニ瓦寺ノ北ナル所ニ押籠奉リ給ヘリ、仍自毒ヲ食テ萠（崩）御、此故ニ一殿ニ伊予親王ト御母ノ藤玄夫人御坐アル也、藤玄夫人ハ早良親王ノ夫人、伊予親王ハ早良親王ノ御子トイヘリ、此説ハ僻事也、伊予親王ハ管絃ニ長シ給ヘリ、失セ給テ後世ノ中悪シキ心地起テ大嘗会等ヲモ止給キ、効験無双ノ神也、天下ノ飢饉病患并非時横難、管絃等ノ能芸ヲ此神ニ祈申也、

「桜葉」の神として祀られるのは伊予親王である。平城天皇の御代を傾けんと企てた伊予親王は、こと成就せず、母の藤玄夫人・藤原吉子とともに毒を飲んで自死した。伊予親王を、早良親王の御子とする説を、「僻事」として退けているが、このふたりはともに祟りなす御霊神として知られている。その伊予親王がここに祀られる。

桜の宮と同体たる桜葉の神に、御霊たる伊予親王をあてるのは、かれを神とまつって、御霊の鎮撫を祈ったのであろう。「天下ノ飢饉病患并非時横難」の平らかならんことを願い、御霊の安らかならんことを祈ったのである。そして年穀の豊かな稔りを期待したのである。ここに年穀の神としての桜葉の宮の神格が見てとれる。伊勢桜の宮と同体

とするゆえんはここにある。それならば、疫神を祓う「花鎮め」のまつりがおこなわれたのではないか。

伊予親王が管絃に長じていたとするのも、桜葉の神が、歌舞管絃を悦ばれ、神前で管絃の祭がおこなわれていたことをいうのであろう。管絃・歌舞は、伊予親王を鎮める芸能であった。

世阿弥は『右近』でつぎのようにうたう。

月も照り添ふ　花の袖　雪を廻らす　神神楽の　手の舞ひ足踏み　拍子を揃へ　声澄みわたる　雲の梯　花に戯れ　枝に結ぼほれ　插頭（かざし）も花の　糸桜

北野の社前で、桜葉の女神が、糸桜を插頭として神楽を舞う。いかにもこの桜葉の神の舞は、芸能の神にふさわしい体《てい》である。「花に戯れ　枝に結ぼほれ　插頭（かざし）も花の　糸桜」という語りは、あたかも花の下の、花鎮めの舞のようだ。「年穀の神」でもある桜葉の宮に、疫病退散と五穀豊穣が祈られて、神楽や舞楽などの芸能が奉納されたのではないか。『右近』によれば、桜葉の宮は右近の馬場に勧請されたという。右近の馬場は、桜の名所である。

世阿弥が、

插頭（かざし）も花の　糸桜

と、歌うように、糸桜の下、花鎮めの連歌がおこなわれた「花の本連歌」の時代が想い起こされる。

北野社で笠着連歌の興行されたことは、『北野曼荼羅』に笠着連歌の情景がえがかれていることで知れる。笠着連歌が、花の本連歌の流れを汲むものであれば、世阿弥が、北野の社前、右近の馬場で、桜葉の女神に神楽の舞を舞わせたのも、北野法楽の趣向であったと考えられる。連歌もまた、神を慰める法楽の芸能として、桜場の宮（伊予親王）の神前に奉納されたにちがいない。

七　連歌と桜葉の宮

ふたたび伊勢内宮の桜の宮にたち返ってみよう。桜の宮とは、桜を神木とする年穀の神であった。この宮に五穀の豊穣が祈念されたのである。かつて西行は『御裳濯河歌合』のうちに、次のような歌を残している。

　　内宮に詣でてはべりけるに桜の宮の花を見て詠みはべりける

　神風に心やすくぞまかせつる桜宮の花の盛りを

「神風」は伊勢の枕詞。桜がこの宮の神木であれば、桜の宮の花の盛りを歌うことは、そのままそれが神（天照大神）の心にかなうことであった。神の心のままにまかせよう、この桜の花を育てた神風に。「神風に心やすくぞまかせつる」とは、そういうことであろう。和歌はもちろん連歌も、神をたたえてその心を慰めるものであった。かつて西行が、この神に和歌を捧げて、神の御心のままと讃えたように、北野・桜葉の宮にも、連歌は捧げられる。『看聞日記紙背文書・別記』には、「応永三十年五月二十七日」に「賦何人」としてつぎの連歌が記録されている。(7)

　梅はくち木も香こそかはらね　　　　（御製）　　　（伏見宮）

　此野とてかすみも（はる、カ）朝日寺　　長、　　（田向長資）

　［　］雲□（か）きさくら葉の宮　　　行　　　（行光）

発句は「御製」とあって、伏見宮が詠まれた。発句は、嘱目の景、すなわち実景を詠む。朽ちせぬ「梅ヶ香」をたたえて、それを神句とみなして詠んだかと思われる。脇句に詠まれる朝日寺は、十一面観音を本尊とする、北野の神宮寺である。そして第三句には、「此野」（北野）に桜葉の宮が付けられる。読めぬところのあるのは残念だが、おそらくは、右近の馬場の満開の桜の盛りが詠まれているのであろう。盛りの桜を詠んで、桜葉の宮をたたえているのだ。至徳元年（一三八四）頃に成ったとされる『梵灯庵袖下集』（「歌道之大事本歌次第不同」）には、

一、北野にては桜の宮を桜葉の宮と申也。是は天神と成給も伊勢の御恩也。其恩に北野に伊勢をいはひ給へり。是を桜葉の宮と申也。たゞ桜葉共すべし。神の御名なり。能々心えべし。

一、桜宮、是は伊勢の内宮の御事也。伊勢と申句あらば、桜の宮と付べし。春にはあらず。

というふうに、北野の桜葉の宮、伊勢の桜の宮のことが見える。「天神と成給も伊勢の御恩也」とは、どういうことか。ここ北野の十二所に桜葉の宮が祀られたのも、伊勢桜宮が勧請されたおかげだというのだろう。「曇りなき天照る神の恵みを受けて」と謡曲『右近』が語ったように、ここ北野に「桜葉の神」と顕れたのを、伊勢大神の恩徳と讃えているのである。梅の香や盛りの桜を詠んで、北野・桜葉の宮は讃えられる。

梵灯庵の時代には、この両所は「一体の神」として、連歌師の間にも知られており、「北野」には「桜葉の宮」が、「伊勢」には、「桜の宮」が付けられることになっていたのであろう。伊勢と北野の両社が、「桜の神」を介して、寄合語のうちに結びつけられた。連歌の世界の、寄合のことばのうちに、北野と伊勢の深いゆかりが認められる。両社はともに、連歌によって結びつけられているのだ。

八　伊勢の笠着連歌説話

北野と伊勢、そのゆかりを法楽連歌にもとめてみよう。先に示した『伊勢太神宮参詣記』（康永元年・一三四二）には、神宮の笠着連歌のさまが記録されている。伊勢の両宮法楽連歌に花の本連歌師、十仏法師が加わったときのこと。

着座十余人、笠着群集せり。其中に垂髪《たれがみ》あひまじはりて、花やかなる句なんどをいだし侍しかば、老気いよ〳〵まどひやすく、愚案さらにおよびがたし。

わするなと書置文の一筆に

といふ句の侍りしに、

人の涙をおもひいでけり

と垂髪のつけて侍しかば、諸人の詠吟耳を驚し、満座の感歎腸をたつ。

（中略）

（垂髪は）「夜」といふ文字を懐紙にとゞむるばかりにて、行衛も知らずなりぬ。

着座する十余人の連衆はもちろん、貴賤群集する人々も、「わするなと書置文の一筆に」に付け難じている。花の本連歌師、手練の十仏法師さえ困じ果てている。そこに垂髪の稚児の付けた下の句が、満座の衆を驚嘆させる。笠を着ながら句を付ける連歌の座に、誰とも知れぬ童子が加わる。彼は「わするな」と書かれた「文」の前句に、「涙」の一句を付ける。それならばこの付合いは「恋」の情調をあらわすことになる。

その一句を付けた垂髪の稚児は、懐紙に「夜」の一字を止めて、かき消すように行方をくらましたという。「夜」と書き残したのであれば、それは、幽闇のうちにあらわれる神ではないか、と思わせる。垂髪の童子と姿を変えて、顕われなさったのだろう。あたかもそういわんばかりに、この連歌説話は仕立てられている。童子は、神の化身でもあるかのような、思わせぶりな書き方である。

笠着連歌とは、貴賤群集して、神・人ともに同座する、いわば祭りの場であったにちがいない。笠着して、神の句に人が付け、人の句に神が和す。そういう非日常の祭りの場に顕われて、神は、その神意を連歌によって示される。

貴賤群集する祭りの場に、神は迎えられて、神・人ともに連歌に興ずる。神をもてなす饗宴の場といってもいい。祭のうちに神は顕われ、託宣なさる。それは神詠と受け取られた。それが花の本連歌の流れを受ける笠着連歌であった。

しかし、この内宮の笠着連歌をつたえる一条は、連歌師十仏の、なにがしかの脚色があるとおもわれる。必ずしも実情を写しているとはいえないのではないか。たとえば、垂髪の稚児である。前に神かとおもわれる、と書いたが、この童子は何者だろう。

ここに北野天神の託宣を発句とする連歌、独吟百韻一巻がある。(8) 応安六年(一三七三)二月二十五日の年次がある。発句は「紅ひに雪こそまじれ梅の花」となっている。この懐紙については、

右此懐紙は或時二条殿［良基ナリ］と救済法師の方へ禿なる童子持来り、点をとぞいひて帰る、此事二条殿救済に語り給へば、不思議なるとて待給へば、三日めに又来る、怪み人をみかくしみせ給へば、北野の御宝殿に帰る、

其後善意瑞相多く誠に神秘之事也

と、救済の弟子周阿が奥書している。良基と救済法師の方へ点を請いにきた禿髪(垂髪)の童子は、北野天神であった。この奥書がかりに二条良基の作為であったとしても、連歌につなげて、北野神の神威を強調せんとする意志だけは読み取っていい。それならば内宮の笠着連歌のとき、闇にまぎれて消えた垂髪の童子も、あたかも連歌の神であるかのようにしつらえている。十仏は、神の来たり臨むという笠着連歌の神秘を、このような連歌説話として仕立てたのであろう。

北野社でも、毎月二十五日の法楽連歌のあと、笠着連歌がおこなわれていた。その連歌の座では、北野天神の神句(託宣句)を発句として、参詣人との間で掛け合いがおこなわれた。神を讃える法楽連歌の場が、「闇」と記して消えた稚児の連歌説話を生んだといえよう。それは神と人との相和す歌問答となる。

九　天神講式と連歌——天神法楽

法楽連歌の張行される一座を、天神講式にもとめてみよう。中世初頭のころから、本地垂迹信仰の流行過程で、神道の神々も講式に取り入れられ、『八幡講式』『住吉講式』『熱田講式』『天神講式』などの作品が生み出された、と山田昭全氏は述べる(9)。天神画像が掛けられて、天神講式の場は、荘厳された法楽の一座となる。

講式とは、経文をやさしく説く講会の次第をいう。その一座には、北野天神の画像が掲げられ、式文が荘厳な曲節にしたがって読みあげられる。その式次第は、

先惣礼—次導師着座—次法用—次表白—次式文・伽陀（一段～五段）—次神分—次六種廻向

という順序で進行する。

ここには五段と一段の『天神講式』を紹介しておこう(10)。醍醐寺三宝院所蔵『天神講式』（五段）は、第一に、北野天神の垂迹の因縁をあきらかにし、第二に、本地仏の観音を讃し、第三には、功力の現世利益を仰ぎ、第四には、後世安楽をたのみ、第五に、廻向功徳を仰ぐ、と天神の功徳を説示し、各章に頌を付している（建武四年・一三三七書写）。

北野天満宮蔵『天神講式』（一段）は、北野天神の神霊を慰め、験徳を蒙るために毎月十八日に講席を設けて祈願すれば、必ず成就することを説いている。惣礼・三礼・如来唄とあり、道真の詩歌を述べ、天満天神の威徳、奇瑞を語り、本地は観音と記し、利益は広大無辺で、文道や諸芸道の関係者に効験ありと説く。

今、ここに一段の講式を取りあげれば、まず惣礼、つぎに三礼・如来唄とつづき、菅公の詩歌（漢詩文・和歌）が記されている。

われたのむ人をむなしくなすならは天下にて名をやなかさん
かりかねの秋なくことはことはりやかへる春さへなにかかなしき

こうして漢詩はもとより、和歌が天神の画像を前にして朗唱される。会席に降臨しておられる北野天神の前で詠みあげられたのである。これを法楽和歌として、天神は讃歎される。

天神講式は、毎月十八日が定例ではあるが、天神の縁日（忌日）、二十五日に行われるのが常となっていた。[11]『北野社家日記』を繰って、講式の場を探ってみよう。

廿日、天気雨降、今日天神講行也、餅・肴存之、門弟来臨、以次御縁起読之、（長享二年正月）一四八八

この日は二十日に行われて、天神縁起が読まれている。つぎの記事は二十五日。神宮寺の僧侶と社家が同座して行われる。

廿五日、天気殊勝、今朝御講行之、人数幸祐（真満院）・幸充・永承（十地院）・明雅（明殊院）・禅慶・禅快（貞福院）・玄禅（勝蔵坊）也、其後百韻興行之、発句当座筆也。（延徳二年二月二十五日）一四九〇

注目すべきは、講会ののち、連歌百韻が興行されていることである。

つぎに応永期の『満済准后日記』の記事を引いてみる。応永二十一年、二十二年の正月二十五日の条である。

・安楽院天神講如常。楽人皆参。歌初、懐紙三首、出題飛鳥井中納言入道。法楽連歌、覚秀参申。（応永二十一年）一四一四

・天神講如常。歌初連歌始在之。一献経祐奉行。出題飛鳥井、松契万春、懐紙。（応永二十二年）一四一五

正月二十五日の天神講式の日、和歌や連歌が詠まれる。「松契万春」というふうに、天神ゆかりの歌題が出される。和歌にしても連歌にしても、本尊・北野天神を前にした、法楽、讃歎のわざである。

連歌の果てたあとの直会、宴の座では、俳諧の連歌のようにして、歌問答の狂歌話に興じたのではないか。天神画像の掛かる席に、神人ともに和して、北野天神の歌詰説話に興じたと思われる。それもまた天神法楽であった。話題が、法楽のことに及んだので、前述の橋詰めの連歌説話に立ち戻ってみよう。歌に詰まった男と女のため、境の橋に顕われて、託宣する北野天神。神意は歌によって示される。それならば、歌は神意を伝えることばである。こうして神と人は、歌ことばによって意志を伝えあう。こうして神と人のあいだに掛け合いの歌問答は生まれてくる。神人相和す歌問答によって、人の祈りは伝えられ、神の意志は示される。

神と人との応酬は、神との歌掛け、歌問答として説話化される。それは神を清しめる法楽の場から生れてきた発想だろう。たとえ滑稽な連歌話、狂歌問答であるにしても、そんな話を、神は悦ばれる、と考えられたのだ。子どもや女との歌問答に敗れて、西行が退散したとしても、そんなヲコなる振舞いを、神は悦ばれたのだろう。神仏を讃歎する講式も、滑稽な狂歌話も、聖俗二つながらを、法楽のわざと考えたのである。法楽連歌のうちにも、滑稽を旨とする俳諧の心が生きている。

注

（1）竹内秀雄『天満宮』（「北野社の神人」）昭和四三年。

（2）柳田國男「西行橋」（定本柳田國男集・第九巻）。

（3）～（6）については奥野純一『伊勢神宮神官連歌の研究』を参考にして論述した。なお神宮神事の資料については『大神宮資料叢書』によった。

（7）鈴木元「室町前期の北野信仰と伏見宮」（『室町連環』所収）平成二六年。

（8）伊地知鐵男「連歌と北野信仰」（著作集二）平成八年。

（9）山田昭全「講式―その成立と展開―」（『講会の文学』著作集・第一巻）平成二四年。

（10）『神道大系神社編　北野』（所収・解題）。

（11）竹内秀雄『天満宮』（「天神講」）。

第四部　歌話と雑談

第一章　僧苑の笑話

一　待宵の小侍従

学問としての〈注釈〉が、説話研究の対象となって久しい。たとえばかつての古今集の注釈学がその一例であろう。あるいはまた法華経をはじめとする経典注釈を数えてもよい。しかしここではそのような注釈学を正面から取り上げるつもりはない。むしろ注釈の楽しみについて、まずは俳諧を例にとって語ってみよう。そうすれば、一句の釈義が、俳諧の世界の広がりを教えてくれるだろう。そこに注釈の魅力や楽しみはある。だからとりあえずは注釈作業がおのずから示す広がりについて綴ることからはじめよう。

ここに俳諧の付合を示してみる。そこに広がるのは「待宵の小侍従」についての説話である。

恋の煙とよんだるハなに　可頼
待宵でなきにも侍従薫らしつ　季吟
〈紅梅千句〉

あかぬ別におこす道心
まつよひの更行かねを打たゝき
〈鷹筑波〉

この二つの付合は、待宵の小侍従についての知識があれば、理解はそう難しくはない。前者の付合は、恋しい人の来るべき宵でもないのに、その訪れを待って「侍従」の香をくゆらしているのである。後者は恋ゆえに出家した僧が、恋心を捨てきれず鉦をたたく様を詠む。いずれの付合も、待宵の小侍従についての理解が欠かせない。

これらの俳諧は、彼女の歌を本歌・本説とする。先に説話といったのはこのことである。小侍従は近衛天皇の皇后に仕える女房。ある時、「愛人の来訪を待つ宵と、訪れた愛人の帰る朝とでは、どちらが哀れは勝るか」との御下問に答え、「待つ宵の更けゆく鐘の声聞けばあかぬ別れの鳥はものかは」の一首を奉ったので、「待宵」の名を賜ったという。『平家物語』（巻五「月見」）の伝える逸事である。この歌はきわめて有名で『新古今和歌集』（巻十三・恋）にも小侍従作として載る。

さてここで当の俳諧師の理解を『謡曲拾葉鈔』によって示してみよう。これは貞徳門の俳諧師、犬井貞恕の筆になる謡曲注釈。『三井寺』に引かれる彼女の歌、先ほどの「待宵の」の一首についての懇切な注釈である。長いので冒頭のみ引いておく。

> 新古今集・恋三、小侍従歌也。心は別れの鳥は悲しき物なれば、待宵に更行鐘聞えゆく悲しさにくらべては物にもあらずと也。物かはとは物の数かはと云に同じ。此歌故に待宵の小侍従とは名付たり。盛衰記云後徳大寺左大将実定卿は旧都の月を恋て、八月十日あまりに福原より上りて、河原の大宮に尋ね入侍従にしのび通ひ給ひければ、侍従暁の名残をおしみて待宵の歌を詠める也。是より待宵の侍従とはよばれけり。

以下貞恕は『長門本平家物語』や『今物語』などを引いて小侍従の行実を語る。彼の注釈はきわめて詳細であるが、ここに示した程度の知識は、おそらく俳諧師の必須の教養であったに違いない。なにしろ「謡曲は俳諧の源氏」（斎藤徳元『俳諧初学抄』）と称されて尊ばれたのである。貞恕ほどに詳細ではなくても、小侍従の恋歌については、『平家物語』のみならず、謡曲を通しても耳に親しかったであろう。

右のような本歌や本説の知識は、さまざまな遊びの種となる。たとえば謎々遊びもそのひとつ。寛文期刊行の『古版なぞのほん』には、「まつよひにふけゆくかねのこへきけば　かへるあしたのとりはものかは」の一首が収められている。もちろん小侍従の歌が謎になっているのである。答えは「くるまうし　はなれうし」。「来る間憂し（車牛）」「離れ憂し（放れ牛）」の秀句仕立てになっている。この謎々は既に『寒川入道筆記』に「あかぬわかれ　何ぞ　はなれうし」という形で記録されて、よく知られたもののようだ。

このような謎々遊びが、俳諧師たちの歌の話題ともなることを、江戸の俳諧師紀逸は、『雑話抄』に書き留めている。

ある人の許に人々つどい居て、謎をこしらへて遊びしに、「待よひにふけゆく鐘の声きけば」、といふ歌の上の句をなぞに出したるに、人々ときかねたりしを、かたへより「くるまうし」と解きあてたり。また「あかぬ別の鳥はものかは」と、同じ歌の下の句を出したりければ、此謎はおもひめぐらすにも及ばず。はじめの謎と同じ心にて「はなれうしならん」と云ひしは、興ありておかしかりし。

小侍従の歌をめぐる謎々が、こうした歌話として俳諧師仲間の話題ともなる。冒頭に示した二つの付合は、彼女の故事を話題とする俳諧の遊びとはいえ、その故事・本説は、謎々遊びの世界にまで、その広がりをもって、遊びの種ともなった。つまり、俳諧とはいえ、咄の世界への広がりを持っているのである。その広がりを、俳諧や狂歌を例にとってうかがってみよう。

二　『犬筑波集』の俳諧

古俳諧の読者にとって、『謡曲拾葉鈔』は注釈のための文献としても大変役に立つ。しかし、次の『犬筑波集』の場合はどうだろう。こちらは先の二つの俳諧に較べると少々やっかいである。

さ夜更けて小侍従殿に追出され

あかぬ別のとりし〵のころ

真如蔵本には、前句「まつよひの小侍従殿にしかられて」、付句「あかぬ別のとりしちのころ」とある。ことに付句の解釈がむずかしい。たとえば貞恕のように小侍従の事跡をどれほど述べ立てても、付合の意味は釈然としない。わかりにくさはやはり「とりし〵のころ」にあろう。試みに鈴木棠三氏の注釈を示してみよう。(1)まずは前句から。

「待つ宵に更け行く鐘の声きけばあかぬ別れの鳥は物かは」の作者として知られる待宵の小侍従を戯画化した。夜中になって小侍従から追い出された男。これはよくわかる。続いて付句である。

右の歌の句を取って、鳥に把（とり）を掛けた。これに把り指似（しじ。小児の陰茎）を匂わせたのであろう。真如本には「とりしち」とある。なお酉と解する説は、酉の刻午後六時であるから夜中という条件に合わない。暁の鳥とすべきである。

「とりしし」を鳥獣と解すれば、追い出されたのは、鳥の鳴く朝ということになる。あかぬ別れどころか、なんとも無粋な話である。さらに「指似《しじ》」が掛けられているとすれば、これは「腰から下の話」になる。優雅な小侍従殿には似つかわしくない。まるで卑俗な『きのふはけふの物語』のようだ。しかしそこがいかにも『犬筑波集』らしくておもしろい。

しかしそれにしても男はなぜ小侍従に追い出されたのだろう。鈴木氏の注釈はそれに触れていない。卑俗に流れることを憚られたのだろうか。この句の解釈にとって注目すべきは「指似」であろう。これを卑俗といって退けてばかりはいられない。この一語の注釈から「しじの話」の世界がひろがってくるのだから。試みに「指似」（しじ）を『易林本節用集』によって「小児男根」と釈すれば、付句は次のように解釈できる。「何よこの役立たず」とばかり、愛想をつかされて追い出されたのである。男の一物の小ささが笑われているのであろう。

児の「指似」を話題とする話はさまざまにある。(2) 次のは『きのふはけふの物語』から示す。

「御ちごさまのお里が不弁さに、晴れがましき時は、何もかも借り物ぢや。借らせられぬ物はしゞばかりぢや。あら笑止や」と三位が申せば、ちご聞し召し、「まことに口惜しや。しゞもわが物ではない」「なぜに」「見る程の人が、馬の物ぢやと云程に」。

『醒睡笑』（児の噂・巻之六）にも類話はあるが、こちらは「馬の物ぢや」というところに露骨なほどの誇張がある。この児の「指似」に較べれば、男のそれは、叱られて追い出されんばかりの貧弱さだったのであろう。だとすれば小侍従殿が怒るのも無理はない。

もちろん、あくまでもこれは俳諧の笑いの世界である。ここまで露骨に解釈する必要はないかもしれない。あくまでも匂わせているのである。それにしても「しじ」一語の注釈から、笑話の世界が広がってくる。俳諧と話の世界のつながりが見えてくる。

三　暁月坊の狂歌咄

「腰より下の話」など、たわいもない笑話と笑ってしまえばそれまでだが、しかし、それだからといって、座興の慰みとして退けるわけには行かない。笑話は注釈とも結びつく。狂歌にその手がかりを求めてみよう。これもまた「しじの話」である

又ある時、女院の御所御庭せばきとて、此人の地をとりて御庭の前をひろげ給へば
女院の御前のひろくなる事は暁月坊が私地《しじ》の入ゆへ

『新撰狂歌集』に載る暁月坊のいくつかの狂歌のひとつである。彼は鎌倉時代の歌人、冷泉為守、法号を暁月坊といい、浄土宗の僧であったという。藤原為家を父とし、母は阿仏尼。狂歌作者として有名だが、伝えるところの逸話は、後世の作り話、いわば俗伝と考えられる。右の歌も彼に付会された狂歌咄である。女院がその権勢をかさにきて、暁月坊の土地を取り上げたので、得意の歌で言い返したのである。「前」に女陰、「私地」に指似〈陰茎〉を通わせて、女院のほと（女陰）が広いのは、このわし（暁月坊）の一物で広げてやったからさ、と悪態をつく。揶揄の歌と言ってよかろう。

彼の所伝については、福田秀一氏のすぐれた論考にゆずって、[3] 狂歌咄の伝承に論をしぼって考えてみよう。『兼載雑談』には次のような所伝が見える。

暁月法師を、狂歌ばかり詠めるとみな心得たり。もとは上手なりしが、中ごろこの道に休することありて、狂歌を詠まれしとなり。俗名為守といひしなり。

歌の上手であったが、狂歌作者に転じたと伝える。室町時代にはすでに、こうした所伝が連歌師輩の問に語られていたのである。もちろんその狂歌は、彼に仮託した作り話である。この話、下品な「腰より下の話」とはいえ、悪態にも似た言葉遊びに作意があるとすれば、おそらく作者は、連歌師輩の仲間であろう。彼らのなかには連歌はもちろん、このような狂歌話を得意とした者がいたのである。

ここに二つの禅林の記録がある。いずれも暁月坊についての記事である。

〈臥雲日件録抜尤〉享徳四年十月一日条

城陽検校来。陽曰、暁月乃定家卿ノ弟也。禁中歌会落第、不レ勝二憤激一、従レ此遁世、然託二狂歌一、以導二世人一也。

虱歌有二百首一云

〈碧山日録〉長禄三年九月一日条

昔有下詠二和歌一者上、自号二暁月一。尤工二狂詞一。有二蟻虱乃百詠一、靡三其妙不二曲尽一。故行二于世一。或曰、俊成公之孫也。余意、曰二暁月一者、往昔滑稽一夫也。不レ識二為卿家之裔一也。

ここに狂歌師暁月坊の姿がすでに語られている。定家の弟というのももちろん俗説である。「虱歌百首あり」や「蟻虱の百詠あり」というのも伝説にすぎない。しかし、たとえ俗伝にすぎないとしても、彼が「滑稽」なる物言いを得意としたという所伝は注意すべきだろう。さらに重要なのはこうした俗伝が、「盲人間に種々語り伝へられて」いたという事実である。これについて触れた福田氏の見解を示してみよう。(4)

特に「臥雲日件録」には、盲人の語る社寺の縁起や故事伝説を書きとめた記事が多く、ここもその一つであるが、それらの盲人達が彼等の間に伝誦してきたところとして語ることは、必ずしも史実に忠実とは言ひがたい。この記事でも、暁月を定家の弟としてゐるのが第一に誤伝であるが、右に挙げた「庶軒日録」にも踏襲され、近世にもしばしば説かれたこの俗説は、このあたりから始まっている。
福田氏の見解は、城陽検校が暁月坊の消息を語っている「臥雲日件録」の記事について述べたものである。殊に興味深いのは、瞽者の語りであるという点である。彼ら瞽者が暁月坊に仮託して「虱歌」を作ったとするならば、それこそ盲人の得意芸であった。というのも、次のような早物語を語って、彼らは人の頤《おとがい》を解いた。秋田県鹿角《かづの》市尾去沢に伝わる「しらみの物語」である。(5)

そうれ、しらみの物語り申すものなり。背筋郡縫目村の赤太郎の長男しらみの助と申す者、昨夜大金を盗もう、盗もうと致し候ところ、炭焼に見つけられ、火あぶり仰せつけられ候えども、罪一等を減ぜられ、ひねりっ放し御免蒙り申候。

これはずいぶん短いが、同じく東北の座頭の坊が語る奥浄瑠璃に、「虱の口寄せ」なる一曲が残されている。(6) 座頭の坊は平家の一節を語るかたわら、早口の物語をもって、笑わせることを得意とした。あるいはまた連歌の席にも連なって、狂歌をもって一座の興を催した。ここから類推すれば、暁月坊の狂歌咄、先ほどの「しじの話」も「蚤歌百首」や「蟻虱百詠」に同じく、彼らの言葉の芸と考えられるのではないか。それならば、滑稽なる言葉の技を得意とした瞽者が、暁月坊に託して狂歌咄を語った、と考えられはしないか。
もちろんこのような笑話は、必ずしも彼らの創作とは限らない。むしろ取材源はほかにある。時代ははるかにさかのぼるが、無住法師の『沙石集』の一話（巻第五「歌ヨミテ家地マウケタル事」）をもって示そう。

嵯峨ニ、或権門ノ女房ノ家ニアリケリ。其地ノ前ニ、殿上人ノキワメテ貧キヲワシケリ。此女房、威勢アルマヽニ、下人ドモヲゴリテ、人ヲモ人トモセズ、コノ殿上人ノ地方へ、境ヲウチコシ〳〵、年々ニトリケリ。此事沙汰セムモ中々ニ覚ヘテ、思フサマニトラセケル程ニ、アル時、事外ニヲヽラカニ此地ヲ打コシケレバ、カクゾ云ツカワシケル。

御前ノマヘイカニモイタセ制スマジ　コナタノ四至《しじ》モシドケナケレバコレヲミテ、返事ニモ不レ及、ハヅカシク心ウク覚テ、家モ地モステテ京へユキヌ。

勝手に土地の境界を広げにかかった権門の女性の横暴に、貧しい殿上人が歌をもって抗議をした。どうぞお好きになさって下さい。けれどこちらの私地《しじ》（男根）も黙ってはいませんよ。恐れをなした女房は京へ逃げ帰ったという。これは暁月坊の狂歌咄とも秀句を同じくする。無住法師は、こうした「しじの話」をおもしろおかしい説経として語ったのだろう。そしてこの類の笑話が、僧苑に語りつがれていくのである。たとえば『多聞院日記』の記録する児の狂歌俳諧譚がそれであろう。(7)

僧苑に出入りする座頭の坊たちについては、以前論じたことがあるので、ここでは繰り返さない。(8)口達者な彼らは、僧苑に栄えたこうした話を取材源にして、狂歌咄の種としたのである。「しじの話」を、暁月坊に付会して、こしらえたのである。それが彼らの頓智頓作であった。

四　蚤と虱の歌

かつて柳田國男は、京都・誓願寺が「話の卸問屋」であることを、和泉式部の民間伝承を例にして示した。(9)とても魅力的な説ではあるが、それを誓願寺の側から論証することは難しい。戦乱を経て変転を繰り返してきたこの寺には、残念ながら資料は残されていない。しかし、僧苑に話が栄えたことは、『沙石集』の例をひとつ取り上げても、およそ想像できる。筑土鈴寛師は『沙石集』に解説して、僧苑に栄えた笑話について次のように述べた。(10)

雑談と不露歯笑とは、教団僧苑の厳しい禁めであったが、しかし、最も話が栄え、かつ高く笑つたのも僧苑の中であった。そのゆゑ無住は、雑談集を書き、多くの笑話を沙石集に記したわけではなかつたけれど、無住の属する臨済は、わけて笑ひを好み、茶を呑んで話する風があって、無住の次の時代になると、遊戯戯笑が、この宗の宗旨ではなかつたかと思はれるほどである。説話と笑話とは、僧苑に栄えざるをえぬ因縁があつたやうである。聖・座頭の類、地方出身の入道武士が、禅林に多く話を持込んだが、無住の時代、かかる類ひの話手が、僧房に立寄らなかつたであらうか。これも沙石集の問題の一つである。

私もかつてこの一節をうけて、禅林の笑話について論じたことがあるので、再びそれを繰り返すことはしない(11)。ここでは別の側面から、僧苑の笑話について述べてみよう。座頭の坊の話が、彼らの出入りした僧苑を取材源とすることは先にも述べた。次の『沙石集』の話もその例に漏れない。

或女房ノ許へ云ヤリケル、

君ヲノミコイクラシツル手スサミニ　ソトモノヲダニネゼリヲゾツム

此女房、ナニト返事スベシトモ思ハヌ気色ヲミテ、コザカシキ女童ノアリケルガ、「イカニヤ、御返事アレカシ」ト云ニ、「何ト云ベシトモ不ㇾ覚」ト云へバ、「サラバ御返事トテ、ワラハ申候ハン。和歌ハ皆、コトバゴトニアヒシラヒテ、返事ハ申事ニ候」ト云。

「サラバ、イカニモ申セカシ」ト云ハレテ、

我シラミフナアカシカメアシモムチヤウセドノハタケニ是キヤウヲゾヒネル

コトバゴトニ対句ヲ云ケル、心キヽテコソ。

あまり意味は考えないほうがよい。むしろ対句の遊びであり、「蚤虱の歌」でもあり、「腰から下の話」と考えるほ

うがわかりやすい。その意味を取ろうとすれば、むしろ同じような類話を載せる『きのふはけふの物語』のほうが通じやすい。こちらは喝食との贈答になっている。

ある人、美しき喝食にほれて、歌を読おくる。

君をのみ恋ひこがれつる手すさみにかどてに出て根芹をぞ摘む

「いで、歌得て、詩、聯句にて返してもいかゞ」と思し召せども、歌の道はおぼつかなしとて、さる人に談合し給へば、「御辺は詩、聯句をなされ候ほどに、歌もなり申さう。作意は同じ心にて御座候」と申さるゝ。「さては別の事もない」と思し召して、返歌、

我しらみ鮒あぶり鷺足もぢりせどの畠で牛蒡ひきぬく

君をのみに、我しらみとつけられ、こひこがれつるに、ふなあぶりさぎ、と此ごとく対をなされし事、談合人の不念か。

まず対句からき言えば、君―我、のみ―虱、恋ひ（鯉）―鮒、焦がれ―炙り、つる（鶴）―鷺、手すさみ―足もぢり、門田―せどの畠、根芹―牛蒡、摘む―ひきぬく、という具合にこの二首の歌は対をなしている。もちろん「のみ」と「虱」の対から、「のみ虱の歌」ともなる。そして「手すさみ」手淫のこと、「根芹を摘む」は女陰を暗示させる。なんとも猥雑な「腰より下の話」なのである。女童（喝食）は一首の卑猥さもわからずに、対句仕立てにした歌を返したのである。

これに類する話は、『醒睡笑』（そでない合点・巻之四）や『新旧狂哥誹諧聞書』、さらには『百物語』にもある。それぞれに歌に異同があり、意味がとりにくくなっている。そのことは、この歌が書物を通じてではなく、むしろ口伝えで伝承されたことを物語っている。そして咄の源は、無住法師の住した僧苑にまでさかのぼれるのである。

この類の狂歌咄、あるいは猥雑な「腰から下の話」は、僧苑に出入りした口達者な連中が持ち伝えたのである。連歌師輩であり座頭の坊である。彼らは連歌の果てた宴の座にも加わって、これらの咄を語っては人々の腹を抱えさせたのである。それが彼らの即興の芸、頓才であった(12)。

五 『白身房』の俳諧

虱の話が出たついでに、虱の遍歴修行譚に触れておこう。室町期になる『白身房《しらみ》』の物語である。鎌倉建長寺の僧堂の乾の角に住む齢八十四五才の虱、美しい喝食に恋慕して喰い付かんとしたが果たせず、無常を観じた虱は、諸国行脚をこころざす。

歳月、いつの頃にやありけん、鎌倉の建長寺の僧堂の乾の角に、八十四五才なる虱一疋、座禅して居たりけるが、ある日のつれ〳〵に、唯何となく心空に浮かれいで、其人とはなけれども、欲垢深き肌に喰い付きたく、そぞろに人恋しき折節、当山第一の御喝食様、立ち出で給ひけるにや、扨も見るからに胸打ち騒ぎ、そろり〳〵とはい寄り、御小袖の裾に行き付きたり。染み返りたる御匂ひ、はやくも心乱れける。

恋慕に心乱れたものの、そこは虱の身の悲しさ、軽く喝食様に一蹴されて、やむなく諸国修行を志す。それ以後は、駿河で出会った修行者との歌問答が続く。

虱めもくれ心乱れ、足手も腰もよろ〳〵として、畳の縁によろぼひけるが、余りの御残り多さに、又そろり〳〵行より、御裾に行きつかんとせし折節、師匠より御使いありて、喝食様は方丈へ帰り給ひけるこそ悲しけれ。

虱、足手多しと申せども、なか〳〵行き付くべきやうぞなき。いよいよあぢきなく、消え入るばかりの心地ま

どひにけり。つら〳〵ものを案ずるに、伊勢が筆のすさびの物にも、身の上の中におぼへかくなん、

相思はんかれぬる人を留めかね我が身は今ぞ消えはてぬめる

（中略）此の年月いか程の人の肌をかぶり喰ひし、後の世の罪の程ぞ怕《おそろ》し。かた〳〵行脚せばやと思ひける。

一読、これは明らかに稚児物語の形式を踏んでいる。異なるところといえば、稚児に思いを寄せるのは、一山の僧ではなく、老いさらばえた虱である。これをたとえば同じ稚児物語の形式をとる『塵荊鈔』と比較してみよう。こちらは花若・玉若と僧の物語である。

一人之小座頭学文ノ為ニ奥州ヨリ上洛トテ一宿ヲ望ム。長途之行旅也、日已に薄レ暮間、三椽之弊盧ニ請ジ、麁茶淡飲ヲ与フル処ニ、自苫席ニ草ノ枕ヲ押シノケ、終宵早物語ヲシ侍ル中ニ、天台山去院家ニ御坐ス花若殿、玉若殿ト云学匠ノ児、二人之始末不思儀ヲ語ヲ聞而、曲肱ノ枕ヲ欹テ五濁ノ眠ヲ覚シツヽ、玄妙奇特命レ肝、哀傷悲歎消レ魂。

奥州から学問修行のため上洛せんとする小座頭の語る稚児物語、それは宵のつれづれを慰める早物語とはいえ、「哀傷悲歎魂を消す」ものであった。それはいずれの稚児物語にも共通するテーマであった(13)。ところが『白身房』はどうだろう。こちらは虱の及ばぬ恋である。稚児物語の形式を踏襲するとはいえ、「見立て」の俳諧に遊んでいると言えよう。哀れとはいえ、これにすぎる滑稽はない。この虱の歌物語と、前章で示した蚤と虱の歌問答、あの卑俗な笑話とは聖俗立場を異にするとはいえ、それほどかけ離れてはいない。俳諧の発想を同じくするものだろう。さらに卑俗に遊べば、稚児との歌問答、次のような「蚤と虱」の歌につながるだろう。

有人、大ちごのありけるを恋しく思ひ、かく言ひつかはしける

君をのみ恋しうしつるてすさみにかど田に出でて根芹をぞつむ

返し　　　　　大ちご

我しらみふなあかしかめあしもんじせどのはたけで牛蒡をぞひく

説明するまでもなく、先に示した笑話と類を同じくする（『新旧狂哥誹諧聞書』）。稚児物語と笑話、この二つは、『白身房』を介すれば、聖と俗を裏返してそのままつながっている。『塵荊鈔』は、小座頭の語る早物語として設定されているが、むしろ、『白身房』の方に、その滑稽は生きてはたらいている。ともに哀傷悲歎を同じくするとはいえ、『白身房』には、「見立て」に興ずる俳諧の遊びがある。さらに「虱」を「法師」に見立てる発想には、言葉の遊びがある。『俚言集覧』の記事を引こう。

ぽッしり　半濁、物をつぶす声又ポッチリとも云［白身坊］シラミほど出家を好む物ハあらじ殺されながらホッシとぞなる

ここに引かれるのは『白身房』に載る一首である。「ホッシ」には、もちろん「法師」と虱をひねりつぶす「ぽッしり」が掛けられている。『白身房』は哀れな児物語の形式を踏襲するとはいえ、遊び心がある。

いっぽう、さらに卑俗になった笑話には、対句の遊びさえある。そして『白身房』と笑話に共通するのは、虱に材をとって遊んでいることであろう。さらにこの『白身房』の物語が、談義注釈の場と結びついていることは、すでに指摘がある。(14) 談義注釈の場と結びついて、『白身房』のような物語が生まれてきたとするならば、そこに材料を提供したのは、僧苑ではなかったろうか。『白身房』もまた、「蚤・虱」の話であり、僧苑に栄えた笑話のうちから生まれた物語といってよかろう。

六　対句の遊び

卑俗とはいえ、こうした対句の遊びに興ずる機会は、たとえば禅林の茶話の座にあった。以前にも少し論じたことはあるが、改めて補足して見よう。[15]『蔭凉軒日録』（長享元年十二月九日条）の一節である。

自二夜来一寮会合。蓋丹公調二赤小豆粥并村田楽一。宴了茶話。樹立公云。豆粥味嘗レ漢。芳洲云。鼎聯法続レ韓。又云。映レ梅灯影痩。愚云。隔レ竹漏声寒。聯二十句各帰矣。

茶話の席に出された小豆粥を話題にして聯句が始まり、対句の遊びに興じられる。いわばこれは茶話のごときくつろいだ俳諧の遊びと言ってもよかろう。『百物語』はこのような対句の遊びを数多く集めている。[16]

むかし比叡山と三井寺とは、たがひ不和なりけるが、さる法師三井寺をあざけりて、狂句をして遣ける。

寺見二北兵左一

といひやりければ

山誤二東束来一

と対せしなり。（以下略）

山門と寺門の僧の悪態合戦の体である。比叡の僧が、寺門の僧は北兵左（比丘尼の書き誤り）を養っている、この破戒僧が、と言えば、三井寺側は、叡山の僧は、東を束や来と書き誤る、このもの知らずめ、こんな具合に罵りあっているのである。目くそ鼻くそ、どちらも無知に変わりはない。山門・寺門両派の争いを話題としているとはいえ、愉快な対句の遊びともなっている。この咄を書きとめた筆者が、「三国一の対句なり」と感心するのももっともである。

この話は禅林に伝わる笑話である。『詩学大成抄』（天文十八年頃抄）や『玉塵抄』（慶長二年写本）がそれを記録する。[17]『詩学大成抄』もこの一対を「名句ドモナリ」と称えている。こうした対句は、詩聯句とはいえ俳諧の遊びであろう。もちろん対句だけではない。寺門と山門の悪口合戦という趣向にも遊んでいるのである。近世初期の咄本は、ときにこのような対句の遊びを伝えている。よほど人気のあった話材であったらしく、『寒川入道筆記』にもその一例がある。

昔或人ノ句ニ、
水ハ清シ清水ノ水　　川ハ白シ白川ノ川
又、
八坂五重ノ塔　　三条六角ノ堂
又、
花ハ東山ノ地主　　梅ハ北野ノ天神
右喝食ノ句也。後ニ皆名匠ニナラレタリ。

これと同じ一連の聯句を、林羅山が『梅村載筆』に紹介している。おそらくそれらは、建仁寺で喝食修行した彼の記憶の中にあったのであろう。たわいもない遊びであるが、これを喝食の句として、後に名匠になったというのもでき過ぎた作り話であろう。

無住法師の書きとめた「君をのみこひくらしつる」の歌の贈答も、対句に遊ぶ狂歌であり、俳諧であるといえよう。そしてその俳諧味を喜んだのは、先のような詩聯句に遊んだ僧苑の人々であった。腹を抱える男色を話題としながら、対句の遊びにも興じているのである。

七　談義・注釈と笑話

狂歌や俳諧のごとき遊びとはいえ、咄は座興の戯れとして、その場限りで忘れ去られるわけではない。注釈や談義の材料として用いられる場合がある。座興とはいえ、ときにそういう形で記録に止められる幸運にあずかる。「つび」と「しじ」の話を例として示そう。『史記抄』（周本紀・第四）に記録される挿話である。なんと「つび（女陰）」の中に、「張り形」の化け物が飛び込む話。

通玄寺へ御所御成ノ時、一番走リガ御成々々ト叫ブ時分ニ、陳年ノハリカタガバケテ出テ、飛テ客殿ノ天井ニフラ〳〵トサガリテアルヲ、箒ヤ竿ヲ以テ遂ドモ、アチヘハ飛移リ、コチヘハ飛スルゾ。脚踏ハトヾカズ、梯ハトリ出ニモ不レ及。ハヤ二番走ハクル。嫩《ワカ》キ比丘尼ドモハ、アラウツツナヤ、タメシナヤトテ、アキレテイタ時ニ、老僧比丘尼ノコケタガ、コチヘマカセヨト云テ、前ヲカキヒロゲテ、ツビノハタヲホタ〳〵ト敲テ、此ヘヲイレアレト呼タレバ、天井ニフラメイタルハリカタガ、ホウト飛テ、ツビノ中ヘ入タ処ヲ、ソットトラヘタト云様ニ

劫をへた「張り形」の化け物が飛行する大騒動を、老比丘尼が収めてしまう。あろうことか、自分の女陰のうちに、「張り形」を入れてしまったのである。若い女房たちが大騒ぎしているのを横目に見るようにして。このような猥雑な話が、『史記』講釈の場で語られる。なんとも愉快な話である。この話は「讙呼」「群呼」の意味を釈するたとえ話として引かれるのである。なるほどこれならば、「大騒ぎ」「大混乱」という意味が、手に取るようにわかる。こんな講義ならば、聞くものすべて、腹を抱えて大笑いであろう。大笑いのうちに、「讙呼」「群呼」の意味を呑み込んだに違いない。

次は「しじ」の話。『法華経直談鈔』の講釈である（第三末）。こちらは「童子戯」についての注釈である。戯れに子供が小便で地蔵の形を描いた功徳が語られる。

地蔵ノ現記ニ有。昔丹後国ニ童子アリ。雪ノ上ニ小便ヲスルトテ男根ヲ振廻シテ地蔵ノ形作リ、南無地蔵ト唱テ礼シケリ。此童子死後地獄ニ堕。地蔵菩薩来テ云、是ハ我檀那也ト云。助給ヘリ。是即仏菩薩多中ニ、取分地蔵ヲ造タル一念功徳ヲ以、地蔵来玉フ也。

「しじ」を振り回した戯れの遊びがもとで、死んで子供は地獄に堕とされる。地蔵はそんな子供でも救ってくださる。ありがたい法華経談義の場の比喩因縁譚である。比喩とはいえ、やはり「男根」の話は、講経の場には似つかわしくない。しかし、このような不浄説経の歴史はふるい。『今物語』には「屁」や「糞」をネタにする説経師が登場する。[18] それを思えば、「しじの話」が出ても不思議ではない。

ここに示したように、「つび」や「しじ」の話は、注釈・講経の実例として用いられる場合がある。なるほどわかりやすい比喩譚である。しかし、それらはもとをただせば、僧苑で語られていた笑話であろう。それが注釈や講経の場に持ち出されて、聴衆の笑いを誘い、経典の理解へと導いたのであろう。

戯れの笑い草とはいうものの、笑話は、無住法師の言葉を借りれば、「仏乗ノ妙ナル道」に入らしめ、「勝義ノ深キ理」を知らしめんための「狂言綺語」に違いなかった（『沙石集』）。「狂言綺語」とはいえ、しかし、僧苑に栄えた雑談は、説経や注釈の世界にとどまらず、近世の咄本にも話題を提供して、笑話の世界を豊かなものにした。頓智頓作の言葉に花を咲かせて、哄笑を誘ったのである。それでも僧苑との縁が切れたわけではない。最後にそんな笑話の一例を紹介して、話の綴じ目としよう。

肥前の国神崎の郷に、南無の二字を額にうちたる比丘尼寺あり。即ち二字寺といふ。此尼ども、つねに麻の糸を

縒りて売る。また、あたりに東妙寺といふ寺あり。此坊主共、糸を買ひに行ていにて、さい〳〵ものとしたとて、やがて門に、

二字寺もいまは六字になりにけり東妙寺より四字をいるれば

これも例のごとき「しじの話」である（『きのふはけふの物語』）。「四字」はもちろん「指似」。「六字」は南無阿弥陀仏の名号。二字（尼寺）に四字（指似）を入れて六字（南無阿弥陀仏）となった。きわどい歌が、なにやらありがたくさえ感じられる。この話が談義や注釈の場をにぎわした証拠はない。しかし、この口合いにも似た「腰より下」の狂歌咄は、僧苑に栄えた笑話を抜きにしては考えられまい。猥雑ではあるが、俳諧味を愛した僧苑の嗜好は、説経や談義の場を通して、その輪を寺院の外へと広げ、ついには寺院が笑いの対象となっていったのである。このような興言利口、すなわち軽口を好む僧苑の風潮は、貞門や談林の俳諧者流にも受け継がれていくのであろう。その意味では、詩聯句はもちろん、狂歌や俳諧のごとき戯笑の話を数多く生み出したところ、それが僧苑であると言ってよかろう。

さらに言えば、僧苑に栄えた笑話は、説経や談義注釈の場に話材を提供し、『白身房』をはじめとする物語草子の材料ともなったと考えられる。

注

（1）鈴木棠三『犬つくば集』脚注（角川文庫）昭和四一年。

（2）金関丈夫「榻のはしがき」（『木馬と石牛』所収。昭和五一年）に多くの「しじの話」が集められている。

（3）（4）福田秀一「暁月房為守とその狂歌酒百首」（『中世和歌史の研究』所収）昭和四七年。

（5）野村純一『昔話の森』（第七章「あべこべ話と大法螺話」）平成一〇年。

（6）本田安次「阿呆陀羅経と早物語」（『旅と伝説』第六年二月号）。

（7）ここに一例を掲げておく。ある寺に和尚と三人の児がいた。和尚が「登らばや」という句を題にして一句を作らせたところ、三人がそれぞれに詠んだ。まず小児が「登らばや、我が手とづかぬ花の枝」、そして次に中児が「登らばや、都は花の盛りにて」、最後に大児が「登らばや、仰向き臥せる開の上」と続けた。これも腰から下の話である。「開」はもちろん「つび」と読む。なお『多聞院日記』は、僧苑に出入りする連歌師について記録している。これについては鈴木棠三「連歌と笑話」（『中世の笑い』所収。平成三年）参照。

（8）拙稿「詩話と公案―饅頭の秀句―」（『咄・雑談の伝承世界―近世説話の成立―』所収平成八年）他に岡見正雄「座頭と笑話」（『国語国文』昭和十二年八月）参照。

（9）柳田國男『女性と民間伝承』。

（10）筑土鈴寛『沙石集』（岩波文庫）解説（昭和六三年）。

（11）拙稿前掲（8）。

（12）拙稿「笑話と座頭」（『咄・雑談の伝承世界―近世説話の成立―』所収）平成八年。

（13）『塵荊鈔』（古典文庫）市古貞次解説。

（14）中野真麻理氏は、白身坊と名乗る虱の出家遍歴譚（お伽草子『白身房』）が講経の場と密接に関わっていることを詳細に論じておられる。（『一乗拾玉抄の研究』所収「虱の歌」）平成十一年。

（15）拙稿前掲（8）。

（16）（17）前田金五郎「近世初期笑話の源流」（『国語と国文学』第五十巻第二号）。

（18）阿部泰郎「唱導―唱導説話考―」（『説話の講座』第三巻）平成五年。

第二章　室町の笑い

――謡文化のかたち――

一　鼓の滝の狂歌

越中砺波の浄土僧龍正が著した『勧化一声電』（宝暦十年刊）に、「念ずれば仏意にかなう」例話として西行説話が引かれる（上巻「一念仏意　附西行滝見」）。西行法師が摂津の国鼓が滝に赴いて歌を詠むと、爺・婆・娘の三人が、彼の歌を添削する。いずれも「鼓」の縁にしたがって、西行の歌を作り改めていく。

昔西行法師鼓ノ滝ニ詣デ此彼見メグリ、風景ニ感ジテ、一首ヲツラネ、天晴ノ歌ヨミタレト、自慢ニ思ハレケル。其歌ニ、津ノ国ノ、鼓ノ滝ニ、来テ見レバ、流レニ、ヤヲハ、蒲公《タンポポ》ノ花ト、口号テ、已ニ立帰ル処、山ヲモイデハナレザルニ、俄ニ日暮トナリヌ。何ナルコトニカ、最早晩タルゾト思ドモ、次第ニ、ソコラ見ヘヌホドニ成バ、道ヲ問ベキ便モナク、谷ノ間ノ灯ヲ力ニ、タドリヨリテ、宿ヲカリケルニ、「主ハ山木ヲ採テ未ダカヘラズ」ト云フ。姥一人在テ云様、「見苦キ荒屋、臥バカリト思食バ泊リ玉ヘ」ト云。「ソレハ、ウレシキ情カナ」ト、立入テ休シカバ、此姥ガ云ヤウ、「御僧ハ何国ヨリ何方ヘ通リ玉フゾ」。西行云「我ハ都方ノモノナルガ、初テ鼓ノ滝ヲ見ニ来テ、聞シニモマサリタル景色、余リニ興ニ入ケルニヤ、思ハズ暮シテ、此ニ来レリ」ト云。「サテハ都人ニテハル〳〵来玉フナラバ、定テ、此滝ヲ見テ、秀句ヲモ、綴リ玉フラン。聞マホシクコソ」ト云。西行聞テ、浩侘シキ山賤ノ秀句ヲ望ハ思ガケナク、ヤサシクテ、「去バトヨ、折節此滝ヲ見ル誌ニ、一首ヲヨミタリ」ト、右ノ歌ヲ吟ジタレバ、姥ハ何ノ応答モナクテ、止ヌレバ、西行意ニ、オカシクテ、聞ント所望ハ仕タレドモ、哀賤女ノコトナレバ、歌ノ意モ得知ヌヨト、ソレヨリ臂ヲ枕トシ疲ヲ憩フ。其間ニ亭主モ其子モ薪ヲ負テ立帰リ、「今此ニ眠居ル人ハ何者ゾ」ト問バ、姥ガ云ク、「是ハ都ノ僧ナルガ、滝見ニ来リシトテ、今宵ノ宿ヲカシタル也。然ニ此僧滝ヲ初テ見タルトテ、一首ヲヨミタル物語、ケ様〳〵ノ事ナルガ、此歌イカヾ聞玉フ。己ガ思フニハ、鼓ガ滝ト云ヘバ、隠モナキコトナレバ、津ノ国トハ云ハズトモヨカルベシ。去バ此五ツ文字ヲ音ニキクトアラバ、鼓ニ縁モアリ面白カルベキニ」ト云。（後略）

西行が寝入ったところに爺と娘が帰ってきて、三人で歌の批評と添削を始める。実はこれ、旅に疲れて草原に寝た西行の夢に、和歌三神が現れて、おのが慢心を諌めてくれたのである。かくしてこの説話は、「我身ワロシト思知《オモヒシル》ト云コトハ、サテ〳〵珍シキコトトナリ」と結ばれて、一念仏意にかなうことの難しさが語られる。

こうして西行の歌は添削されて、「音ニ聞ク鼓ノ滝ヲ打見レバ流ニチッチ蒲公ノ花」と改められる。「音に聞く」はもちろん、「打見れば」も鼓の縁につながる表現である。「チッチ」も「タン・ポポ」も鼓の擬音であり、いずれも「鼓」の縁に遊んでいる。いまかりにこの狂歌を「鼓の秀句」と名づけるならば、(1)この一首の作意は、「摂津の国・鼓の滝」が舞台であってこそはたらく。

この西行説話は、昔話としても民間に多く伝えられている。(2)たとえば、福井県遠敷郡名田庄村に伝わるのは、「西行の歌作り」という話である。西行の歌は添削されて「音に聞く鼓の滝をうちみれば川辺に匂うタンポポの花」となる。もちろんこれも爺・婆・娘に姿をかえた「和歌三人」が、鼓の縁にしたがって作り改めていく。ところが、摂津の国「鼓の滝」と特定していない。しかし、これでは「鼓」の縁に遊ぶこの話の、本来のおかしみは理解できない。

昔話を語り伝えた民間の人々には、「鼓の秀句」の意味は、もはや忘れられているのである。

二　有馬湯の狂歌咄

この鼓の狂歌は、寛永年間に刊行された『新撰狂歌集』にすでに見えている。これには「摂津国鼓の滝にてよめる」と詞書があって、

音にきく鼓の滝をうちみれば沢辺にち、とたんぽ、のはな

の一首をのせる。ただし作者は西行ではない。鼓の滝といえば、摂津の名湯、有馬の滝として知られており、早く『連歌寄合』にも「鼓の滝は摂津」と見えている。

さらに有馬は、古来、行基菩薩開基の「薬師の湯」として聞こえていた（『藻塩草』・『類船集』）。『詩学大成抄』（室町後期）は行基説話をのせて有馬の湯の来歴を語る。それは癩病を病む乞食の体を舐めた行基の菩薩行をたたえて、「薬師の湯」の来歴を語るものといっていい。乞食はもちろん薬師の化現である。

昔薬師ノ癩ニ化シテ行基菩薩ノボサツノ行ヲシテ諸国ヲ行アルクニ津ノ国ノアリマ山ノ中ヲトヲルニクサクタ、レタ癩病ノ乞食ニアワレタソ。我ガカサヲネブル者アラハスキトナヲラウソ。此カサヲネブラウハ菩薩ノ行ヲ修スル大慈悲ノ者デナウテハネブルマイト云タソ。行基ノ我ハボサツノ行ヲスルホトニネブラヒデハト思フテネフラレタソ。足ノウラカラハシメテネブリテ頂上マデスキトネブラレタレハ薬師如来トナリテ金色ノ光ヲハナツテ山ノ中ヘ飛テイカレタソ。ソノト、マラレタ所ニ堂ヲタテ薬師ヲ作テ本尊ニシタソ。行基ノ行力ヲタメサンタメニ癩ト化セラレタソ。薬師ノ詫ニ末世ニハ人ガ破戒シテ神仏ヲモ信ゼイテ癩ノ業病ヲウケウズホトニスクワント

テ湯ヲ薬師ノ両ノ乳ヨリ出サレタソ。

こうして薬師の両の乳から流れ出たという有馬の湯の所以を語る。それほどに薬効のある湯だから、この湯に取材した狂歌話がさまざまに残されている。「命有馬の湯」、「奇特有馬の湯」といって、「薬師の湯」の効能はたたえられ、話の種となっている。この湯は、身心の病を癒してくれるだけではなく、腰折れ歌の病さえ治してくれるという話さえある。いずれも『醒睡笑』がのせるものである。

宗祇、有馬の湯に入りておはしけるに、人々よりあひ、歌など詠みあそびしが、「ここに居らるる旅の僧も、もし思ひよりたる事あらば、いうても見たまへ」と、傍若無人の作法なりし時、

音に聞く有馬の出湯は薬にてこしをれ歌の集まりぞする（推はちがうた・巻之六）

西三条逍遙院殿、御養生に有馬へ湯治ありし、その時歌の点を望みて参らせあぐる。とかくよろしからねば、

昔より奇特有馬の湯ときけど腰をれ歌はなほらざりけり（聞えた批判・巻之四）

腰折れ歌を話題としながら、宗祇や三条西実隆の歌に託して、「奇特有馬の湯」をたたえている。それならば西行の歌の病がなおされる狂歌話の舞台は、「薬師の湯」ゆかりの有馬がふさわしかろう。その有馬・鼓の滝なればこそ、西行の歌の病が添削される「鼓の秀句」のおかしみも生きてくる。西行の慢心を諌めたなどという説教臭は、後の世の脚色であろう。

『新撰狂歌集』の歌、「音に聞く鼓の滝をうち見れば」の一首は、『醒睡笑』と同じく、有馬に取材した狂歌話の系譜につらなるものであり、説教と昔話の西行説話も、時代を隔てるとはいえ、同じく有馬の湯の狂歌話につながっている。説教であれ、昔話であれ、この西行説話の「笑い」を理解するには、「鼓の秀句」の解釈が肝要となる。

三　謡曲『鼓の滝』

『新撰狂歌集』の狂歌、いわゆる「鼓の秀句」には、本歌・本説がある。謡曲『鼓の滝』である。世阿弥の作と伝えられ、永禄十一年（一五六八）八月一八日、日吉大夫による演能記録（『言継卿記』）がある。当今の臣下（ワキ）が、勅命をうけて摂津有馬山に花を尋ね鼓滝に到る。山賤（前シテ）に案内されつつ山の花を眺め一夜を明かすところに、山神（後シテ）来現して、鼓の滝に舞楽を奏する祝言能である。

（前略）〽扨は嬉しや音にきく。鼓の山を来てみれば。実《げに》面白き瀧也けり。（シテ）「あらうたてやな津の国の。
鼓の瀧を来てみればとは。御詞ともおぼえぬ物かな。（カカル）上〽古き歌人の言の葉にも、（歌）〽津の国の、
つゞみの瀧を打ちみれば、〳〵、たゞ山川のなるにぞ有りけると。さしも読みし言の葉の。あるなれや此山の。
あらしも雪も落ちくるや。鼓の瀧も花の瀧も、糸をそへて白波の。あら面白のけしきやな、〳〵
クリ〽夫《それ》春の風は空に庭前の木をきり。（中略）（クセ）〽花前に酒をくんで。紅色をのむとかや。げに面白
やさかづきの。光も廻る春の夜の。有明ざくら照りまさり。天花にゑゝりや。流水も雪なり。げにあくがるゝ春
なれや。吾と心にさそはれて。宮古はる〴〵と、跡に霞のうす衣。日も夕暮はすぐれども。其まゝにながゐし
て、はなに名残は有馬山。つゞみの、瀧に時うつり、宿を花にかるもかく。

こうして有明桜の花の下、夜遊の酒宴を催すと、山神（瀧祭の翁）が現れて、舞楽を奏して、鼓の滝の滝壺に消える。

ロンギ〽実や妙なる花の影。〳〵、月の光も夜とともに、酒宴をなすぞ面白き、
シテ〽迚も夜遊の折しもに、花をかざして桜人の、舞楽をいざやすゝめむ、

シテ〽そもやなにおふ桜人。その舞人は誰やらん、シテ〽今は何をかつゝむべき。吾は山河をまもるなる、シテ〽山神こゝにシテ〽〽あらはれて　舞楽を、とゝのふる祭の。瀧祭の老人とは。此翁なりと云すてゝ。花をかざし浪を踏て。瀧つぼに入にけり、瀧つぼに入にけり。（後略）

「瀧祭の翁」が現れて、鼓の滝に舞楽を奏するくだりは、とくに注目される。これはのちに述べるように祝言能の性格にかかわる。鼓の滝といって、おもい起こされるのは、岩戸神楽の由来についての神道説である。ここには『申楽聞書』（室町末期・大森彦介著）の説をあげてみよう。

一、能と申事。天照太神、そさのうのみことゝ御くらゐあらそひ給ひしとき、天照太神あまの岩戸へ引こもり給ひしとき、日本くらやミと成し也。其時、七日七夜、岩戸の前に神々かぐらをそふし給へば、岩戸をすこし御ひらき給ひしとき、神々御かほしろ〳〵と見えはじめ給ふに、「あら面白」との給ひしなり。おもしろきと云事はじまれり。其時の翁ハ春日明神、千歳ハしらひげの明神、三波猿楽ハ八幡大菩薩、ゑひくわじやハ住吉の大明神、太鼓ハをハりの国源太夫の明神、笛ハ大和の国笛吹ノ明神、大つゞミハ津国鼓の明神、小つゞミハあきのいつく嶋の明神。この時ヨリ能の道具はじまりて、今世迄も有。かぐらとハならハして候へども、岩戸のまへにてさるがくの御法と申ハ、能ノ御事也。何も神々のなされ初たりとなり。

天照太神、天の岩戸に籠もりたまうとき、神楽を奏して、大鼓の役を務めなさったのが、摂津の国鼓の滝明神であると主張する。『明宿集』以降、翁舞の特徴が、こうした神祇観にしたがって説明されるようになるという指摘がある。[3] 言葉をかえれば、室町後期以来、鼓の滝は、岩戸神楽ゆかりの地であり、鼓の神の居ますところと考えられてきたのである。

それならば「音にきく鼓の滝をうちみれば沢辺にちゝとたんぽゝのはな」の一首は、謡曲取りの狂歌であり、鼓の神ゆかりの土地にふさわしい、たくみな秀句といってよかろう。「ちち」「たん」「ぽぽ」と、鼓の音に遊びながら、鼓の滝賛嘆を果たしているのである。作歌の事情はよくわからないが、鼓の縁に遊ぶ狂歌に、「摂津国鼓の滝にてよめる」という詞書が後に加えられて、一篇の狂歌話となったのであろう。それは鼓賛嘆の戯笑歌から生まれた話なのである。そしてその背景には謡の盛行がある。

四　謡曲取りの遊び

貞門流や談林門の俳諧師たちは、謡曲取りの俳諧を得意とした。それは江戸初期俳壇の流行となって、「謡曲は俳諧の源氏」とまでいわれるようになった。『新撰狂歌集』の狂歌も、謡曲流行の時代を映す一首といってよかろう。たとえば『寛永十四年熱田万句』、これは熱田社に奉納された法楽俳諧であるが、ここにいくつもの「鼓の滝」の付合が見えている。

　行ずれば莵角寄特ハ有馬山
　　瀧も鞁をうつやたん〳〵
　氏神に参らせにける大神楽

有馬の湯の薬効をたたえながら、鼓の滝前での奉納神楽を詠む。もちろん『鼓の滝』の舞楽奉納の詞章が踏まえられ、鼓の擬音に戯れている。同じく有馬の地誌『有馬私雨』（寛文十一年序）には、「鼓の滝」と詞書して、謡曲取りの一首をのせる。

　三番三やうてる鼓の滝の水絶ずとふたりありうたうたう　良因

「ありうたうたう」と、翁舞の詞章に滝の音をかさねて、『翁』や『鼓の滝』を念頭においた作歌であろう。「たんたん」「たうたう」と鼓の音に因んで遊んでいるといえよう。

狂歌や俳諧ばかりではない。さらに室町期にまでさかのぼれば、かつて湯山（有馬温泉）に遊んだ禅僧たちは、五絶、七絶の詩を作っている。瑞渓周鳳は『温泉行記』のうちに、鼓の滝を詠んだ五絶をおさめて、

予聞山中有鼓瀧、然非西行和歌所詠、今日欲行観之、（中略）

又名爆以鼓、戯作小絶二首、

蒼崖飛濃布、々鼓也能鳴、翻勝鳳翔石、鼕々自有聲

温泉獨得名、爆以不平鳴、似聴驪山下、三郎羯鼓聲

と詠む。滝音が「羯鼓の聲」に擬されているとともに、「鼕々自ら聲有り」とこれも翁舞の詞章「ありうたうたう」による表現である。もちろん謡曲を踏まえた句作りであろう。『翰林葫蘆集』（巻四）に景徐周鱗は、「温泉十題」と題して鼓の滝を詠っている。これも有馬に遊んだ折りの詩作である。

風鳴天鼓倒天河、只有西行一首歌、徐老悪詩洗何尽、三千尺水未為多

「風は天鼓を鳴らし大の河を倒す」とは謡曲『天鼓』によった表現であり、滝音を鼓の音に聞きなして遊んでいるのである。

瑞渓周鳳、景徐周鱗は、ともに「西行の和歌」について触れているのが、注目される。ここ鼓の滝で、西行が歌を詠んだという言い伝えがあって、それは『蔭凉軒日録』にも記録されているが（文正元年閏二月十五日条）、どのような歌かはわからない。「鼓の秀句」の歌かどうかも、まったく不明である。しかしともかく、禅僧たちは、湯山のつれづれに、謡曲を話題として、詩作に興じていたと思われる。

室町の後期から、謡曲は京洛の上層町人のあいだにも流行し、座敷舞、座敷謡がさかんに催された。『禅鳳雑談』にもその一端は伝えられている。謡の話題は町人層のうちに広がりを見せていったのである。安楽庵策伝和尚の編んだ『醒睡笑』（謡・巻之七）にも、多くの謡の話題がおさめられていて、当時の好尚を伝えている。寛永期の『新撰狂歌集』は、こうした謡文化流行の時代に刊行されており、「鼓の滝」の狂歌も、謡を話題とした狂歌話なのである。

狂歌話は、作者をさまざまに取り替えて伝える。「鼓の秀句」の場合、西行のほかにも、作者を赤松則祐とする話がある。有馬十二宿坊のひとつ池之坊を営み、湯山の年寄を勤めた余田家が所蔵する文書にも、「鼓の秀句」は記録されている。(4) 写された時代を特定できないが、江戸時代をさかのぼるものではあるまい。播磨の守護赤松則祐、上洛出陣の途上、有馬にて酒宴の戯れに、鼓の狂歌をものしたという（応永元年三月）。

応安のはじめ、関東関西の官軍一時に蜂起により、京都警衛のため白旗城を打立ける。其比上総介（義則）病ありて、有馬の出湯にありしをも同道せむと立より、それより鼓の滝におもむき、宴にたはふれ居けるところに、彦部秀光、将軍よりの御内書持参しけり。則これを頂載（マヽ）し、某もはや動履候べし、御請のしるしには、天下全く打しづめ、千代までめでたき狂歌一首奉れと、

音に聞く鼓の滝を来て見れば上にはちゝとたむぽゝの花　　則祐

作者が改められるとともに、歌にもあらたな意味が与えられる。ここでは天下を打ちしずめる、いわば予祝の一首となっている。同じ「鼓の秀句」とはいえ、「めでたき狂歌」として、その装いをかえる。この祝言色もまた謡曲『鼓の滝』にかかわっている。

五　鼓の祝言

謡曲『鼓の滝』は、有馬山鼓の滝に山神来現して、滝前で舞楽を奏する祝言の曲であった。その山神は、この山河を守る「瀧祭の翁」と名乗って、滝壺に消える。いまこの一曲の祝言性を、伊勢天文本神楽歌「瀧祭の哥」に従って述べてみよう。伊勢鼓が岳の巖間を分けて出る、水を祀る瀧祭の神楽歌である。

・いや瀧祭　巌間を分けて出る水　いや淺くな出でそ　深く頼まん

・瀧祭の若宮に千代の御神楽参らする　ほめ聞召せ玉の宝殿

・いや君は萬歳御座ませ　いや我等も御前に侍らはん　いや鶴と亀との齢には　いや　幸ゐ心に任せたり

本田安次は「瀧祭の若宮」に注釈して、水神を祀るところにして、伊勢の神宝をここに納めるという。[5]いまその若宮に神楽を奉納して、千秋万歳を祈るのである。この神楽に照らせば、謡曲の「瀧祭の翁」とは、水神にして、有馬の山河の守護神なのであろう。折しも有明桜の満開のとき、酒宴の座に現れて、鼓の滝を前にめでたき舞楽を奏する。それは祝言の翁舞である。こうしてみると、謡曲『鼓の滝』の、「津の国の、つゞみの瀧を打ちみれば、たゞ山川の。なるにぞ有りける」を本歌とする「鼓の滝の狂歌」は、祝言の性格を謡曲から受けついだ戯笑歌であることがわかる。

さらに佐陀神能の一曲に、「鼓ケ瀧」とも称される『真切雲』がある。謡曲『鼓の滝』をもとにして作能されたものので、成立時期については意見がわかれる。本田安次は永正の頃までさかのぼれるとするが、[6]早くとも寛永十六年までとする石塚尊俊の見解がある。[7]

ワキ詞〽抑是ハはつとうの命に仕へ奉る神主秀幸とハ我か事也扨も往昔摂州にこそ天よりかつこふりくたり　岩

戸の前の夜神楽初りしより此かた　宮々にその例有といゑとも　未夕其所を見ず候程に　此度思ひ立　津の国の鼓の滝へと急候

（中略）

シテ　委く語り申すへし　サシ〽夫天照大神岩戸に籠居し玉ひしかば　昼夜のわかち無き事を　八百万の神等歎き

岩戸の前に集りて　神楽を奏舞玉へバ　此滝に天よりかつ鞁ふりくたり　クセ〽夫より津の国の鼓の滝とハ申なり　神々ハ此鞁取りて打共音も出ず　切目の命進ミ出テ　天鞁得声神々供養とうてハ鳴

（中略）ヤアかゝる目出度大鼓とて　今に絶せぬ神かくら　声添えて打浪の　つゝみの数はよもつきじ　君か代も神の代も　幾久かたの天津日つき　国の宝となる大破

この一曲も岩戸神楽の由来を語る。天照大神、岩戸に隠れ給うとき、神々、神楽を奏して慰めなさると、天より鼓降りくだり、それよりそこは津の国鼓の滝と名づけられる。こうして「天津日つぎ」の絶えせぬ世をことほぐ、めでたき鼓の来歴が語られる。津の国鼓の滝に降りくだった鼓は、めでたき天鼓であり、謡曲『天鼓』によれば、その音に導かれて神仏は影向する。ならば佐陀神能も、鼓の威徳を語る祝言の一曲なのである。

以上、神楽歌「瀧祭の哥」や佐陀神能に照らすと、赤松則祐の歌に、祝言の意味が与えられるのもうなづけよう。出陣の途次、めでたき天鼓の降り下った鼓の滝での宴には、天下を「打ち」平らげる、「千代までめでたき狂歌」がふさわしかろう。

鼓を話題として生まれた「鼓の秀句」が、「ちち」、「たん」、「ぽぽ」とうちはやされるのも、鼓を讃える祝言なのである。岩戸神楽の鼓役を務めた鼓の滝明神をたたえる戯れの歌である。そして鼓の縁に遊ぶ、俳諧にもひとしいこの笑いは、謡や鼓に興じる祝宴の座から生まれてきたことを思わせる。この笑いのうちに室町の謡文化はある。それは神仏さえ影向する鼓讃歎の歌であり、謡をめぐる狂歌話となったのであろう。「和歌三神」の添削という脚色は、のちにほどこされたものであるにしても、説教や昔話の西行説話には、ほがらかな室町の笑いの痕が、伝えられているのである。

注

(1) 拙稿「鼓の秀句―西行の歌修行譚―」(『しげる言の葉―遊びごころの近世説話―』所収)平成十三年。
(2) 花部英雄「西行咄と説教」(『呪歌と説話―歌・呪い・憑き物の世界―』所収)平成十年。
(3) 天野文雄「翁猿楽の成立をめぐる諸問題」(『翁猿楽研究』所収)平成七年。
(4) 有馬温泉史料刊行委員会『有馬温泉史料　上巻』昭和五六年。
(5) 本田安次「天文本神楽歌」(『日本の伝統芸能　第七巻』所収)平成七年。
(6) 本田安次「出雲佐陀大社の神事」(『日本の伝統芸能　第二巻』所収)平成五年。
(7) 石塚尊俊「佐陀神能の成立と流布」(『西日本諸神楽の研究』所収)昭和五四年。

第三章　『月庵酔醒記』の詠歌物語

――歌話と故実――

「詠歌物語」という耳なれぬことばを用いたが、これは連歌師宗牧が『東国紀行』のなかでつかっている。いまかりにそれを借りて、本稿で取りあげる歌話・連歌説話を一括して総称してみたのである。本稿の目的は、それらの歌話・連歌説話をとおして、『月庵酔醒記』の一面をながめようとしたのである。『月庵酔醒記』は、雑記・雑録といってもいいもので、そこに著者の一貫した意図を読みとるのはむずかしい。しかし、「詠歌物語」（歌話・連歌説話）をとおして、一色直朝が本書を記録した意図を、一面なりとも読みとろうと試みたのである。

一　『月庵酔醒記』の歌徳説話

連歌説話とは、たとえば『醒睡笑』（推はちがうた・巻之六）のつぎのような話をいう。

久我縄手を葦毛馬・鹿毛・河原毛の三匹に荷を負ほせて行くに、宗長、後や先とあゆまれし。馬追ふ者のいひけるは、「お坊主、何か知り給ひたる」。「歌道に心掛くる」由あれば、「その儀ならば、この馬三匹を、おもしろく歌によまれよかし」。

雨ふれば道あしげなる久我縄手日影さらずは末はかはらけ

葦毛馬・鹿毛・河原毛の三匹の馬の名を詠み込んだ連歌話（連歌師の話）である。馬道久我畷にひっかけた機転の歌であり、「歌道に心掛くる由あれば」や「おもしろく歌によまれよかし」ということばからすれば、宗長の歌の手柄を語る歌話である。

同じ三匹の馬を詠んだ話が『月庵酔醒記』にすでに記されている。

あやしの賤のお三人、さきなるはあしげの馬をおいゆく、中なるはかげの馬、後なるはかはらげの馬也。都のあたり久我なはてといふほそ道にて、さる物ゆきあひていふやう。「此なはてをばとをさじ。されども歌をよみたらばやらん」といふけり。さきなるものがよみける。

雨ふれば道もあしげのこがなはて日かげてりなばやがてかはらけ

ここには連歌師の名は出てこない。しかし、歌を詠んだならば通そう、というのだからこれも歌の手柄を語るものであろう。それにしても下野の国で記録された『月庵酔醒記』と、都で編まれた『醒睡笑』は、どういう形でつながるのか。安楽庵策伝が、『月庵酔醒記』を横において、右から左へと写したとは思えない。それならばこの二つの話の関係をどうとらえればよいか。伊勢で編まれた狂歌話集『かさぬ草紙』がそのヒントを与えてくれる。伊勢神宮神官のあいだに伝えられた歌話を多くのせるのだが、ここにも同じ話がある。

山城の国こがなわてを馬三疋ひきてとをる人あり。あとに僧一人かちにて下りけり。爰やかしこをみて歌をよみたまひけるを、馬主聞て、御僧此三疋の馬の毛に付きて歌をよみたまひ候はゞ、うまに乗せ申べしと申しけり。その馬、あし毛かわら毛かげなり。折節雨ふり道あしかりければよめり。

雨ふれば道あしげなるこがなわて日のかげさゝばやがてかわらけ

とあそばされければ、馬主心ありて、馬に乗せ津の国あくた川まで送りけり。其僧は最明寺殿にて有しと也。

最明寺時頼の歌とするところだけがちがって、歌の手柄をかたるところは『月庵酔醒記』や『醒睡笑』と同じである。するとこの話は、下野の国と京、そして伊勢というぐあいに三角形をなしてつながる。しかし、そこに何らかの実質的なつながりがあるわけではない。『月庵酔醒記』と『かさぬ草紙』をつなぐ話ならば、ほかにもある。『月庵酔醒記』の一休（純蔵主）の話である。

七月十五日作　　　　純蔵主

亡魂今日出来迎　　雨露自《ラ》供㆓《ス》落葉棚㆒《ニ》

挑得㆒《タリ》天上灯明《ノ》月㆓　　風流水《ハ》諷経《ノ》声

盂蘭盆の魂祭を詠んだ詩である。夜空にかかる月を灯明にたとえ、河辺に吹く風と水音を、諷経の声に見立てる。禅僧一休の作だから漢詩になるが、これが和歌の場合だとつぎのようになる。『兼載雑談』が「盂蘭盆の歌」としてのせる。

後の世にまよふ諸人こよひこそいでし都の月を見るらむ

又歳暮にも、霊まつるとよめり。霊祭のこと、一年中に十六度あり。

魂祭をうたう場合、「月」を詠むのである。だから一休の漢詩も、盆棚の灯明を「月」に見立てるといってよい。いずれにしても漢詩であれ和歌であれ、盂蘭盆の魂祭を題とするとき、「月」がうたわれたのである。これは和歌や連歌の約束事だったようである。

同じ漢詩を『かさぬ草紙』も一休の話としてのせている。

むらさき野ゝ一休うらぼんの比一切せうりやうに手向とて御うたに

亡魂今日出来迎雨露自供落葉棚

灯明挑得天上月松風流水作諷経

山城のうりやなすひを其まゝに手向になすぞ加茂川の水

とあそばしければ山城のうりやなすび木俄にかれけり。加茂川の水もひやがりけると聞ゆ。ふしぎなりとしるもしらぬも申あへりとなり。

見てのとおり『かさぬ草紙』は、漢詩に和歌をくわえて、一休の歌の手柄を強調する。このように『月庵酔醒記』と、京の『醒睡笑』、伊勢の『かさぬ草紙』は、一見、何の関係もなさそうだが、歌の手柄をかたる歌徳説話という範疇でくくれば、かさなってくる。いずれもが歌徳説話という形式をとるところに、この三話に共通した性格がある。(1)ことばをかえれば、これらの話は、連歌師や一休に仮託した「詠歌物語」といってよい。

二　三条西実枝と『桂林集』

かさなるとはいっても、『月庵酔醒記』と『醒睡笑』、そして『かさぬ草紙』との直接のつながりはない。しかし、『月庵酔醒記』を論ずるにあたって、一見縁遠いと思われる伊勢の『かさぬ草紙』を持ち出したのは、『二根集』のことが念頭にあったからである。つまりこの書物を介すれば、『月庵酔醒記』と伊勢の地は、つながりをもってくる。このことは、『月庵酔醒記』の性格を考えるうえで役に立つだろう。

『二根集』は、伊勢神宮の神宮連歌師荒木田守平によって、文禄四年（一五九五）に編まれた聞き書の連歌論書である。その第一巻は、三条西実澄（のちの実枝）、その舎弟水無瀬兼成、細川藤孝（幽斎）、里村紹巴ら伊勢を訪れた歌人・連歌師からの聞き書である。その冒頭で守平は、三條の西殿大納言実澄公、聞書するを御覧じて、同公は、二根と名づけよとて、いろ〳〵ざれごと御中。

と記している。『二根集』という書名は、実澄（実枝）によって名づけられた。都の和歌の家から書名を賜るというのは、権威のお墨付きがもらえたも同然であった。守平は、元亀二年（一五七一）九月一日、三条西実澄（実枝）が、伊勢神宮の内宮・外宮を訪れたおりに語った話を記録している。

三条西殿［大納言］実澄公、元亀二年［かのとのひつじ］　九月一日［かのへさる］御参宮。御宿一夜。外宮に十日余御逗留。御物語、連歌の事のみ是に注。

一、梅の花二木にほしき色香かな　兼載

宗祇云、

梅の花一木におしき色香かな

此如、猶よろしかるべし。聴雪様御説。

兼載と宗祇の「梅の句」をくらべて、宗祇の句をよしとする。これは聴雪、すなわち祖父三条西実隆の説であるという。実隆の説を述べて、連歌指南としたのである。この実枝が一色直朝の家集『桂林集』の名付け親である。家集の後ろに付された「作者付紙」によれば、天正三年（一五七五）九月、聖護院道増に頼んで実枝に撰を請い、九月十九日に『桂林集』という名を得て、四年五月六日、醍醐光台院で掌中に置いたという。撰集を請われた実枝は、一八五首を精選して『桂林集』と名づけた。『桂林集』と『二根集』とは、こうして三条西実枝を介してつながることになる（命名の時期は、それほど隔っていないと考えてよい）。

残念ながら実枝が下総の国に赴いたという記録はない。ただ天文十五年（一五四六）には東国に赴き、武田・今川・北条などの武将と交わり、同二十一年（一五五二）から永禄十二年（一五六九）、四十二歳から五十九歳の間を駿河に過ごし、在国の武将と交友をむすんでいる。[2]『月庵酔醒記』(「冨士のねかたにある法華宗の夢」)に、「実枝卿［三条西殿御事也］対月庵語給ひし」とあるのを信ずれば、この間に対面して記録したのであろう。三条西実枝についての言及は、この一か所しかない。

ともあれ実枝は、天正三年九月には、直朝の家集の撰集をしたうえで、『桂林集』の名を与えている。『桂林集』に撰ばれた歌の多くは「題詠」である。儀礼の場に伺候する直朝にとって、題詠の知識は必須のものであった。[3]『桂林集』の題詠歌がそのことをなによりもしめしている。実枝の『初学一葉』は、「いにしへ此の道に名高き先達のいひおかれたる事を見侍るに、歌は題の心をえて読むべきよしいへり」というように、題詠の詠みようを伝授するものであった。[4]同じ言説は、『俊頼髄脳』に「大方歌を詠まむには題をよく心得べきなり」とある。おそらく直朝は、実枝ら都の公卿から題詠の作法・指南をうけていたと思われる。題詠についてはのちに述べる。

三 「青葉の紅葉」の歌話

ここに冷泉為相の説話がある。いずれも一首の和歌をめぐる話であり、類話といえる。三話のうちのひとつが『月庵酔醒記』にある。三つならべてみよう。①、②、③、いずれも冷泉為相の「青葉の紅葉」の歌話である。

①『月庵酔醒記』

いかにして此一もとに時雨けむ山にさきだち庭のもみぢば

此歌は、為相卿、金沢、むくらの紅葉をよまれしを、木もきゝえて、紅葉せざりしとなん。それより世人「青葉の紅葉」と申伝たり。今は枯てなきよし申なり。為相十四歳のころ、祖母阿仏尼のつれまいらせられて、下し時のことぞ。阿仏は、墨田川のわたりまでくだり給ひしとなり。

②

『醒睡笑』（跐心・巻之五）

鎌倉の中納言為相は、定家の孫なりし。相模の称名寺といふ律家の寺あり。かしこの庭に山々にさきだち、いかにも早く紅葉する楓の木に候ふに、短冊をつけらる。

いかにしてこの一本のしぐれけん山に先だつ庭のもみじ葉　為相

その翌年より、つねの色にかへり、紅葉をぞとどめける。

色にはみせていふ事はなし

秋風を草木にうつす天津空　兼載

③

『百椿集』「一本ノ時雨」

鎌倉ノ中納言為相ノ卿ハ、定家ノ孫ニテアリ。相模国ニ唱名寺ト云フ律家ノ侍リツルガ、堂前ノ楓、山ハ未キニ、先立チテ唯一樹紅葉スルアリ。奇異ノ事哉ト沙汰シ、其時節ニナレバ、人々集リ是ヲ見ル。或年、為相卿彼ノ寺ニ詣デテ、紅葉ノ体ヲ詠メ給フ。

如何ニシテ此一本ノ時雨ケン山ニ先ダツ庭ノ紅葉バ

ト読ミテ短冊ヲ付ケラレケレバ、明クル秋ヨリ、紅葉ヲヤメ、唯青葉ニテ星霜ヲ送リヌル事ノ不思議サヨ。其後、心敬聞キ及バレ、唱名寺へ態ト参詣アリテ、

フリニケル此一本ノ跡ヲ見テ袖ノ時雨ゾ山ニ先立ツ

右、為相卿ノ詞ヲ取リ、早咲ノ赤キヲホメタル名ゾカシ。

冷泉為相の歌は、山々に先立って紅葉する庭の木を詠むものである（『藤谷集』秋）。樹々に先立って紅葉した庭の

木に驚きながら、どうしてこの木だけに時雨がふったのか、とおどけた機知の歌である。もちろん時雨は樹々を染める、と詠む和歌の伝統をふまえている。堯恵の『北国紀行』では、これは金沢文庫称名寺の仏殿の楓であり、この歌で為相は面目をほどこして、以降、楓は紅葉するのをやめたという説話をのせる。謡曲『六浦』は、この説話を脚色して、木の精を主人公とした夢幻能である。

①にくらべて、②と③には見てのとおり若干の異同がある。②は簡略になりすぎていて、話の性格が見えにくい。それに為相の話と兼載の句がどういう関係にあるのか、わかりにくい。本来、別々のものをむすびつけたのか、もともと歌話と連歌は、一体であったのか。ただ、かりに兼載の句が後に付け足されたとしても、為相の歌をたたえることに変わりはない。③は、ここを訪れた心敬が、為相の一首を本歌とする歌を残したという後日談を記して、為相の歌をたたえている。

要するに、この三話は、称名寺の紅葉の評判をして、為相の歌をたたえる歌話である。現にこの和歌を載せる堯恵の『北国紀行』が、金沢称名寺を「乱山重なりて嶋となり、青嶂そばたちて海を隠す。神異絶妙の勝地なり」と記すように、この寺は景勝の地であった。「青葉の紅葉」を一見しようとして、のちに称名寺をおとずれた連歌師宗牧は、

称名寺にいたりてみれば、青葉の紅葉事問ふべき人だになし。しばらく有て、一室とやらん老僧出て、為相卿詠歌物語して、紅葉も老木に成てうへかへられし庭の跡などをしへられ

（『東国紀行』）

と記す。紅葉も植え代えられて、訪れる人もいない称名寺で、為相の和歌について、寺僧と「詠歌物語」をしながら、「秋もいさ青葉に匂ふ花の露」の句をものしている。この句も為相の和歌を本歌とする。要するに為相の「紅葉」の歌を本歌として、歌や連歌がうまれてくる。『醒睡笑』や『百椿集』の「青葉の紅葉」の歌話に、兼載の句や心敬の歌が添えられるのも、そのことをしめしている。歌や連歌をめぐる歌話を、宗牧にならって「詠歌物語」とよんでお

こう。「青葉の紅葉」は、為相の本歌をめぐる歌話である。直朝は、この歌話について「冷泉明融、物語し給ひし事共也」と記している。だとすれば、『醒睡笑』や『百椿集』がのせる「青葉の紅葉」の歌話は、歌人・連歌師のあいだに伝えられてうまれたあらたな「詠歌物語」といってよい。

四　「くれはとり」の連歌説話

兼載（享徳元年・一四五二〜永正七年・一五一〇）は、和歌を飛鳥井雅親に学び、堯恵から古今伝授を受けた。宗祇の跡を襲い、北野天満宮連歌会所奉行となり、永正七年、古河で没した（五十九歳）。直朝は彼の句を『月庵酔醒記』に書きとめているし、兼載の墓地を訪ねてもいる（『桂林集注』）。

かれが俳諧を好み、よく連歌興行のあとには、俳諧に興じたことはすでに指摘されている。[5]『犬筑波集』には「ふるひわな、き火にもあたらず／あれを見よから物ずきの雪の暮」をのせるが、この付合は『兼載独吟俳諧百韻』に収められている。また『犬筑波集』の「心細くもときつくるらん／庭鳥がうつぼになると夢にみて」の句を、『二根集』は兼載の作としている。さてここに直朝が書きとめた兼載の俳諧連歌をしめしてみよう。[6]

①『月庵酔醒記』

宗長、いろ〳〵しきいでたちにて、兼載に途中にしてあひければ、

あやしやさてもたれにかりきぬ　　兼載

このこそで人のかたよりくれはとり　　宗長

②叡山真如蔵旧蔵本『俳諧連歌』

兼載、いつよりも衣装など引つくろひ給ふ時、ある人

あやしや御身誰にかりぎぬ

このこ袖人のかたよりくれは鳥　兼載

③新旧狂哥俳諧聞書

宗祇、連歌の座敷へあやの小袖を着てゆきければ

あやしやたれにかりぎぬの袖　宗長

此小袖人のかたよりくれはとり　宗祇

三話をくらべるためにならべてみたのだが、どの句も兼載であり、宗長であり、宗祇である必要はない。いずれも名前を自在に入れ替えた連歌説話である。大事なのは、「くれはとり」ということばである。この語は、和歌・連歌以来の伝統をもつ歌語である。それを用いての俳諧連歌であるところに、この付合の作意はある。

『梵灯庵袖下集』は「くれはとり」の一項をもうけて、中国呉の国の故事を紹介する。

一呉服《クレハトリ》と申事、是は大国に有。あやおりし女ありき。君のめしにしたがひて、大内へまいりける。此女房は兄弟ありけり。さるほどに、君の御意にまかせてあやおる事、心もこと葉もおよびがたし。此兄弟の女房、呉の国より参りたる女なればとて、あねをばくれは鳥、いもとをあやは鳥とは名を付給ふ也。兄弟の名に任せて、哥道には、くれは鳥あやとつゞけはする事有。

呉服の発句、

くれはとりあやめは明日の軒ばかな

呉服あやしや雪か峯の雲

「くれはとり」は、「綾を織る女」（梵燈庵袖下集）のこと。呉の国に機織りのわざにすぐれた姉妹がいて、姉を「くれはとり」、妹を「あやはとり」といった。その評判が叡聞に達して大内に招かれたという。「呉」と「綾」が対になって、姉妹とされたのである。「くれはとり」は、「あやに恋しき」「あやにく」「あやし」などの枕詞として用いられ、恋の情をあらわしもした。たとえば『新勅撰集』（恋・二）の崇徳院の歌「恋ひ恋ひてたのむ今日のくれはとりあやにくに待つほどぞひさしき」は、待たされて焦れている女の気持ちを歌っている。『月庵酔醒記』の俳諧連歌は、衣の貸し借りを、男女の恋の模様に取りなして、雅び（恋）に転じたのである。

「くれはとり」が、和歌・連歌以来の伝統を有する歌語であるといったが、このことばには本歌がある。室町期の連歌辞書『流木』は、「あやに恋しき」の一項を立てて説明する。

一、あやに恋しき　あやにくに恋しき也。万葉にも、夕さればあやに恋しきと云ふ長歌有り。

くれは鳥あやに恋しく有りしかば二村山も越えず成りにき

此の歌、参河守に成りて下りける人、あらためらる、事有りてのぼりける道にて、人の心ざし贈りけるくれはとりと云ふあやを、ふたむらつ、みて京なる女に送るとてよめる歌也。参河に二村山あれば也。京なる女あやにくに恋しくて、二村山も越えず帰り来にけると云ふ歌也。あやふたむらとは二疋也。絹錦など一むら二むらと云は、一疋二疋也。

ここに引かれる「くれは鳥あやに」の歌は、『後撰集』（巻第十一・恋三）の清原諸実の一首である。東北出張が取りやめになった男が、都の女に綾を二反（ふたむら）送って詠んだのである。この歌は、『俊頼髄脳』や『奥義抄』にも引かれていて、こうした和歌や歌論の世界から、「くれはとり」や「あやに恋しき」「二村山」など連歌の寄合語がうまれてくる次第がわかる。

あやにくに慕ふを春や帰るらん
咲き散る花の二村の山

『竹林抄』（春）の能阿の句である。もちろん付句は『後撰集』の歌が踏まえられている。このような連歌の席の遊びから、「くれはとり」の連歌説話が作られたのであろう。「くれはとり」「あやに恋しき」という歌語（本歌）をもとにして、俳諧の連歌や連歌説話は作られる。歌語をめぐる歌の話題を、「詠歌物語」とよんでおいたが、これらの連歌説話をもって、歌人・連歌師は、直朝ら戦国武将のもとを廻っていたのである。(7)

五　連歌会席と雑談

戦国の武将にとって、和歌はもちろん、連歌もまた必須の教養であった。かれらは都の連歌師の指南をうけて修練をかさねていた。二代古河公方政氏もそのひとりである。猪苗代兼載は、古河にきて、政氏に連歌論書『景感道』を献上した。(8) みずからの句集『園塵』（第四）には古河での句を収めている。(9)

下野の国守護職・小山政長も清原宣賢を介して、三条西実隆に連歌付合いの合点を依頼している（『実隆公記』）。享禄元年（一五二八）九月と十月のことである。ときの古河公方は三代足利高基である。

廿四日癸巳、晴（中略）葉雪、持清三位（※清原宣賢）折紙来、関東小山右京太夫藤原政長連歌付合合点之事、予物而停止之由再往雖示之、数反問□《答カ》以誓文堅懇望、黄金一両自懐中取出之、是非共先両巻預置之由被命、先留置之、迷惑事也、

同十月

六日乙巳、晴。神光院出京、下野国小山右京大夫藤原政長連歌点之事、葉雪頻所望、今夕付墨書折紙遣清三位之処、葉雪称礼来、

政長は知友に宛てた書状に、都から招いた連歌師が、連日連歌の会を催している旨を知らせている。[10] こうして和歌や連歌の修練に励んでいるのである。永正九年（一五一二）六月、古河公方足利政氏が、その子高基と争って古河を逃れてきたとき、政長は政氏を保護している。

時代は少し下って、四代晴氏、五代義氏に仕えた一色直朝にとっても同じことがいえる。彼もまた都の公卿の指導を受けている。『桂林集注』の三十五番歌注で直朝はつぎのように記している。

此歌（中略）京着百首詠草に書入て備上覧けれは、前近衛摂政植家御判褒美ありし。前聖門道増御判も同然也。長墨を給し歌也。其後冷泉入道明融又は飛鳥井重雅も合点給し也。

政長や直朝のような戦国武将にとって、都の公卿から和歌・連歌の批点を受け、あるいは家集の書名を賜ることは、名誉の沙汰であったにちがいない。それのみならず、古河公方の重臣、とりわけ相伴衆をつとめる一色直朝にとって、[11] 和歌や連歌は、貴人を饗応する芸能として欠かせぬものであった。兼載のような都の連歌宗匠は、和歌・連歌の指導ばかりでなく、のちに述べるように故実作法の師範として、戦国武将に歓待されたのである。

直朝が書きとめた「宗祇百ケ条抜書」（『月庵酔醒記』）は、芸能や和歌・連歌の座の作法にも言及する。

一　芸能なに、ても心かくべき事。又不レ成して万にとりか、る事。

一　詩歌の雑談の時、しらずとも、うけ候はぬけしきあるべからず。并座をはやくたつもいかゞ。

同じく宗祇作と伝える『会席二十五禁』という禁戒は、長享三年（一四八九）に写されたもので、「種玉庵宗祇」の署名がある。[12] 連歌の会席での禁制二十五条を書きあげたものである。一部抄出してみよう。

一　難句の事
一　禁句の事
一　高雑談の事
一　高吟の事
一　遅参の事
一　大食大酒の事　殊に老体たるは似合はざるか。
一　連歌低く出して、執筆に問はるる事
一　座敷繁く立つ事
一　末座たるに雪月花好む事
一　人の句を出す時、隣座の人にそそめく事

最後に「欠伸・居眠りなどの事」をあげて、「右条々連席に限るべからず」と結んでいる。ここにあげた行儀の条々は、連歌の席にかぎらぬとしても、会席の禁制として、連歌書にも同じことが、たびたび諫められている。たとえば心敬は『ささめごと』で、「歌道七賊」として、大酒・睡眠・雑談・徳人・無数寄・早口・証得をあげている。

直朝には連歌や俳諧は残されてはいない。しかし、下野の国守護代小山政長のもとに、京都から宗沢という無名の連歌師がきて、連歌指南をしていたことを思えば、(13)直朝にも地方廻りの連歌師との交わりがあったとしても不思議ではない。冷泉明融や飛鳥井重雅らから受けた歌道指南のうちに、連歌のこともあったと考えるほうがよい。かれらは、歌・連歌とともに会席の故実作法も伝授していったのである、

連歌の作法にうるさい規則があるうえに、会席の行儀にも、やかましい禁制があるのだから、窮屈なことである。

だからこそ連歌のあとの宴の座は、ときに自由放埒にながれることもあった。そこでは袴・裃をぬいで俳諧の連歌にあそんだ。『月庵酔醒記』に抜書きされた連歌（説話）や俳諧の連歌は、その手控えとして記録されたものもあろう。また「詩歌の雑談」というのであれば、歌・連歌の話題に時をすごしたにちがいない。歌会や連歌会のあと、直朝は、歌人や連歌師を話題とした「詠歌物語」や「詩歌の雑談」に時をすごしたのであろう。かれの記録した「青葉の紅葉」の歌話や「くれはとり」の連歌説話は、そういう席での話題であった。

六　儀礼と題詠

四代古河公方晴氏、五代義氏の重臣として直朝は仕えた。儀礼・儀式の座に伺候する相伴衆としてである。天正四年九月二十三日、足利義氏の嫡男梅千代王丸が誕生した。そのときの祝儀の式次第が記録されている。(14) その二日目に義氏の御前に参上して、月庵（直朝）は剣を献上している。

一、二日めに月庵参上、御剣進上［廣光作］

つぎの年、天正五年五月五日、梅千代王丸の初節句の祝儀のとき、飛鳥井自庵（重雅）が古河城に参上して、式三献のもてなしを受けている。そのとき月庵も相伴している。(15) 少し抜書きしてみると、

初献　一色月庵一さん（盞）給置かれ候
二献　一色月庵御くわい持参候、
三献　おりの御さかな月庵進上（中略）自庵のさかつき一色月庵へ廻さし、

というふうに、都からの賓客である自庵を饗応し、相伴にあずかっている。その返礼として自庵は、御草子『詠歌大

概』を贈っている。その翌日、月庵が使者として自庵のもとに遣わされている。おそらく歌書は、行政的実権を後北条氏に握られているお飾りのごとき古河公方にとって、文化的権威を荘厳するものであったのであろう。

こうした儀礼的な祝宴として、都の歌人の同席のもと、歌会は催されたのである。たとえばつぎのは、『桂林集注』に記録される義氏元服の儀のときの祝宴である。大樹とあるのが義氏のこと。

大樹かうふりせさせ給ふける時まうけの物ともを見侍りて

かけ高き蓬か島の山々は君かよはひをつむにそ有ける

臘月廿七日将軍家元服し給ふに色々つくりものつみをき蓬萊山なとかさりたる所を見てよめる仙人のよはひの事也

かれは晴氏の子、母は北条氏綱の女。永禄期は大体古河城に居り、後北条氏の庇護下にあった。ここに詠われる「蓬か島」は、万代の齢を祝するものであり、蓬萊の台を前にしての題詠である。また古河城では月見の宴が開かれている。直朝はそこに伺候して和歌を献じている（『桂林集』）。

九月十三日義氏将軍家の会に月前祝といふことを

千々の秋みるともあかじ君が代はそらゆく月の影たえぬ迄

そもそも政治的な実権をもたなかった古河公方とっては、儀式や祝宴のおりに催される歌会が、文化的な威厳をみせつける機会となったのであろう。このときの歌も「月前祝」とあるように題詠である。『桂林集』の歌の多くが題詠であることからすれば、直朝の歌は、こういう祝賀の宴でにぎにぎしく読み上げられたと考えられる。題詠とは、「題の心をえて読むべき」（三条西実枝『初学一葉』）もので、その詠みようの作法も定められていた。[16] たとえば『桂林集注』のつぎの一首から、題詠の作法はおよそわかる。鎌倉瑞泉寺での梅見の歌会。将軍義氏も出座する。歌題は

「梅林聞笛」である。

梅林聞笛といふことを

春くれは宿とふ人の笛の音に吹あはすめる梅の下風

梅の花さかりには人なとの宿をとひくる物也。笛なと吹て来たるさま也。又笛に落梅の曲あれはなり。源氏に「木枯に吹あはすめる笛の音をふきと、むへきことの葉もなし」本歌也。是は鎌倉瑞泉寺殿のむかしうへ置給ひし梅の古残てさきける花のもとに将軍家二月ころならせ給ふて花御覧しけるに三十首の題にて人々に歌よませられけるにはや人のさくりけるを各々歌とも漸出来たる末つかた俄に引かへてなにかしつかうまつれと仰られけれは当座つかうまつりし作也。

ここにいう「探題」とは、「詩歌の会で、いくつかの題を短冊などの紙に書いて文台に載せておき、それを各人が一つずつ取って歌作すること」をいう。[17] 直朝は「梅林聞笛」という題で詠んだ。これは『源氏物語』の和歌（帚木巻）を本歌とするものである。題詠とは、与えられた「題」の本意を詠むことを旨とする、詠歌の第一義的手法であった。直朝は、『源氏物語』の和歌を本歌として、「梅林聞笛」のこころを表現したのである。こうした儀礼的な歌会のあと、おそらく歌語（本歌）をめぐって、歌話がかわされたのであろう。それが宗牧のいう「詠歌物語」であろう。直朝が記録した歌話をもうひとつしめしてみる。

七　会席の故実と説話

『月庵酔醒記』は香についての記事をさまざまにのせている。飛鳥井重雅は「蘭奢待之事」（上巻）、「香炉の名さまざま有といへども」（上巻）のこと、聖護院道増は、「道増聖護院殿より月庵相伝」（上巻）、「牡丹花といふ人は」（中巻）のことなどを、それぞれかたっている。

飛鳥井重雅は、六角貞頼の所持する「千鳥の香炉、牧渓図、天目茶碗」の来歴をかたる。貞頼は近江守護職にして、室町将軍足利義晴の後援者であった。ここには「千鳥の香炉」についての記述を一部引いておこう。

近代都に「千鳥」と云香炉有。いみじう興ある事にこそ侍れ。六角貞頼、夜をこめて馬のすそを加茂川にてひやさせけるが、とねり共の申様、「寒風にさそはれて、いづくのかたのめい香か、河原おもてに薫じける事、毎夜なる」由いひけり。「さらば出てきかむ」とて、明ぐれのおりなりしに、小袖かづひてまかりけるが、げにも柴蘭の室に入ごとく也。にほひ頻に近く成ぬるに、おぼつかなげなるすがたしけるを、立より問けれ共、いらへもせず。「川風寒み」とうち詠じて、興にたへで、前後もわかざりけるさまなり。「何人ぞ」と、しきりにとひければ、うち驚て、「大富と申老翁なるが、よる〳〵千鳥きくにこそ候へ。余さへ渡るゆへに、香をも焼候」由語るけり。

大富なる老翁からもらった香炉は、「川風寒み」の歌にちなんで、「千鳥」と名づけられる。それをこの老翁から貞頼が入手する経緯がかたられる、名物香炉の命銘譚である。歌は紀貫之の「思ひかね妹がりゆけば冬の夜の川風寒み千鳥鳴くなり」（『拾遺和歌集』巻第四・冬）である。ここに登場する大富という老翁は、名物茶器の所有者として著名な茶人である（『山上宗二記』）。

「千鳥」の銘の由来については、いくつか別伝が伝えられている。利休が入手したとき、底の三足が不ぞろいで、千鳥の足に似ていたため、妻宗恩の言を入れて足を一分切ったことから名づけたともいう（『茶話指月集』）。あるいは宗祇の所蔵であったものが、今川氏に渡り、織田信長が得て天正二年（一五七四）、相国寺大茶会にて用いられる。その後、豊臣秀吉の手に入り、石川五右衛門が忍び入ったとき、この千鳥の香炉が鳴いたという（『太閤記』）。こちらはなにやら講談めいている。

『茶話指月集』の著者藤村庸軒は、もうひとつ歌にちなんだ「千鳥の香炉」の別伝をあげている。『月庵酔醒記』とくらべれば、この名物香炉の説話の性格が、少し明瞭になってくる。

古来、香炉の茶の湯と云う事有り。其の故実知る人稀也。先年、三斎公に宗易（利休）よりの直伝有りしを、三宅亡羊、香道の達人たるに依り、斎公より亡羊へ御伝授あり。其の後、亡羊より、藤村庸軒へ伝え、田子浦と云う香炉を与えて印証とす。

ある時、蒲生飛騨守殿・長岡幽斎翁両人、利休の所にて茶の湯過ぎて後、蒲生殿、千鳥の香炉所望あり。休、無興のていにて香炉をとり出だし、灰を打ちあけ、ころばし出だす。幽翁、「清見潟の歌の心にや」と御申し候えば、休、気色なおり、「いかにも、さように候」との返事なり。順徳院御百首の中に、

清見潟雲もまよわぬ波のうえに月のくまなるむら千鳥かな

このこころは、「今日の茶の湯おもしろく仕舞たるに、なんぞや無用の所望かな」とおもわるるより、村千鳥を香炉に比したるなるべし。すべて何事も、興の過ぎたるは悪しし。こと足らぬ所に風流余りある理、古き書にも見え侍る。

細川幽斎と蒲生氏郷の両人がつらなる、千利休邸での茶湯すぎてのこと。氏郷が宗祇遺愛（『茶話指月集』に「宗祇所持」とある）の「千鳥の香炉」の拝見を請うた。すると利休は不機嫌になって香炉の灰を打ちあけた。幽斎が「清見潟の心にや」とたずねると、「その通り」と云って利休は機嫌をなおしたという。「香炉の茶の湯」のことが、一首の歌に託して語られる。「清見潟」とは、順徳院の「清見潟雲もなぎたる波のうえに月のくまなるむら千鳥かな」（『順

徳院百首』）の歌である。ここにいう「こと足らぬ所に風流余りある理」とは、全き美より、こと欠けたる風情を重んじる利休流の侘び数奇の心をいう。利休はあらわな器物賞翫の心を嫌ったのである。

香炉の銘が、本歌の心に託して語られる。これも歌数奇の話題であり、「詠歌物語」であった。これは『月庵酔醒記』の場合と同じである。「千鳥の香炉」をめぐる異伝とはいえ、どちらも銘の由来を語る歌話といっていい。『茶話指月集』が、利休の所持するこの香炉を「宗祇所持」と注することからすれば、この歌話は、歌人や連歌師のあいだに伝えられたものであろう。それが直朝のもとに飛鳥井重雅から歌数奇の話題としてもたらされたのである。

和歌や連歌の会席は、香を焚きこめることによって荘厳された。『看聞日記』は、永享四年（一四三二）、七夕の歌会を記録している。会所の座敷飾りとして屏風や絵が用意され、棚には卓・香盤、花がならぶ。そうして座敷が飾りたてられて、和歌が披講され、連歌にあそばれる。香が連歌の会席を荘厳し、そのおごそかな雰囲気のなかで発句が詠みあげられる様子を、兼載は『若草記』に記している。

会席のやうは、いかにかまへ、いかにあるがよろしきものにや信は荘厳よりおこるとなり。仏も麁弊垢膩《そへいくに》の法衣をあらため給へるなれば、会席の作法により、心も清く興も有物なり。さて一座の刻限かねてさだまりなば、そのおりをすぐさず、すゝみよりて座列すべし。みやう香の匂ひ空焼物など心にくゝくゆりいでたるに、発句よきほどに読進し、しづまりはてたる殊勝なり。

連歌師は、会席を飾る香・茶・花などの芸能を脇芸として、戦国武将のあいだを廻っていた。[18] 宗祇が香道に通じていたことはよく知られているが、[19]「千鳥の香炉」が、宗祇伝来とされるのも、そう考えると理解しやすい。

器物の由緒は、器物の権威をものがたる。それを会席に飾ることは、所有者の権威を荘厳することになった。「千鳥の香炉」の由緒は、和歌に託して語られた。それが歌数寄の説話である。歌人・連歌師は、会席の故実・作法とともに、香炉にまつわる歌話を持ってあるいたのである。かれらが持ちきたった歌話は、歌会・連歌の席で、歌語や器物の来歴をめぐる「詩歌の雑談」、「詠歌物語」として語られたのである。直朝は、みずからも和歌・連歌の席につらなって、「詠歌物語」を記録したのである。そうして仕入れた歌話や故実は、彼が客人をもてなすとき、かっこうの話題となったにちがいない。

注

(1)『月庵酔醒記』は、元亀二年（一五七一）～慶長二年（一五九七）の成立と考えられる。『醒睡笑』は、寛永五年（一六二八）、板倉重宗に献呈された。『かさぬ草紙』は、寛永二一年（一六四三）以前の成立。
(2) 伊藤敬「三光院実枝評伝」（『国語国文研究』）昭和四三年。
(3) 小川剛生『武士はなぜ歌を詠むか—鎌倉将軍から戦国大名まで—』（第四章「流浪の歌道師範」）平成二〇年。
(4)『日本歌学大系』（第六巻）『初学一葉』解題。
(5) 島津忠夫『連歌史の研究』（第十一章「俳諧連歌の発生」）昭和四四年。
(6) この俳諧連歌は、ほかに『竹馬狂吟集』『新撰犬筑波集』『新撰狂歌集』にも収められている。
(7)『醒睡笑』（落書・巻之一）のつぎの話は、歌語（言の葉）をもって廻国する連歌師のすがたを伝えている。
「祇公、周防の山口へ下向ありつれば、
　都よりあきなひ宗祇下りけり言の葉めせといはぬばかりに」
(8)『景感道』は、永正年間（一五〇四～一五二一）に古河公方足利政氏に献呈したもの。（金子金治郎「兼載の連歌論」『蓮歌論の研究』所収）。また「古川公方進上連歌」（一巻）は、兼載が古川公方足利政氏に進上したと思われるもの（伊地知鐵男「兼載句集『園塵』の覚書」『伊地知鐵男著作集Ⅱ』）。
(9)『園塵』は兼載自撰の句集。第一から第四に分類され、第四が古河での作品である（伊地知鐵男「兼載句集『園塵』の覚書」『伊地知鐵男著作集Ⅱ』）。
(10)『古河市史』（資料編・中世）「四九〇島谷孝信氏所蔵文書小山政長書状写」。
(11)『古河市史』（「第三編第三章「戦国時代の幸手とその周辺」）。
(12)廣木一人『連歌の心と会席』（第四章「連歌会席作法」）平成十八年。
(13)前掲（10）『古河市史』（資料編・中世）。
(14)『古河市史』（資料編・中世）「三九三　天正四年（一五七八）九月二十三日　梅千代王丸誕生祝儀次第」。
(15)『古河市史』（資料編・中世）「三九七　天正五年（一五七七」五月五日　飛鳥井自庵参上対面次第」。
(16)注（3）に同じ。
(17)『和歌文学辞典』（「探題」の項）。
(18)永島福太郎「茶湯の成立」（『茶道文化論集』上巻）昭和三二年。
(19)島津忠夫「連歌の性格」（『連歌の研究』）昭和二三年。拙稿「宗祇の髭―宗祇肖像賛と歌徳説話」（『しげる言の葉―遊びごころの近世説話―』）平成十三年。

第四章　抄物から咄・雑談へ

――歌語をめぐる雑談――

一　漢語と歌語

咄、あるいは雑談とは何か。これをまず定義しておかねばならぬのかもしれぬ。ところが、このふたつは、厳密には区別できないようだ。『下学集』には、「咄」とあって、「雑談」と記しているのみである。必ずしも正確な定義はできないのかもしれない。どんなに語例を集めてみても、咄の場の実態はつかみにくかろう。そこで歌語、あるいは詩語をめぐる話題として「咄」、あるいは「雑談」のかたちを追いかけてみようとおもう。ことばをめぐる話題が、どのような場から、どんなふうにうまれてくるのか。その経緯を考えてみたい。きわめて恣意的な咄・雑談への接近のしかたといってもいいが、そこから何がつかめるか、とにかく始めてみよう。

そこでまず『詩学大成抄』の一節をしめしてみよう。本書は、京都相国寺の禅僧・惟高妙安による抄物。中国元代の詩作用類書『詩学大成』（分野別の詩語解説書）の抄である。(1) 抄出の時期は、永禄四年頃と考えられている。芳賀幸四郎氏は、禅僧ばかりではなく、公家も詩学の書に関心を寄せていて、『詩学大成』を所持していたと指摘しておられる。(2) この時期の禅僧たちの詩語に寄せる関心は、おそらく漢和聯句、あるいは和漢聯句の制作ともつながっているのであろう。そのあたりのことを、『詩学大成抄』を取りあげて、確かめてみたい。『詩学大成抄』には、米沢文庫本と岩瀬文庫本の写本が伝えられているが、ここでは米沢本によって論をすすめてゆくことにする。

まずはひとつのことばからはじめよう。つぎにしめすのは蓴（ぬなは）についての講説である。

・蓴ハヒシノヤウニツルガアルソ。コ、モトニモホリヤ池ニアルソ。連歌ニハ蓴（ヌサ）ト云ソ。糸カアルソ。

蓴糸トモ糸蓴トモ云ソ。（一）

・蓴ハクワイノツレソ。歌道ニハヌサト云ソ。コ、ラニモ堀ヤ池ニアルソ。糸カナカウアルソ。紫色ソ。（六）

・ヌサトハ、神ノ前ノシメヲ云ソ。ナワノコトゾ。蓴ヲ歌ニヌサト云モ、糸ガ長テナワノ如ナニヨッテ云カ（八）

蓴（ぬなは）とは、ジュンサイのこと。池や堀に自生する、つるの長い植物をいう。肝要なのは、和歌や連歌では、「ぬさ」ともいうと解説されること。同じく惟高妙安の抄物『玉塵抄』には、

蓴菜　菱ツルヲ云ソ。連歌師ニトエハヌサト云トイワレタソ。（三四）

と述べている。すなはち「ぬなは」と「ぬさ」は同じことばであり、「ぬさ」は「ぬなは」の異名とされている。「連歌ニハ蓴（ヌサ）ト云ソ」、といったり、「歌道ニハヌサト云ソ」と説明したりすることから考えると、こういう「異名」をはじめとする歌語や詩語の知識は、連歌や和歌の世界と結びついていると思われる。聯句の制作には、和歌や連歌の知識がおのずから求められるのである。ひるがえっていえば、和歌や連歌の座につらなるには、歌語や詩語の知識は必要となったにちがいない。たとえば『東野州聞書』には、

ねぬなは、ぬなは、同事也。池に有草也。

というふうに「ぬなは」のことが見えるし、『藻塩草』にも、

蓴《ヌナハ》　自三月至七月まである草也。一説こもくろめをもいへりと云々。うきぬなは　ね蓴

とある。要するに「ぬなは」は歌語なのである。「根蓴菜《ねぬなは》の」は、「寝」「繰る」「長し」の枕詞であり、「ぬなは」は、

「寄沼縄恋《ぬなは》」のように「恋の詞」にもなる。『拾遺集』（恋四）には、

ねぬなはの苦しかるらん人よりも我ぞます田の生けるかひなき

という「ぬなは」に題をとった和歌も見えている。「根ぬなは」を「繰る」から、「苦し」を掛けて、苦しい恋心が歌われている。あるいは『新撰菟玖波集』（巻八）の、

恨みます田の生けるかひなさ
ねぬなはのくる夜も知らぬ人待ちて

という付合は、右の『拾遺集』の恋歌を本歌としている。寝ることもしないで恋しい人の訪れを待つ苦しさが、「ねぬなは」に託してうたわれる。歌語ひとつを例に取りあげたにすぎないが、このように抄物の詩語の世界は、和歌や連歌へとつながってひろがってゆく。

二　鼓の滝の和歌

もうひとつ歌語を取りあげてみよう。昔話がここでは資料となる。とはいっても民間説話の伝承論をやるつもりはない。あくまでも歌語について考えるための材料とするためである。これは『若狭の昔話』に収められているもの(3)。西行の歌問答が語られている。

むかし、西行さんが野原を行かれて、日が暮れてしもうたなり。ほしたら、一軒の灯《ひ》が見えて、そこで、「泊めてくれんか」いうたところが、喜んで、「泊まれ」いうてくれた。ほして、お爺さんとお婆さんと娘さんとがおってね、お爺さん、「あんたどこ行ってきた」いうたら、「鼓の滝へ見に行ってきた」「ああそうか、そりゃえ

えこっちゃった。なにか歌の一つでもできたか」いうたら、ほしたら西行法師が、自分の歌もまあ相当できると思とったもんやさかい、「一つできた」「どういう歌ですかいのう」いうたら、『伝え聞く鼓の滝へきてみれば、岸辺に匂うタンポポの花』というたわけですな。ほしたらお爺さんが、「ああ、そらなるほどええ歌ができた。しかし、わしならもうちょっと直すところがある。というのは、鼓というもんは、まあ、音を聞くもんや。『伝え聞く』ではおもしろない。それを『音に聞く』と直したらどうや」「ああなるほどそうですか」いうて、直してみたら、そらまあ大変聞きよいなり。ほしたら、お婆さんが、「わたしも一つ直させてもらいたい。『鼓の滝へきてみれば』と、あんたは詠んだけど、鼓ちゅうもんは、叩くもんやない、打つもんなんや。ほんで、お爺さんのいうたように、『音に聞く鼓の滝をうちみれば』と、わたしなら、こういうようにする」というたもんやから、西行法師がなるほどと思て、直してみたところがようなった。ほしたらもう一人の娘さんが、「お爺さんやお婆さんが直したんやったら、わたしも一言直さしてほしい」「どこ直すんや」いうたところが、「『岸辺に匂う』ちゅうことなしに、鼓は皮で張ってあるもんやで、『川辺に匂うタンポポの花』と、こういうふうにしたらどや」と娘さんがいうたん。なるほど、教えてもうたように作り直してみたら、大変りっぱなもんになった。これはまだ、自分の修業がたらんなあと思て気がついたら、やっぱり滝のそばに自分が眠っておったなり。で、西行法師は、「これは自分が慢心しておった。夢の間にいわゆる和歌三人が現れて、自分の慢心をいましめてくれたもんじゃろう」と思て、それからまたいっそう修業に励んだちゅうことや。

旅の西行が、爺さん、婆さん、そして娘に姿をかえた「和歌三人」に、歌を添削される。「鼓の滝」を題とする歌だから、三人がいずれも「鼓」の縁にしたがって西行の歌を作りあらためてゆく。その結果、西行の「鼓の滝」の歌は、

音に聞く鼓の滝をうちみれば川辺に匂うタンポポの花

とあらためられる。しかし、この添削は、夢のうちに「和歌三人」が現れて、西行の慢心を戒めてくれたということになっている。「鼓の滝」から、「音」、「聞く」、「打ち」、「皮」、そして「タンポポ」（鼓の音）と、「鼓」の縁につながって、西行の歌は作りあらためられる。なかなかよくできた話である。ここに登場する「和歌三人」を「和歌三神」とすれば、住吉明神、玉津島明神、そして北野神の三神となる。つまり昔話とはいえ、この話はなかなかおもしろい和歌説話となっているのだ。

昔話ならば時と場所を特定することのない架空の話であるが、和歌説話となれば、「鼓の滝」がこの説話のキーワードとなって、所は定められる。『連歌寄合』（明応三年）には、

鼓に嶽。つゞみのたけは伊勢也。つゞみの瀧は津国也。

という寄合が見られる。「鼓の嶽」ならば伊勢、「鼓の滝」であれば摂津の国が寄合となる。寄合とは、連歌用語で、前句と付句を結びつける縁となる語のこと。たとえば『湯山聯句鈔』には、「有ﾚ谷鎌倉近　其流鼓瀑鳴」という詩句に、

湯ノ山ニ鎌倉谷ト云カアルソ。摂州ニツヽミノ滝ト云処カアルゾ。名所デアルソ。

と講釈がくわえられている。摂津の国湯山（有馬）には、「鼓の滝」という「名所」がある。そこで「鼓の滝」が、「津の国」の寄合となる。

さらに寄合のことばには、由緒・来歴がともなっている。「鼓の滝」の来歴を語るのが、世阿弥の作と伝えられる謡曲『鼓の滝』である。この一曲では、摂津の国・鼓の滝に「滝祭りの翁」が、山人と化現して歌い、舞う。

音に聞く。鼓の山を来てみれば。げに面白き滝なりけり。（シテ）「あらうたてやな津の国の。鼓の滝を来てみれ

ばとは。御詞ともおぼえぬ物かな。古き歌人の言の葉にも、

津の国の、鼓の滝を打ちみれば、〱、たゞ山川の。なるにぞ有ける

と。さしも読みし言の葉の。あるなれや此山のあらしも雪も落ちくるや。鼓の滝も花の滝も、糸をそへて白波の。

あら面白のけしきやな。

滝祭りの翁は、「古き歌人の言の葉」としてて古人の歌をくちずさみながら舞う。

音に聞く鼓の滝を来てみればたゞ山川のなるにぞ有ける

これは「ことやうなる法師」（『拾遺集』巻九）の歌である。『拾遺集』に見えるこの一首には、「肥後の国鼓の滝」で詠んだという前書がつく。ありていにいえば、ここに語られるのは、「鼓の滝」をめぐる歌話といっていい。「鼓の滝」は肥後の国にあって、「古き歌人の言の葉」、つまり和歌にも詠まれている、というふうに、「鼓の滝」の来歴が、「滝祭りの翁」の歌舞のうちに語られる。

「鼓の滝」の歌語をめぐっては、漢詩にもあそばれる。さきほどの『湯山聯句』のように、湯山に遊んだ禅僧たちが、「鼓の滝」を見物がてら詩に興ずる。つぎにあげる瑞渓周鳳の『温泉行記』もその折の作である（享徳元年四月十八日条）。

予山中に鼓の滝有るを聞く。然し西行和歌を詠ずる所にあらず。今曰、之を観に行かむと欲す。（中略）又瀑は鼓を以て名づく。戯作の小絶二首。（原漢文）

蒼崖飛瀑布、布鼓也能鳴、翻勝鳳翔石、蓼蓼自有声

温泉独得名、瀑以不平鳴、似聴驪山下　三郎羯鼓声

湯山を玄宗皇帝のあそんだ驪山に見立てながら、鼓の滝をたたえて詠む。こうした詩作に興じながら、鼓の滝の話

題に花を咲かせる。「山中に鼓の滝有るを聞く。然し西行和歌を詠ずる所にあらず」という前書がしめすように、西行の和歌が話題となる。ここにいう西行和歌が、どういう歌なのか判然としないが、「鼓の滝」の歌語をめぐって、西行の歌話が話題となったのであろう。それならば「鼓の滝」をめぐる歌の話題、これを雑談と名づけてみてもいい。それは摂津の国・鼓の滝をめぐる数寄雑談である。(4)それを話題として、ここ湯山を訪れる歌人・連歌師、詩僧は、和歌や連歌、そして聯句にあそんだのであろう。

三　「芋名月」の歌

つぎは八月十五夜をめぐることばを取りあげてみよう。これも昔話の西行歌修行譚をしめしてみる。歌の手柄を語る話である。(5)

西行はこの土地までやってきたのだが、八月の十五夜に月があまり美しいので、芋畑へ出て、月を眺めていた。ところが付近の百姓がこれはてっきり芋盗人にちがいないと思って、わが芋畑で何をするぞととがめると、西行は今夜は芋名月の晩だから芋を一つくだされといった。すると百姓は歌を一つ詠んでくだされば差し上げようという。西行は、

月見よと芋の子供の寝入りしを　起しに来たか　何か苦しき

という歌を詠んだ。何かわけのわからぬ歌だが、百姓は喜んで、西行は芋を与えたという。この歌が七仏寺の前に刻まれて建っているのである。

八月十五夜は、芋名月の晩。月に芋が供えられる夜である。名月の歌を詠んだ西行に、褒美の芋が与えられる。

「月見」と「芋」、「芋」と「掘り起こす」が縁としてつながる。「芋」を「掘り起こす」と「子ども」を「起こす」が掛けられている。さらに「寝入り」には、里芋の「根入り」も掛けられている。巧みな歌でもないが、それでも西行の歌の手柄として語られている。

同じような話が『かさぬ草紙』にも載せられている。これも歌徳説話である。

むかしとぼしき公家ありけり。八月十五夜は必ず芋を月に奉る物なれば、人ゑさせねば、ちからなし。近きあたりの前栽に芋あるを見付けて、からうじて盗みてけり。前栽のあるじとがめければ、

月も見でいもが子共のねいりしをおこすに何かとがはあるべき

となん詠みければ、あるじゆるしてけり。

歌の修辞は、前の昔話と同じである。歌の手柄を語ることもまた同じ。八月十五夜と時を定めているのも双方変わりはない。しかし、昔話が「八月の十五夜に月があまり美しいので」というのに対して、『かさぬ草紙』は「八月十五夜は必ず芋を月に奉る物なれば」とする。一見、変わらぬようで、微妙にちがう。前者は、西行が美しい月を愛でてうたうのに対して、後者は、「月も見で」とあるように、八月十五夜の「芋名月」には、月に芋を供えるのが慣しだという。ところが、貧しい公家にはそれができない。だからこそ歌が効いてくるのだ。「月に芋を供えねばならぬこの夜に、芋を掘り起こしに来たことの、何が悪いか」と。つまり貧しい公家は、芋を供えるべき「芋名月」の夜だからこそ、芋盗みを正当化しているのである。強引な無理問答といってもいいが、そこに「歌の手柄」がある。してみれば『かさぬ草紙』は、「歌の手柄」が強調されているといっていい。

「芋名月」とは、『日次紀事』（八月十五日条）がいうように、月に里芋を供える夜である。

今夜地下ノ良賤モ亦名月ヲ賞ス。各々芋ヲ煮テ之ヲ食フ。故ニ俗ニ芋名月ト称ス。他邦ニ於テ生荚豆湯ニテ煮、

之ヲ食フ。九月十三夜ハ芋ヲ食フ、是皆ナ節物也。然ルニ京師ニ於テハ互ニ之ヲ誤ルモノカ。終夜月ヲ見、意ニ随テ興ヲ催ス。大井川或ハ淀川或ハ近江ノ湖水各々遊観ス。東坡ガ曰、嘗テ聞ク此宵ノ月万里陰晴ヲ同スト云。

名月を賞するとはいえ、この夜は、月に里芋を供えるべき節句である。そこには五穀の豊作を月に祈る神事がまだ生きている。芋は神への供え物だから、芋盗みも許されるのだろう。しかしそれは、民俗行事としての話である。「芋名月」を歌の話題として語るならば、歌の手柄をことあげする歌話とするのがふさわしかろう。それにしても昔話とはいえ、この芋盗み譚が、西行に仮託されるのはどうしてだろう。どうもそこのところが釈然としない。ただこの話は、「芋名月」をめぐる歌の話題、雑談の場について考える手がかりとなるように思う。

四　牡丹花肖柏の歌

少し先を急ぎすぎたようである。この西行芋盗み譚が、「芋名月」の歌をめぐる雑談のなかからうまれてきたことは、つぎの『醒睡笑』（巻之五）の例からも、およそ推測できよう。

夢庵は常に牛に乗りて遊行ありし。月しらけて興ある夜、野に出らるるに、牛芋畠へひきゆく。畠主腹立しわめきければ、「こらへよ、歌を詠みてそのことわりを聞かせん」とて、

月も見ず芋が子供の寝入りたを起こしにきたは如何あるべき

先ほどの『かさぬ草紙』にくらべても、いっそう話は簡略化されて、「月しらけて興ある夜」という、あっさりとした説明に終わっている。月の白々として興ある夜、牛に乗った夢庵（牡丹花肖柏）が、芋畑に入って咎められた。そこで歌を詠んでなだめようとする。「芋の子」と「妹の子」の両義をいかして、巧みに歌を作る。「畑の芋の子掘り

ではないが、こんな美しい月を見ないで寝入ってしまった子どもを起こしに来たんですよ」という具合である。牛に乗って畑に立ち入ったおのれを、芋掘りにたとえたのだが、（妹の）子どもを起こしに来た、と引っ掛けたところが、歌の手柄なのである。しかし、この歌は、肖柏だからこそ、生きてくると思われる。かれは牛に乗って逍遥したという。[6]『画工潜覧』という書物には、牡丹花肖柏の牛に乗るすがたがえがかれている。このすがたは、肖柏の伊達ごころ、洒落っ気をあらわしているのだろう。この話が、「婬心」に分類されるのも、肖柏を「風流者」とみなしているのだろう。「あだごころ」には、浮ついた、驕奢の意味がある。いわば、かぶき者と見てもいい。

そう考えてみると、肖柏は、牛に乗った自分を農人にみなしておどけているのだ。牛を牽いて、芋の子を起こしに来たのだよと、怒られることを承知で興じているのである。風狂といってもいい肖柏のすがたを、この歌は伝えていると思われる。かれは『三愛記』を著して、

花をもてあそび、香を執し、酒を愛す。この三は、古往今来、上聖大賢もこれを用ひ、

と記している。中国の隠逸の詩人が愛した花、陶淵明の菊、周茂叔の蓮、黄山谷の蘭、林和靖の梅、この「四愛図」になぞらえて、肖柏は、花、香、酒の偏愛を語る。香を焚くことが、憂き世の塵をはらう隠者のしるしであるように、[7]牛に乗ることも、風狂のすがたである。この歌は、秋の夜の月を、牛に乗りながら逍遥して楽しむ、隠者・肖柏の面目を伝えているのだ。まさに「あだごころ」とよぶにふさわしかろう。

ここに肖柏が出てくるのは、この話が、連歌の座でもてはやされたことをおもわせる。『類舩集』が、「芋」の付合語として「名月」をあげていることからすれば、連歌や俳諧の席にくわわる連衆にとっては、「芋名月」ととりたてていわないまでも、「月」と「芋」が取り合わされれば、「芋名月」の歌話として了解されたのであろう。もちろん、牛に乗るような肖柏の奇矯なわざを、風流とみた同好者たちの一座、連歌の座で語られたにちがいない。その意味で

は、きわめて限定された狭い範囲の話題といえる。しかし、隠者を気取った連歌師に好まれそうな、歌数奇の話題であったにちがいない。

五　「ぞぞりこ」の歌

もうひとつ『詩学大成抄』から「芋名月」の歌話を拾っておこう。「秋」の詩句の講説から引いてみる。

葉墜凋㆓紅幄㆒　苔深長㆓緑銭㆒　上ノ句ハ、林ノ木ノ、紅ナ花カチリ、葉モ皆ヲチタホトニ、紅ノ色ナマンマクナトヲ、ハリマワイタヤウナガシボンダ如ナソ。幄ハ幕《マク》ノツレソ。下句ハ、苔カアヲ〳〵トアツウフカウヲエシゲリタレハ、銭《ゼニ》ガ多ウ子ヲマウケタ如ナソ。長スルトハ、ヲ、ウナル心ソ。銭ニ子母《ホ》ト云コトアリ。母トハ人ニカス本銭ソ。料足ニ本子《モト》ト云コトアリ。ゼニノ本ヲカリ、利ヲツケテ、カエスヲ子《コ》ト云ナリ。本《モト》ゼニハ、母《ハワ》ノ心ソ。母カ子ヲ利分ハ子ノ心ソ。母カ子《コ》ヲウム心ソ。芋《イモ》ニモ、子母ト云コトアリ。芋ニモヲヤニチサイ子イクツモトリツイテアルソ。ゾゞリコト云ソ。西行《サイキヤウ》法師ノ八月十五日夜名月ニ芋ヲハタケエヌスミニイカレタレハ、芋マフリガミツケテトラエテシバツタソ。ユルセト云テ歌ヲヨウタレハユルイタソ。歌ニ

月ミヨトイモガフシドノソヽリコヲコシニキタハ何カクルシキ

トヨウタソ。ヲカシイコトナレトモ名誉《ヨ》ノ歌ナリ。イモト云ハ、女ノコトソ。イモセト夫婦《フウフ》ヲ云ソ。セハヲトコイモハ女房ソ。ソヽリ子ト云ハヲヤノ芋ガシラニ、イクツモ鈴《スズ》ノヤウニツイテアルヲ云ソ。フシド、云ワ、女房ノヌルネヤヲ云ソ。ネフス所ソ。ネ入リタヲヲコス心テ、芋ヲホルヲ、ヲコスト云ソ。（「時令門　呉」）

「葉墜凋二紅幄一　苔深長二緑銭一」は秋の句。上の句は、紅葉した葉が散って、幔幕を敷いたようなさま。下の句は、青々と茂った苔を、銭が多くの子をもうけたさまにたとえたもの。ただしこの詩句は、『増広事聯詩学大成』（三十巻、元・毛直方）慶応大学図書館蔵本、中華再造善本『聯新事備詩学大成』（三十巻、元・林楨）華東師範大学図書館蔵本、のどちらにも見えない。惟高妙安がどのような本によって抄を作っているのか、いまのところ不明である。

右の講釈は、「苔」の深く繁り生うさまを、銭が利子を生むことにたとえる。本銭を「母芋」に、利子を「子芋」に見立てている。さらに「子芋」から「ぞぞりこ」の狂歌話へとつづく。『かさぬ草紙』と同じく、「芋名月」の歌が、西行の芋盗みに託して語られている。ただこの話の特長は、芋の子、「ゾゾリコ」が歌われていることだ。母芋からうまれたたくさんの子芋を「ゾゾリコ」という。惟高妙安は、「ゾゾリコ」の解説につづけて、「イモト云ハ女ノコトソ。イモセト夫婦（フウフ）ヲ云ソ。セハヲトコイモハ女房ソ。ソヽリ子ト云ハヲヤノ芋ガシラニイクツモ鈴《スズ》ノヤウニツイテアルヲ云ソ。フシド、云ワ女房ノヌルネヤヲ云ソ。ネフス所ソ。ネ入リタヲヲコス心テ芋ヲホルヲヲコスト云ソ。」というふうに講説する。「イモ」とは、「イモセ（妹背）」のイモ。母であり、女房である。妹背、つまり夫婦のあいだには、たくさんの子ができる。それが「ゾゾリコ」だ。女房と子どもの寝ている寝床（臥処《ふしど》）へ、子を起こしに来たといって、忍んで来たのが西行である。まるで卑俗な「夜這い」の体《てい》である。名誉の歌であるかどうかはしらぬが、たしかに「ヲカシイ」歌である。

「イモ」と「ゾゾリコ」から「母」と「子」、「イモ」から「妹背」を連想させて、「芋名月」の夜の恋の行為を想像させる。西行の狂歌の眼目は、「ゾゾリコ」にあるといっていい。おなじく芋盗みの歌とはいえ、そこが『かさぬ草紙』や『醒睡笑』、あるいは昔話と異なるところである。

それでは「ゾゾリコ」はどんなふうに歌われるのか、用例を『天正狂言本』の「芋洗い」から拾ってみよう。

芋よ芋よとの子がいとふし、〱、雨土くれにはたかる、、ぞぞりこがいとふし。〱、まん丸におりやれ、

〱、十五夜の輪のごとく、

と歌いはやす。

十五夜の満月を「まん丸におりやれ、〱」とたたえてはやしながら、女房が、夫と子どもを愛おしむ歌謡となっている。「ぞぞりこがいとふし」といい、「との子がいとふし」とうたう。「との子」は、「どの子」と「殿御」の両義に用いられて、夫と子どもへの愛情がうたわれる。「まん丸におりやれ、十五夜の輪のごとく」と、夫婦円満であれ、と歌いはやす。

このような「ぞぞりこ」の歌を見てくると、「芋名月」の歌から、「ぞぞりこ」ということばへと連想が及んで、ひろがっていく。十五夜の月のごとく、まん丸で円満な夫婦仲。「名月」と「ぞぞりこ」は、雅俗一対のことばとして詠まれている。そんな「芋名月」の歌語をめぐる雑談の場を考えてみることもできる。惟高妙安は、そこで語られた「ぞぞりこ」の西行歌を、「苔深長㆓緑銭㆒」という詩句の講説に用いたのだろう。

このように「芋名月」をめぐる歌の場を考えてみると、雑談とは、一首の歌が、さまざまに変容して享受される場である、といってもよかろう。八月十五夜、芋名月の夜、芋をめぐって歌の話題に時を過ごす。歌の話題は、歌の手柄を語る歌徳説話となる。たとえば芋名月の歌が、時に西行に仮託され、時に肖柏の歌とされる。また芋の歌が、「芋」と「妹」の縁で、「ぞぞりこ」の歌になる。歌はこんなふうにして、和歌や連歌の座で変容しながら享受され、宴の座をはやす雑談となる。(8)

六　詩歌談義と雑談

右にしめしたような「芋名月」をめぐる雑談がうまれてくる場を、もう少し具体的に見ておこう。つぎにしめすのは『実隆公記』が記録する、八月十五夜、和漢聯句の会である。

①［大永七年八月十五日］庚申、陰、入夜月朗、帥、中将参内、和漢御会、三十首続歌披講云々、及深更退出、御牧別納芋一斗、茄子五十、牛房三十把持進之

②［享禄四年八月十五日］丙午、雨降、（中略）今日禁中和漢御会、［十日分］発句披談合之、（中略）入夜名月祝着如形、御牧進芋、珍重、十首和歌各詠之、雨晴月明、賦一絶、有興

十五夜の夜、月に芋が献じられ、和漢の聯句に遊ばれる。あるいはまた和歌にも興じられる。こういう場では、芋を話題にした歌話が一座の人々の口の端にのぼったとしても不思議はあるまい。西行法師や牡丹花肖白の歌の手柄を語る話は、芋名月の夜にふさわしい俳諧となったのではないか。連歌や聯句が、会衆のあいだに交わされる詩心の対話だとすれば、歌語や詩語をめぐる雑談は、一服の茶話、あるいは酔後の座興になったのではないか。たとえば、

くもらてやつきはみつしほ空の海　　海住山大納言
星冷映金波
した露にさきそふ菊の色みえて　　侍従中納言
（文明十五年八月十五日和漢百韻[9]）
今みるもあすの光の月夜かな

開窓屢語秋　　　　　　　　　　元修

友さそふ初雁かねの声はして　　滋野井前宰相中将

（文明十一年八月十四日和漢百韻）(10)

聯句の席で「窓を開け屢しば秋を語らふ」という詩句が出されているように、その一座では、月や雁がねが、秋を語らう詩趣となる。それならば「芋名月」の歌話もまた、月夜に秋を語らうかっこうの話題となったのであろう。芋名月の夜の和漢聯句の果てたあと、名月を話題にして「芋名月」の狂歌話が出されたものとおもわれる。月を愛でては、笑話に時を過ごしたのであろう。曇らぬ月を眺めては、秋の長夜を話に花を咲かせたのであろう。あるいはまた、これも『実隆公記』が記録する「詩談合」や講釈の後、聯句にあそんだとき、禅僧や公卿たちの話題は、歌語や詩語をめぐる雑談となったのではないか。

・［大永六年九月十三日］別納芋到来、名月祝言如例、（中略）月舟詩談合、披改正、殊勝（中略）定祐法印来、食籠［饅頭］・鮭一・天野一荷携之、盃酌雑談

・「大永五年八月七日」午時柳五荷・土器物五［居四方］遣細川、有書状被謝、則罷向、出会賞入之、月舟蒙求［下、漂母進食、］講尺、聴聞、其後有和漢百韵、執筆印蔵主、民部卿入道・月舟・東照院・岩栖・蒯庵・紹鉄・右馬頭・宗碩・寺町三□（郎）左衛門・波々伯部兵庫等、中間有湯漬、入夜□□（五献）、和漢秉燭後終功、半夜鐘動之程帰宅、

九月十三日は、豆名月の夜である。この時にも、「別納芋到来」というように芋が用意さる。そして「名月祝言如例月」と記されるように、名月の夜がことほがれる。月舟寿桂の『蒙求』講釈の後、和漢聯句が巻かれる。その席には宗碩などの連歌師が加わっている。名月の夜の聯句が、秋の夜の慰みぐさとなったように、講釈の果てた宴の座で

は、歌語や詩語などのことばをめぐる雑談が、一座の興趣を盛んにしたと思われる。そのとき西行や肖柏の狂歌話は、秋の夜の宴の席で、歌の手柄を語る俳諧話となったのであろう。それは歌語・詩語をめぐる話題の果てたあと、酔後の座興となったにちがいない。

注

(1) 柳田征司『詩学大成抄の国語学的研究』研究篇（昭和五〇年）。
(2) 芳賀幸四郎『東山文化の研究』（昭和二〇年）は、『詩学大成』を公家も所持していたことを、『看聞御記』『実隆公記』によって示し、禅僧だけでなく公家も詩学の書に関心を寄せていたことを述べている。
(3) 『若狭の昔話』（稲田浩二『日本の昔話1』）昭和四七年。
(4) 「室町の笑い」（「中世文学」第五十号）平成十七年。
(5) 武田明『巡礼と遍路』（昭和五四年）。花部英雄「西行物盗み譚の周辺」（『西行伝承の世界』所収）平成八年。
(6) 綿抜豊昭『連歌とは何か』（第三章「連歌の歴史」）平成十八年。
(7) 拙稿「宗祇の髭」（『しげる言の葉─遊びごころの近世説話─』所収）平成十三年。
(8) 拙稿「鼓の秀句─西行の歌修行譚─」（『しげる言の葉─遊びごころの近世説話─』所収）。
(9) 〔文明十五年八月十五夜〕和漢百韻『室町前期和漢聯句作品集成』平成二〇年。
(10) 〔文明十一年八月十四日〕和漢百韻『室町前期和漢聯句作品集成』。

初出一覧

餅の歌―「和尚と小僧」譚の一流―（『昔話―研究と資料―』三十一号・平成十五年七月）

幽霊の歌―「灰」の発句―「前句付けの遊びと昔話―幽霊済度譚の形成―」（『東海学園　言語・文学・文化』第二号・平成十四年十二月）を改題。

おどけ者の歌―鳴滸の軽口話―「おどけ者の歌―「をこ」の口承説話」（『東海学園　言語・文学・文化』第一号・平成十三年十二月）を改題して改稿。

宴の座の俳諧―「火」の字嫌い―「宴の座の俳諧―火の軽口咄―」（『東海学園　言語・文学・文化』第三号・平成十五年十二月）を改題。

「うるか問答」の歌―鮎の狂歌話―「「うるか問答」の遊びと民間説話―鮎の狂歌話―」（『東海学園　言語・文学・文化』第八号・平成二十一年三月）を改題。

難波津に芍薬の花―俳諧の遊び―「難波津に咲くやこの花―俳諧の遊び―」（『伝承文学研究』五十二号・平成十四年四月）を改題。

餅連歌の説話伝承―座頭と笑話―（『東海近世』第二十二号・平成二十六年七月）

祈禱連歌説話の誕生―呪歌と連歌文台の説話―（『國學院大學近世文学』平成十九年三月）

下京夕顔の宿―俳諧の連歌と咄の世界―（書き下ろし）

伊勢御師の連歌話―伊勢と北野―「伊勢御師の連歌話―醒睡笑・かさぬ草紙・蟄居紀談―」（『東海学園　言語・文学・文化』第五号・平成十八年三月）を改題。

神宮連歌壇の北野天神説話　（「東海学園　言語・文学・文化」第六号・平成十九年三月）

「一夜白髪」のこころ―白髪天神説話と北野の神詠―　（「東海学園　言語・文学・文化」第十三号・平成二十六年三月）

神事と連歌説話―北野天神の歌詰橋説話―　（書き下ろし）

僧苑の笑話　（「枯野」第十二号・平成十四年三月）

室町の笑い―謡文化のかたち―　（「中世文学」五十号・平成十七年六月）

『月庵酔醒記』の詠歌物語―歌話と故実―　（『中世知の再生』三弥井書店・平成二十四年二月）

抄物から咄・雑談へ―歌語をめぐる雑談―　（「伝承文学研究」六十三号・平成二十六年八月）

あとがき

忙しさにとり紛れて、うち散らかしていた論考を、この機会にまとめてみよう、と思いたった。病を得てからのことである。皮肉にも、物理的な時間は十分できたので、なんとか一冊にまとめてみた。まとめてみておのずから気づかされた。一つごと、同じ課題に執着しているな、ということである。それを簡明にいえば、「雑談」とは何か、ということ。和歌、連歌、俳諧の連歌、そして狂歌、いわば歌の創作と享受の現場から、どんな説話（咄といってもいい）が生まれてくるか。これがわたしの［咄と雑談］論の課題であった。雑談とは何か。それは旧著『咄・雑談の伝承世界―近世説話の成立―』で論じたので、あらためてくり返さない。

新たな［咄と雑談］論の一冊を、『説話と俳諧連歌の室町』とした。今回は、とりわけ連歌・俳諧の連歌と説話に焦点をしぼっている。当初から意識していたわけではない。論文を取りそろえてみると、そういう形となっていた。

これら連歌説話論の基調音をなすのが、「天神法楽」である。荘厳された連歌の座に、神（仏）を招いて、「歌」の遊びが催される。それを連歌の神、北野天神は歓ばれる。神と人との応酬は、神との歌掛け、歌問答として説話化される。神仏を歌によってもてなす。あるいは笑いによって慰める。神人相和す歌の現場から、さまざまな話題が生まれてくる。このことは旧著では、十分述べられてはいない。力及ばずして意を尽くせなかった。

室町は、連歌の時代である。連歌という純正の詩が完成された。とはいっても、そのなかにおのずから遊びはある。俳諧の連歌という、笑いを旨とする詩を、生み出した。笑いをもって神をもてなす。そんな遊びの世界から、「歌」の説話は生まれてくる。その多様性を探ってみようとした。

多様性とはいっても、わたしの関心のおもむくままに、視点は設定されている。（一）口承説話、（二）連歌と俳諧連歌にかかわる説話、（三）北野天神説話、（四）歌話と雑談。四部にまとめてはみたが、視点は、けっして広くはない。しかし、「歌と雑談」の世界のひろがりは、ここからでも見えてくるのではないか。

わたしは、長らく伝承文学研究会に身をおいて活動してきた。そこから学んだことは、数えきれぬほどある。研究会のあと、自由な放談の座にいて、耳を澄まして聞いていた。それさえ貴重な耳学問となった。研究会は、近世文学の研究から出発した、私の手習いの場だった。そこからさかのぼって、中世の文学、文化、宗教をさえ学ぶことができた。こんな楽しい経験はなかった。そこから生まれたのが本書である。

このたびの新著は、わたしの学びの、ささやかな結果報告である。それが「説話と俳諧の連歌」に偏っているのは、けっきょくわたしの好みである。遊びの世界から生まれてくる、歌や詩、いわゆる「歌ことば」の表現を追いかけようとした。

そのとき、欠かせない一点は、「歌」と口承文芸（民間説話・昔話）の関係性である。それを大事と心得て、冒頭に「口承説話の伝承相」（第一部）を置いた。これを手がかりとして、「伝承」とは何か、を尋ねようとした。以下の各章にも、その姿勢は生きているはずだ。その意味では、今回の著書は、わたしなりの伝承文学論である。不十分なのは承知している。それでも、長年追いかけてきた伝承論の課題の、総まとめとしたかった。

もちろん、これからの課題も提示したつもりだ。禅林に残された抄物と説話の結びつき、これを追求したいと思う。結びに置いた抄物の論がそれである（第四部）。これは大学の同僚、中国文学の研究者とつづけてきた『詩学大成抄』の輪読会（詩学の会）から生まれたささやかな成果である。写本を実見しに赴いた、米沢文庫への訪書の旅も忘れられない。中国文学の研究生を交えた、たった三人の会とはいえ、領域を異にする共同研究から生まれた成果である。これをわたしの抄物研究の礎としたい。

本書に収めきれなかった論考が、ほかにもまだある。西行伝承研究会以来、伊勢をはじめとする在地の伝承を訪ねた論考群。それをつぎの仕事として、（一）西行と白大夫の伝説、（二）伊勢の縁起説話、の二冊にまとめ、伝承文学論として上梓できれば、と考えている。まず、その一里塚として、本書をまとめてみた。この三冊が、わたしの歩んできた伝承文学研究の道程である。わたしの研究の間口をひろげてくれた研究会の仲間に、あらためて感謝したい。

出版にあたっては、大阪大谷大学非常勤講師の松本孝三氏に、ことばに尽くせぬほど世話になった。養生を必要とするわたしの片腕となって、校正を手伝ってくれた。ほんとうに感謝します。

また立命館大学名誉教授福田晃先生は、わたしの仕事を一覧してくださって、それを三冊の著作として出版することを勧めてくださった。ほんとうにありがたいことである。わたしの今までの足跡が、伝承文学論集としてまとまれば、これに過ぎる歓びはない。ありがとうございました。

最後に、本書の出版にあたっては、東海学園大学から出版助成金をいただいた。ここに記して、感謝申し上げます。

著者略歴

小林　幸夫（こばやし　ゆきお）

1950年、福井県生まれ。立命館大学大学院博士課程修了。
文学博士。東海学園大学教授。

主な著書
『咄・雑談の伝承世界―近世説話の成立―』（1996年・三弥井書店）
『しげる言の葉―遊びごころの近世説話―』（2001年・三弥井書店）
『京都の伝説―丹波を歩く―』共著（1994年・淡交社）。その他

説話と俳諧連歌の室町――歌と雑談の伝承世界――

2016年8月31日　初版発行

定価はカバーに表示してあります。

発行者　吉田栄治
発行所　株式会社 **三弥井書店**
〒108－0073東京都港区三田3－2－39
電話03－3452－8069
振替00190－8－21125

ISBN978-4-8382-3304-5 C0093　印刷　藤原印刷株式会社